Über die Weihnachtsfeiertage kehrt die Psychologin und Ermittlerin Beatrice Adela Lestrange Bradley ihrer Heimatstadt London den Rücken zu und besucht ihren frisch vermählten Neffen. In seinem Haus in den malerischen Cotswolds versammeln sich schon die Weihnachtsgäste, doch in die gelöste Stimmung mischen sich böse Gerüchte: Nacheinander erhalten die Dorfbewohner Drohbriefe aus unbekannter Quelle, während sich im nahegelegenen Wald seltsame Vorfälle ereignen. Dann fallen die Temperaturen, über die Hügel legt sich der Schnee – und eine Leiche wird entdeckt. Mrs. Bradley übernimmt den Fall, aber sie muss einen raffinierten Plan aushecken, um die Wahrheit ans Licht zu bringen und den Schuldigen zu finden …

GLADYS MAUDE WINIFRED MITCHELL,
geboren 1901 in Oxfordshire, studierte in London Geschichte und arbeitete als Lehrerin, bevor sie 1929 die berühmte Detektivin Beatrice Adela Lestrange Bradley erschuf und ihr anschließend über sechzig Kriminalromane widmete. Gladys Mitchell erhielt 1976 die höchste Ehrung der Crime Writer's Association.

DOROTHEE MERKEL
lebt als freie Übersetzerin in Köln. Zu ihren Übertragungen aus dem Englischen zählen Werke von Edgar Allan Poe, John Banville, John Lanchester und Nickolas Butler.

Gladys Mitchell

DAS GEHEIMNIS DER WEISSEN WEIHNACHT

Eine weihnachtliche Kriminalgeschichte

Aus dem Englischen
von Dorothee Merkel

KLETT-COTTA

Klett-Cotta
www.klett-cotta.de
J. G. Cotta'sche Buchhandlung Nachfolger GmbH
Rotebühlstraße 77, 70178 Stuttgart
Fragen zur Produktsicherheit: produktsicherheit@klett-cotta.de

Die englische Originalausgabe erschien unter dem Titel
»Groaning Spinney« im Verlag Michael Joseph Ltd, London

Cover: Anzinger und Rasp Kommunikation GmbH, München
unter Verwendung einer Illustration von © Dieter Braun
Gesetzt von Dörlemann Satz, Lemförde
Gedruckt und gebunden von
Friedrich Pustet GmbH & Co. KG, Regensburg
ISBN 978-3-608-96686-2
E-Book ISBN 978-3-608-12470-5

Erstes Kapitel

MRS BRADLEY NIMMT WEIHNACHTSURLAUB

Geh und halt auf die flink beflügelten Sekunden
Welche zu einer unbekannten Küste eilen,
Geh, hindere die Nacht und ihre Stunden,
sich ihre Macht mit dem lichthellen Tag zu teilen!

William Habington, 6. Elegie

Mrs Beatrice Adela Lestrange Bradley klopfte mit einer Ecke des steifen Briefumschlags, den sie in der Hand hielt, auf die Kante ihres Schreibtischs. Es kam nur sehr selten vor, dass es ihr schwerfiel, eine Entscheidung zu treffen, doch diesmal war sie vollkommen unschlüssig.

Sie legte den Umschlag auf den Tisch, griff sich stattdessen einen anderen Umschlag, öffnete ihn und las zum wiederholten Mal den darin enthaltenen Brief. Es handelte sich um eine Einladung zu einer Konferenz für Pädagogische Psychiatrie in Stockholm. Der Brief klang sehr herzlich, und darüber hinaus hatte Mrs Bradley den Herbst und Frühwinter mit einer besonders faszinierenden Forschungsarbeit verbracht und brannte geradezu darauf, ihre Ergebnisse bei dieser Konferenz zu präsentieren. Zwar würden die Ansichten der anderen Teilnehmer größtenteils nicht unbedingt mit ihren eigenen übereinstimmen, aber sie würden sich sehr dafür interessieren, was sie zu sagen hatte, ganz gleich, wie oft sie Einspruch erheben würden.

Aber es gab auch eine Einladung aus den Cotswolds. Mrs Bradley war dank ihrer drei Ehen mit einer riesigen, bunten Schar angeheirateter Verwandter gesegnet, alles lebhafte und begabte Personen, von denen sie einige sogar recht gernhatte. Der steife Umschlag enthielt einen Brief von ihrem Lieblingsneffen, der ihr den Gefallen getan hatte, eine junge Frau zu heiraten, die sie selbst für ihn auserkoren hatte. Mrs Bradley hatte den sehnsüchtigen Wunsch gehegt, im Familienkreis einen Platz für die reizende Deborah Cloud zu finden, und ihr Neffe Jonathan hatte ihr diesen Wunsch erfüllt. Dass er Deborah dabei aus eigenen und nicht aus den von seiner Tante ins Feld geführten Gründen erwählt hatte, erfreute besagte, ebenso einflussreiche wie behutsame Vermittlerin fast noch mehr als die Erfüllung ihres Wunsches.

»Jetzt, da wir eine Bleibe haben, würden wir uns sehr freuen, wenn Du uns besuchen kämst und Weihnachten mit uns verbringen würdest. Wir wollen das Weihnachtsfest mit einer Feier zur Hauseinweihung kombinieren, und uns wäre sehr daran gelegen, wenn Du daran teilnehmen würdest«, schrieb Jonathan. »Es wird eine sehr angenehme Gesellschaft werden, Deb wird wunderschön aussehen, und außerdem habe ich auch noch eine Flasche schottischen Whisky an Land gezogen. Und wenn Du bis zum Neujahrstag bleibst, verspreche ich Dir hoch und heilig, Dir auch noch einen Haggis zu servieren.

PS Es ist uns ganz gleich, wie viele Deiner Lieblingspatienten während der Feiertage ins Delirium Tremens verfallen oder an wie vielen Konferenzen Du im Januar teilnehmen willst. Blut ist dicker als Wasser, und Du hast immer gesagt, Du würdest uns besuchen kommen, sobald wir uns in unserem neuen Heim eingelebt haben. Und Du hast auch versprochen, eine ganze Weile zu bleiben. Also wie sieht's aus? Falls Du kommst, kannst Du dir die Mühe sparen und brauchst gar nicht erst zurückzuschreiben.«

Mrs Bradley handelte nur selten impulsiv und hielt auch nichts davon, ein Dilemma mithilfe irgendwelcher abergläubischer Praktiken zu lösen. Aber im gegenwärtigen Fall war sie derart unfähig, sich zu entscheiden, dass sie plötzlich zwei Fidibusse aus einem Gefäß neben dem Kamin nahm und sie in die Luft warf. Einer landete auf dem Teppich und der andere trudelte auf den Schreibtisch. Das kleine Kätzchen, das vor dem Kamin gelegen hatte, stürzte sich sofort auf den Fidibus, der auf den Teppich gefallen war, und begann damit zu spielen.

»Wenn du den längeren erwischt hast, fahre ich nach Schweden, und wenn es der kürzere ist, in die Cotswolds«, verkündete Mrs Bradley feierlich. Sie hob das Kätzchen auf, nahm ihm den Fidibus ab und verglich ihn mit dem, der auf dem Schreibtisch gelandet war. Der Fidibus, mit dem das Kätzchen gespielt hatte, war fast einen ganzen Zentimeter kürzer als der andere. Mrs Bradley nahm ein Telegrammformular, kritzelte hastig ein paar Worte darauf und betätigte die Klingel. Sie reichte das Formular ihrer Sekretärin und wies sie an, das Telegramm sofort zu verschicken. Dann setzte sie sich, hob erneut das Kätzchen und die beiden Fidibusse auf, starrte einen Moment lang gedankenverloren vor sich hin und setzte das Kätzchen schließlich wieder ab. Anschließend betrachtete sie die beiden Papierstreifen, die aus zerschnittenem Zeitungspapier bestanden, und wickelte ihre Enden auf.

»Oje!«, rief sie laut. »Was habe ich denn jetzt angestellt!«

Das Ende des vermeintlich kürzeren Fidibusses war umgeknickt gewesen. Als sie es gerade strich, stellte sie fest, dass er in Wirklichkeit mehrere Zentimeter länger war als der Fidibus, von dem sie ursprünglich geglaubt hatte, er sei der Längere gewesen.

Ich hätte also doch nach Schweden fahren sollen!, dachte sie amüsiert, knüllte die Fidibusse zusammen und warf sie in den Korb zum Brennholz.

»Tja, das Telegramm ist schon abgeschickt«, sagte die Sekretärin, als Mrs Bradley ihr erzählte, was passiert war. »Und ich bin sehr froh darüber. Sie brauchen Urlaub. Sie können ja nächstes Jahr nach Schweden fahren!«

Jonathan Bradley und seine Frau Deborah hatten großes Glück gehabt. Sie waren bei ihrer Suche nach einer Bleibe auf ein weitflächiges Anwesen in den Cotswolds gestoßen, das man in zwei unterschiedlich große Parzellen aufgeteilt und zum Verkauf angeboten hatte. Zwei Drittel des Grundstücks sowie das darauf befindliche riesige moderne Haus hatte das Bildungsministerium erworben, aber das übrige Drittel des Landes und das ursprüngliche Herrenhaus hatte Mrs Bradleys Neffe gekauft. Das Anwesen lag inmitten jener Art von Landschaft, wie sie für die Cotswolds typisch war: hügelig und dennoch herrlich frei und offen. Es war zum Teil bewaldet, verfügte über einen munter dahinströmenden Bach und bot reichlich Gelegenheit zur Jagd, sowohl zu Fuß als auch zu Pferd mit der lokal ansässigen Jagdgesellschaft.

Jonathan und seine Frau hatten ihren Anteil am Anwesen im Januar erworben, waren im April eingezogen und hatten dann mit voller Absicht so lange damit gewartet, irgendwelche Gäste einzuladen, bis sie sich eingelebt hatten und in ihrem neuen Heim wirklich und wahrhaftig zu Hause fühlten.

Mittlerweile war es Dezember. Mrs Bradley traf zwei Tage vor Heiligabend bei ihnen ein. Sie kam mit dem Zug, denn sie hatte ihrem Chauffeur über die Weihnachtstage frei gegeben. Sie hatte ihrem Neffen absichtlich nicht mitgeteilt, wann ihr Zug eintreffen würde, denn sein Haus war meilenweit von Cheltenham (ihrer Endstation) entfernt, und sie verabscheute es, irgendjemandem Unannehmlichkeiten zu bereiten.

Dennoch stand Jonathan Bradley am Gleis, als sie in den Bahnhof einfuhr, und wartete auf sie.

»Deb wollte auch kommen«, erzählte er, »aber ich wusste nicht, ob ich den richtigen Zug ausgesucht hatte. Du hast nicht Bescheid gesagt, und ich fand, dass es ein bisschen zu kalt ist, um ihr das Herumstehen in einem zugigen Bahnhof zuzumuten. Aber jetzt wünschte ich, ich hätte sie mitgebracht.«

Er führte Mrs Bradley zu seinem Wagen und veranlasste, dass ihr Gepäck darin verstaut wurde. Wenige Minuten später huschte das Auto los, wie eine Katze, die es nach Hause zieht. Sie überquerten die Landstraße, die von Oxford nach Gloucester führt, fuhren an einer Scheune aus dem 15. Jahrhundert und einer ländlichen Bushaltestelle vorbei und setzten ihren Weg dann auf der Straße nach Cirencester fort.

Gewaltige hügelige Felder neigten sich träumerisch zu ihnen herab, als grübelten sie über die verlorengegangenen Schätze aus Weizen, Klee und Gerste nach, mit denen sie im vergangenen Sommer noch gesegnet gewesen waren. Kleine, verschwiegene Nebenstraßen führten zu Orten wie Coberley, Elkstone, Brimpsfield und Compton Abdale die Hügel hinauf oder hinab. Nach etwa einer halben Stunde Fahrt, in der sie an mehreren dichten Wäldern, einer Jagdhütte mit eigener Auffahrt, einem rauschenden Fluss mit steilen Böschungen, ein paar vereinzelten Schwarzkiefern und einem einsamen Bauernhof vorbeigekommen waren und die Abzweigungen einer schmalen Landstraße, eines sandigen Feldwegs und eines sich den Hügel hinaufwindenden Sträßchens hinter sich gelassen hatten, überquerte das Auto die Grenze zu Jonathans Besitz.

Unmittelbar darauf krochen sie einen steilen, unebenen Weg hinauf. Mrs Bradley saß neben ihrem hochgewachsenen, schwarzhaarigen Neffen und schaute interessiert aus dem Fenster. Zu ihrer Linken zog sich ein kleiner Wald entlang, und rechts vom Weg senkte sich das baumlose Gelände in geradezu sinnlichen Kurven zu einem rauschenden kleinen Bach hinab.

»Der bringt die Mühle in Gang«, sagte Jonathan und nickte zu dem Rauschen hinunter. »Wir haben eine Mühle, eine Schmiede, einen Pub und ein Postamt. Alles in allem ein wahres Musterdorf.«

Sie fuhren weiter hoch und ließen den Wald hinter sich. Eine endlose Reihe regennasser, grün leuchtender Hänge erfüllte das Blickfeld, und über dem Horizont dehnte sich der graue, von schneeschweren Wolken erfüllte Himmel. Als das

Auto noch höher kroch und sich die Konturen der Hügel veränderten, entdeckte Mrs Bradley zwei kleine Häuser zu beiden Seiten des Wegs.

»Und, wie findest du das alles hier?«, fragte Jonathan und drückte auf die Hupe, als sich das Auto den Häusern näherte. Der Weg wurde etwas weniger steil und ging in eine gepflasterte Auffahrt über, und Jonathan wechselte den Gang.

»Trostlos, verwunschen und überirdisch. Eine perfekte Kulisse«, antwortete seine Tante und starrte verzückt in den wolkenverhangenen Himmel, der sich auf sie herabzusenken schien.

»Eine perfekte Kulisse wofür?«

»Für Verrat, Magie, List und Schnee. Wer wohnt in den Pförtnerhäusern?«

»Im Linken wohnt Will North, der Wildhüter. Er ist ein großartiger Kerl. Ich bin schon mehrere Male mit ihm auf die Jagd gegangen und habe immer eine gute Ausbeute gemacht. In dem anderen wohnen die Wootton-Brüder, Abel und Harry. Sie erledigen die Gärtnerarbeiten für uns – und auch für das College. Deb hat glücklicherweise selbst Freude an der Gartenarbeit, also arbeiten die beiden nicht so viel für uns. Sie fällen Bäume oder hacken irgendwelches Zeugs ab und verbrennen das Ganze dann, und sie übernehmen auch die meisten Arbeiten, bei denen es irgendetwas zu graben gibt. Meistens haben sie auf dem Grundstück des Colleges zu tun, aber man hat mich gebeten, sie trotzdem weiterhin hier im Pförtnerhaus wohnen zu lassen. Die beiden sind sehr verlässliche und respektable Burschen. Abel ist Witwer und hat einen zwölfjährigen Sohn. Harry ist Junggeselle. Es gibt auch eine Schwester, die für die Toreinfahrt zum College zuständig ist und im dortigen Pförtnerhaus wohnt. An den meisten Abenden gehen sie zum Essen zu ihr. Die Schwester ist ein echter Drache, aber sie ist sehr pflichtbewusst. Sie schaut, dass ihre Brüder keinen Unfug treiben und nicht ihr ganzes Geld im Pub verprassen, und sie flickt die Sachen des Jungen und passt auf, dass er brav in die Kirche und früh genug in die Schule geht und all sowas. Ich kann mir wirklich nicht vorstellen, was die beiden Brüder ohne sie tun würden.«

»Und wer kümmert sich um Will North?«, fragte Mrs Bradley.

»Oh, Will? Der kommt allein klar. Der kocht und putzt und ist ein vielseitig begabter Handwerker. Manchmal, wenn ihm danach ist, holt er sich auch von unserer Köchin etwas zu essen, aber im Großen und Ganzen ist er bemerkenswert eigenständig. Und er kann ausgezeichnet mit dem Gewehr oder mit Fallen umgehen. Der frühere Besitzer hat Fasane gezüchtet, aber ich habe keine Ahnung, wie es in dieser Hinsicht jetzt weitergehen wird. Will findet ab und zu mal einen Vogel für mich, den ich schießen kann, aber die Wälder hier werden nicht mehr als Habitat für die Fasane erhalten. Die Vögel finden hier nicht mehr die Nahrung, die sie brauchen.«

»Ich denke, diesen Will North werde ich mögen.«

»Da bin ich mir sicher. Er ist Junggeselle – sehr vernünftig von ihm! – und scheint sich, außer für seinen Hund und seine Frettchen, für nichts und niemanden zu interessieren. Er hat da hinter den Büschen, die du eben am Wegesrand gesehen hast, so einen ›Hundefriedhof‹ – wie er es nennt – mit allem Drum und Dran. Da gibt's so richtig tief in die Erde gegrabene Gräber und sogar Grabsteine mit einer letzten Botschaft. Falls du ihm sympathisch sein solltest, zeigt er ihn dir bestimmt.«

Sie fuhren um eine Kurve, fast ein Halbkreis, und Mrs Bradley sah zum ersten Mal das Haus, das ihr Neffe gekauft hatte.

Es war aus Stein gebaut und zeichnete sich durch die hohen Giebel und die wunderbare graue Farbe aus, wie sie für alle historischen Herrenhäuser in den Cotswolds charakteristisch waren. Entstanden war das Haus im Jahr 1560, doch es war in einem recht schlichten Stil gehalten und strahlte eine strenge Kargheit aus, die eher zu einem noch früheren Baustil gepasst hätte.

Auch die Dachziegel waren aus Stein, doch weil sie verwittert waren, wirkten sie weniger abweisend als die kahlen Mauern und die Abtropfrinnen über den Fenstern im Tudorstil. Ein breiter Torbogen führte zu den Stallungen, und an einer Seite des Hauses stand ein riesiger Taubenschlag, der fast die Größe eines Cottage hatte. Über der rechteckigen Eingangstür war eine Reihe von Steinwappen ins Mauerwerk gehauen, und auf der Schwelle stand die reizende Deborah Bradley und wartete darauf, die Reisenden willkommen zu heißen.

»Wie wunderbar!«, sagte Deborah, als sie Mrs Bradley begrüßte. »Ich habe mit Jon gewettet, dass du nicht kommst! Ich war überzeugt, du würdest wie der Blitz zur nächstbesten Konferenz reisen. Erzähl doch! Welchen magischen Kräften haben wir es zu verdanken, dass du jetzt hier bist?«

Mrs Bradley erzählte die Geschichte von dem Kätzchen und den beiden Fidibussen.

»Bravo, Kätzchen!«, sagte Jonathan. »Hör mal, Deb, es ist

nicht einmal drei Uhr, und Tante Adela hat gesagt, sie habe bereits im Zug zu Mittag gegessen. Wir haben also noch genug Zeit, um uns ein bisschen im Park umzuschauen.«

»Nein, das habt ihr nicht!«, protestierte seine Frau sofort. »Tante Adela wird erst einmal auf ihr Zimmer gehen wollen, und dann, wenn sie so weit ist, werde ich die Köchin bitten, den Tee zu servieren. Und wenn wir damit fertig sind, wird es bereits dunkel sein. Und außerdem musst du sowieso nach Cirencester fahren, um diese Päckchen abzuholen. Du solltest besser jetzt sofort losfahren. Dafür wirst du nicht lange brauchen. Und dann nehmen wir den Tee ein, wenn du wieder da bist. Du warst es doch, der unbedingt so bald wie möglich das Auto in die Garage stellen wollte!«

»Nicht meckern!«, sagte Jonathan und küsste sie.

»Und, gefällt es dir?«, fragte Deborah, als die beiden nach dem Tee mit Mrs Bradley eine Führung durch das mit zahlreichen Eichenbalken versehene, düstere, aber zugleich freundliche und erstaunlich alte Haus gemacht hatten.

»Ungemein!«, antwortete Mrs Bradley mit absoluter Aufrichtigkeit.

»Ja, mir auch. Ich bin froh, dass ich das Kind hier bekommen werde. Oder vielmehr die Kinder. Es werden Zwillinge, und ich werde sie Mary und Crispin nennen.«

»Tatsächlich?«, sagte Mrs Bradley und betrachtete ihre angeheiratete Nichte voller Interesse. »Das sind ja wunderbare Neuigkeiten.«

»Du wirst doch Patentante, oder? Das würde ich mir so sehr wünschen!«

»Es wäre mir eine große Freude. Wann dürfen wir eure Erben denn willkommen heißen?«

»Erst im Mai, fürchte ich. Kannst du es ertragen, so lange zu warten? Ich glaube ganz ehrlich nicht, dass ich das kann.«

»Ich werde die Tage zählen und sie in meinem Kalender durchstreichen.«

»Du bist lieb«, sagte Deborah glücklich. »Ich bin sehr sehr froh, dass du kommen konntest. Und wirst du bitte auch kommen, wenn es so weit ist? Ich würde mich so viel sicherer fühlen, wenn ich wüsste, dass du im Haus bist.«

Mrs Bradley schlief in einem Zimmer mit Eichenbalken und mehrflügeligen, nach Westen gehenden Fenstern, aus denen man auf eine Esche vor dem Haus schaute. Sie musste an M.R. James' Geistergeschichten denken, doch das hinderte sie keineswegs daran einzuschlafen. Nach dem Frühstück machten sie, ihr Neffe und seine Frau den versprochenen Ausflug in den Park.

Es war kalt, aber nicht bitterkalt. Der Himmel war immer noch grau und von tiefhängenden Wolken erfüllt. Sie nahmen eine Abkürzung, die unmittelbar hinter dem Haus durch eine in eine Mauer eingelassene Tür führte. Von dort gelangte man auf einen Pfad, der von jahrhundertealten Hecken gesäumt wurde, deren dichtes, dunkles, von absoluter Stille erfülltes Blattwerk über ihnen aufragte. Als Nächstes gelangten sie an einen eisernen Zaun, über den Jonathan zunächst selbst hinüberkletterte und dann Deborah hinüberhob, während Mrs Bradley wie ein Rotkehlchen über das Hindernis hüpfte.

Hinter dem Zaun, der den Garten umschloss, lag eine Koppel, die sich steil - unnötig steil, wie Deborah fand, die sich an Jonathans Arm klammerte - den Hügel hinauf zum Waldrand zog.

Dort gingen sie zwischen Buchen entlang über einen breiten Weg, bis sie zu den beiden Pförtnerhäusern kamen. Sie umrundeten diese, gingen weiter durch den Wald und traten schließlich auf eine Magerweide hinaus, von der aus man einen herrlichen Blick über das Tal hatte. Auf dem gegenüberliegenden Hang konnte man das riesige, ziemlich hässliche moderne Gebäude sehen, das jetzt als College diente und hinter dem sich ein kleines Wäldchen erhob. Sie überquerten die Weide, ließen die kleine Kirche und ein paar der steinernen Häuser des Dorfes links liegen, und dann führte Jonathan sie zu einem schmalen Wäldchen, dessen vereinzelte Bäume sich auf einem windumtosten Hügel festklammerten.

Am oberen Ende des Wäldchens war ein Gatter. Jonathan blieb stehen und zeigte darauf.

»Dort treibt sich unser Geist herum«, sagte er. »Ich glaube, er ist echt. Jedenfalls ist jeder hier in der Gegend davon überzeugt. Angeblich handelt es sich um einen Pastor, der gegen 1850 hier tätig war. Man sieht ihn an mondhellen Nächten zwischen Mitternacht und ein Uhr morgens über dem Gatter hängen, als sehr realistisch wirkende Leiche. Manche Leute behaupten sogar, ihn auch am helllichten Tag gesehen zu haben.«

»Und was für eine Geschichte steckt dahinter?«, fragte Mrs Bradley und trat vor, um das Gatter in Augenschein zu nehmen. Es war ein ganz gewöhnliches Gatter, wie man es auf dem Land sehr häufig findet, und das auf eine verwilderte Rasenfläche mit zahlreichen Kaninchenlöchern hinausführte.

»Das scheint keiner so genau zu wissen. In einer Geschichte wird behauptet, er sei von Räubern überfallen worden, als er gerade auf dem Heimweg von einem Gemeindemitglied war, dem er die Letzte Ölung erteilt hatte. Laut einer anderen Geschichte hatte er einfach nur etwas zu tief ins Glas geschaut und ist auf dem Heimweg zusammengebrochen und gestorben. Man fand ihn, wie er tot über dem Gatter hing, und seitdem spukt er hier herum. Man könnte das ja noch verstehen, wenn er überfallen, ausgeraubt und ermordet wurde, aber falls die andere Geschichte stimmt, ist nicht ganz einzusehen, warum er uns nicht in Frieden lässt. Es dürfte dem Pastor doch wohl kaum recht sein, dass das ganze Dorf wegen seiner Spukerei erfährt, dass er bei seinem Tod sturzbetrunken war!«

»Vieleicht wollte er ja irgendjemandem eine Botschaft überbringen«, schlug Deborah vor. »Wo sollen wir jetzt hingehen?«

»Oh, lass uns über das Feld des alten Daventry zur Straße und dann weiter zu Tinys und Bills Haus gehen. Ich würde gern etwas mit Tiny besprechen, und Tante Adela kann ihn bei dieser Gelegenheit direkt kennenlernen, und Bill auch. Sie werden schließlich den zweiten Weihnachtstag mit uns verbringen, also ist es nur gut, wenn Tante Adela jetzt schon weiß, mit wem sie es dann zu tun bekommt.«

»Tiny ist der Grundstücksverwalter«, erklärte Deborah. »Er arbeitet für uns und auch für das College. Er ist eine überaus nützliche Person, weil er hier in der Gegend jeden kennt und uns den meisten auch schon vorgestellt hat. Aber Bill, sein Cousin, ist viel netter.«

»Ja, Bill ist ein guter Kerl«, sagte Jonathan. »Aber ich glaube, du wirst sie beide mögen. Tiny müsste eigentlich ganz nach deinem Geschmack sein. Er war früher bei der indischen Polizei. Ihr werdet euch viel zu erzählen haben. Er kann mit ein paar erstaunlichen Geschichten aufwarten.«

Bei dem Haus, in dem Tiny und Bill wohnten, handelte es

sich, wie sich herausstellte, um einen modernen Bungalow mit einem herrlichen Ausblick auf ein tiefes Tal. Tiny und Bill waren beide unterwegs, als die kleine Gruppe dort ankam, aber die Haushälterin meinte, sie würden bestimmt bald zurückkehren. Sie stellte ihnen Whisky und Sherry hin, scheuchte einen roten Setter, zwei Manx-Katzen und einen Bullterrier aus den Sesseln, in denen diese sich niedergelassen hatten, sagte zum zweiten Mal, dass Mr Fullalove und sein Cousin jeden Moment zurück sein müssten, und fügte dann noch die kryptische Bemerkung hinzu, dass das Dach der alten Mrs Yates kein Leck habe und noch nie eines gehabt habe, aber dass das eben typisch für die Iren sei. Dann ließ sie die Gäste allein.

»Ja, Tiny und Bill sind Junggesellen, die Glücklichen«, sagte Jonathan und lächelte Deborah an, die am heutigen Tag besonders schön aussah. »Sie haben an Mrs Dalby Whittier, ihrer Haushälterin, einen wahren Schatz gefunden. Oh ja, man muss immer ihren vollen Namen nennen. Das ist die einzige merkwürdige Verhaltensweise, die sie sich leistet. Aber ansonsten ist sie großartig. Tiny sagt, er wisse nicht, wie sie zurechtgekommen seien, bevor sie zu ihnen kam. Sie ist wie aus dem Nichts aufgetaucht und hat gefragt, ob sie Arbeit für sie hätten. Hat einfach an die Tür geklopft und gesagt, sie habe im Dorf gehört, dass sie eine Köchin und Haushälterin bräuchten. Seitdem arbeitet sie für die beiden. Es ist recht einsam hier oben, aber es scheint ihr nichts auszumachen, wenn sie immer mal wieder allein ist. Bill ist sowas wie ein Naturforscher – das sagt er zumindest über sich selbst – und ist oft nächtelang unterwegs, um Dachse zu beobachten oder sowas in der Richtung, und Tiny fährt manchmal in die Stadt und übernachtet dort. Aber sie zuckt nicht mal mit der Wimper. Was irgendwie merkwürdig ist, denn sie hat ihr ganzes Leben lang in London gewohnt, bevor sie hierhergekommen ist. Das hat sie den beiden jedenfalls so erzählt.«

»Was mag sie wohl dazu bewogen haben, London zu verlassen?«, fragte Mrs Bradley. Ihr Neffe hatte keine Zeit, ihr zu antworten, denn in diesem Moment fingen beide Hunde laut zu bellen an, eine der Katzen sprang aufs Fensterbrett und die andere auf den Tisch. Jonathan ging zum Fenster und öffnete es, und ein Mann von etwa fünfzig Jahren, mit einem wachsamen, dunklen Gesicht und kleinen, hellgrünen Augen, kletterte über die Fensterbank. Er schloss das Fenster, warf zunächst einen kurzen, prüfenden Blick auf seine Hosenbeine und trat dann mit einer Katze auf jeder Schulter und einer Hundeschnauze an jedem Knie in den Raum, um seine Gäste zu begrüßen.

»Runter mit dir, Mick. Runter, Deemster«, sagte er zu den Katzen. »Mach, dass du fortkommst, Lassie. Hau ab, Cripes«, fügte er an die Hunde gewandt hinzu. »Hallo, Bradley. Guten Morgen, Mrs Bradley.«

»Tante Adela, darf ich vorstellen, das ist Tiny Fullalove«, sagte Deborah. »Tiny, dies ist Jons Tante, Mrs Lestrange Bradley.«

»Ich bin immer ein wenig verdutzt, wenn ich daran erinnert werde, dass Deborah auch eine Mrs Bradley ist«, bemerkte ihre reptiliengesichtige Tante und bedachte Mr Fullalove mit einem scheinheiligen Grinsen. Er antwortete mit einer höflichen, nichtssagenden Bemerkung und schenkte ihnen Sherry ein.

Mrs Bradley musste zu ihrem Unbehagen feststellen, dass

sie eine sofortige Abneigung gegen ihren Gastgeber gefasst hatte - ein Gefühl, von dem sie äußerst selten heimgesucht wurde. Es gab nur wenige Menschen, die sie nicht mochte, was auf ihren gut geschulten Verstand und ihr philosophisches Temperament zurückzuführen war. Darüber hinaus hatte eine lange Reihe scheußlich egozentrischer Patienten dafür gesorgt, dass sie den meisten ihrer Mitmenschen schon aus reinem Selbsterhaltungstrieb mit gutmütiger Toleranz begegnete. Aber im gegenwärtigen Fall revoltierten gleichsam sämtliche Zellen in ihrem Körper gegen etwas, das sie in Tiny Fullalove wahrzunehmen glaubte. Sie hatte dieses Gefühl auch früher schon ein- oder zweimal gehabt, und in diesen Fällen hatte sich ihr Instinkt ausnahmslos als richtig erwiesen. Einer der Männer, um die es damals gegangen war, hatte seine Frau vergiftet, wie Mrs Bradley sich jetzt erinnerte ... Es war ein Mann gewesen, den alle außer ihr selbst äußerst charmant gefunden hatten. Selbst seine unglückselige Ehefrau hatte ihn angebetet. Er hatte sie ihres Geldes wegen vergiftet ...

»Was hältst du von Tiny?«, fragte Deborah auf dem Heimweg. Sie war zusammen mit Mrs Bradley vorausgegangen. Jonathan hatte auf Bill warten wollen, den er in der Ferne entdeckt hatte, als dieser auf dem Heimweg ein Feld überquerte.

»Was hältst du denn von ihm?«, fragte Mrs Bradley zurück.

»Oh, das ist nicht fair! Ich habe dich zuerst gefragt.«

»Aber es ist ebenso wenig fair, mich zu fragen, was ich von einer Person halte, die ich gerade erst kennengelernt habe, nicht wahr?«

»Da bin ich aber erleichtert«, sagte Deborah zusammenhangslos.

»Weswegen?«

»Weil ich merke, dass du ihn nicht ausstehen kannst. Und ich kann ihn auch nicht ausstehen.«

»Gibt es einen Grund dafür?«

»Ja«, sagte Deborah, die plötzlich einen harten Zug um den Mund bekam. »Ich habe einen sehr guten Grund. Aber ich wage es nicht, Jon davon zu erzählen. Wie auch immer, es ist nur ein einziges Mal passiert, und es wird ganz gewiss nicht noch einmal passieren. Dafür habe ich gesorgt. Ich verachte Männer, die sich nicht beherrschen können, vor allem in seinem Alter.«

»Ah«, sagte Mrs Bradley und nickte. »Ich bin froh, dass du Jon nichts davon erzählt hast.«

»Warum sagst du das?«, fragte Deborah, die sich über Mrs Bradleys Tonfall wunderte.

»Es würde mir gar nicht gefallen, wenn man meinen Lieblingsneffen wegen Körperverletzung vor Gericht stellen würde. Jonathan ist nicht nur ein aufbrausender Mann, sondern auch ein sehr starker.«

»Ist es nicht seltsam, dass Männer andere Männer und Frauen andere Frauen mögen, die dann das jeweils andere Geschlecht nicht ausstehen kann?«, sinnierte Deborah. Mrs Bradley stimmte ihr zu. Sie wies jedoch darauf hin, dass es vorkommen konnte, dass Männer Frauen und Frauen Männer mochten, die das andere Geschlecht auf den ersten Blick durchschaut hatte, und dass auch das eine seltsame Sache sei.

»Und wie sieht es mit dem Cousin namens Bill aus?«, fragte sie. Deborah war auch diesmal sofort bereit, eine Lanze für Bill zu brechen.

»Er ist sehr nett, wie alle Bills«, sagte sie. »Ich habe ihm gesagt, dass ich für das Verhalten seines Cousins nicht viel übrighätte, und da meinte er, er würde dafür sorgen, dass Tiny sich in Zukunft ordentlich benimmt. Ich entgegnete daraufhin, er könne sich die Mühe sparen, da ich Tiny bereits selbst die Meinung gegeigt hätte, aber ich glaube, die beiden haben sich trotzdem deswegen gestritten. Bill ist ein ehemaliger Marineoffizier und hält mit seiner Meinung nicht hinterm Berg. Und außerdem hatte Tiny ein blaues Auge, als Jon ihm am nächsten Tag begegnet ist. Er hat behauptet, er sei über einen der Hunde gestolpert, aber ich habe da so meine eigenen Vermutungen. Ah, hier kommt Jon. Lass uns warten, bis er uns eingeholt hat.«

Mrs Bradley interpretierte diese letzte Bemerkung als Hinweis, dass sie das Thema Tiny Fullalove auf sich beruhen lassen solle. Jonathan war gerannt, um sie einzuholen, und ging nun neben seiner Frau her. Das Gespräch wandte sich erneut den Fullalove-Cousins zu, auch wenn es sich diesmal um einen ganz anderen Aspekt drehte.

»Ich war gezwungen, beide Fullaloves auch für den ersten und nicht nur den zweiten Weihnachtsfeiertag einzuladen, Deb«, sagte Jonathan. »Es tut mir leid. Ich weiß, dass du Tiny nicht leiden kannst, aber ich konnte ihn schlecht außen vor lassen.«

»Wie kommst du darauf, dass ich Tiny nicht mag?«, verlangte Deborah zu wissen. »Ich habe nie etwas in dieser Richtung gesagt.«

»Du hast eben einfach kein Pokergesicht, mein Schatz. Man sieht dir immer direkt an, was du denkst«, entgegnete ihr Gatte. »Jedenfalls haben beide die Einladung angenommen, für beide Tage, also musst du sie am ersten Feiertag zum

Mittagessen und wahrscheinlich auch zum Abendessen ertragen, und am zweiten dann zum Tee und dem abendlichen Festmahl. Und dann ist da noch etwas sehr Ärgerliches: Sie wollen, dass wir ein paar Freunde von ihnen bei uns unterbringen. Es tut mir schrecklich leid. Aber sie haben in diesem Bungalow einfach nicht genug Platz für Besuch. Hallo! Was ist denn mit Worry los?«

»Ich glaube, er hat deinen Geist gesehen«, sagte Mrs Bradley und betrachtete den kleinen lebhaften Hund, der gerade in ihr Blickfeld gekommen war. »Das ist doch dasselbe Gatter wie eben, nicht wahr? Wem gehört denn übrigens dieser Worry?«

»Will North, dem Wildhüter«, antwortete Deborah. »Will muss hier irgendwo in der Nähe sein. Worry ist wegen irgendetwas ganz mitgenommen. Vielleicht hat er sich ja einen Dorn in die Pfote getreten?«

Sie rannte den Hang hinunter. Der Terrier stand etwa zehn Meter von dem Gatter entfernt und bellte entsetzlich. Deborah konnte ihm noch so gut zureden, er weigerte sich, auch nur einen Schritt weiterzugehen. In diesem Moment trat Will North, der Wildhüter, hinzu und sprach mit dem Hund. Der stupste ihn mit der Schnauze gegen das Bein und erklärte ihm dann laut winselnd, was genau ihm solche Angst eingejagt hatte.

»Hallo, Will«, sagte Jonathan. »Ich möchte Ihnen meine Tante vorstellen, Mrs Lestrange Bradley. Sie ist eine Meisterschützin und auch eine hervorragende Reiterin.«

»Ich habe von Ihnen gehört, Ma'am«, sagte der großgewachsene Mann. »Ich besitze ein Buch, das Sie geschrieben haben. *Psychoneurosen in der Geschichte des sechzehnten Jahrhun-*

derts. Tut mir leid, wie Worry sich gerade aufführt. Normalerweise ist er nicht so albern.«

»Er hat den Geist gesehen«, sagte Jonathan.

»Oh ja, es scheint tatsächlich so, als hätte er einen Geist gesehen«, sagte Mrs Bradley. Der Wildhüter zog höflich grüßend seine Kappe und ging dann weiter den Hügel hinauf. Der Hund folgte ihm stillschweigend auf den Fersen. Er hatte offenbar keine Angst mehr vor dem Gatter und schritt zusammen mit seinem Herrchen hindurch.

»Der Geist ist wieder verschwunden«, sagte Jonathan. »Warum wohl?«

Mrs Bradley sah zu, wie der Mann und sein Hund den Hügel erklommen, bis sich ihre Silhouetten oben auf dem Kamm vor dem Himmel abzeichneten. Dann folgte sie Jonathan und Deborah, die bereits ein ganzes Stück vorausgegangen waren.

Als sie sich noch einmal umdrehte, fuhr ihr plötzlich ein Schock durch die Glieder – wenn auch nur sehr kurz. Ein Mann lehnte am Geistergatter – ein Mann, bei dem es sich ganz gewiss nicht um den Wildhüter handelte. Wer auch immer er war, er richtete sich sofort auf, als er sah, dass sie zu ihm zurückschaute, drehte sich um und ging in Richtung des Bungalows davon.

Zweites Kapitel

DIE ZUKUNFT WIRFT IHRE SCHATTEN VORAUS

(...) und wenn die Nacht
Böses bereitet, oder es verbarg,
Verscheuch's, wie jetzt das Licht das Dunkel scheuchet.

John Milton, Das verlorene Paradies

Am nächsten Tag wurde das Wetter kälter, und Deborah zog es vor, den Nachmittag von Heiligabend vor dem Kamin zu verbringen, während Mrs Bradley und Jonathan das Tageslicht nutzten und durch die umliegenden Hügel stapften. Mrs Bradley war erstaunt, welch weite Strecken man zurücklegen konnte, ohne jemals das Anwesen zu verlassen.

»Natürlich gehört ein ziemlich großer Teil davon nicht mir, sondern dem College«, erklärte Jonathan. »Aber die beiden Teile wurden erst beim jetzigen Verkauf voneinander getrennt, und ich habe die Erlaubnis zu gehen, wohin ich will. Nicht schlecht, das alles, oder? Ein Bursche namens Daventry bebaut das Land, das du da unten sieht. Ich habe ihn auch schon kennengelernt. Er scheint in Ordnung zu sein. Seine Frau züchtet Boxer.«

»Züchtet was? - Oh, eine Art Bulldogge.«

»Ja. Ich schenke Deb einen Welpen zu Weihnachten. Sie weiß noch nichts davon. Ich hoffe, er wird ihr gefallen. Das ist eine vernünftige, saubere und sehr gesellige Rasse, glaube ich, und es sind auch gute Wachhunde. Ich habe den Welpen noch sehr jung gekauft, weil ich möchte, dass er bei uns heranwächst und lernt, sich gut mit Rhu, meinem irischen Wolfshund, zu vertragen. Aber er muss erst noch entwöhnt werden. Sally kümmert sich im Moment um Rhu, aber ich gehe ihn nach dem Tee mit dem Auto holen. Sie wohnt nur etwa fünfundzwanzig Kilometer von uns entfernt. Wir hoffen, dass Sally uns im neuen Jahr mal übers Wochenende besuchen kommt. Sie freut sich sehr darauf, dich wiederzusehen.«

»Wie willst du den Welpen nennen?«, fragte Mrs Bradley, ohne irgendwelche Zusagen für das neue Jahr zu machen.

»Oh, Deb soll ihm einen Namen geben. Ich werde ihr vorschlagen, ihn Bob Fitzsimmons zu nennen, aber ich glaube nicht, dass sie damit einverstanden sein wird. Guten Morgen, Ed!«

Auf dem durchfurchten Weg kam ihnen ein Fuhrmann entgegen, der einen schweren Wagen lenkte. Etwa drei Meter vor dem Wagen landete plötzlich mit einem lauten Kreischen ein Eichelhäher, stakste dann mit absurd komischen Schritten seitwärts, krächzte den Fuhrmann an, flog auf und landete taumelnd auf dessen Knie. Dort schlug er balancierend seine Flügel zusammen, als wollte er den Mann zur Eile antreiben.

»Ah, da bist du ja, alter Junge«, sagte der Fuhrmann. Der Vogel schimpfte ausgiebig mit ihm.

»Merkwürdig«, sagte Jonathan. »Die Vögel kommen einfach alle zu diesem Mann geflogen. Er heißt Ed Brown und arbeitet für Daventry. Die alten Frauen im Dorf schwören, er sei ein Wechselbalg, und wenn man ihn sich so anschaut, dann möchte man das fast glauben, nicht wahr? Er erinnert mich an einen Satyr oder vielleicht auch an Puck aus dem Sommernachtstraum - nur, dass Ed hier sich anständig zu benehmen weiß. Es gibt nur eine einzige Person, die er nicht leiden kann, wenn man den Gerüchten Glauben schenken darf - und da es sich um ein Gerücht aus dem Pub handelt, kann man das wahrscheinlich! -, und das ist unser Verwalter, Tiny Fullalove. Anscheinend sind Ed und Tiny sich während des Krieges in Indien über den Weg gelaufen, und Ed gefiel es nicht, wie Tiny mit den Maultieren der Armee umgegangen ist.«

»Wie seltsam, dass die beiden sich in Indien begegnet sind, wo doch Ed Brown wahrscheinlich nur während des Krieges dort war«, bemerkte Mrs Bradley. »Und darüber hinaus war Mr Fullalove bei der Polizei und Brown bei der Armee.«

»Das stimmt. Es war Zufall. Ihre Begegnung war eben eins von diesen unerklärlichen Dingen, die manchmal passieren. Die Fullaloves sind eigentlich gar nicht von hier. Der Familienname stammt aus Yorkshire, glaube ich. Tiny kannte den früheren Besitzer dieses Anwesens, und als er hörte, dass hier eine Stelle frei wurde, hat er sich beworben. Er bekam die Stelle, packte in Indien seine Sachen zusammen, wahrscheinlich, weil er wusste, dass er dort keine Zukunft hatte, und kam hierher. Er war erst ein paar Jahre als Verwalter tätig gewesen, als das Anwesen verkauft wurde. Der frühere Besitzer ist irgendwo in den Süden Frankreichs gezogen und hat es zu einer der Bedingungen des Verkaufs gemacht, dass das College und ich Tiny auch weiterhin beschäftigen. Ist ja auch in

Ordnung. Er leistet ziemlich gute Arbeit. Aber Miss Hughes, die Leiterin des Colleges, mag ihn nicht. Und im Gegensatz zu Ed geht sie auch nicht besonders taktvoll mit ihrer Abneigung um. Sie sagt immer klar und deutlich, was sie denkt, und schmückt das Ganze dann noch mit ein paar keltischen Flüchen aus. Die Frau ist so walisisch wie Llanfihangel. Ich liebe sie.«

»Ach, es ist ein College für Frauen? Das hatte ich gar nicht mitbekommen.«

»Ja. Du solltest Miss Hughes bitten, dir alles darüber zu erzählen. Sie kommt zum Weihnachtsessen. Irgendwie ärgerlich, dass ich die Fullaloves auch einladen musste, aber das ließ sich nicht verhindern. Man muss hier auf dem Land halt den Kumpel spielen. Und das College macht nur eine Woche Ferien, deshalb fährt Miss Hughes gar nicht erst nach Hause und bleibt stattdessen hier, um sich auf das nächste Semester vorzubereiten. Es ist eine von diesen Berufsfachschulen, die einen besonders dringlichen Bedarf abdecken sollen, weißt du? Wo sie die Leute innerhalb von dreizehn Monaten ausbilden. Das muss der wahre Albtraum für das Kollegium sein. Komm, gehen wir rein und holen wir den Welpen für Deb ab.«

Die Gäste, um deren Unterbringung die Fullaloves gebeten hatten, trafen am Nachmittag von Heiligabend ein. Es handelte sich um zwei Männer in Jonathans Alter, von denen der eine den eigenen Angaben nach Archäologe und der andere Naturforscher war. Gregory Mansell erklärte sich als großer Bewunderer der Bronzezeit in Skandinavien und Dänemark, während Miles Obury die Gewohnheiten britischer Säugetiere erforschte, wobei er sich insbesondere für die der Dachse interessierte. Im vergangenen Sommer war er zusammen mit Bill Fullalove nachts durch die Wälder gestreift und hatte versucht, die Tiere zu fotografieren. Die beiden Männer hatten sich zu diesem Zweck sogar eine Beobachtungsplattform in einem Baum gebaut. Die Besucher nahmen Mrs Bradley mit in den Wald, um ihr die Plattform zu zeigen, und Obury erzählte ihr, dass das kleine Wäldchen wegen der Geisterlegende »The Groaning Spinney« – das ächzende Dickicht – genannt werde.

Obury und Mansell waren angenehme und gesellige Leute, und so wurde es ein netter Abend. Kurz nach halb elf gingen Deborah und Mrs Bradley zu Bett, und Obury verkündete, er wolle noch einmal in den Wald gehen, um zu schauen, was seine Dachse so trieben. Mansell lachte und meinte, da komme er gerne mit. Vielleicht treibe der Geist ja in dieser Nacht sein Unwesen am oberen Ende des Wäldchens. Die beiden gönnten sich einen Schluck aus Jonathans Weihnachtswhiskyflasche und machten sich dann in ausgelassener Stimmung zu dem kleinen Wald auf, der sich in Richtung des Bungalows der Fullaloves den Hügel hinaufzog. Mansell war besonders fröhlich. Er glaubte nicht an die Existenz von Geistern und hegte daher nicht die geringste Befürchtung, einem zu begegnen.

Jonathan kam nicht mit. Deborah hatte nämlich in ihrem Haushalt die großzügige Sitte eingeführt, dem Personal über Weihnachten freizugeben, und zwar von der Teestunde am Heiligabend an bis um zehn Uhr morgens am Tag nach dem zweiten Weihnachtsfeiertag. Und Jonathan wollte seine Frau in diesem einsamen, abgelegenen Haus auf keinen Fall allein lassen. Dass Deborah sich dank Mrs Bradleys Anwesenheit auch ohne ihn vollkommen sicher gefühlt hätte, war ihm dabei nicht bewusst.

Er zündete sich eine Zigarette an, schürte das Feuer, und ging dann in die Küche, um für den Fall, dass seine Gäste bei ihrer Rückkehr Hunger haben sollten, ein paar Würstchen im Schlafrock und mehrere Mince Pies zu holen. Danach setzte er sich in einen Sessel, nahm ein Buch zur Hand und vergaß die Zeit. Um Viertel nach elf klopfte jemand leise ans Fenster. Jonathan erschrak nicht im Geringsten. Er war es schon seit Jahren (insbesondere während der Zeit vor seiner Heirat) gewöhnt, exzentrische oder in nicht ganz legale Vorgänge verwickelte Freunde durch alle möglichen Arten von Eingängen an alle möglichen Arten von Orten zu schleusen - Schulschlafsäle, Studentenzimmer, Mietwohnungen, verschiedenartigste befestigte Stellungen in verschiedensten Teilen der Welt und einmal auch - allen Bestimmungen der Seebehörde zum Trotz - in ein U-Boot. Also trat er jetzt einfach nur seelenruhig ans Fenster und fragte, wer dort sei.

Es antwortete die wohlbekannte und beruhigende Stimme von Bill Fullalove.

»Ich dachte, ich klopfe lieber nicht an der Tür, um die werte Gattin nicht zu stören.«

»Schon gut«, sagte Jonathan. »Ich komme nach vorn und lasse Sie rein. Gehen Sie ums Haus rum nach vorne, ja? ... Also, was können wir für Sie tun?«

»Oh, na ja, eigentlich nichts. Tiny und ich sind plötzlich ein bisschen in Panik geraten, weil wir uns nicht mehr sicher waren, ob wir auch richtig verstanden haben, wann wir herkommen sollen. Sie können doch sicher nicht wollen, dass wir morgen zum Mittag- und Abendessen kommen und dann auch noch zum Tee und Abendessen am zweiten Weihnachtstag, oder?«

»Natürlich wollen wir das, Sie alter Esel! Warum denn nicht, um alles in der Welt?«

»Na ja –« Bill machte ein verlegenes Gesicht. »Ehrlich gesagt erzählt man sich überall im Dorf, dass Sie Ihrer Köchin und auch allen Dienstmädchen über die Weihnachtsfeiertage freigegeben haben, und da haben wir uns gefragt … besonders, weil wir Ihnen ja auch noch Obury und Mansell aufgebürdet haben …«

»Ob Sie das Geschirr spülen müssen? Stimmt, das müssen Sie. Also wenn Sie das abschreckt, dann sagen Sie lieber gleich jetzt Bescheid!«

»Du liebe Güte, nein! Nur –« Er starrte die drei leeren Gläser an.

»Ja, Mansell und Obury sind in Groaning Spinney auf Geisterjagd gegangen«, erklärte Jonathan und grinste.

»Aber heute Nacht ist es da so duster, dass man nicht mal mehr die Hand vor Augen sieht«, sagte Bill. »Sogar unter freiem Himmel. Ich kenne den Weg wie meine Westentasche und habe trotzdem eine Taschenlampe dabei. Und außerdem glaube ich, dass es bald schneien wird. Na, wie auch immer, dann geh ich mal wieder los.« Er warf einen sehnsüchtigen Blick auf den Dekanter mit dem Whisky. Jonathan – ein willensstarker Mann, der nicht leicht zu beeinflussen war – nahm den Dekanter, verstaute ihn in der Anrichte und holte eine Flasche Gin daraus hervor. Mit einem neuerlichen Grinsen stellte er die Flasche vor seinen Gast hin. Bill lachte und bediente sich.

»Sie bekommen morgen Abend ein Glas – und nur eins –

und dann am zweiten Weihnachtsfeiertag auch nochmal«, erklärte Jonathan. »Das ist die einzige Flasche mit schottischem Whisky, die ich auftreiben konnte, und ich war bereits gezwungen, sie zu öffnen.«

Bill trank seinen Gin aus und ging. Er war schon seit einer halben Stunde fort, als Mansell und Obury zurückkehrten. Sie hatten Zeichen und Wunder zu berichten. Ihre Erzählung wurde allerdings immer wieder davon unterbrochen, dass sie sich heißhungrig die Würstchen im Schlafrock in den Mund stopften.

»Nun ja«, sagte Jonathan in dem Versuch, die wirre Geschichte zu verstehen. »Schließlich hat ihn hier in der Gegend jeder schon einmal gesehen, warum also nicht auch Sie?«

»Aber wir können ihn unmöglich gesehen haben!«, entgegnete Mansell. »Wenn der Mond geschienen hätte, dann hätte ich vielleicht noch denken können, dass mir meine Augen einen Streich spielen, aber es war stockduster, abgesehen von diesem merkwürdigen Licht, das auf das totenblasse Gesicht fiel. Ich bin überzeugt, dass uns da jemand einen Streich gespielt hat.«

»Dann muss es Bill Fullalove gewesen sein«, sagte Jonathan. »Er hat hier kurz vorbeigeschaut, während Sie unterwegs waren. Sie können ihn morgen ja zur Rede stellen. Er kommt zum Abendessen.«

»Wann war er denn hier?«, fragte Mansell.

»Oh, gegen elf, glaube ich.«

»Und wann ist er wieder gegangen?«

»Auch etwa um diese Zeit. Er war kaum länger als zehn Minuten hier, würde ich sagen.«

»Dann muss es Bill gewesen sein«, sagte Mansell.

»Unsinn!«, widersprach Obury entschieden. »Es war der Geist. Ich lasse mir doch meinen Spuk nicht verderben!«

Mrs Bradley, deren französischer Koch es ihr zu Hause nie erlaubte, selbst etwas zu kochen, bat um Erlaubnis, bei der Zubereitung des weihnachtlichen Festmahls helfen zu dürfen. Sie und ihr Neffe hatten die Küche für sich. Deborah, die zunächst hartnäckig darauf pochen wollte, dass ihr von Rechts wegen die Rolle der Hausfrau zustand, wurde von ihrem Mann freundlich aber bestimmt des Raumes verwiesen. Sie dürfe sich nur unter Strafe wieder sehen lassen, meinte er.

Also ging sie zur Kirche. Den neuen Welpen wollte sie bei seiner Mutter auf dem Bauernhof zurücklassen, der auf ihrem Weg lag, damit man sich dort bis zu seiner Entwöhnung weiterhin um ihn kümmern konnte. Obury und Mansell schürten das Feuer im Salon, machten es sich gemütlich und genossen einen herrlich faulen Weihnachtsmorgen. Sie hatten Deborah angeboten, sie in die Kirche zu begleiten, und waren sehr erleichtert, als sie einfach nur gelacht hatte. Die beiden Gäste sahen ihr vom Fenster aus zu, bis sie an der Stelle, an der die gepflasterte Auffahrt in den Feldweg überging, dem hochgewachsenen Wildhüter Will North begegnete und ihm den Welpen überreichte. Daraufhin seufzten sie genüsslich und ließen sich zu beiden Seiten des Kamins in zwei tiefe Sessel fallen.

»Würden Sie denn in Bill Fullalove den Geist wiederkennen, falls es sich herausstellt, dass er es tatsächlich war?«, fragte Jonathan, der kurz den Kopf in den Salon gesteckt hatte, um zu schauen, ob ihnen irgendetwas fehlte. Mansell und Obury waren sich keineswegs sicher, dass ihnen das gelingen würde.

»Wir kennen Bill natürlich beide schon eine ganze Weile«, sagte Mansell. »Aber dieses abscheuliche Gesicht, das wir da gestern Nacht gesehen haben, sah irgendwie vollkommen unwirklich aus. Was meinst du, Obury?«

»Oh, ich gebe dir recht. Ob es nun Bill war oder nicht – ich würde es nicht wiedererkennen. Aber ich bin nach wie vor überzeugt, dass es der Geist war. Und selbst wenn es Bill war, dann könnte ich das nicht beschwören, obwohl wir ja letzten Sommer häufig zusammen die Dachse beobachtet haben. Dazu war das Gesicht einfach zu weit weg. Und dann wurde es auch noch von diesem grausigen Licht beschienen.«

Sie unterhielten sich über den Geist, bis Jonathan wieder in der Küche gebraucht wurde und Mansell das Thema langsam langweilig fand und einschlief. Obury spielte mit der Katze, rauchte, aß Pralinen, las einen Roman und schaffte es, sich die Zeit zu vertreiben, bis der geschäftige Jonathan mit zerzausten dunklen Locken und einer riesigen weißen Schürze um die Taille wieder in den Raum geeilt kam, dieses Mal, um seinen Gästen Getränke zu bringen.

Obury weckte Mansell auf, und sie waren gerade im Begriff, sich zu bedienen, als die Fullaloves an der Haustür erschienen. Fast unmittelbar darauf kehrte Deborah aus der Kirche zurück und brachte Miss Hughes mit, die Leiterin des Colleges. Jonathan und Deborah hatten sie zum Abendessen eingeladen und ihr gesagt, sie könne auch darüber hinaus bleiben, so lange sie wollte.

Miss Hughes stellte sich als rothaarige, fünfundvierzigjährige Frau mit haselnussbraunen Augen heraus. Sie war bereits zwanzig Jahre erfolgreich als Schulleiterin tätig, auch wenn ihre ersten Jahre als Lehrerin anscheinend die Hölle gewesen waren. Sie war eine hochintelligente und willensstarke Frau, wobei ihre Intelligenz sie vor Starrköpfigkeit bewahrte. Die wenigen Freunde, die sie hatte, waren Freunde fürs Leben, deren Zuneigung und Treue nie ins Wanken geriet. Feinde hatte sie merkwürdigerweise keine. Sie war das dritte Kind einer Familie mit zwölf Kindern, und das Leben in einem derart großen Haushalt hatte sie zu einer wahren Improvisationskünstlerin gemacht. Ihre Fantasie und Warmherzigkeit hatte sie hingegen ihrer walisischen Herkunft zu verdanken. Sie war jedoch auch eine sehr praktisch veranlagte Person, so wie es viele walisische Frauen notgedrungen schon immer waren, und die Leitung eines Colleges mit all seinen Problemen - seien es nun Probleme der Disziplin, der Verpflegung, der Dienerschaft, der Handwerker, dem Umgang mit dem Bildungsausschuss und dem Ministerium oder all jene internen Probleme, die zu zahlreich und teilweise zu unwichtig waren, um sie beim Namen zu nennen - war ihr zur zweiten Natur geworden.

Es war ein großer Glücksfall für sie gewesen, dass sie diesen Ort für das College gefunden hatte. Zwar waren die Cotswolds nicht dasselbe wie ihre heimischen walisischen Hügel, aber bei ihrem Anblick wurde ihr dennoch warm ums Herz, und das versöhnte sie mit dem Opfer, das sie hatte bringen müssen, indem sie das Tal ihrer Kindheit verließ.

Sie hatte es als eine ihrer ersten Pflichten angesehen, die Bewohner des alten Herrenhauses aufzusuchen, und Jonathan sofort sympathisch gefunden. Sie liebte Deborah wie eine Tochter, und als sie hörte, dass Jonathans reizende Frau für kurze Zeit an der berühmten Berufsfachschule von Cartaret Englisch unterrichtet hatte, war ihre Freundschaft endgültig besiegelt. Daraus folgte dann auch ganz selbstverständlich, dass Miss Hughes die Weihnachtstage bei den Bradleys verbringen würde, statt in einsamer Pracht in dem riesigen Haus auf dem gegenüberliegenden Hügel zu verweilen.

»Ein Geist?«, fragte Miss Hughes, nachdem sie mit großem Interesse einer Unterhaltung zwischen Mansell und Bill Fullalove gelauscht hatte, in der Mansell Bill ermahnt hatte, er brauche gar nicht erst so zu tun, als sei er nicht der Geist gewesen. »Ich wusste gar nicht, dass es hier in so unmittelbarer Nähe einen Geist gibt.«

»Tja, aber genau so ist es«, sagte Jonathan. »Seine Existenz ist angeblich durch zahlreiche Zeugen belegt. Und es ist auch ein sehr artiger Geist. Er kommt nie näher an unser Haus heran als bis zu diesem Gatter, über dem Mansell und Obury ihn haben hängen sehen. Ich habe einmal ein wenig über ihn geforscht, seit wir hierhergezogen sind. Es handelt sich um Hochwürden Horatius Pile, der dieser Gemeinde von 1801 bis 1857 als Hirte diente. Aber niemand scheint so ganz genau zu wissen, wie es dazu kam, dass man ihn tot über dem Gatter hängend fand. Hier, trinken Sie noch ein bisschen Sherry. Tante Adela hat ihn mitgebracht, deshalb weiß ich, dass er etwas taugt.«

»Na, ich weiß nicht, was Obury oder Mansell gesehen haben«, sagte Bill. »Aber was auch immer es war – ich war es jedenfalls nicht. Ich bin über den Hof zwischen den Stallungen und dann über die Dorfstraße zurück nach Hause gegangen. In so einer pechschwarzen Nacht war das verdammt noch mal viel besser, als durch den Wald zu stolpern. Der letzte Teil vom Dorf zu unserem Haus hoch war schon schlimm genug. Ich hatte ganz bestimmt nicht vor, durch

Groaning Spinney nach Hause zu laufen. Ich habe nämlich etwas dagegen, mir an irgendeiner uralten Ulme den Schädel einzuschlagen.«

»Da stehen größtenteils Buchen«, sagte Obury.

»Aber ich dachte, der Geist würde ohnehin nur bei Mondlicht in Erscheinung treten«, warf Deborah ein.

»Nun, man sieht ihn wahrscheinlich nur bei Mondlicht«, meinte Miss Hughes. »Aber das würde nicht unbedingt beweisen, dass er zu anderen Zeiten nicht auch da war. Sie kennen doch sicher diese Geschichten von Geistern, von denen man nur die Schritte hört und die man nicht sieht? Meiner Meinung nach kann ein solcher Geist sehr wohl gesehen werden, und zwar von Tieren, insbesondere von Hunden, die bekanntlich für übernatürliche Phänomene besonders empfänglich sind.«

»Wo wir gerade von Hunden sprechen«, sagte Mrs Bradley. »Es kam mir ganz so vor, als hätte Worry, der Hund des Wildhüters, neulich eine große Abneigung gegen dieses Gatter gefasst.«

Alle lauschten respektvoll der Geschichte von Worry und dem Gatter, außer Mansell, der weiterhin hartnäckig behauptete, dass es so etwas wie Geister nicht gebe und dass daher selbst ein Hund sie nicht sehen könne. Und außer Bill Fullalove, der erstaunlicherweise die Meinung vertrat, Hunde seien dumm und feige. Tiny Fullalove widersprach dem vehement und stellte im Gegenzug die Behauptung auf, ein guter Hund sei besser als ein guter Mensch. Die Auseinandersetzung der beiden Cousins klang nicht unbedingt liebenswürdig, auch wenn beide sie mit einem Lächeln austrugen. Mrs Bradley lenkte die Unterhaltung daher geschickt auf die römischen

Altertümer, die man in dieser Gegend entdeckt hatte, woraufhin man das Thema Geister ad acta legte, zugunsten einer Diskussion über die Entdeckungen, die man in Chedworth gemacht hatte.

Am Morgen des zweiten Weihnachtsfeiertags drängte sich das Thema jedoch erneut in den Vordergrund. Am Abend zuvor war Schnee gefallen, und am nächsten Morgen funkelten die Sonnenstrahlen auf den Tannenzweigen, die mit weichen, weißen Kristallen beladen waren, und ließen die in Violett- und Silbertöne gekleideten Hügel erstrahlen. Er wolle einen Spaziergang machen, verkündete Obury und lud die anderen ein, ihn zu begleiten. Jonathan wollte daheimbleiben, um das Gemüse für das Mittagessen vorzubereiten, Deborah wollte nicht gern durch Schnee laufen, der ihr nicht behagte, und Mrs Bradley wollte wieder beim Kochen helfen, da dies, wie sie erklärte, ihre einzige Chance im ganzen Jahr war, sich in dieser faszinierenden Kunst zu üben. Also brachen nur Obury, Mansell und Miss Hughes zu einer längeren Wanderung durch die Hügel auf. Ihr Plan war, sich oben auf der Anhöhe links zu halten und über die schneebedeckten Felder zurückzukehren, die an den zum Herrenhaus gehörigen Wald angrenzten.

Bei ihrer Rückkehr fanden sie zwei neue Gäste vor, die in der Zwischenzeit eingetroffen waren: den Leiter des Dorfchores, einen zarten jungen Mann mit femininen Händen und einem grausamen Zug um den Mund, und einen gewissen Mr Baird, einen Börsenmakler im Ruhestand, der Witwer war und zusammen mit seinem Kammerdiener in einem entzückenden kleinen Haus in modernem Stil wohnte, das hinter der Mühle direkt neben der Arztpraxis gelegen war.

Nachdem sich alle gegenseitig begrüßt und vorgestellt hatten, berichteten die Spaziergänger, was sie unterwegs gesehen hatten.

»Der Geist hinterlässt Fußstapfen«, sagte Obury.

»Aber keine von Schuhen oder Stiefeln«, fügte Miss Hughes hinzu.

»Eher wie jemand, der nur auf Strümpfen läuft«, sagte Mansell und lachte. »Bekennt sich hier irgendwer schuldig?«

»Gehen wir doch alle mal hin und schauen uns das an«, schlug Jonathan vor. Wie die anderen auf seinen Vorschlag reagiert hätten, blieb offen, denn in diesem Moment klopfte es an der Tür, gefolgt von dem scheppernden Geräusch der uralten Türglocke. Die Fullaloves-Cousins waren am Abend zuvor nach Hause gegangen und kehrten nun zurück, um auch den zweiten Weihnachtsfeiertag im Herrenhaus zu verbringen. Der aufmerksame Gastgeber reichte Cocktails herum, und es wurden merkwürdige, aber schmackhafte Häppchen serviert, die das Resultat von Mrs Bradleys Küchenexperimenten waren. Das Gespräch spaltete sich auf wie ein Lichtstrahl, der sich in einem Prisma bricht, und so kam es, dass die Geisterfußstapfen für eine Weile in einen Schwebezustand verbannt wurden – in jene magische vierte Dimension der Physik.

Mrs Bradley kam aus der Küche und brachte Nachschub an Häppchen. Dabei stellte sie fest, dass sich an ihrer starken Abneigung gegen Tiny Fullalove auch bei dieser zweiten Begegnung nichts geändert hatte. Und sie merkte zudem, dass sie dem rau, aber herzlich wirkenden Bill genauso wenig über den Weg traute wie seinem jovialen Cousin. Bill war ein anregender Gesellschafter, daran bestand kein Zweifel, denn er wusste viel und verfügte über einen großen Erfahrungsschatz. Er war freundlich und gutaussehend und wirkte auf eine sympathische Weise vergnügt. Niemand teilte die Gefühle, die sie ihm gegenüber hegte - außer vielleicht Miss Hughes, dachte sie.

Sie versuchte, ihre emotionale Reaktion zu rationalisieren, aber das gelang ihr nicht. Beide Cousins hatten in ihren Augen etwas Abstoßendes. Etwas, das auf ihren analytischen Verstand irgendwie unglaubhaft und falsch wirkte. Sie konnte sich das Gefühl nicht erklären, denn Jonathan mochte Bill offenbar, und Deborahs kleine Enthüllung, dass Tiny bei hübschen jungen Frauen gerne mal das Raubtier spielte, hatte keinerlei Einfluss auf Mrs Bradleys Einschätzung. Wie die meisten schönen Frauen war Deborah sehr wohl in der Lage, unerwünschte Annäherungsversuche abzuwehren, insbesondere, seitdem sie eine erfüllte und glückliche Ehe führte. Und Mrs Bradley kannte kaum jemanden, der nicht hier und da einmal in Versuchung geraten wäre, vom Pfad der Tugend abzuweichen. Es war daher auch nicht Tinys Hang, irgendwelche Frauen verführen zu wollen, an dem Mrs Bradley Anstoß nahm, noch Bills Eigenschaft als lebhafter, guter Gesellschafter. Nein, es war etwas anderes, aber was das war, wollte sich ihr bisher nicht erschließen. Also schlug sie sich das Thema aus dem Kopf und ließ sich auf das muntere Gespräch ein, das gerade im Raum geführt wurde. Offenbar amüsierten sich die meisten der anwesenden Personen königlich.

Das Mittagessen, der Tee und das Abendessen des zweiten Weihnachtsfeiertags verliefen in durchaus angenehmer Atmosphäre. Sofort nach dem Abendessen brachen die Fullaloves und ihre beiden Freunde auf. Mrs Bradley beobachtete interessiert, wie die übrigen Anwesenden auf diesen Aufbruch reagierten, denn eigentlich war es noch zu früh am Abend, um die Gesellschaft aufzulösen.

Das Erste, was ihr auffiel, war, dass der Aufbruch der vier Gäste dann tatsächlich auch keineswegs das Ende der Zusammenkunft bedeutete. Der Dorfchorleiter, der mit Miss Hughes in ein Gespräch über den Zusammenhang zwischen Wappenkunde und Massenpsychologie vertieft war, schien den Aufbruch der vier überhaupt nicht bemerkt zu haben. Deborah war offenbar erleichtert, sie losgeworden zu sein, und Baird, der Börsenmakler im Ruhestand - ein gewitzter Schotte mit Halbglatze -, schaute lediglich kurz hoch, nickte zum Abschied und fuhr dann fort, sich mit Deborah über das Edinburgh Festival zu unterhalten. Mansell und Obury wollten um elf wieder zurück sein, was vielleicht erklärte, weshalb sie sich recht beiläufig verabschiedet hatten.

»Na, das war's dann Gott sei Dank fürs Erste«, sagte Jonathan, der die vier zur Tür begleitet hatte, nach seiner Rückkehr. »Also schön, Leute! Lasst uns noch ein Gläschen Port trinken!«

»Ich dachte, du magst die beiden«, bemerkte Deborah, während sie die Flasche weiterreichte, ohne sich selbst etwas einzuschenken.

»Das tat ich auch, besonders Bill, bis zu diesem Weihnachtsfest«, antwortete ihr Ehemann. »Aber heute haben mir die beiden irgendwie die Stimmung verdorben. Es kam mir so vor, als hätten sie die nette Atmosphäre getrübt - oder reagiere ich da jetzt zu empfindlich? Jedenfalls tut es mir leid, dass ich sie eingeladen habe, alle vier, um mal ganz ehrlich und ungastlich zu sein. Insbesondere Tiny und Bill. Und ich bin froh, dass sie weg sind, auch wenn ich nicht wirklich erklären kann, wieso.«

»Ich hoffe, das ist nicht meine Schuld«, sagte der junge Chorleiter plötzlich. »Ich hatte nämlich eine kleine Auseinandersetzung mit Tiny. Er hat Heiligabend ein paar meiner Chorknaben beim Stibitzen von Stechpalmenzweigen erwischt und den Kindern daraufhin Ohrfeigen verpasst, und zwar ziemlich heftige. So etwas dulde ich einfach nicht, und das habe ich ihm auch gesagt. Der Ilex, um den es ging, wuchs noch nicht einmal auf seinem eigenen Grundstück, sondern auf Ihrem, Mr Bradley. Ich habe ihm gedroht, ihn anzuzeigen, falls er noch einmal Hand an meine Kinder legen sollte!«

»Wie lange sind Sie hier schon als Chorleiter tätig?«, versuchte Mrs Bradley taktvoll, das Thema zu wechseln, denn der junge Mann hatte mit heiserer Stimme und – wie Mrs Bradley bei sich dachte – einer übertriebenen, geradezu theatralischen Wut gesprochen.

»Etwas über zwei Jahre«, antwortete er. Es klang, als wäre er erleichtert, dass sie das Gespräch in eine andere Richtung gelenkt hatte. »Ich bin eigentlich Pianist, müssen Sie wissen. Früher habe ich in London als Begleiter für professionelle Sänger gearbeitet, aber dann habe ich im Krieg ordentlich was abbekommen und konnte danach eins meiner Handgelenke nicht mehr bewegen. Es ist zwar auch jetzt noch nicht viel besser geworden, aber für eine Kirchenorgel reicht es noch. Jedenfalls hat mein Arzt mir gesagt, ich sei verrückt, in der Stadt bleiben zu wollen, wenn ich doch eigentlich dringend ein wenig Landluft und etwas Ruhe und Frieden gebrauchen könnte. Hier draußen war gerade eine Stelle frei, und so habe ich mich beworben. Ich verdiene zwar nicht viel, aber ich komme über die Runden.« Er sah der versammelten Gesellschaft herausfordernd in die Gesichter.

»Und hat Ihnen der Ortswechsel denn gutgetan?«, fragte Mrs Bradley freundlich.

»Na ja, das hätte er vielleicht«, antwortete der junge Mann und wurde rot. »Wenn ich mich nicht von vornherein ... Oh, es tut mir leid! Ich bin Ihnen ja bereits schon einmal damit auf die Nerven gegangen. Ich kann Anglo-Inder einfach nicht ausstehen. Mein Vater war einer, und er und ich ...«

»Ich werde mal mit Tiny reden«, sagte Jonathan. »Falls sich die Jungen auf meinem Grund und Boden aufhielten, glaubte er wohl, das Recht zu haben, sie maßzuregeln. Jungs sind zerstörerische kleine Biester, das ist eben ihr Wesen. Aber trotzdem –«

»Ja, er ist Ihr Verwalter«, mischte sich nun Miss Hughes ein, ohne darauf zu warten, dass er seinen Satz zu Ende führte. »Und Jungen können frech und provokant sein. Wir sollten die ganze Geschichte kennen, bevor wir ein Urteil fällen. Meiner Meinung nach –«

Der junge Chorleiter schien ihrem durchaus berechtigten Einwand zornig widersprechen zu wollen, aber dann begegnete er Miss Hughes amüsiertem und gleichzeitig herausforderndem Blick und überlegte es sich anders. Stattdessen bemerkte er lediglich, seiner Ansicht nach könne er sich darauf verlassen, dass seine Chorknaben ihm die Wahrheit sagten, mochten ihre Beine auch so kurz wie manche Lüge sein.

»Tja. Mit der Wahrheit ist das so eine Sache«, sagte Mrs Bradley und schenkte sich ein Glas Portwein ein – ein hybrides Getränk, das sie eigentlich immer gehasst hatte. Unmittelbar darauf kehrten Mansell und Obury zurück.

»Wir haben Tiny und Bill nicht den ganzen Weg zurückbegleitet«, erklärten sie.

Nachdem Emming, der junge Chorleiter, nach Hause gegangen war, bemerkte Jonathan: »Ich wusste gar nicht, dass sein Vater ein Anglo-Inder war. Ich dachte immer, sein Vater sei aus London, und dass der junge Emming – ach, was soll's. Geht uns nichts an. Was sollen wir morgen unternehmen?«

»Dieser junge Mann erinnert mich an jemanden«, sagte Mrs Bradley, die sich nicht vom Thema abbringen ließ. »Erzähl mir mehr über ihn, bitte.«

»Ich glaube, mehr wissen wir gar nicht über ihn, oder, Deb?«

Deborah zögerte kurz. Dann schüttelte sie den Kopf.

Drittes Kapitel

DAS ERWARTETE BEGINNT SICH EINZUSTELLEN

Die Sitte ist's, ohn' nachzudenken
jedweden Trottel zu beschenken

Nathaniel Eaton

Das Weihnachtsfest mag noch so glücklich und fröhlich verlaufen, doch es gibt einen tiefsitzenden menschlichen Instinkt, der einen jedes Mal eine ungeheure Erleichterung empfinden lässt, sobald es vorüber ist. Dieses Gefühl erfüllte alle drei Bradleys an dem Morgen, der auf den letzten Weihnachtsfeiertag folgte. Miss Hughes, Mansell und Obury reisten ab, und die Hausgemeinschaft seufzte tief auf und genoss die Ruhe.

Deborah und Mrs Bradley blieben daheim und machten eine Bestandsaufnahme der Reste, die noch von den Festtagen übrig waren. Die Mitglieder der Dienerschaft kehrten mehr oder minder zur verabredeten Zeit ins Haus zurück, nachdem sie getreu und stoisch durch den mittlerweile recht tiefen Schnee gestapft waren. Jonathan brach zu einem Spaziergang auf und folgte dabei einem Pfad, der ihn in einem wilden Tanz den Hügel hinaufführte. Unterwegs musste er immer wieder über Schneewehen kraxeln und versank dabei teilweise bis zu den Oberschenkeln.

»Hast du die Geisterfußstapfen gesehen?«, fragte Deborah, als er zurückkehrte.

»Ich bin in eine andere Richtung gegangen«, antwortete Jonathan. »Wie sieht es mit einem Bad aus? Funktioniert alles wie es sollte?«

»Ja, es gibt jede Menge heißes Wasser. Geh ruhig hoch.«

Während er ein Bad nahm, begutachteten Deborah und Mrs Bradley ihre Weihnachtsgeschenke.

»Büchergutscheine. Das heißt, dass wir nach Cheltenham oder Gloucester müssen«, verkündete Deborah, nachdem sie ein Dutzend bunter Karten durchwühlt hatte. »Wann sollen wir fahren? Morgen?«

»Ich weiß nicht recht. Ich glaube, ich warte, bis ich wieder in London bin«, antwortete Mrs Bradley.

»Oh nein! Ich will meine Bücher mit dir zusammen aussuchen. Aber solange so viel Schnee liegt, können wir natürlich nicht fahren. Ich frage mich, was die Köchin zum Mittagessen macht? Ich hoffe doch sehr, es ist zur Abwechslung mal etwas ganz Banales.«

Zur Überraschung aller gelang es dem Postboten am frühen Nachmittag, das Haus zu erreichen. Niemand hatte mit ihm gerechnet, denn um kurz nach ein Uhr hatte es erneut zu schneien begonnen, und die Flocken fielen lautlos und stetig bis vier Uhr nachmittags weiter.

Doch just als Mrs Bradley um Viertel nach zwei hoch auf ihr Zimmer gegangen war, um ein paar Briefe zu schreiben, von denen sie nicht wusste, ob sie sie an diesem Tag überhaupt auf die Post würde geben können, kämpfte sich Sidney Blott, der nicht nur der Sohn der Postmeisterin, sondern auch der Postbote war, zum Haus hoch, um seine Fracht aus Briefen, Geschenken und verspäteten Weihnachtskarten zuzustellen.

Er entschuldigte sich dafür, nicht schon morgens gekommen zu sein, aber anscheinend war die Post auch im Postamt mit Verspätung eingetroffen. Das Postauto wäre fast nicht durchgekommen, berichtete er, da die Straßen nahezu unbefahrbar waren. Als das Postauto endlich bei ihnen eingetroffen war, meinte Sidneys Mutter, Sidney solle mit dem Austragen der Post doch lieber bis zum nächsten Morgen warten. Die Auseinandersetzung zwischen Mrs Blott und ihrem Sohn habe sich bis nach dem Mitttagessen hingezogen, erzählte Sidney den Bewohnern des Herrenhauses, aber er habe gewonnen, indem er einfach geschwiegen hatte, während seine Mutter sich den Mund fusselig redete.

»Also ich muss Ihrer Mutter da eigentlich recht geben, Sidney«, sagte Deborah und zog ihn ins Haus hinein. »Aber da Sie ja nun so freundlich waren zu kommen, sollten Sie etwas trinken, um sich aufzuwärmen.«

»Dann hätt' ich gern ein Bier, eure Ladyschaft«, sagte Sidney. »Aber nur, wenn seine Lordschaft auch welches da hat.«

Weil der frühere Besitzer des Anwesens ein Adliger und Mitglied des Oberhauses gewesen war, hatten Sidney und seine Mutter es sich in den Kopf gesetzt, die neuen Besitzer mit einem Titel anzusprechen, der ihnen nicht zustand. Es hatte sich als unmöglich erwiesen, sie davon abzubringen.

»Aber die Briefe und Pakete, die wir bekommen, sind doch an Mr oder Mrs Bradley adressiert!«, hatte Deborah zu bedenken gegeben. Die Postmeisterin hatte ihr zugestimmt.

»Aber«, hatte sie dann gesagt, »im alten Haus haben immer

ein Lord und eine Lady gewohnt, und ich habe immer für die Konservativen gestimmt und werde das auch in Zukunft immer tun.«

»Aber dann sollten Sie auch Miss Hughes oben im College ›Mylady‹ nennen«, meinte Deborah.

»Oh nein, ganz bestimmt nicht«, entgegnete Mrs Blott mit großer Bestimmtheit. »Die ist doch nur eine Art Haushälterin. Sie muss für ihren Lebensunterhalt arbeiten, genau wie ich.«

»Aber das muss mein Mann auch, und ich musste es auch, bevor ich ihn geheiratet habe.«

Doch die Postmeisterin ließ sich nicht überzeugen. Als Jonathan einen Tag vor Weihnachten ihren Laden betrat, kam sie erneut auf das Thema zu sprechen.

»Und dann noch diese ganzen perfiden jungen Lehrerinnen!«, sagte sie zum Abschluss mit Nachdruck. Selbst Jonathan fühlte sich verpflichtet, gegen diese Bezeichnung Protest einzulegen.

»Das ist die reinste Verleumdung, Mrs Blott«, sagte er zu ihr, während er ihr das Geld für seinen Tabak hinzählte. »Selbst wenn Sie wüssten, was ›perfide‹ überhaupt bedeutet – und eine so gebildete Frau wie Sie sollte ein solches Wort doch wohl kennen –, trifft es noch lange nicht zu. Diese jungen Lehrerinnen sind unglaublich engagiert und mit großem Ernst bei der Sache. Viele von ihnen haben andere, weniger anstrengende Stellungen aufgegeben, um sich einem Ideal zu verschreiben, und ihr Eifer ist geradezu klösterlich zu nennen. Auch wenn das wahrscheinlich nur so lange dauert, bis sie entdecken, was bei dieser Arbeit alles von ihnen verlangt wird.«

»Das ist ja ein tolles Ideal, wenn die da den Mädels beibringen, mit so Jungs wie Bob Wootton und Tommy Mayhew zu flirten«, entgegnete Mrs Blott und schniefte empört. Da sich auf diese Bemerkung nur mit einem direkten Widerspruch antworten ließe, der jedoch auf eine ebenso direkte Lüge hinausgelaufen wäre, steckte Jonathan einfach nur seinen Tabak und sein Wechselgeld ein, lachte und verabschiedete sich von ihr.

An dem Nachmittag, an dem Sidney sich im Schnee zu ihnen hochgekämpft hatte, ließen sich Jonathan und Deborah daher die ihnen zugedachten, unerwünschten Titel widerspruchslos gefallen und gingen ins Morgenzimmer, um die Post durchzusehen.

»Oh Gott!«, sagte Jonathan. »Ich hoffe, das hier ist nicht erst der Anfang und es kommen noch mehr davon! Hast du auch einen?«

»Einen was?«, fragte Deborah, die damit beschäftigt war, ein paar verspätete Weihnachtskarten zu öffnen.

»Einen anonymen Beitrag, der dein Wissen über meinen Lebenswandel erweitern möchte. Ich habe hier ein rechtes Prachtexemplar über dich!«

»Zeig's mir.« Sie nahm den Brief entgegen, den ihr Mann ihr reichte, und zu seiner Bestürzung wurde sie scharlachrot im Gesicht. »Oh je!«, rief sie. »Wer um alles in der Welt könnte denn darüber Bescheid gewusst haben!«

»Worüber Bescheid gewusst haben?«, fragte Jonathan. »Du liebe Güte, das stimmt doch wohl nicht?«

»Nein, natürlich nicht. Aber ich hatte ein bisschen Ärger mit ihm, kurz nachdem wir hierhergezogen sind. Das ist jetzt kein Problem mehr.«

»Aber warum zum Teufel hast du mir nichts davon erzählt? Ich hätte ihm das Genick gebrochen!«

»Ja, das weiß ich doch, du Hohlkopf! Genau deshalb habe ich es dir ja gerade eben nicht erzählt. Er hatte jedenfalls überhaupt nichts davon - so oder so. Aber ich frage mich - was ist das für ein Poststempel auf dem Umschlag?«

»Cheltenham. Kaum überraschend. Schließlich braucht jeder, der im Dorf wohnt, nur in den Bus zu steigen, um dorthin zu kommen.« Er stand auf. »Ich fahre nach Cheltenham und werde dort - ach, verdammt! Ich nehme an, wer auch immer das war, hätte den Brief nur in den nächsten Briefkasten zu werfen brauchen. Er oder sie hätte es wahrscheinlich nicht einmal nötig gehabt, das Postamt zu betreten, um eine Briefmarke zu kaufen. Aber ich weiß, was ich stattdessen tun werde. Ich werde herausfinden, wer aus dem Dorf am Tag vor Heiligabend nach Cheltenham gefahren ist und zu welchem Zweck. Das könnte uns einen Hinweis geben.«

»Oh, Darling, mach dir doch nicht die Mühe. Irgendein Scheusal glaubt, er oder sie hätte Wind von einem kleinen Skandal bekommen und will auf diese Weise Zwietracht säen. Mehr ist das nicht. Am besten ignorieren wir die Sache einfach.«

»Ich weiß nicht recht«, sagte Jonathan. Die ruhige und vernünftige Haltung seiner Frau zeigte, wenn auch gegen seinen Willen, ihre Wirkung. »Weißt du, wenn das nur die Reaktion eines einzelnen Scheusals auf einen einzigen besonderen Vorfall war und die Sache damit abgeschlossen ist, dann ist alles gut. Aber es wäre doch denkbar, dass dies nur der Anfang einer ganzen Flut anonymer Briefe ist. In diesem Fall müssen wir energisch durchgreifen und das Ganze im Keim ersticken. Dieser Brief berechtigt uns zu einer Anzeige wegen Rufmords, würde ich sagen, und wenn ich damit recht habe, sollten wir versuchen, das so weit auszureizen wie nur irgend möglich. Ich nehme an, wir gelten hier immer noch als Fremde und werden daher bis zu einem gewissen Grad abgelehnt. Und mindestens eine Person hier im Ort ist der Meinung, dass uns das angreifbar macht.«

»Also schön«, sagte Deborah. »Wie wäre es denn, wenn wir damit zum Pastor gingen? Er ist nicht nur ein äußerst liebenswerter alter Mann, sondern auch sehr vernünftig und wird wahrscheinlich sofort sagen können, um wen es sich bei dieser anonymen, sensationslüsternen Person handelt.«

»Eine sehr gute Idee«, sagte Jonathan grimmig. »Ich gehe gleich jetzt zu ihm.«

»Oh, warte doch bis morgen damit«, sagte Deborah. »Tante Adela wird in einer Stunde ihren Tee einnehmen wollen, und außerdem herrscht dort draußen doch so entsetzliches Wetter. Es schneit schon wieder.«

»Du liebe Güte!«, rief der reuige Gastgeber. »Ich hatte vollkommen vergessen, dass Tante Adela hier ist. Wohin hat es sie denn verschlagen?«

Sie entdeckten Mrs Bradley in der Küche. Sie war mit ihrer Korrespondenz fertig geworden und half nun bei der Zubereitung des Abendessens. Währenddessen erzählte sie einem begeisterten, aus der Köchin und den Hausmädchen Jane und Carrie bestehenden Publikum, die Geschichte von George Joseph Smith und seinen in der Badewanne ertränkten Ehefrauen. Die Zuhörer putzten das Gemüse oder spülten die verschiedenen, von Mrs Bradley benutzen Kochutensilien und hingen derweil atemlos an ihren Lippen. Mrs

Bradley selbst war damit beschäftigt, alle möglichen herzhaften Köstlichkeiten zuzubereiten, die sich jedoch eher durch ihren Duft als ihr Aussehen empfahlen.

»Kochen befreit den Geist! Siehe dazu Captain MacHeaths Ansichten zu den Frauen im Allgemeinen«, verkündete Mrs Bradley, als ihr Neffe und seine Frau die Küche betraten. »Und Mord macht die ganze Welt miteinander verwandt. Daran besteht nicht der geringste Zweifel.«

»Ich erinnere mich an einen merkwürdigen Fall, der sich zutrug, als ich noch in Gloucester wohnte«, warf Mrs Fairleaf, die Köchin, ein. »Da hat jemand seinen Großneffen ermordet, weil der an Geister glaubte. Und es ließ sich anscheinend nicht klären, ob nun die Geister den Mord begangen hatten oder ob der Mord dafür gesorgt hatte, dass die Geister sich verzogen haben, denn danach wurde dort nie wieder ein Geist gesehen.«

»Interessant«, sagte Mrs Bradley. »Ich werde das in mein nächstes Buch einfließen lassen, Mrs Fairleaf.«

»Hör mal, Tante Adela«, sagte Jonathan, nachdem sich Mrs Bradley endlich bereit erklärt hatte, die Küche zu verlassen. »Was hältst du hiervon?« Er zeigte ihr den anonymen Brief. Mrs Bradley las ihn und schüttelte den Kopf.

»Ich würde ihn behalten«, sagte sie kurz. »Ich nehme an, du erkennst die Handschrift nicht wieder?«

»Nein, leider nicht. Aber außer ein paar Nachrichten des früheren Besitzers dieses Anwesens, ein oder zwei Briefen von Miss Hughes und mehreren Notizen von Tiny Fullalove, bei denen es um das Haus oder Grundstück ging, habe ich, glaube ich, von niemandem hier im Ort jemals etwas Schriftliches erhalten oder gesehen.«

»Falls du noch weitere anonyme Briefe bekommen solltest, würde ich sie zusammen mit den Schriftstücken, von denen du eben gesprochen hast, einem Experten vorlegen. Damit würdest du zumindest deinen Bekanntenkreis entlasten, auch wenn du möglicherweise sonst nichts damit erreichst.«

»Meiner Ansicht nach sind meine Bekannten bereits entlastet«, erklärte Jonathan. »Tiny Fullalove würde mich wohl kaum auf seine eigenen schmutzigen Spielchen aufmerksam machen, und die anderen hätten nicht das geringste Interesse daran, mir diese Information zukommen zu lassen - selbst, wenn sie darüber Bescheid gewusst hätten.«

»Bist du dir da sicher?«, fragte Mrs Bradley wie aus der Pistole geschossen.

»Was ist mit Bill Fullalove?«, fragte Deborah.

»Bill? Der hätte mir das mündlich erzählen können, wenn er es mir denn unbedingt hätte erzählen wollen. Falls er überhaupt davon wusste. Wusste er über die Sache Bescheid, Deb?«

»Ja«, antwortete Deborah. »Ich habe es ihm selbst erzählt. Ich glaube, er hat Tiny deswegen ein blaues Auge verpasst. Und das hätte er wohl kaum getan, wenn er vorgehabt hätte, dir anonyme Briefe zu schreiben, oder?«

»Eher unwahrscheinlich. Aber ich wünschte, du hättest es mir erzählt, Deb.«

»Sie hat gut daran getan, es dir nicht zu erzählen«, sagte Mrs Bradley. »Es wäre etwas anderes gewesen, wenn sie deinen Schutz gebraucht hätte. War das der einzige Brief?«

»Nein, aber für dich ist leider nichts angekommen«, antwortete Deborah. »Da sind noch ein oder zwei Pakete, Jon. Lass uns in den Salon gehen und sie öffnen. Komm doch mit,

Tante Adela. Du darfst auch jedes Paket schütteln und raten, was drin ist. Ich habe noch nichts von Cecila Randome gehört, also ist mit ziemlicher Sicherheit eins der Pakete von ihr.«

Der Rest des Tages und auch der Abend und die Nacht verstrichen ohne weitere Vorkommnisse. Nur der Schnee fiel stetig weiter. Am nächsten Morgen war das Haus zwar nicht komplett eingeschneit, doch Jonathan ließ sich trotzdem von Deborah dazu überreden, seinen Besuch beim Pfarrer aufzuschieben und stattdessen im Haus vor dem Kamin zu bleiben. Mrs Fairleaf machte sich daran, Brot zu backen, und das war nur gut so, denn die örtlichen Händler hatten offenbar beschlossen, dass der Weg zum Haus unpassierbar war - zu steil, zu verschneit und zu mühsam. Solange die Telefonkabel der Schneelast noch standhielten, riefen immerhin einige von ihnen an, um sich zu erkundigen, wie sie weiter verfahren sollten.

»Für ein oder zwei Tage kommen wir klar«, sagte Deborah. »Wir haben noch Reste vom Weihnachtsessen, und es gibt mehr als genug Gemüse. Aber ich hoffe, es wird nicht noch schlimmer.« Sie warf einen besorgten Blick aus dem Fenster zu den wirbelnden weißen Schneeflocken hinaus, die sanft auf die Fensterbretter und Stufen herabfielen und sich in immer dickeren Schichten auf dem Weg und den Böschungen im Garten, im Park und rund um das Haus niederließen. »Wenn es auf dem Land schneit, hat das etwas Unheimliches. Das ist mir bisher noch nie aufgefallen. Es ist so entsetzlich lautlos. Es wäre mir lieber, es würde regnen. Das kann man wenigstens hören.«

»Ich vermisse die Zeitungen«, sagte Jonathan. »Das Radio ist ja in gewisser Hinsicht ganz okay, aber -«

»Was sagte denn der Wetterbericht?«

»Schneefälle in hohen Lagen, die sich nach Osten und Süden ausbreiten.«

»Oh je! Dann könnten wir ja tagelang abgeschnitten sein!«

»Ja. Ich denke, ich sollte uns morgen besser einen Weg freischaufeln. Dann habe ich wenigstens was zu tun. Ich brauche dringend Bewegung.«

»Ja, aber nicht, wenn es immer noch schneit. Und der Wetterbericht klang ganz danach. Wie es Miss Hughes wohl gehen mag? Ich bin froh, dass sie da oben nicht ganz allein ist. Es ist ein so entsetzlich großes und hässliches Haus.«

»Ich wünschte, sie wäre hier bei uns geblieben. Aber eine ihrer Lehrerinnen wollte ja zurückkommen, um ihr Gesellschaft zu leisten, ein oder zwei Tage bevor die Studentinnen zurückkehren, nicht wahr? Da bin ich wirklich froh drüber. Trotzdem, falls ich es morgen tatsächlich schaffen sollte, den Weg freizuräumen, werde ich mal hochgehen und nach ihr schauen. Ob ich wohl –« Er beendete seinen Satz nicht, schloss den Mund und presste die Lippen zusammen. Dieser verdammte anonyme Brief, dachte Deborah. Der hat ihm gründlich die Stimmung verdorben. Zum wohl hundertsten Mal fragte sie sich, wer ihn geschrieben haben könnte. Das, zusammen mit dem Schnee und der einsamen Lage des Hauses, war schon Grund genug, um ins Grübeln zu geraten. Und wenn man anfing zu grübeln, führte das unweigerlich zu Ärger. Sie legte ihrem Mann die Hand auf den Arm.

»Diese schreckliche Amy Curtis hat mir eine unglaublich hässliche Handtasche geschickt«, verkündete sie. »Meinst du, ich könnte ihr im Gegenzug diesen Buchgutschein im Wert von einer Guinee schenken, den mir Myra Standish geschickt und nicht unterschrieben hat, und mir für das Geld stattdessen ein paar Strümpfe kaufen? Ich habe dieses Jahr zu Weihnachten Dutzende von Büchergutscheinen bekommen und kein einziges Paar Strümpfe.« Jonathan lachte, vergaß die kalte Wut, die er auf den flegelhaften Mr Fullalove hatte, und zog Deborah auf seine Knie.

»Du bist ein unmoralischer kleiner Frechdachs« sagte er und schlang seine Arme um sie. »Mach, was du willst, aber du wirst noch ein, zwei Tage damit warten müssen. Ich frage mich –« Er lachte erneut. »Ich frage mich, ob unser Geist den Schnee wohl mag?«

»Nicht doch! Jetzt fang nicht auch noch von dem Geist an«, sagte Deborah. »Schnee macht mir Angst, glaub mir. Ich wusste das bisher nicht, aber so ist es. Es ist ein garstiges Zeug, das sich auf leisen Sohlen anschleicht und dann zu einer riesigen, undurchdringlichen Decke wird, die alles unter sich begräbt. Ich hasse Schnee.«

»Na, na«, protestierte Jonathan. »Jetzt lass mal nicht deine Fantasie mit dir durchgehen. Wenn man auf dem Land lebt, muss man lernen, mit dem Wetter zu leben. Wo soll das sonst hinführen?«

Während der Nacht hörte es auf zu schneien. Also zog Jonathan sich am folgenden Tag eine Reithose, Stiefel und einen dicken Pullover an, nahm sich einen Spaten, eine Schaufel und einen kräftigen Besen und machte sich daran, vor jeder Tür des Hauses einen Pfad freizulegen. Der Schnee war leicht und weich, und so fiel ihm die Arbeit nicht schwer. Um elf Uhr morgens war er hinter dem Haus bis zum Komposthaufen vorgedrungen, und vor dem Haus bis zum Ende der Rasenfläche. Dann ging er ins Haus für das zweite Frühstück und verkündete dort, dass er jetzt zum College gehen werde, um zu schauen, wie es Miss Hughes ging und ob ihre Freundin eingetroffen war.

Gegen fünf Uhr morgens hatte es aufgehört zu schneien. Sämtliche Fußspuren vom Tag zuvor waren zugedeckt worden. Die Wintersonne versuchte, sich einen Weg zur Erde zu bahnen, doch der Himmel hing immer noch voller Schnee. Jonathan sah zu den Wolken hinauf, als er das Haus verließ, um zu seinem langen und beschwerlichen Fußmarsch aufzubrechen, und fragte sich, ob es nicht möglicherweise Zeitverschwendung gewesen war, die Wege zum Haus freizuschaufeln.

Als er das College erreichte, war er vollkommen erschöpft. Zwischendurch war er bis zu den Oberschenkeln im Schnee versunken. Die Wege waren überall in einem sehr schlechten Zustand gewesen. Er schaute kurz im Pförtnerhaus vorbei, bevor er weiter zum Haupthaus ging, und wurde prompt von der respekteinflößenden Miss Emma Wootton - der Schwester von Abel Wootton und Harry Wootton, und Bobby Woottons strenger Tante - ins Haus gezogen.

»Also sowas, Sir!«, sagte sie tadelnd. »Sie haben wohl nicht genug zu tun!«

»Ich bin herkommen, um zu schauen, wie Miss Hughes zurechtkommt«, erklärte Jonathan und fühlte sich wie ein kleiner Junge, dessen Gesicht mit Marmelade verschmiert ist. »Wissen Sie, ob Miss Diana Bagthorpe eingetroffen ist?«

»Ja, ist sie. Sie ist schließlich für die Leibesertüchtigung zuständig. Da dürfte ihr das Wetter nicht so viel ausmachen.«

»Oh, sie ist also die Sportlehrerin, ja? Ich bin froh, dass sie es hergeschafft hat.«

»Ihr Bus ist kurz vor Stroud steckengeblieben. Den Rest des Wegs ist sie zu Fuß gegangen.«

»Du liebe Güte! Da muss sie ja eine wahre Amazone sein!«

»Nein. Sie ist klein und tüchtig. Eine von der sehnigen, zähen Sorte. Aber als sie hier ankam, war sie vollkommen erledigt und bis auf die Haut durchnässt, genau wie Sie. Sie hatte das Gefühl, unbedingt herkommen zu müssen, wegen Miss Hughes. Die hat das Herz auf dem rechten Fleck, die Kleine!«

»Das will ich meinen. Ich würde sie gern kennenlernen.«

»Nun, das werden Sie auch. Also, Sir, dann ziehen Sie jetzt mal diese vollkommen durchnässte Hose aus. Ich hänge sie vors Feuer, und wenn Sie dann auf dem Rückweg wieder hier vorbeikommen, ist sie trocken. Von hier aus bis zum College ist der Weg einigermaßen begehbar. Abel und Harry haben einen Pfad freigelegt, also solange Sie zurück sind, bevor es wieder anfängt zu schneien, schaffen Sie es wenigstens einigermaßen trocken wieder heim.«

»Aber ich kann doch nicht –«

»Jetzt machen Sie mal schön, was ich Ihnen sage, Sir. Ich hab' hier die Cordhose von meinem Bruder Abel, die wird Ihnen wunderbar passen. Ich habe für meine Brüder immer ein paar extra Sachen hier. Und Sie brauchen sich nicht zu genieren, in meiner Gegenwart die Hose auszuziehen – von sowas nehme ich gar keine Notiz. Dazu habe ich schon viel zu oft Männer gesehen, die durch und durch nass und verdreckt waren.«

Also zog Jonathan sich gehorsam die Hose aus und schlüpfte stattdessen in die Cordhose von Abel Wootton, die tatsächlich um einiges bequemer war als sein eigenes, vollkommen durchnässtes Kleidungsstück. Der freigelegte Pfad zum College war zwar nur knapp über einen halben Meter breit, fühlte sich jedoch nach dem mühsamen Gekraxel den Hügel hinauf, das er hatte auf sich nehmen müssen, nachdem er den Stallhof am Fuß seines eigenen Hügels verlassen hatte, geradezu himmlisch an. Er war Miss Wootton dankbar und bereute, sie jemals insgeheim als herrische alte Ziege bezeichnet zu haben.

Im College war alles, wie es sein sollte. Miss Hughes und die Sportdozentin hatten es sich vor einem großen Feuer gemütlich gemacht. Die eine hatte die Collegekatze auf dem Schoß, die andere war mit einer Stickerei beschäftigt. Er blieb lange genug, um sich zu vergewissern, dass im Haus reichlich zu Essen vorhanden war und auch genug Dosenmilch, dass man im Collegeofen Brot backen konnte und dass keine der beiden Damen besorgt war, weil sie eingeschneit waren. Die Studentinnen sollten in drei Tagen eintreffen. Miss Hughes hoffte, dass der Schnee bis dahin geschmolzen sein würde.

Sie folgte Jonathans Blick, der zum Fenster hinaus in den bleiernen Himmel gerichtet war, zuckte mit den Schultern und lachte.

»Wir müssen tun, was wir können«, sagte sie in aller Ruhe. »Was nicht sein soll, wird auch nicht geschehen. Es hat keinen Sinn, sich Sorgen zu machen. So wie ich meine Studentinnen kenne, werden die es schon hierher schaffen, mit oder ohne Gepäck. Ich werde versuchen, mit meinem Auto zu helfen, wo ich kann, aber bei solchen Bedingungen werde ich nicht viel ausrichten können.«

Sie bot Jonathan ein Glas Rum mit Zitrone an, was er dankbar annahm, und lenkte das Gespräch dann auf den

Geist. Miss Bagthorpe, die sich als fröhliche, lebhafte Person herausstellte und ein wenig wie ein menschlicher Gummiball wirkte, meinte, es bedeute den Tod, wenn man einen Geist sah. Jonathan und Miss Hughes versuchten, sie von dieser Meinung abzubringen, und die Diskussion nahm munter ihren Lauf, bis es für Jonathan Zeit war zu gehen.

Miss Wootton hatte in der Zwischenzeit seine Hose getrocknet, und zwar ohne sie zu versengen. Er hatte keine Ahnung, wie sie das in dieser kurzen Zeit angestellt hatte und sagte dies auch. Aus einem Impuls heraus fügte er plötzlich hinzu:

»Miss Wootton, ich habe gehört, Sie seien eine Person, die nötigenfalls etwas für sich behalten kann. Was würden Sie sagen: Wer im Dorf ist schrullig genug, um mir einen moralisch fragwürdigen Brief zu schreiben?«

»Diese affektierte Person, die für Mr Fullalove den Haushalt macht«, antwortete Miss Wootton wie aus der Pistole geschossen. »Von den hiesigen Leuten würde das niemand tun.«

Jonathan fand diese Behauptung abwegig und war sich sicher, dass sie auf Vorurteilen beruhte, aber er nickte unverbindlich und machte sich auf den Heimweg.

Gerade, als er begann, den Weg hinaufzusteigen, der zu seinem Haus führte, begegnete er dem Gärtner der Fullaloves, einem Mann namens Anstey.

»Der Chef hat sich das Bein gebrochen, Sir«, sagte Anstey. »Und da hat er sich gefragt, ob Sie wohl hochkommen könnten, weil er gern mit Ihnen sprechen würde. Ich hab' 'ne Nachricht bekommen, dass ich selber nicht hingehen soll, sondern direkt hierher zu Ihnen gehen soll. War nur ein Zettel, den mir jemand unter der Tür durchgeschoben hat.«

»In Ordnung«, sagte Jonathan. »Was macht denn der andere Mr Fullalove? Mr Bill?«

»Der musste zu irgendeinem Termin nach Gloucester, Sir, oder jedenfalls hat mir der Chef das gestern so erzählt. Keine Ahnung, wie er es dorthin schaffen will. Hier ist der Schlüssel, Sir. Der Chef kann nicht zur Tür kommen, so steht's jedenfalls auf dem Zettel. Klingt so, als wäre das mit seinem Bein sehr schlimm. Jedenfalls soll ich selber nichts tun. Nur Sie holen soll ich.«

»Wo ist denn Mrs Dalby Whittier? Kann sie mich nicht ins Haus lassen?«

»Die ist über Weihnachten nach London gefahren, Sir, und der Chef hat mir gesagt, er hätte ihr geschrieben und ihr gesagt, sie solle bloß nicht versuchen zurückzukommen, in diesem ganzen Schnee.«

»Alles klar. Dann gehen Sie doch jetzt hoch zu meinem Haus und geben dort Bescheid, dass ich heimkomme, sobald ich kann. Und dann sollten Sie wohl besser ebenfalls zu den Fullaloves hochkommen, um mir zu helfen.«

Er faltete die Notiz auseinander, die Anstey ihm gereicht hatte, und runzelte die Stirn. Sie war mit der Schreibmaschine geschrieben worden, und der Verfasser hatte nicht mit der Hand, sondern nur mit zwei maschinengeschriebenen Initialen unterschrieben. Hätte Jonathan nicht gewusst, dass Tiny Fullalove gar keine Schreibmaschine besaß, und hätte er nicht jenen verleumderischen Brief über Deborah erhalten, in dem Tiny Fullalove darüber hinaus auch noch erwähnt wurde, dann hätte er vielleicht anders gehandelt. So aber stapfte er zwar zunächst ein Stück den Hügel hinauf, um zum Bungalow der Fullaloves zu gehen, besann sich dann jedoch eines Besseren, kletterte über den Zaun, der Groaning Spinney umgab, und ging quer durch den Wald zurück zu seinem eigenen Haus. Er fand, er könne die Information, die er erhalten hatte, zumindest überprüfen. Es wäre überaus ärgerlich, den langen Fußmarsch durch den tiefen Schnee und den Hügel hinauf zum Bungalow auf sich zu nehmen, wenn dies womöglich gar nicht notwendig war. Mit anderen Worten: Er beschloss, Tiny erst anzurufen, bevor er weitere Schritte unternahm.

Im Wald lag nicht mehr so viel Schnee, wie er erwartet hatte, aber es gab immer wieder kleine, plötzliche Lawinen, die von den schwer beladenen Ästen herabrutschten. Jonathan lief, so schnell er konnte. Als er an der Böschung vorbeikam, in der die Dachse immer ihre Höhlen bauten, fiel ihm die hölzerne Plattform auf, die Obury und Bill Fullalove im Sommer gebaut hatten, um die Tiere von dort mit Blitzlicht fotografieren zu können. Sie lag nun unter einer derart tiefen Schneeschicht begraben, dass er sich fragte, ob sie nicht einstürzen würde, bevor das Tauwetter einsetzte. Man hatte sie in etwa zweieinhalb Metern Höhe in eine Astgabelung gebaut, und die Schneefläche darunter war mit winzigen Löchern durchsetzt, als hätte es bereits zu tauen begonnen. Doch er schenkte der Sache nur wenig Aufmerksamkeit, denn im nächsten Moment musste er sich durch die fast hüfthohe Schneewehe am Fuß der Böschung kämpfen.

»Das ging aber schnell«, sagte Deborah, als er das Haus betrat. »Anstey hat gesagt, du wolltest zu Tiny gehen.«

Jonathan ging zum Telefon, musste jedoch verärgert feststellen, dass er im Bungalow der Fullaloves niemanden erreichen konnte.

»Verdammt!«, sagte er und gab auf. »Dann muss ich wohl doch da hochgehen. Ich glaube ja immer noch, dass das Ganze nur ein blöder Scherz ist, und ich habe unseren anonymen Freund im Verdacht. Aber ich sollte kein Risiko eingehen. Am Ende hat sich der Bursche tatsächlich das Bein gebrochen.«

»Aber iss doch wenigstens erst etwas«, sagte Deborah. »In anderthalb Stunden wird es dunkel. Du kannst im Bungalow übernachten. Bitte versuch nicht, wieder zurückzukommen.«

»Wir werden sehen«, sagte Jonathan. »Aber ich sollte jetzt besser nicht noch länger hierbleiben. Bis später, hoffe ich!« Er nahm seinen Stock und machte sich auf den Weg.

Es war ein brutaler Marsch. Der Schnee hatte alle landschaftlichen Merkmale unter sich begraben. Zwar bereitete der Weg durch den Wald Jonathan keine großen Schwierigkeiten, aber als er die offenen Felder überquerte, gab es außer den allgemeinen Konturen der Landschaft nichts, an dem er sich hätte orientieren können. Während er sich weiterkämpfte, kam es ihm so vor, als bahnte er sich einen Weg durch eine unbekannte Wüste. Bäume und Hecken hatten ihre wahre Gestalt verloren, und die Landschaft war all ihrer üblichen Farben und Formen beraubt.

Er kletterte über das schneebeladene Geistergatter und sah endlich den Bungalow vor sich. Dort angekommen, zog er den Schlüssel aus der Tasche und betrat das Haus. Das Erste, was ihm auffiel, war, dass der Hörer nicht auf der Gabel, sondern neben dem Telefon lag.

Nirgendwo im Haus war auch nur eine Menschenseele zu sehen. Der mit Schreibmaschine getippte, nur mit Initialen versehene und angeblich von Tiny Fullalove stammende Brief war Jonathan schon höchst verdächtig vorgekommen, doch jetzt war er sich sicher, dass es sich um einen bösen Scherz handelte. Der Gedanke, ein Mann mit einem verletzten (und möglicherweise gebrochenen) Bein wäre in der Lage gewesen, sich erst zum Schreiben dieser Notiz an eine Schreibmaschine zu setzen und dann das Haus zu verlassen, war absurd. Er nahm an, dass der Verfasser des anonymen Briefs von dem Umstand Wind bekommen hatte, dass die Fullaloves nicht zu Hause sein würden, und daraufhin aus irgendeinem unerfindlichen Grund beschlossen hatte, ihm einen Streich zu spielen. Es sah so aus, als hätte dieser Plagegeist aus dem Dorf etwas gegen ihn. Er fragte sich, wer im Dorf wohl eine Schreibmaschine besaß und wer ihn hasste. Und dann war da ja auch noch die Frage, wie das mit dem Hausschlüssel zugegangen war. Der war ihm zwar von Anstey überreicht worden, aber er war in dem Umschlag mit dem Brief enthalten gewesen. Jonathan fragte sich, ob der Verfasser sich diesen Schlüssel durch einen Diebstahl oder dank eines Zufalls hatte aneignen können oder ob Tiny Fullalove ihn wirklich geschickt hatte. Es war alles sehr verwirrend und fragwürdig.

Und wo war Tiny? Wo war Bill? Wo waren die Hunde und Katzen? Warum hatte Tinys Bote - gesetzt den Fall, die Nachricht war echt - nicht direkt im Herrenhaus angerufen, statt eine Nachricht unter Ansteys Tür durchzuschieben? Nichts von alledem ergab irgendeinen Sinn. Da Jonathan nicht wusste, was er sonst tun sollte, blieb er noch eine weitere halbe Stunde dort, schloss dann den Bungalow ab und machte sich auf den Heimweg.

Doch kaum war er losgegangen, änderte er auch schon wieder seine Meinung. Er würde zuerst zu Ansteys Cottage gehen, um so viel wie möglich über die maschinengeschriebene Nachricht herauszufinden.

Viertes Kapitel

DER GEIST SCHAUT GEN OSTEN

Steh auf! Steh auf! Du bleierner Mann!

Thomas Campion, Book of Airs

Mrs Anstey, eine dünne, besorgt aussehende Frau, öffnete ihm die Tür. Doch sie konnte ihm nur äußerst dürftige Informationen geben. Die Nachricht war unter der Tür hindurchgeschoben worden, zusammen mit einem Begleitbrief, der ebenfalls mit der Schreibmaschine getippt worden war - sie zeigte ihn Jonathan - und in dem Anstey angewiesen wurde, zu Jonathans Haus zu gehen und sich auf keinen Fall im Bungalow blicken zu lassen.

»Das ist alles, was ich weiß, Sir«, sagte sie. Jonathan glaubte ihr. Mehr wusste sie ganz offensichtlich wirklich nicht. Er starrte in den wirbelnden Schnee, der jetzt wieder in dichten Flocken vom Himmel fiel, und nahm dankend das Angebot der Frau an, ihm eine Tasse kochend heißen Kakao zu bringen. Während er ihn trank, kehrte Anstey aus dem Dorf zurück. Er wusste den Informationen seiner Frau nichts hinzuzufügen.

»Eine sehr komische Geschichte ist das, Sir. Sehr komisch.«

Jonathan stimmte ihm zu. Er stellte seine leere Tasse ab, zog sich die Mütze tief in die Stirn und machte sich auf den Heimweg. Von Ansteys Cottage war es – genau wie von dem Bungalow der Fullaloves aus – sehr viel kürzer, den Hügel hinunter durch Groaning Spinney zu gehen, als wenn man ins Dorf zurückging und dann den Weg von den Stallungen nahm. Jonathan überlegte nicht lange. Er wusste, dass der kürzere Weg auch der beschwerlichere war, aber es wurde bereits dunkel. Und da er genügend Vertrauen in seine eigenen Kräfte hatte, beschloss er, das Risiko einzugehen und es mit den Schneewehen aufzunehmen.

Zunächst überquerte er ein relativ flaches Feld und hielt sich dabei so nah wie möglich an die schneebedeckte Hecke, von der es umgeben war. Bald darauf erreichte er die unebene, von zahlreichen Furchen und Löchern durchzogene Böschung zwischen dem Feld und der dahinterliegenden, an den Wald angrenzenden Wiese. An dieser Stelle war das Weiterkommen äußerst beschwerlich, und er stolperte den Hang mehr hinunter, als dass er ging. Einmal fiel er sogar in ein ziemlich tiefes Loch, aus dem er mühsam wieder herausklettern musste.

Plötzlich stockte ihm der Atem. Sein Herz klopfte wie wild, und der Pulsschlag blitzte hinter seinen Augen. Er hatte der Geschichte vom Geist des Pastors nie Glauben geschenkt, aber er hatte einige seltsame Teile der Welt bereist und dort seltsame Dinge gesehen, insbesondere auf den Westindischen Inseln und bei afrikanischen Wunderheilern. Was er jetzt vor sich sah, im magischen Dämmerlicht inmitten der Schneewehen, war der Geist in Person, wie er zusammengesackt über dem Weidegatter mit den fünf Querbalken hing, genau in der Position, die er der Dorftradition zufolge immer einnahm.

Sofort kam ihm die Geschichte des abscheulichen Schneeungeheuers in den Sinn. Es gab mehr als genug Beweise dafür, dass auf den höher gelegenen Hängen des Himalaya ein solches Ungetüm existierte, und ihm schoss der Gedanke durch den Kopf, dass der Schnee hier vielleicht aus dem Nichts etwas hervorgebracht haben könnte, ein entsetzliches Gebilde, eine Kreatur und doch auch wieder keine Kreatur, da es sich um eine Emanation und keine Kreation handelte.

Dann riss er sich zusammen und stolperte vorwärts, um nachzusehen, worum es sich tatsächlich handelte. Er wusste es, noch bevor er es erreicht hatte. Es war kein Geist oder Dämon, sondern ein Mann, den der letzte Schneefall mit einem gespenstischen Weiß überpudert hatte, und der, als Jonathan auf dem Hinweg an dieser Stelle vorbeigekommen war, noch nicht hier gewesen war.

Jonathan kletterte über das Gatter, um den Mann von vorne sehen zu können. Es war Bill Fullalove, und es bestand kein Zweifel daran, dass er tot war. Darüber hinaus war er bereits so steif, dass Jonathan nichts weiter tun konnte, als sich zu vergewissern, dass ihm tatsächlich nicht mehr zu helfen war. Er musste ihn dort hängen lassen, während er selbst – ungeachtet all der Löcher im Boden, die sich mit Schnee gefüllt hatten, oder der halb vergrabenen Äste, die ihn zu Fall bringen könnten – so schnell er konnte, durch den Wald rannte. Statt jedoch auf dem kürzesten Weg nach Hause zu laufen, suchte er Will North auf, um ihn zum Dorfpolizisten zu schicken, während er selbst den Arzt holen ging.

Will las gerade Miltons *Das verlorene Paradies*. Er zeigte sich in keinster Weise überrascht, als er Jonathans Neuigkeiten hörte, erklärte sich, ohne zu zögern, bereit, den Dorfpolizisten aufzusuchen, und ging sofort zusammen mit Jonathan den Hügel hinunter zum Dorf. Die Schneewehen schienen ihm nicht die geringsten Schwierigkeiten zu bereiten. Der Weg mochte noch so kompliziert sein, er fand instinktiv immer die leichtgängigste Stelle, und sie brauchten daher weniger als eine halbe Stunde, um zu dem Haus zu gelangen, in dem der Polizist wohnte. Als sie ankamen, befand sich dieser gerade beim Abendessen.

»Mr Bill Fullalove! Tot? Hängt über diesem Gatter da, in Groaning Spinney?« Der Polizist hörte sich alles an, ohne in irgendeiner Form betroffen zu wirken. »Das wird dann wohl eine gerichtliche Untersuchung geben müssen. Da sollte ich wohl besser mal da hochgehen. Weiß Doktor Fielding Bescheid?«

»Mr Bradley wird ihn gleich holen gehen«, antwortete Will. »Der Doktor wird bestimmt gleichzeitig mit uns da oben eintreffen und dafür sorgen, dass der arme Kerl nach Hause gebracht wird.«

»Du begleitest mich also?«

»Natürlich begleite ich dich. Das wird nicht leicht, da hochzukraxeln. Und es schneit immer noch.«

»Na, da bin ich ja froh, dass du mitkommst«, sagte der Dorfpolizist, stopfte sich das letzte Stück Brot in den Mund und nahm seinen Helm vom Haken. Dann schluckte er noch den letzten Rest Tee hinunter, setzte den Helm auf, zog sich seinen Uniformmantel und die dicken Handschuhe an und steckte kurz den Kopf in die Spülküche.

»Bin bald wieder da, Schatz.«

»Pass bloß auf, wo du die Füße hinsetzt. Es schneit schon wieder.«

»Ja ja, ich pass schon auf. Ich hab' Will North dabei. Mr Bill Fullalove ist da oben in Groaning Spinney erfroren.«

»Du liebe Güte! So ein kräftiger Kerl wie der! Wer hätte das gedacht! Hast du den dicken Schal an, den ich für dich gestrickt habe?«

»Nein.«

»Da geh und hol ihn und zieh ihn an.«

Der Polizist knöpfte seinen Mantel auf und band sich den Schal um den Hals. Will North zog sich die Mütze tiefer in die Stirn, knöpfte seinen eigenen Mantel wieder zu und nahm seinen Stock. Dann stapften die beiden Männer los, durch den jetzt nur noch schwach rieselnden, nassfeuchten Schnee in Richtung des oberen Rands des Wäldchens.

Jonathan ging inzwischen den Arzt holen. Als er dort anlangte, überlegte er kurz und entschied sich dann, von dessen Telefon aus auch noch die Polizei in Cheltenham anzurufen. Der Arzt forderte ihn auf, schon vorauszugehen, weil er noch in Ruhe seine Sachen zusammensuchen wollte. Jonathan stapfte verbissen wieder den Hügel hoch zu der Stelle, wo er die Leiche gefunden hatte. In Groaning Spinney wartete seine alte Tante auf ihn. Sie trug einen Skianzug, den sie sich von Deborah ausgeliehen hatte, riesige Handschuhe, die ihr selbst gehörten, und Jonathans Motorradhelm. Als er zu ihr aufschloss, leuchtete sie ihm mit ihrer Taschenlampe ins Gesicht, um sicherzugehen, dass er es auch tatsächlich war, und bestand dann darauf, ihn zu begleiten.

»Warum bist du hier?«, fragte er, während sie ein wenig tiefer in den Wald hineingingen, wo sie besser vor dem Schnee geschützt waren. »Ich meine, woher wusstest du überhaupt Bescheid?«

»Nun«, antwortete Mrs Bradley, zog eine zweite Taschenlampe aus der Tasche und schaltete sie ein (denn es wurde immer dunkler, und sie hatte etwas dagegen, über Baumwurzeln zu stolpern). »Ich hatte gerade ein Tier beobachtet, bei dem es sich, glaube ich, um einen Hasen handelte, und stand daher an meinem Schlafzimmerfenster. Und da sah ich deine Gestalt, wie sie sich vor dem Licht abzeichnete, das aus Will Norths Hintertür fiel, und dann seid ihr beide zusammen fortgegangen. Ich wusste, dass man dich gebeten hatte, den Bungalow der Fullaloves aufzusuchen, und dachte deshalb, du seist nun vielleicht unterwegs, um den Arzt zu holen. Und falls ein chirurgischer Eingriff notwendig sein sollte, könnte ich helfen.«

»Ich verstehe«, sagte Jonathan. Und dann erzählte er ihr, während sie mühsam den Hügel hinauf durch das Wäldchen stapften, was er alles unternommen hatte.

»Ah ja«, sagte Mrs Bradley. »Ich frage mich, warum du auch noch die Polizei in Cheltenham benachrichtigt hast, nachdem du schon euren eigenen Dorfpolizisten und den Arzt holen gegangen warst. Gibt es da etwas, das du mir nicht erzählt hast?«

»Ja, es gibt da ein oder zwei Sachen in dieser Geschichte, die nicht ganz zusammenpassen. Zum einen war dort oben im Bungalow keine Spur von Tiny zu sehen, obwohl er sich doch angeblich am Bein verletzt hatte, zum anderen kann ich mir nicht erklären, wer diese maschinengeschriebene Nachricht zum Cottage der Ansteys gebracht hat. Und auch nicht, wer sie getippt hat. Und schließlich kann ich mir – auch wenn ich das natürlich nicht mit Sicherheit sagen kann – nicht vorstellen, dass ein Kerl wie Bill, der bei der Marine war und sich bei jeder Witterung draußen auf dem Meer aufgehalten hat, einfach so zusammengebrochen und erfroren sein soll. Aber sowas kann man natürlich nie wissen. Ein Typ kann scheinbar noch so zäh sein, aber ihm wird wahrscheinlich genauso leicht das Lebenslicht ausgepustet wie uns anderen.«

»Aber da ist noch etwas, nicht wahr?«, sagte Mrs Bradley und sah ihn auffordernd an.

»Ja, aber es hat wahrscheinlich nichts zu bedeuten«, antwortete Jonathan. »Anstey wird sich da einfach nur geirrt haben. Er hat mir erzählt, Bill sei nach Gloucester gefahren.«

»Wie außergewöhnlich. Bei diesem Wetter!«

»Ja, obwohl - du liebe Güte! Ich wünschte, du wärst nicht mitgekommen!«, sagte Jonathan, als er bis zu den Knien einsank. »Das ist eine üble Schinderei hier den Hügel hinauf.«

»Unsinn!«, entgegnete Mrs Bradley. »Komm, lass mich dich da rausziehen!«

Wenig später erreichten sie die Böschung mit den Dachshöhlen. Mrs Bradley leuchtete mit ihrer Taschenlampe umher und brachte eine Fährte aus langgezogenen Fußspuren zum Vorschein, die nur leicht mit Schnee überpudert waren.

»Das werden Bills Spuren sein«, sagte Jonathan. »Er muss hier rausgekommen sein, wurde von der Kälte überwältigt und hat es gerade noch bis zum Gatter geschafft, wo er dann zusammengebrochen ist. Komm, folgen wir der Spur. Sieh mal, hier sind meine Spuren, die nach rechts führen. Ich bin, so oft ich konnte, im Schutz der Bäume geblieben.«

Doch die Fußstapfen verloren sich schon bald, denn dort, wo sich der Wald lichtete, hatte sie der Schnee bereits alle ausgelöscht.

Will North und der Dorfpolizist, der Tom Mayhew hieß, kamen gerade in dem Moment auf das Geistergatter zu, in dem Jonathan und Mrs Bradley aus dem Wäldchen traten. Jonathan rief ihnen zu, und zusammen mühten sich die vier zu der weißen Gestalt hinauf, die immer noch über dem Gatter hing.

Von unten am Hang erscholl ein weiterer Ruf, und kurz darauf trat auch der Arzt zu ihnen. Wie Jonathan bereits angenommen hatte, bestand nicht der geringste Zweifel am Tod von Bill Fullalove. Nachdem der Arzt und Mrs Bradley ihre Untersuchungen durchgeführt hatten, insoweit das dort oben überhaupt möglich war, schafften es die Männer, wenn auch nur mit großer Mühe, die Leiche zum Bungalow zu tragen.

Es war ihnen gerade gelungen, ihre Last ins Innere des Hauses und auf das Sofa zu verfrachten, als sie aus dem Nebenraum ein gespenstisches Stöhnen hörten. Jonathan erriet sofort, worum es sich handelte.

»Tiny!«, rief er. Der Arzt, der sich gerade noch einmal über den Toten gebeugt hatte, richtete sich auf. Erneut war ein Stöhnen zu hören, diesmal ein wenig lauter. Der Arzt ging in den Nebenraum, nachdem er einen letzten Blick auf die Leiche geworfen hatte, und Jonathan folgte ihm. Tiny lag auf dem Boden. Die Tür zum Garten stand offen, und draußen im Schnee waren die Kriechspuren eines Körpers zu erkennen.

»Also, so was!«, sagte Jonathan. Er überließ es dem Arzt, Tiny die schlechte Nachricht über Bill beizubringen. »Was zum Teufel haben Sie denn angestellt, Tiny? Und wo sind Ihre Hunde und Katzen?«

»Zur Hölle mit Ihnen, Bradley!«, zischte Tiny. Seine kleinen grünen Augen funkelten gehässig, wirkten jedoch auf Mrs Bradleys geschulten Blick gleichzeitig sehr wachsam, und das, obwohl er offenbar gerade große Schmerzen hatte. »Stehen Sie da nicht rum wie ein Ölgötze! Helfen Sie mir hoch, los! Fielding, lassen Sie mich in Ruhe! Ich weiß, was passiert ist. Es ist mein Knie.«

Jonathan zuckte mit den breiten Schultern.

»Was ich nicht verstehe«, sagte er, »ist, wie es Ihnen gelungen ist, diese Tür da zu öffnen.«

»Ich habe mich auf mein gesundes Bein hochgezogen«, erklärte Tiny. »Und dann habe ich natürlich den Schlüssel benutzt.«

»Wer hat Anstey gesagt, dass er mich holen gehen soll?«

»Woher soll ich das wissen! Hat das denn jemand?«

»Ja. Anstey hat eine maschinengeschriebene Nachricht erhalten.«

»Eine maschinengeschriebene Nachricht? Ich verstehe nicht ... Aua! Was ist es, Doktor?«

»Die Kniescheibe«, antwortete der Arzt lakonisch. »Wir müssen Sie in ein Krankenhaus bringen. Aber hören Sie, Fullalove –«

»Was denn? Jetzt sagen Sie mir nicht, dass ich nie wieder laufen werde oder so'n Quatsch!«

»Nein, nein. Nur – also, hören Sie, alter Freund, es geht um Bill ... Nun ja, er ist tot. Es tut mir leid, Tiny. Er muss ein schwaches Herz gehabt haben. Es war die Kälte, wissen Sie. Das war zu viel für ihn. Hat ihm den Rest gegeben, fürchte ich ... Hier, Bradley, kommen Sie, helfen wir ihm hoch. Wenn wir ihn auf sein gesundes Bein stellen, kann er in sein Schlafzimmer hüpfen. Immer mit der Ruhe, Tiny. Immer mit der Ruhe, alter Freund.«

»Bill?«, sagte Tiny. »Aber das ist unmöglich! Der alte Bill ist so stark wie ein Pferd! Er – aua! Entschuldigung. Verdammtes Knie! Er – Bill – er kann unmöglich – oh, verdammt, tut das weh. Teufel nochmal!«

Fünftes Kapitel

DES PASTORS ABSCHIED

Groß war die Pfarr', die Häuser weit entlegen,
Doch hielt ihn weder Donner ab noch Regen,
Dass auf er sucht' in Krankheit und in Harm,
Auch der Entferntesten, reich oder arm.

Geoffrey Chaucer, Canterbury-Erzählungen

Jonathan war eigentlich bisher immer nur ein sporadischer Kirchgänger gewesen. Doch da er durch den Kauf des Herrenhauses zur Position des örtlichen Gutsherrn aufgestiegen war, hatte er sich durch Deborahs sanfte, aber hartnäckige Überredungskünste dazu bewegen lassen, der Gemeinde ein gutes Beispiel zu geben und regelmäßig die sonntägliche Frühmette zu besuchen – es sei denn, er wurde durch einen guten Grund davon abgehalten. So kam es auch, dass er sich mit dem hiesigen Pfarrer gut angefreundet hatte. Der Pfarrer war Junggeselle und kam gern ins Herrenhaus zu Besuch, um eine Partie Schach zu spielen, Sherry zu trinken und in netter Gesellschaft seine Pfeife zu rauchen.

Es war daher nicht besonders überraschend, dass er dem Herrenhaus am Morgen nach der gerichtlichen Untersuchung zu Bill Fullaloves Tod einen Besuch abstattete. Jonathan glaubte zunächst, er sei wie üblich auf einen gemütlichen Plausch vorbeigekommen, doch nach einem kurzen, einleitenden Austausch von Nichtigkeiten kam der Pfarrer auf den eigentlichen Grund seines Besuchs zu sprechen.

»Die Sache ist die, Bradley«, sagte er. »Ich habe einen anonymen Brief erhalten.«

»Du lieber Gott! Doch nicht Sie!«, sagte Jonathan. »Was um alles in der Welt haben Sie denn angestellt, Padre?«

Der Pfarrer schüttelte den Kopf.

»Es hat tatsächlich gar nichts mit mir selbst zu tun«, erklärte er. »Der Brief beschuldigt eins meiner Gemeindemitglieder. Wie Sie erkennen werden, sobald ich Ihnen den Brief zeige, wird der Name der Frau nicht genannt, aber Sie werden sehen, wessen sie angeklagt wird, und Sie werden sehen, dass das Kind namentlich genannt wird – nur, dass dieses Kind jetzt ein erwachsener Mann ist. Es handelt sich um Emming, unseren Chorleiter.«

»Woher wissen Sie denn dann, dass es sich um eines Ihrer Gemeindemitglieder handelt, Padre?«, fragte Jonathan und nahm den Brief entgegen, den der Pfarrer ihm reichte. Dann fügte er hinzu: »Ich habe übrigens auch so einen Brief bekommen. Ich denke, wir sollten diese anonyme Schreiberin aufspüren und sie der Polizei übergeben.«

»Sie sprechen von einer ›sie‹, als wüssten Sie, um wen es sich handelt.«

»Nein, das tue ich nicht. Aber ich dachte, der Großteil der Verfasser solcher anonymen Briefe seien Frauen.«

»Das mag sein«, stimmte ihm der Pfarrer zu. »Sie glauben also, dass dieser Brief hier nichts als Lügen enthält?«

»Nein«, antwortete Jonathan nachdenklich. »Es wird wohl

etwas dran sein. Ich sage bewusst ›etwas‹. Ich bezweifle, dass dieser Brief auch nur einen Funken Wahrheit enthält - genauso wenig wie bei meinen Brief - aber die Person, die ihn geschrieben hat, wer auch immer das war, hatte zumindest etwas, woran sie sich halten konnte.«

»Ich verstehe nicht, was Sie damit meinen.«

»Also«, sagte Jonathan geduldig (denn es war ihm sehr daran gelegen, die Identität des anonymen Briefeschreibers in Erfahrung zu bringen), »es sieht folgendermaßen aus.« Er holte seinen eigenen Brief aus einer Schublade und reichte ihn dem Pfarrer. »Diesen hier habe ich vor ein paar Tagen bekommen. Die Behauptung darin ist auf geradezu lächerliche Weise unwahr, aber sie beruht zumindest zum Teil auf einer Tatsache, und zwar darauf, dass Tiny Fullalove bei meiner Frau einen Annäherungsversuch gemacht hat, von dem sie mir nichts erzählt hat. Ich weiß, warum sie mir die Sache verschwiegen hat. Ich bin ein aufbrausender Kerl und wäre wahrscheinlich direkt zu Fullalove marschiert und hätte ihm den Kopf abgerissen. Das wäre natürlich gar nicht notwendig gewesen, weil Deb sehr gut auf sich selbst aufpassen kann, worauf sie mich auch zu Recht hingewiesen hat. Aber sobald es um sie geht, verliere ich sofort die Kontrolle über meine Reaktionen. Und ich will auch gar nicht erst versuchen, das unter Kontrolle zu bekommen. Soweit dazu. Es scheint mir so, als könnte dieser Bericht hier« - er schnipste mit dem Finger gegen den Brief des Pfarrers - »unmöglich den Tatsachen entsprechen. Aber es gibt da irgendetwas im Zusammenhang mit Emmings Herkunft, von dem er nicht möchte, dass es jemand ausposaunt. Verleumderische Kommentare sind noch lange keine Tatsachen, aber sobald sie erst einmal allen zu Ohren gekommen sind – und das scheint dieser anonyme Plagegeist zu beabsichtigen –, können sie einer Person sehr schädlich werden. Und Emming ist natürlich auch so etwas wie der mysteriöse Mann des Dorfes, wenn Sie verstehen, was ich meine. Wie auch immer, ein Tropfen Wahrheit reicht schon aus, um das Fass zum Überlaufen zu bringen, also nehme ich an, der Verfasser hat irgendeinen Hinweis, an den er sich halten konnte.«

»Ich verstehe«, sagte der Pfarrer nachdenklich. »Aber bitte, lesen Sie ihn doch. Ich hätte gern Ihren Rat dazu.«

Jonathan las den Brief.

»Was meinen Sie«, sagte er dann. »Würden Sie mir erlauben, diesen Brief meiner Tante zu zeigen, die gerade bei uns zu Besuch ist? Sie ist Psychiaterin, und sie könnte uns bestimmt das ein oder andere Nützliche dazu sagen, da bin ich mir sicher. Übrigens, wie fanden Sie die gerichtliche Untersuchung? Waren Sie da?«

»Ja«, antwortete der Pfarrer. Es entstand ein kurzes Schweigen. »Ja, ich war da.«

»Tod durch Unfall«, sagte Jonathan und begann, seine Pfeife zu stopfen. »Das könnte alles Mögliche bedeuten, wenn man mal darüber nachdenkt.«

»Das gefällt mir nicht«, sagte der Pfarrer, griff zu seiner eigenen Pfeife und nahm den Tabaksbeutel entgegen, den Jonathan zu ihm hinüberschob. »Wie gut, dass Mrs Blott nur eine Sorte Tabak auf Lager hat. Nein, das gefällt mir nicht. Und damit meine ich nicht den Tabak. Mir gefällt nicht, was hier geschieht. Da ist irgendetwas im Gange.«

»Wie meinen Sie das?«, fragte Jonathan.

»Die gerichtliche Untersuchung, diese Briefe hier, die Verletzung von Tiny Fullalove. Ich weiß nicht ... In meinem Beruf, Bradley, beginnt man nach und nach, an die Existenz von Gut und Böse zu glauben. Wirklich daran zu glauben, meine ich. Der Teufel treibt in unserer Gegend sein Unwesen.« Er zündete seine Pfeife an, und die beiden Männer rauchten eine Weile schweigend. Jonathan wartete. »Ich wäre tatsächlich sehr daran interessiert, dass Sie Ihrer Tante diesen Brief zeigen«, sagte der Pfarrer schließlich. Jonathan ging, um Mrs Bradley zu suchen, und kehrte mit ihr zusammen zurück.

»Das verheißt nichts Gutes«, sagte sie, kaum, dass sie einen Blick auf den Brief des Pfarrers geworfen hatte. »Als Nächstes wird man uns mitteilen, dass Mr Bill Fullalove ermordet wurde. Und nicht nur das, der Verfasser der Briefe wird dessen Cousin Tiny Fullalove anklagen, den Mord begangen zu haben.«

»Da haben Sie's, Bradley! Das ist genau das, was ich meinte«, sagte der Pfarrer. »Ihre Tante hat den Mut, in Worte zu fassen, was ich glaubte, nicht aussprechen zu dürfen. Würden Sie beide die Sache noch einmal durchdenken? Ich werde in der Zwischenzeit meine eigenen Nachforschungen anstellen. Oh je, oh je! Und dann äußert selbst ein vernünftiger Kerl – ein guter Kerl – wie Will North die unglaublichsten Vermutungen. Ich habe es natürlich für meine Pflicht gehalten, seine Behauptung zu hinterfragen, aber es macht mir große Sorgen, dass er sie überhaupt aufgestellt hat.«

»Will North?«, fragte Jonathan. »Wie das Herrchen, so der Hund, vielleicht?«

Als Antwort auf den fragenden Blick des Pfarrers erzählte er die Geschichte von Worry, dem Terrier, und dem Geistergatter.

»Was hat Will denn gesagt?«, wollte Mrs Bradley wissen. Sie hatte bisher eigentlich einen sehr guten Eindruck von dem Wildhüter gehabt.

»Er hat gesagt, er sei mit Tom Mayhew an dem Nachmittag, bevor der arme Bill Fullalove starb, durch Groaning Spinney gegangen. Und als sie eine Böschung hochkletterten, in der anscheinend eine Dachsfamilie haust, sei ihm aufgefallen, dass auf einer hölzernen Plattform, die für einen mit den Fullaloves befreundeten Naturforscher gebaut worden war, eine größere Schneelast lag als dort hätte sein dürfen. Nachdem Bill Fullaloves Leichnam zum Bungalow hochgetragen worden war, ist Will denselben Weg zurückgegangen, und da ist ihm aufgefallen, dass der Haufen Schnee auf der Plattform noch sehr viel höher war als vorher, obwohl in der Zwischenzeit nur sehr wenig Schnee gefallen war.«

»Merkwürdig«, sagte Jonathan. »Um ehrlich zu sein, Padre, ist mir die Plattform ebenfalls aufgefallen. Es lag tatsächlich eine ganze Menge Schnee darauf, als ich durch das Wäldchen ging. Ich weiß noch, wie ich dachte, dass die Plattform unter dem Gewicht möglicherweise einstürzen könnte.«

»Tatsächlich? Aber wer hätte in einem solchen Wetter da hochklettern sollen, nur, um eine Menge Schnee aufzuhäufen?«

»Was dachte Will denn?«

»Das hat er nicht gesagt. Als ich ihn fragte, warum er diese Sache überhaupt erwähnt hat, antwortete er, er wisse es nicht. Es sei ihm einfach nur ungewöhnlich vorgekommen.«

»Aber er hat die Sache nicht untersucht?«

»Das habe ich ihn nicht gefragt.«

»Weißt du«, sagte Jonathan zu seiner Tante, nachdem der

Pfarrer gegangen war, »Die erste Person, die man als Verfasser der anonymen Briefe verdächtigen sollte, wäre unser zweifellos unschuldiger und beängstigend ehrlicher Geistlicher.«

Mrs Bradley lachte meckernd.

»Das würde nie im Leben irgendjemand auch nur ansatzweise glauben«, sagte sie. »Der Pfarrer kennt schließlich alle Skandale, die es in dieser Gemeinde gibt – oder sollte sie kennen. Er hätte es nicht nötig, welche zu erfinden!«

»Aber diese Idee von dir, dass der Anonyme-Briefe-Schreiber als Nächstes behaupten wird, dass Tiny Fullalove Bill ermordet hat, ist faszinierend«, sagte Jonathan. »Ein Mann, der plötzlich und ohne ersichtlichen Grund stirbt, einfach so – das ist genau die Art von Ereignis, die für solche feigen, sadistischen Leute ein gefundenes Fressen ist. Aber trotzdem, es wird ja recht leicht zu widerlegen sein, und das Ganze wäre daher nicht mehr als ein Strohfeuer. Das Dorf ist recht phlegmatisch.«

»Dann sollte man diesen Verdacht widerlegen, oder nicht?«, fragte Mrs Bradley. »Oh, ich habe nichts Konkretes«, fügte sie hinzu und lachte über den erstaunten Gesichtsausdruck ihres Neffen. »Aber ich würde trotzdem gern noch einmal mit Mr Emming reden. Es wäre sehr interessant zu erfahren, wie viel Wahrheit in diesem zweiten Brief steckt und ob er eine Ahnung hat, welche Frau damit gemeint sein könnte.«

»Du glaubst doch wohl nicht, dass an Bills Tod etwas faul sein könnte, oder?«, verlangte Jonathan zu wissen und setzte damit den Gedankengang fort, der ihn am meisten interessierte.

»Doch, das tue ich. Es gibt einige Punkte, die der Erklärung bedürfen, und damit meine ich nicht nur die mit Schreibmaschine geschriebene Nachricht, die – abgesehen von dem Tod selbst – das geheimnisvollste Element in dieser ganzen Geschichte ist.«

»Tiny hat zumindest einen Teil davon erklärt, in der Aussage, die während der gerichtlichen Untersuchung verlesen wurde. Er hat ausgesagt, er sei beim Gehen ausgerutscht und mit dem Knie auf einem Fels aufgeschlagen, der unter dem Schnee verborgen gewesen war. Er habe es noch geschafft, sich zurück zum Bungalow zu schleppen, weiß jedoch nichts von der Notiz, die an Anstey geschickt wurde. Er besteht darauf, dass er selbst nichts dergleichen geschrieben hat, außerdem besitzt er angeblich gar keine Schreibmaschine, und kann sich nicht erklären, wie irgendjemand wissen konnte, dass er sich verletzt hat.«

»Man kann sich ziemlich sicher sein, dass er mehr weiß, als er ausgesagt hat.«

»Aber was um alles in der Welt sollte einen Mann dazu veranlassen, sich die Mühe zu machen, zwei Briefe zu tippen, wenn er so schwer verletzt ist? Und wir wissen, dass er schwer verletzt war. Diese Geschichte mit seinem Knie ist kein Scherz.«

»Da stimme ich dir voll und ganz zu. Aber es wäre nicht das erste Mal, dass sich jemand absichtlich eine Verletzung zugefügt hat. Ich frage mich, aus welchem Anlass Will North den Schneehaufen auf der Plattform erwähnt hat? Und ich frage mich, ob Emming, der Chorleiter, ebenfalls einen anonymen Brief erhalten hat? Er wirkt auf jeden Fall irgendwie mitgenommen. Angeblich ist er ein uneheliches Kind. Das sollte uns einen Hinweis auf den Verfasser des Briefes geben, weißt du? Schließlich kam Emming aus London hierher. Es gibt nur eine einzige Person in diesem Dorf, die das Geheimnis seiner Kindheit kennen könnte.«

»Oh, du meinst Mrs Dalby Whittier! Aber es ist doch sicher möglich, dass sie nicht aus demselben Teil von London stammt wie Emming! London ist groß!«

»Das stimmt«, sagte Mrs Bradley nachdenklich. »Aber wenn die beiden sich in London nicht kannten, warum sollte dann der Pfarrer einen anonymen Brief über eines seiner Gemeindemitglieder erhalten? Bedenke, dass der Brief sich nicht so sehr mit Emmings unehelicher Geburt, als vielmehr mit dem Charakter und dem misslichen Schicksal seiner Mutter befasst.«

»Ich verstehe, was du meinst«, sagte Jonathan. »Und ich werde Will North zu dem Schnee befragen.«

»Ich glaube, das sollte besser ich tun.«

»Also schön. Und du möchtest auch mit dem jungen Emming reden?«

»Das vor allem. Und je eher desto besser.«

Will bereitete gerade das Abendessen zu. Er hatte eine Dose mit Rostbraten und eine Dose mit gebackenen Bohnen geöffnet und das Ganze in eine Brühe geschüttet, die er aus Hühnerknochen gekocht hatte. Dazu hatte er sich Kartoffeln geschält und in einen kleinen Kessel gegeben, der nun an zwei Eisenstangen über der einen Hälfte des Herdfeuers hing. Die andere Hälfte war für den Fleischeintopf gedacht, der aber warten musste, bis die Kartoffeln zu drei Vierteln gar waren.

Will hieß seine Besucherin willkommen und holte einen zweiten großen Teller aus dem Schrank. Mrs Bradley dankte ihm, setzte sich in einen alten, gemütlichen Sessel, der vor dem Kamin stand, und sah sich interessiert in dem ordentlichen, wenn auch sehr vollgestellten Raum um. Es gab Netze, Fallen, das Gefieder eines Eichelhähers zur Herstellung von Angelzubehör, einen großen Küchentisch, einen schweren, an Ringen angebrachten Vorhang, der den Luftzug abwehren sollte, wann immer der Wind von Osten kam, eine Spüle mit Abtropfbrett, mehrere Stühle, ein breites, hohes Sofabett, auf dem zahlreiche Gewehre lagen, eine Wildhütertasche und mehrere Bücher und Papiere. Und das war nur ein Teil der Einrichtung des recht großen, mit Stein gefliesten Raumes.

Durch ein Fenster schaute man auf eine steile, hügelige Wiese hinaus, und zwischen Fenster und Kamin stand der Sessel, in dem Mrs Bradley saß. Hinter dem Sessel lag ein säuberlich gestapelter Haufen Brennholz (Scheite und Anzündholz) unter zwei Regalen, die Kochutensilien enthielten.

An der gegenüberliegenden Wand befand sich der Durchgang zu Wills Speisekammer, und unmittelbar daneben stand der Waffenschrank, in dem er fünf weitere Gewehre aufbewahrte. Eine Stufe führte zum Wohnzimmer hinunter, das er im Winter auch als Schlafzimmer benutzte und in dem ein Bett und einige gerahmte Fotografien sowie zahlreiche Möbel standen, bei denen es sich wahrscheinlich um Familienerbstücke handelte.

»Was Sie für mich tun können, Will?«, bemerkte Mrs Bradley auf seine entsprechende Frage hin, nachdem sie sich zur Genüge in dem äußerst ordentlichen Wohnzimmer umgeschaut hatte. »Sie können mir bitte etwas über den Schneehaufen erzählen, den Sie auf der Dachsbeobachtungsplattform in Groaning Spinney gesehen haben.«

Der hochgewachsene Wildhüter musterte sie eingehend

und ließ sich mit seiner Antwort Zeit. Als er schließlich etwas sagte, tat er dies sehr langsam.

»Da war mehr Schnee auf dieser Plattform, als dort hätte sein sollen, Ma'am. Das ist alles, was ich darüber weiß.«

»Haben Sie versucht herauszufinden, warum er dort lag?«

»Nein. Aber natürlich weiß ich es jetzt.«

»Ach, tatsächlich?«

»Ja, ich weiß es jetzt. Dieser Schnee sollte etwas zudecken, was niemand sehen durfte.«

»Was denn, Will?«

»Na ja, vielleicht sollte ich das nicht sagen, Ma'am. Je weniger man sagt, desto besser. Das ist meine Devise.«

»Und Sie haben überhaupt nicht nachgeschaut?«

»Nein, das habe ich nicht. Ich wusste, dass ein paar der Jungs aus Mr Emmings Chor da oben gewesen waren, und ich glaubte zunächst, es hätte vielleicht mit ihren Spielen zu tun. Wenn ich in diesem Moment erraten hätte, worum es sich wirklich handelte, hätte ich das Ganze natürlich sofort heruntergeholt. Aber da kann man jetzt nichts mehr machen.«

»Haben Sie im Wäldchen irgendwelche Fußabdrücke gesehen?«

»Ja, das habe ich, Ma'am, aber es schienen doppelte zu sein, wenn Sie verstehen, was ich meine.«

»Zwei Leute, die in derselben Spur gegangen sind, Will?«

»Ja, genau das.«

»Tja, Sie müssen es wissen. Sie haben schließlich viele Jahre Übung im Untersuchen von Spuren, welcher Art auch immer. Sie sollten diese gebackenen Bohnen da mal umrühren, sonst brennen die Ihnen an.«

»Unser Pfarrer hat mich eben kurz besucht, Ma'am. Der war sehr besorgt, über diese Briefe, die jemand verschickt hat. Er glaubt zu wissen, wer sie geschrieben hat.«

»Sie sind ja aus Norfolk, Will!«

»Ja, bin dort geboren und aufgewachsen. Aber ich lebe schon seit Jahren nicht mehr dort. Ich dachte, ich hätte den Akzent verloren. Aber den verliert man wahrscheinlich nie.«

»Ich hoffe nicht! Was hat der Pfarrer denn so gesagt?«

»Dass er nicht verstehen kann, warum Mr Tiny den Chorknaben Ohrfeigen verpasst hat. Das ist sonst noch nie passiert. Mr Tiny hat wegen Ed Brown keinen so besonders guten Ruf, aber niemand hat jemals mitbekommen, dass er Hunden, Katzen oder Kindern etwas getan hätte.«

»Das könnte wichtig sein, Will. Hat der Pfarrer noch irgendetwas gesagt?«

»Nicht viel. Er glaubt, dass Mr Tiny irgendeine Last auf der Seele liegt. Er glaubt, dass Mr Tiny weiß, wer diese Briefe schreibt, und dass er sie nicht verraten will.«

»Sie?«

»Das glaubt jedenfalls unser Pfarrer, Ma'am.«

»Danke, Will. Die Briefe sind in der Tat eine sehr ärgerliche Sache. Wir werden alle sehr erleichtert sein, wenn es gelingt, den Verfasser zu entlarven. Es hat wahrscheinlich keinen Zweck, Sie zu fragen, nehme ich an ...?«

»Ich könnte falsch raten, und das wäre gar nicht gut.«

»Aber bitte, raten Sie doch mal, Will. Die Person muss gefunden werden. Es wird hier gerade eine Menge Unheil angerichtet.«

»Das ist mir bewusst. Na ja, von den Dingen, die ich so gehört habe, hier in der Gegend, würde ich auf Mrs Dalby

Whittier tippen. Und falls sie es nicht ist, dann würde ich sagen, dass der Chorleiter, Mr Emming, mehr weiß, als er sagt.«

»Das stimmt mit meinen eigenen Vermutungen überein. Aber ich nehme an, es gibt keinerlei Beweise dafür?«

»Nein, überhaupt keine Beweise, soweit ich weiß, Ma'am. Aber dieser junge Bursche verdient so gut wie kein Geld, und doch zahlt er immer pünktlich seine Miete und ernährt und kleidet sich auch recht gut. Aber das ist natürlich alles nur Dorfklatsch, wissen Sie, und vielleicht hätte ich keine Notiz davon nehmen sollen. Das Tratschen sollte man den alten Mäulern überlassen, sage ich immer. Aber manchmal, bei einem Glas Bier ... Sie wissen schon, Ma'am.«

»Ich verstehe vollkommen. Ja, dieser Mr Emming will nicht so recht ins Dorfleben passen, aber Erpressung ist ein hässliches Wort, Will, und ich denke, wir sollten es lieber nicht benutzen.«

»Die Leute reden, ob man will oder nicht, besonders in einem so kleinen Dorf wie diesem hier. Aber so weit wollte ich gar nicht gehen, das mit der Erpressung zu behaupten.«

»Ich bin mir sicher, dass Sie das nicht wollten. Und ich hätte es auch nicht sagen sollen. Unsere Aufgabe ist jedoch schwierig. Verdacht und Argwohn im Überfluss, und nicht die Bohne eines Beweises. Wie sollen wir da den Karren aus dem Dreck ziehen? Und wo wir gerade von Karren reden – was für eine Art Mensch ist Ed Brown?«

»Oh, ein recht ordentlicher Kerl«, antwortete Will, führte seine Bemerkung jedoch nicht näher aus. Stattdessen gab er zwei großzügige Portionen des Eintopfs auf zwei riesige Teller, und dann genossen er und seine schwarzäugige Besucherin in kameradschaftlichem Schweigen ihre Mahlzeit.

Sechstes Kapitel

SAMSTAGSKIND

Die Hirten, die Demütigen und die Frommen,
trotz dunkleren Wegs sind ans Ziel sie gekommen.

Sidney Godolphin

Mrs Bradley musste nicht lange auf eine Gelegenheit für ihr Gespräch mit dem jungen Robert Emming warten, denn er kam an dem Dienstag, der auf den Neujahrstag folgte, ins Herrenhaus, um mit Jonathan zu sprechen. Der junge Mann war von einem stillen Zorn erfüllt, und nachdem Jonathan ihm eine Weile zugehört hatte, schlug er vor, Mrs Bradley holen zu gehen, damit auch sie sich seine Geschichte anhören konnte.

Ganz plötzlich, an einem Nachmittag gegen Ende der Weihnachtswoche, hatte der Tau eingesetzt, und an Silvester war der Schnee bereist vollständig verschwunden. Allerorten war es entweder unglaublich grün oder unglaublich matschig, und der kleine Mühlbach führte doppelt so viel Wasser wie üblich.

Emming hatte die Wege in einem – gelinde gesagt – sehr schlammigen Zustand vorgefunden, und es war ihm peinlich, sich dieser schon etwas bejahrten, schwarzäugigen Dame mit dem leicht anzüglichen Grinsen in einem bis über die Knöchel verdreckten Zustand präsentieren zu müssen. Aber er vergaß den Zustand seiner Stiefel und Hosenaufschläge schon bald, denn sie begegnete ihm freundlich und mitfühlend und stellte hilfreiche, vernünftige Fragen. Der Verfasser der anonymen Briefe hatte offenbar erneut zugeschlagen, und Emming hatte bereits zwei Schmähbriefe erhalten. Der erste war direkt an seine Unterkunft geschickt worden. Emming bewohnte zwei Zimmer im Haus des Schreiners, und die Frau des Schreiners sorgte für seine Bedürfnisse. Der Brief, der einen Poststempel aus Cheltenham trug, war an Heiligabend von Sidney Blott zugestellt worden. Der zweite Brief war (anscheinend irrtümlicherweise) an die Dorfschule adressiert worden, doch Sidney Blott war viel zu klug gewesen, um ihn dorthin zuzustellen. Stattdessen hatte er ihn der Frau des Schreiners überreicht, mit der Bemerkung, dass Mr Emming den Brief bestimmt lieber auf diese Weise empfangen möchte, statt dass die ›Alte Mutter Acres‹ (die Putzfrau der Schule) darauf herumtrampelte oder damit das Feuer anzündete oder was ihr sonst noch eingefallen wäre.

Die Frau des Schreiners hatte den Brief auf den Kaminsims gestellt und dort gegen die Teedose gelehnt, aber an jenem Tag hatte Vera, ihre älteste Tochter, den Tee serviert, und nachdem sie die Teedose vom Sims heruntergeholt hatte, war der Brief umgefallen und flach dort liegengeblieben. Mit dem Ergebnis, dass Vera, als sie die Teedose später wieder auf den Sims stellte, diese direkt auf dem Brief abstellte, ohne dass ihr das aufgefallen wäre. Ihre Mutter hatte den Brief vollkommen vergessen, bis er dann am nächsten Tag beim Abstauben in die Feuerstelle fiel.

Nachdem Emming ihn gelesen und mit dem ersten Brief verglichen hatte, beschloss er, mit beiden Briefen zu Jonathan zu gehen (der nicht nur als örtlicher Gutsherr fungierte, sondern auch der örtliche Friedensrichter war). Genau wie der Brief an den Pfarrer waren auch diese Briefe mit Schreibmaschine geschrieben, und der erste hatte fast den gleichen Inhalt wie der an den Pfarrer adressierte Brief. Er enthielt Äußerungen zu Emmings Herkunft sowie ein paar vulgäre Bemerkungen und schloss mit einigen Worten, die im Brief des Pfarrers nicht enthalten gewesen war.

»Und wir wissen, was du getan hast, um das zu vertuschen, also glaub nur ja nicht, du könntest das geheim halten. Es wird dir nicht gelingen, das alles dreißig Jahre lang unter den Teppich zu kehren, du –« Hier folgte ein vulgäres Schimpfwort.

»Und der zweite Brief?«, fragte Mrs Bradley, nachdem ihr die Geschichte bis zu diesem Punkt erzählt worden war und sie den ersten Brief gelesen hatte. »Inwieweit wird das Thema darin ausgeschmückt?«

»Das geht ziemlich weit. Es wird in dem Brief behauptet, Bill Fullalove sei ermordet worden, und ich werde beschuldigt, das getan zu haben, um ihn zum Schweigen zu bringen«, antwortete Emming. »Das ist böse und absurd, denn wenn diese –« Er zögerte. »Wenn diese Person etwas über mich weiß, würde es mir ja nicht viel helfen, Fullalove umzubringen. Das Ganze ist lächerlich, aber es ist auch eine äußerst üble Angelegenheit, und ich würde gern wissen, was ich dagegen unternehmen kann. Selbst wenn Fullalove tatsächlich etwas über mich gewusst hätte, kann ich mir beim besten Willen nicht vorstellen, dass ihn das überhaupt interessiert hätte.

Schließlich –«, hier lachte er kurz, »bin ich nicht der einzige Bastard, den es in England gibt.«

»Also stimmt diese Behauptung?«, fragte Mrs Bradley. Sie war nicht sicher gewesen, wie sie diese Frage am besten formulieren könnte (auch wenn sie die Wahrheit bereits aus einer zuvor gemachten Bemerkung ihres Neffen erraten hatte), aber jetzt hatte sich dieses Problem von selbst gelöst. Der Gesichtsausdruck des jungen Mannes hellte sich auf. Es war nicht zu übersehen, dass er erleichtert war.

»Ja, das tut sie«, antwortete er freimütig. »Es ist absolut wahr, jedenfalls auf gewisse Weise. Ich habe es der Güte und dem Anstand meines Onkels, des Bruders meines Vaters, zu verdanken, dass ich unter meinem gegenwärtigen Nachnamen registriert bin. Er hat meine Mutter sofort geheiratet und meinte, es sei schließlich nicht ihr Fehler, dass mein Vater im Krieg gefallen ist, bevor er seinen Verpflichtungen nachkommen konnte. Und dann ist dieser arme, anständige Kerl selbst in den Krieg gezogen und nur einen Monat später ums Leben gekommen. Das ist meine Familiengeschichte, und ich kann beim besten Willen nicht erkennen, warum ich mich dessen schämen sollte. Aber die Sache ist die – na ja, Sie wissen ja, wie das auf dem Dorf so ist. Meine Mutter wurde mit mir schwanger, ohne dass sie verheiratet gewesen wäre, auch wenn sie das zum Zeitpunkt meiner Geburt dann schließlich nachgeholt hatte. Wenn Leute in einem Dorf wie diesem hier aus einer Mücke einen Elefanten machen wollen, lassen sie sich durch nichts davon abhalten. Und dann wird es für die Person, die sich mit dem Elefanten anlegen muss, ein wenig unangenehm.«

Jonathan nickte. Mrs Bradley lachte meckernd und stieß

ihrem Neffen den Ellbogen in die Rippen. Emming schien ihre Reaktion weder peinlich zu sein, noch schien er sich darüber zu ärgern.

»Gönnen wir uns einen Drink«, sagte Jonathan. »Und, Emming, während ich die Getränke hole, können Sie meiner Tante Ihr Alibi für die Zeit von Fullaloves Tod nennen. Nein, nein, ich meine das absolut ernst! Ich beginne diesen Briefeschreiber allmählich zu durchschauen. Er oder sie weiß, dass etwas an diesem Tod nicht stimmt! Jeder dieser Briefe enthält ein Körnchen Wahrheit, unter all den widerlichen Unterstellungen. Ein Bursche wie Bill Fullalove gibt nicht einfach so den Löffel ab, kaum zwei Kilometer von zu Hause entfernt. Natürlich will ich damit nicht unbedingt sagen, dass der arme Kerl ermordet wurde, aber wenn die Schlammschlacht erst einmal begonnen hat, weiß man nie so genau, wer das Zeug ins Gesicht kriegt. Erzählen Sie ihr von dem Schweineklub Ihrer Chorknaben, Emming, und was für einen Ärger das im Dorf ausgelöst hat. Wobei das doch eigentlich eine gute Sache ist, wenn sich irgendwelche Leute gemeinsam um ein Schwein kümmern und sich am Ende das Fleisch teilen.«

»Ich glaube manchmal, mein Neffe hat eine recht seltsame Weise, sich auszudrücken«, sagte Mrs Bradley und stimmte in Emmings Gelächter ein, während Jonathan den Raum verließ. »Bitte, erzählen Sie mir doch von diesem Schweineklub. Haben Sie die Regierung um ihren Anteil am Schweinefleisch betrogen oder die Preise des örtlichen Metzgers unterboten?«

»Wir haben im Dorf gar keinen Metzger. Aber wenn jemand ein Schwein schlachtet, dann – aber nein, jetzt mal im Ernst«, sagte Emming, der sich nicht vom eigentlichen

Thema abbringen lassen wollte. »Was soll ich in dieser Sache hier unternehmen?«

»Wir müssen uns alle die größte Mühe geben, um herauszufinden, wer diese Briefe schreibt«, sagte Mrs Bradley. »Sie kennen die Leute in diesem Dorf doch mittlerweile recht gut. Haben Sie denn keinen Verdacht? Fällt Ihnen jemand ein, bei dem wir einen Anfang machen könnten?«

»Nein, niemand«, antwortete der junge Mann prompt. »Abgesehen von Tiny Fullalove habe ich mir hier in diesem Ort keine Feinde gemacht, soweit ich weiß. Außerdem fällt mir nur eine einzige Person ein, die außer mir gewusst haben könnte, dass …«

»Jon«, sagte Mrs Bradley, sobald der Besuch wieder gegangen war. »Sei vorsichtig, was du sagst. Meine Sekretärin redet manchmal davon, dass jemand seinen Kopf riskiert – und wenn ich ihre Metapher richtig deute –«

»Du meinst, angenommen, etwas wäre tatsächlich nicht ganz stimmig an Bills Tod und es könnte bewiesen werden, dass Emming ein Motiv hatte, ihn zu ermorden –«

»Um Mr Emming mache ich mir nicht unbedingt so große Sorgen«, sagte Mrs Bradley. »Sondern vielmehr um dich.«

»Um mich? Du liebe Güte, du meinst diese Geschichte mit Deb? Aber da ging es um Tiny und nicht um Bill.«

»Ich weiß. Aber dir ist doch sicher bewusst, was Klatsch und Tratsch so alles anrichten können. Und wenn – wie dieser anonyme Briefeschreiber behauptet – das Ganze eigentlich Deborahs Schuld war, wie willst du dann beweisen, dass Bill nicht auch sein Glück bei ihr versucht hat, so wie Tiny? Nein, jetzt werd' nicht gleich wütend. Das passt zwar gut zu deiner finsteren Ausstrahlung, aber wenn du eine durchdachte Argumentation aufstellen willst, ist das nicht gerade hilfreich.«

Jonathan lachte. Doch dann wurde sein Gesicht wieder lang und legte sich in seine üblichen, melancholischen Falten.

»Du hältst diese Briefe für ein sehr ernstes Problem, nicht wahr?«, fragte er. Mrs Bradley nickte langsam und rhythmisch.

»Ein sehr ernstes Problem«, stimmte sie ihm zu. »Ich erkenne langsam ein Muster. Wir müssen unbedingt aufpassen, wem wir was sagen, und dürfen nicht den Anschein erwecken, als wüssten wir mehr, als wir tatsächlich tun. Hinter dieser Geschichte steckt sehr viel mehr als einfach nur der Wunsch, andere zu verletzen oder ihnen Angst einzujagen. Und da ist noch etwas: Mr Emming hat uns gerade erzählt, dass Tiny Fullalove seines Wissens der einzige Feind ist, den er sich hier gemacht hat. Ich nehme mal an, Tiny kommt nicht in Frage als unser anonymer Freund? Wir haben uns doch mal gefragt, ob er nicht selbst diese Nachrichten an dich und Anstey geschickt haben könnte. Könnte er nicht auch –«

»Dazu ist er nicht der Typ. Solche Leute sind immer irgendwelche gescheiterten alten Jungfern oder sowas in der Art. Fullalove ist zwar ein zwielichtiger Kerl, aber man kann ihn definitiv nicht als gescheitert bezeichnen –«

»Außer bei Deborah«, gab Mrs Bradly zu bedenken.

»Und er ist definitiv ein Mann«, meinte Jonathan, machte jedoch wegen der Bemerkung über seine Frau ein finsteres Gesicht. An diesem Punkt wurde die Unterhaltung durch einen Telefonanruf unterbrochen.

»Ich kann Ihnen das am Telefon nicht erzählen, Bradley«, ließ sich Doktor Fieldings Stimme hören. »Aber ich wäre froh, wenn ich nach Beendigung meiner Hausbesuche mal bei Ihnen vorbeischauen könnte.«

»Noch ein anonymer Brief?«, meinte Jonathan, nachdem er aufgelegt hatte. »Sollen wir wetten?«

»Nein, darüber wette ich nicht«, antwortete seine Tante. »Denn daran besteht für mich überhaupt kein Zweifel. Und ich habe die Angewohnheit, nur dann Wetten über Dinge abzuschließen, an deren Ausgang kein Zweifel bestehen kann, wenn ich selbst diese Wette vorgeschlagen habe. Um wie viel Uhr erwartest du ihn?«

»Oh, so gegen halb eins. Er hat keine anderen Patienten als Bairds Kammerdiener Evans, der mit Grippe im Bett liegt, den jungen Bob Datchett mit seinen aufgeplatzten Frostbeulen an den Füßen und die alte Mrs Dear mit ihrer Arthritis.«

»Ob er wohl eine Einladung zum Mittagessen erwartet?«, fragte Deborah besorgt, als sie von dem Besuch erfuhr, der sich angekündigt hatte. »Wir haben nur drei Koteletts.«

»Dann kann er eben nicht mit uns zu Mittag essen«, sagte Jonathan bestimmt. »Ich verzichte für niemanden auf mein Kotelett, und du auch nicht, und Tante Adela ist unser Gast, weshalb man sie wohl kaum zwingen kann, ihre eigene Portion aufzugeben, denn das würde schließlich große Schande über uns als Gastgeber bringen. Er wird zurück zu seinem Cornedbeef trotten müssen oder zu seinem Gaucho-Pferd oder was auch immer er sich sonst auf seinen Teller tut. Ich kann ihm einen Drink anbieten, aber mehr bekommt er nicht.«

»Einen Drink wird er wohl eher nicht annehmen«, meinte

Deborah. »Falls er heute Nachmittag noch weitere Hausbesuche machen muss.«

»Er kann heute Nachmittag unmöglich noch weitere Hausbesuche zu erledigen haben. Es gibt niemanden, um den er sich kümmern müsste, es sei denn, er würde Tiny Fullalove in diesem Pflegeheim besuchen gehen. Wie auch immer, du solltest besser das Mittagessen auf zwei Uhr verschieben. Er hat etwas Wichtiges mitzuteilen, und es könnte eine Weile dauern.«

»Na schön. Enthielt das Paket von heute Morgen die Lieferung, auf die du gewartet hast?«

»Nein. Da war nur eine Menge Mist zur geologischen Beschaffenheit der Pitcairn-Inseln drin, und weil ich ohne das Material, das ich brauche, nicht weiterarbeiten kann, werde ich jetzt eine Pfeife rauchen und den neuen Nicholas Blake lesen.«

»Das geht nicht. Den habe ich.«

»Dann rück ihn sofort wieder raus!«, sagte Jonathan.

Doktor Fielding traf um zehn nach zwölf ein, nahm dankend einen Gin Tonic an und kam sofort zur Sache.

»Ich möchte mit Ihrer Tante sprechen, nicht mit Ihnen. Beziehungsweise, ich könnte Sie später zumindest als Zeugen gebrauchen. Ich habe anonyme Briefe erhalten.«

»Hat man Sie beschuldigt, Ihre Patienten zu vergiften?«

»Viel schlimmer. Das könnte ich wenigstens noch mit Leichtigkeit widerlegen. Das, worum es hier geht, würde bedeuten, dass ich jemanden exhumieren lassen muss, falls es der Briefschreiber ernst meint und die Sache weiterverfolgen wird.«

»Oho! Sagen Sie nichts. Ich kann es mir denken. Bill Fullalove.«

»Wer hat Ihnen denn das erzählt? Haben Sie auch einen Brief bekommen?«

»Ja. Und der junge Emming, der Chorleiter, auch. Und auch der Pfarrer. Aber es geht nicht in allen Briefen um dieselbe Sache.«

»Also sowas! Das ist das Letzte, was wir hier im Dorf gebrauchen können, so einen widerlichen Quälgeist. So eine Situation, wo jeder gegen jeden aufgehetzt wird, kann schlimme Konsequenzen haben. Wie viele Briefe haben Sie denn erhalten?«

»Einen. Emming hatte zwei, und der Pfarrer hat einen über Emming bekommen.«

»Das habe ich auch, verdammt nochmal! Zwei Briefe, meine ich. Im ersten wurde behauptet, dass Bill Fullalove ermordet wurde, und im zweiten werde ich beschuldigt, über diese Tatsache Bescheid gewusst und mit dem Mörder gemeinsame Sache gemacht zu haben, um das zu vertuschen.«

»Du lieber Gott! Diese Person muss verrückt sein!«

»Das ist es ja gerade«, sagte Doktor Fielding. »Das ist sie wahrscheinlich auch, aber es besteht immer noch die Möglichkeit, dass sie es nicht ist. Deshalb möchte ich auch mit Ihrer Tante reden. Sie ist besser qualifiziert als ich, und sie hat in ihrem Leben schon viele Leichen gesehen – Leute, die ermordet wurden oder die sich umgebracht haben oder die einfach nur gestorben sind. Ich würde gern ihre professionelle Meinung zu Fullaloves Tod hören. Sie hat den Leichnam ja gleichzeitig mit mir gesehen.«

»Ich gehe sie holen. Bedienen Sie sich doch in der Zwischenzeit und holen Sie sich noch einen Drink.«

»Ja, einen kleinen noch, wenn ich darf. Aber beeilen Sie

sich. Um eins gibt's Mittagessen. Millie möchte heute Nachmittag nach Cheltenham fahren, und die Läden schließen um fünf oder um diese Zeit herum.«

»Er will gar nicht zum Mittagessen bleiben, und er möchte mit Tante Adela sprechen«, verkündete Jonathan, als er seine Frau gefunden hatte. Seine Tante begleitete ihn zurück in sein Arbeitszimmer, und Doktor Fielding schilderte ihr sein Problem in klaren, kurzen Sätzen.

»Ich will gar nicht lange um den heißen Brei herumreden, Mrs Bradley«, sagte er. »Ein anonymer Briefeschreiber hat mir mitgeteilt, Bill Fullalove sei ermordet worden.«

»Ja, das ist auch meine Meinung«, sagte Mrs Bradley.

»Ihre Meinung? Wollen Sie damit sagen, dass –«

»Es ist mir nicht möglich, Ihnen eine eindeutige oder rationale Erklärung zu geben, warum ich zu dieser Meinung gelangt bin«, sagte Mrs Bradley. »Aber ich hatte während der Weihnachtstage Gelegenheit, Mr Bill Fullalove zu beobachten, und es schien mir nicht den geringsten Grund für die Annahme zu geben, dass er während eines Fußmarschs durch den Schnee zusammenbrechen und sterben würde. Aber ich habe natürlich sein Herz nicht untersucht, und es geziemt sich darüber hinaus auch nicht, dass ich das Urteil in Frage stelle, das bei der gerichtlichen Untersuchung gefällt wurde.«

»Da haben Sie recht. Nun, falls er tatsächlich ermordet wurde, stecke ich in einem schlimmen Schlamassel, und der Gerichtsmediziner mit mir. Wir haben die Leiche beide untersucht, und es gab keinerlei Anzeichen für einen gewaltsamen Tod. Und auch keine Anzeichen für eine Vergiftung.«

»Haben Sie explizit danach gesucht? Ich meine, hatten Sie an Gift gedacht?«

»Ich habe nicht an einen Mord durch Gift gedacht, nein. Eine solche Vermutung wäre mir nie in den Sinn gekommen. Aber ich dachte natürlich an Selbstmord oder an einen Unfall. Hätte es auch nur den geringsten Verdachtsgrund gegeben, hätte ich sofort eine Autopsie veranlasst. Aber ich kann Ihnen hoch und heilig versichern, dass es auch dafür nicht den geringsten Grund gab. Sie sind eine Koryphäe auf dem Gebiet der forensischen Medizin und kennen alle Zeichen für einen Tod durch Vergiftung genauso gut wie ich.«

Mrs Bradley nickte.

»Es kann unmöglich Gift gewesen sein«, sagte sie. »Jedenfalls nicht im engeren Sinne. Wären Sie denn bereit, eine Exhumierung vorzunehmen? Ich meine, falls es noch irgendeinen anderen Anlass dafür gäbe als nur die anonymen Briefe?«

»Ich weiß nicht. Könnte sein, dass ich damit meinen Kopf riskiere. Meinen Sie nicht?«

»Die Zeiten, in denen es Märtyrer gab, sind natürlich vorbei«, sagte Mrs Bradley und warf ihrem Neffen einen amüsierten Blick zu.

»Nein, aber trotzdem«, sagte Doktor Fielding. »Falls es so aussieht, als könnte mir die Geschichte um die Ohren fliegen, werde ich noch einmal laut und deutlich klarstellen, was ich zum damaligen Zeitpunkt dachte – nämlich, dass es mich erstaunt hat, dass Fullalove auf diese Art und Weise gestorben ist. Nicht, dass er jemals mein Patient gewesen wäre, wohlgemerkt.«

»Gut«, sagte Mrs Bradley. »Ich habe die Leiche ebenfalls gesehen, wie Sie schon sagten, auch wenn ich sie wegen der schwierigen Bedingungen dort draußen im Schnee und wegen der bereits eingetretenen Leichenstarre nicht eingehend untersuchen konnte. Aber fragen wir doch den Gerichtsmediziner, was er zu der Sache zu sagen hat – auf die Gefahr hin, dass wir uns damit eine strenge Zurückweisung einfangen.«

Wie zu erwarten gewesen war, reagierte der Gerichtsmediziner recht kurz angebunden.

»In einem solchen Wetter erfrieren viele Leute«, sagte er. »Und hat der Mann nicht früher in Indien gelebt?«

»Nein. Er war ein ehemaliger Marineoffizier. Es war Tiny, der in Indien gelebt hat«, beschwerte sich Jonathan, nachdem er den Hörer aufgelegt und Mrs Bradley ihn gebeten hatte, ihr den Inhalt des Gesprächs wiederzugeben. »Ich gehe Tiny mal in diesem Pflegeheim besuchen. Er sollte uns mehr als irgendjemand sonst über Bills Gesundheitszustand berichten können, außer vielleicht Bills Arzt, und wir wissen nicht, ob Bill jemals zu einem Arzt gegangen ist.«

»Wir könnten auch versuchen herauszufinden, wo Mrs Dalby Whittier sich gerade aufhält«, schlug Deborah vor, die in diesem Moment den Raum betrat. »Vielleicht weiß sie ja auch etwas.«

»Ich nehme an, sie kehrt zurück, sobald Tiny aus dem Pflegeheim entlassen wird«, sagte Jonathan.

»Wahrscheinlich. Aber Bill Fullalove – das Ganze ist einfach unglaublich!«

»Na ja, falls es tatsächlich ein Mord sein sollte und ich darauf wetten müsste, wer der Schuldige ist, würde ich auf Tiny setzen«, sagte Jonathan nachdenklich. »Ich kann mir einfach nicht vorstellen, wer Bill sonst gut genug gekannt haben könnte, um ihn zu ermorden oder ihn überhaupt ermorden zu wollen.«

»Das sind riskante Spekulationen«, sagte Mrs Bradley ernst. »Aber mir wurde ein Kotelett zum Mittagessen versprochen. Schenk mir doch bitte ein Glas von deinem exzellenten trockenen Sherry ein, und dann lasst uns diese ganzen unberechenbaren und rätselhaften Probleme vergessen und uns auf unser Essen konzentrieren.« Sie musste plötzlich an den langen und den kurzen Fidibus denken und sagte nichts mehr.

Am nächsten Tag rief Doktor Fielding Jonathan an und berichtete, der Gerichtsmediziner habe an diesem Vormittag während seiner Sprechzeiten bei ihm vorbeigeschaut, zusammen mit einem Kommissar aus Cheltenham. Man habe die Sache eingehend diskutiert, was aber zu nichts geführt habe, meinte jedenfalls der Arzt.

»Wie auch immer, sie interessieren sich offenbar für unseren anonymen Briefeschreiber«, fügte er hinzu. Der nächste Besuch war für Deborah. Es war die sehr charmante, zwanzigjährige Tochter von Doktor Fielding – eine besonnene und intelligente junge Frau. Sie hatte etwas zu berichten, wobei sie Deborah die Entscheidung überließ, ob sie diese Informationen weitererzählen wollte oder nicht.

»Er hat Ihnen einen Heiratsantrag gemacht?«, fragte Deborah. »Wann war das denn?«

»Letzten Oktober. Ich habe nein gesagt. Aber es kam mir so vor, als würde er es recht gefasst aufnehmen. Das war das eine.«

»Was hat er gesagt?«

»Oh, er hat einfach nur ›Alles klar‹ gesagt. Und dann meinte er noch: ›Ich hatte sowieso nicht geglaubt, dass ich eine Chance hätte, und du hast natürlich recht, ich bin zu alt für dich. Aber wenn du jemals deine Meinung ändern solltest, dann vergiss nicht, dass ich immer noch zu haben bin. Ich nehme mal nicht an, dass du einen Abschiedskuss haben möchtest?‹ Ich habe nein gesagt. Er hat versucht, mich zu packen, aber ich bin richtig wütend geworden und habe ihm eine ziemlich heftige Ohrfeige verpasst, und da hat er aufgegeben. Ziemlich bald darauf ist er gegangen, und als er schon in der Tür stand, habe ich gelacht, weil er so niedergeschlagen aussah, und habe ihm gesagt, dass ich es ihn wissen lassen würde, falls ich jemals meine Meinung ändern sollte. Doch kaum, dass ich das gesagt hatte, habe ich es auch schon bereut, denn er wirkte plötzlich wieder viel heiterer und hoffnungsvoller. Also habe ich noch rasch hinzugefügt, dass ich nicht glauben würde, dass ich meine Meinung jemals ändern würde und dass ich eigentlich sowieso nicht besonders erpicht darauf sei zu heiraten. Das hat er recht gut gelaunt aufgenommen und hat das Haus dann viel unbeschwerter verlassen, als ich erwartet hatte. Ich muss wohl etwas an mir haben, das die Familie Fullalove anzieht. Tiny hat mir ebenfalls einen Heiratsantrag gemacht – das war letzten August. Das ist alles sehr unangenehm für ein armes Mädchen wie mich, das einfach nur seine Ruhe haben und ungestört mit seiner Arbeit weitermachen will.«

Deborah gab Mrs Bradley die gesamte Unterhaltung Wort für Wort wieder.

»Auch wenn ich mir nicht vorstellen kann«, fügte sie hinzu und runzelte die Stirn, »dass Bill Fullalove die Art von Mann war, der sich wegen eines Mädchens umgebracht hätte. Und außerdem – wenn es keinerlei Verletzungen und auch keine

Anzeichen einer Vergiftung gibt, wie hätte er das dann schaffen sollen? Hat er sich einfach nur in den Schnee gelegt? Aber er lehnte über dem Gatter, als man ihn fand.«

»Als was arbeitet Mrs Fielding denn?«, wollte Mrs Bradley wissen.

»Sie wird als Chemikerin in die Forschung gehen, sobald sie mit ihrer Ausbildung fertig ist. Im Augenblick hat sie Ferien. Normalerweise verbringt sie natürlich die meiste Zeit in London, weil sie dort studiert. Ich glaube, sie ist ein brillanter Kopf. Doktor Fielding erzählt nicht viel von ihr, aber er ist ungeheuer stolz auf sie.«

»Aha«, meinte Mrs Bradley gedankenverloren. Deborah warf ihr einen raschen Blick zu, aber die scharfen schwarzen Augen und der schnabelartige kleine Mund verrieten nichts, und Deborah wusste, dass es keinen Zweck hatte, ihr Fragen zu stellen. Sie wechselte das Thema und kam auf ihre Blumenzwiebeln zu sprechen, um die man sich, wie sie fand, dringend kümmern musste. Mrs Bradley akzeptierte den Themenwechsel bereitwillig, und für eine Weile war nicht mehr die Rede von Gift, Chemie und gewaltsamen Todesfällen, bis plötzlich das Telefon schrillte und jemand verlangte, Jonathan zu sprechen.

Jonathan, der nicht besonders erfreut über die Unterbrechung wirkte, nahm den Hörer auf, lauschte und runzelte verwirrt die Stirn.

»Wer war das denn?«, fragte Deborah, nachdem er aufgelegt hatte.

»Das war das Pflegeheim. Anscheinend hat Tiny Fullalove, dessen Knie ihm immer noch große Schmerzen bereitet – scheint wohl länger zu dauern, bis er geheilt ist – einen anonymen Brief erhalten, in dem ihm mitgeteilt wurde, dass der Leichnam seines Cousins exhumiert werden soll. Darüber hat er sich natürlich fürchterlich aufgeregt, und die Oberschwester hat sich so große Sorgen um ihn gemacht, dass sie ihn um meine Telefonnummer gebeten und mich angerufen hat, um zu fragen, ob ich Licht in die Sache bringen könnte. Aber das konnte ich natürlich nicht! Ich habe ihr - wenn auch nicht gerade wahrheitsgemäß - erzählt, ich wisse nicht das Geringste von einem derartigen Plan und habe hinzugefügt, dass das bestimmt nur ein absurdes Gerücht sei.«

»Was hast du denn sonst noch zu ihr gesagt?«, fragte nun Mrs Bradley.

»Ich habe ihr von dem Urteil der gerichtlichen Untersuchung erzählt - Tod durch Unfall - und dass Bill erfroren sei beziehungsweise dass sein Herz aufgrund der Kälte versagt habe. Ich habe ihr gesagt, die Geschworenen hätten keine weiteren Fragen gestellt, und dass die medizinische Beweislage absolut klar gewesen sei.«

»Also ist es dir gelungen, sie zu beruhigen?«

»Ja, das will ich meinen! Aber es war ganz schön mühsam. Am Schluss habe ich noch hinzugefügt, dass auch einige andere Leute solche anonymen Briefe erhalten haben und dass wir die Polizei alarmieren wollen.«

»Aha, ich verstehe.«

»Sie klang wie eine vernünftige Frau«, fuhr Jonathan fort. »Also hoffe ich, dass es ihr gelingen wird, Tiny zu beruhigen. Muss wirklich scheußlich sein, wenn man so ans Bett gefesselt ist, während dieser ganze Sprengstoff durch das Dorf wirbelt ... Glaubst du wirklich, dass Bill ermordet wurde? Und wenn ja, wie?«

»Meine gegenwärtige Theorie stützt sich noch auf keinerlei Fakten. Habe ich dich sagen hören, dass Sally zu Besuch kommen will?«

»Ja. Sie bringt Rhu mit und freut sich wahnsinnig darauf, dich zu sehen.« Er quittierte ihren abrupten Themenwechsel mit einem Grinsen, ließ sich jedoch widerspruchslos darauf ein. Er wusste, dass das Gehirn seiner Tante immer dann am eifrigsten arbeitete, wenn es ihr gelungen war, das Gespräch in eine vollkommen andere Richtung zu lenken.

Siebtes Kapitel

OHNE SCHULDIGEN KEINE STRAFE

Was säumest du? Lass fort dich treiben!
Du kamst ja schließlich nicht zu bleiben.

Richard Baxter

Sally, Mrs Bradleys Nichte aus erster Ehe und Jonathans Nenn-Cousine (sie gehörte zum Lestrange-Zweig der Familie und war mit den Bradleys nicht blutsverwandt) traf nahezu gleichzeitig mit der Polizei ein.

Sally kam zuerst, in ihrem Hillman, und die Polizei folgte in einem Abstand von etwa dreißig Metern in einem Morris. Die beiden Automobile wühlten Jonathans vollkommen durchnässte, matschige Auffahrt auf.

»Du liebe Güte!«, sagte Jonathan, der Sally schon lange kannte und eine Weile mit dem Gedanken gespielt hatte, sie zu bitten, seine Frau zu werden. »Jetzt sag nicht, dass die Polizei dich direkt vor meiner Haustür festnehmen wird! Weißt du denn nicht, dass ich hier der Friedensrichter bin?«

»Das weiß ich sehr wohl«, antwortete Sally. »Und ich bin vollkommen verängstigt. Die haben sich an meine Fersen geheftet, seit ich Cirencester verlassen habe, und sind mir seitdem den ganzen Weg gefolgt. Ich dachte zunächst, es sei ein Zufall, aber als sie dann hinter mir durchs Dorf gefahren und auch noch in diese Auffahrt eingebogen sind …«

»Bitte entschuldigen Sie, Sir«, sagte ein adrett wirkender Sergeant der Gloucestershire Gendarmerie. »Aber dürfte ich Sie wohl mal kurz sprechen?«

»Gewiss. Kommen Sie doch rein. Deb, würdest du dich bitte um Sally kümmern? Ihr beide kennt euch ja schon ein bisschen, und mich kennt ihr beide sehr gut, also …«

»Es tut mir leid, Sie belästigen zu müssen, Sir. Und dann haben Sie auch noch Besuch«, entschuldigte sich der Sergeant. »Oh, ja, ich nehme gerne eins, Sir, wenn's keine Mühe macht. Vielen Dank!«

Jonathan schenkte zwei Gläser Bier ein und schickte das Hausmädchen los, um Mrs Bradley suchen zu gehen. Dann nahm er sich eine Pfeife und bot dem Gesetzeshüter Zigaretten an.

»Bitte unterbrechen Sie mich, falls ich mich irre«, sagte er, nachdem Mrs Bradley gefunden worden war und der Sergeant sich mit einem ausgiebigen Schluck aus seinem Bierglas gestärkt und eine Zigarette angezündet hatte. »Aber ich nehme an, Sie sind wegen dieser elenden anonymen Briefe hier, die einige von uns hier im Ort erhalten haben.«

»Ja, Sir, jedenfalls mehr oder weniger. Ein gewisser Mr Baird unten aus dem Dorf hat sich beschwert. Und davor haben wir von einer gewissen Mrs Dalby Whittier gehört, die für die beiden Mr Fullaloves als Haushälterin gearbeitet hat.«

»Oh? Und was hatte Mrs Whittier so zu berichten?«

»Etwas, das, na ja, wie soll ich sagen, ziemlich unser Interesse geweckt hat, Sir. Die Sache ist die - aber das behalten Sie bitte für sich, Sir: Sie hat uns etwas mitgeteilt, das uns dazu veranlasst hat, nochmal einen sehr genauen Blick auf Bill Fullaloves Tod zu werfen. Natürlich ist bei der gerichtlichen Untersuchung alles gelaufen, wie es soll, und die Ärzte haben beide nur das ausgesagt, was sie zu diesem Zeitpunkt aussagen konnten, medizinisch gesprochen, was, wie Sie sich erinnern werden, auf Herzversagen durch Erfrierung hinauslief. Jedenfalls haben wir, als uns dieser Brief von Mrs Dalby Whittier erreichte, natürlich die entsprechenden Schritte unternommen, um die von ihr genannten Informationen zu überprüfen.«

»Ich dachte, ihr von der Polizei schreitet immer furchtlos voran«, bemerkte Jonathan.

»Wie bitte, Sir?«

»Ach, nichts. Entschuldigen Sie. Hier, lassen Sie mich Ihnen noch etwas Bier einschenken.«

»Ja, vielen Dank, da sage ich nicht nein. Also, Sir - der schmeckt ja wirklich hervorragend, dieser Gerstensaft! Ich sag's ja immer, wenn's um Bier geht, kommt niemand gegen den Südwesten an. Also, was ich sagen wollte: Wie sich herausstellt, entspricht die Geschichte von Mrs Dalby Whittier der Wahrheit. Erst letzten September hat Mr Bill Fullalove sich einer ärztlichen Untersuchung unterzogen, um eine Lebensversicherung abzuschließen. Anscheinend hatte er zu diesem Zeitpunkt vorgehabt, sich früher oder später zu verheiraten. Jetzt kommt der interessante Teil, Sir. Laut der Aussage des Arztes, der sich in diesem Pflegeheim um Mr Tiny kümmert, ist dessen Gesundheitszustand nicht gerade rosig. Es geht ihm zwar jetzt nicht unbedingt furchtbar schlecht, aber die vielen Jahre in Indien haben seiner Konstitution auch nicht gerade gutgetan. Mr Bill befand sich hingegen in einem bemerkenswert guten Gesundheitszustand. Der Arzt der Versicherungsanstalt – wir haben persönlich mit ihm gesprochen – hat ausgesagt, dass er noch nie einen gesünderen Mann gesehen oder ein Herz untersucht hat, das sich in einem besseren Zustand befunden hätte als das von Mr William Fullalove, unter der Adresse, die uns allen bekannt ist.«

»Oho!«, sagte Jonathan äußerst interessiert.

»Angesichts dieser Information«, fuhr der Sergeant fort, »werden wir beim Polizeipräsidenten nachfragen, wie er darüber denkt, eine Exhumierung zu veranlassen. Auch wenn es uns natürlich gegen den Strich geht, in die örtlichen Angelegenheiten einzugreifen. Doch das ist letztendlich auch der Wunsch unseres Gerichtsmediziners, Sir. Ihm gefällt die Vorstellung ganz und gar nicht, dass er womöglich eine falsche Diagnose gestellt hat. Er sagt, er sei sicher, dass bei der Leichenschau nichts übersehen worden sei. Und es geht ihm um seine Berufsehre.«

»Nun, eine Exhumierung sollte diese Frage ja beantworten. So oder so. Übrigens, jetzt, da Bill von uns gegangen ist, wie sieht es denn mit seinem Testament aus?«

»Das ist ja das Seltsame, Sir. Den Rechtsanwälten sind ordentlich die Hände gebunden. Es steht außer Frage, dass die Versicherung zahlen muss. Das Urteil war klar und deutlich, und sie können nicht dagegen angehen und haben das auch gar nicht vor. Die Summe beläuft sich auf fünftausend Pfund. Das ist jetzt zwar nicht gerade eine riesige Summe, so im Vergleich, aber den ein oder anderen könnte sie schon in Versuchung führen. Und das Merkwürdige ist, dass wir keine Ahnung haben, wen sie hätte in Versuchung führen können ... gesetzt den Fall, die Todesumstände waren nicht das, wonach es zunächst aussah. Das Testament ist zugunsten von –« Hier zückte er sein Notizbuch und blätterte mit seinem erstaunlich großen Daumen die Seiten um – »›meiner geliebten Ehefrau Amabel Lucinda‹ ausgestellt.«

»Ohne jeden weiteren Hinweis auf die Identität der Dame?«

»Nicht einen Einzigen, Sir. Und Mr Tiny schwört, dass Bill nicht verheiratet war. Das Ganze ist wirklich recht seltsam, Sir.«

»Wenn ich das richtig sehe, bedeutet das also, dass Tiny alles erben wird, falls die Dame sich nicht meldet und ihre Ansprüche geltend macht. Das Geld, das Bill hinterlassen hat und auch die gesamte Versicherungssumme.«

»So sieht es aus, Sir. Mr Tiny war den Anwälten gegenüber ziemlich ruppig. Daraus kann man ihm auch wohl kaum einen Vorwurf machen. Er hat sie aufgefordert, ihm eine Heiratsurkunde vorzulegen und gemeint, dass ganz gleich, wer diese Frau sei, die Mr Bill vorgehabt habe zu heiraten, er sich absolut sicher sei, dass Bill sie nie wirklich geheiratet hat.«

»Es sei denn, er hätte die Heirat aus irgendeinem Grund geheim gehalten. Aber die Dame wird sich zweifellos melden, falls sie tatsächlich existiert, und dann auch die notwendigen Urkunden vorlegen, sobald sie von Bills Tod erfährt.«

»Ja, wahrscheinlich, Sir. Vielleicht sollte ich Ihnen noch den Namen der Person nennen, von der wir glauben, dass sie die Begünstigte ist, Sir ...«

»Ja?«

»Mrs Dalby Whittier, Sir.«

»Aber, du lieber Himmel, die war doch nur die Haushälterin und ist darüber hinaus auch keine junge Frau mehr!«

»Eine heiße Sache, Sir. Mich würde das gar nicht überraschen«, meinte der Sergeant. »Es sind immer die Kleinen, Unscheinbaren im Hintergrund, wissen Sie? Oh, danke Sir, ja, da sage ich nicht nein. Ja, Sir, so sieht die Sache aus. Er könnte sie heimlich geheiratet haben, wie Sie schon sagten. Sowas dauert nicht lange, wenn man einen Standesbeamten gefunden und sich eine Sonderlizenz besorgt hat. Obwohl, warum er das Ganze geheim halten sollte – so ein Gentleman wie er, der finanziell unabhängig ist –«

»Also sind Sie recht erpicht darauf, mit Mrs Dalby Whittier zu sprechen, nehme ich an?«

»Nun, da sind schließlich diese fünftausend Pfund, Sir. Das ist viel Geld für jemanden in Mrs Dalby Whittiers Position. Das einzige Problem ist –«

»Ja, was?« Aber Jonathan ahnte schon, wie die Antwort lauten würde.

»Wir können sie nicht finden, Sir. Nach ihrer Abreise vom Bungalow hätte sie eigentlich ihre Verwandten in London besuchen sollen. Nur ist sie dort nie eingetroffen. Auch wenn die sich deswegen nicht groß Sorgen zu machen schienen. Sie meinten, sie seien davon ausgegangen, dass Mrs Whittier es sich anders überlegt hätte und dass sie ihnen schon irgendwann einen Brief schicken würde, um ihnen das mitzuteilen. Anscheinend haben diese Verwandten sie schon seit Jahren nicht mehr gesehen, und wir haben den Eindruck gewonnen, dass es ihnen auch keine schlaflosen Nächte bereiten würde, wenn sie sie nie wiedersehen würden. Sie machten irgendwelche Andeutungen darüber, dass Mrs Whittier vom rechten

Weg abgekommen sei. Sie hat wohl den Familiennamen in den Dreck gezogen, gab man uns zu verstehen, und ihre Familie hatte sie, bevor sie irgendwann geheiratet hat, regelrecht aus dem Haus geschmissen. Was halten Sie davon, Sir?«

»Da sollten Sie besser meine Tante fragen«, meinte Jonathan.

»Das heißt also, dass es ihre zweite Ehe gewesen wäre, wenn sie Bill Fullalove tatsächlich geheiratet hätte?«, fragte Mrs Bradley.

»So sieht es aus, Ma'am.«

»Hatte sie irgendwelche Kinder aus ihrer ersten Ehe?«

»Ja, eines. Einen Sohn. Er ist hier im Dorf der Chorleiter – Mr Emming. Das überrascht Sie gar nicht, Ma'am?«

»Nicht im Geringsten. Ich hatte das bereits vermutet. Ich frage mich, ob sie ein Testament hinterlassen hat?«

»Falls sie tatsächlich nicht bald von allein wieder auftaucht, müssen wir sie unbedingt ausfindig machen, nicht zuletzt deshalb, weil wir vorhaben, wegen dieser anonymen Briefe Ermittlungen anzustellen.«

»Und dann besteht ja auch die Möglichkeit, dass es noch eine weitere Untersuchung zu Bill Fullaloves Tod geben wird«, meinte Jonathan. »Übrigens, was war für ein Poststempel auf dem Brief, den sie Ihnen geschickt hat?«

»West-London, Sir. Und ihre Verwandten wohnen in Lewisham.«

»Trotzdem, das bedeutet wohl, dass sie tatsächlich nach London gefahren ist.«

»Ja, Sir.«

»War ihr Brief mit der Hand geschrieben?«, wollte Mrs Bradley wissen.

»Nein. Beziehungsweise, er war mit Bleistift geschrieben, in einer sehr ordentlichen Blockschrift, Ma'am, und lediglich mit D. D. Whittier unterzeichnet.«

»Also wäre es möglich, dass der Brief gar nicht von ihr selbst geschickt wurde, wollen Sie damit sagen?«

»Nun, ehrlich gesagt sind wir davon ausgegangen, dass sie ihn selbst geschickt hat. Wir hatten keinen Grund, das zu anzuzweifeln, würde ich sagen.«

»So sieht die Sache aus«, sagte der Polizeipräsident, der am nächsten Tag vorbeischaute. »Wir können natürlich versuchen, Mrs Whittier zu finden. Aber abgesehen von der Exhumierung der Leiche gibt es nicht viel, was wir unternehmen könnten. Und der Kommissar und der Gerichtsmediziner können dazu sagen, was sie wollen – ich bin nach wie vor strikt gegen eine Exhumierung.«

»Aber Sie können doch trotzdem diese Person ausfindig machen, die diese anonymen Briefe schreibt, nicht wahr?«, fragte Jonathan.

»Das ist keine leichte Sache.«

»Aber verdammt nochmal, die Person, wer auch immer das ist – und ich wette, es ist eine Frau – ist doch bestimmt jemand aus dem Dorf! Und es muss darüber hinaus jemand sein, der Zugang zu einer Schreibmaschine hat. Sämtliche Briefe, die ich gesehen habe, wurden mit der Schreibmaschine geschrieben, außer dem Brief, den ich als Allerersstes erhalten habe. Und das erinnert mich übrigens an diese merkwürdige Geschichte mit der maschinengeschriebenen Nachricht, die jemand unter Ansteys Tür durchgeschoben hat. Wir haben nie herausgefunden, wer das war.«

»In diesem Dorf gibt es niemanden mit einer Schreibmaschine. Wir sind in einer Sackgasse. Zwei von den Blaustrümpfen oben im College haben eine Schreibmaschine, aber im Dorf kann ich von einem solchen Gerät nicht die geringste Spur entdecken. Und als wir die im College überprüft haben, mussten wir feststellen, dass keine davon in Frage kam. Der Arzt schreibt alles mit der Hand, und der Pfarrer ebenfalls. Noch nicht einmal das Postamt hat eine. Was ist mit Ihnen? Besitzen Sie vielleicht eine Schreibmaschine?«

»Ja, natürlich besitze ich eine. Aber das Schriftbild stimmt nicht überein. Sie dürfen das gern selbst überprüfen. Ehrlich gesagt wäre es mir sehr lieb, wenn Sie das täten. Das Problem ist aber doch nicht, dass es irgendwo eine Schreibmaschine geben muss, sondern dass Sie sie noch nicht gefunden haben. Darüber hinaus fährt die Person, die die Briefe geschrieben hat – wer auch immer das ist –, nach Cheltenham, um sie von dort aus abzuschicken. Sämtliche Briefe haben einen Poststempel von Cheltenham. Könnte das nicht bei den Ermittlungen helfen?«

»Das halbe Dorf fährt mindestens einmal die Woche nach Cheltenham. Manche sogar noch öfter. Das hilft uns nicht weiter. Die Leute fahren dorthin, um einzukaufen oder ins Kino zu gehen«, sagte der Polizeipräsident und schüttelte den Kopf.

»Mit anderen Worten: Sie schinden Zeit!«, beschwerte sich Jonathan. »Sie wollen keine Exhumierung veranlassen, aber Sie fürchten, dass Sie keine andere Wahl haben könnten. So sieht es doch aus, oder? Worauf warten Sie denn noch? Falls der arme Kerl ermordet wurde, müssen Sie die Sache untersuchen, und falls nicht, wird eine Exhumierung diese verleumderische scharfe Zunge zum Schweigen bringen. Sie haben also nichts zu verlieren! Du liebe Güte, nun machen Sie doch Ihre Arbeit und zögern Sie nicht länger!«

»Es nützt nichts, garstig zu werden, mein Junge«, sagte der Polizeipräsident freundlich. »Ich weiß, was Ihr Problem ist. Sie haben Ihre eigenen Gründe, diesen anonymen Briefeschreiber aufspüren und entlarven zu wollen, und ich kann Ihren Standpunkt gut verstehen. Aber bei dieser Person handelt es sich um irgendeinen Verrückten, der sich auf diese Weise traurige Berühmtheit verschaffen will. Das ist alles. Ich werde einfach warten, bis sich die Wogen ganz von allein glätten. Dieser Briefeschreiber will nur für Aufregung sorgen. Wenn wir ihm die nicht liefern, wird er oder sie ganz von allein aufgeben. Es ist ja nicht so, als wären diese Briefe besonders bösartig. Ich meine, niemand wird sich umbringen, weil er einen von diesen Briefen erhalten hat. Nein, was dieser verdammte Schreiberling will, ist, dass wir genau das tun, was ich persönlich nicht bereit bin zu tun – nämlich Bill Fullaloves Leichnam zu exhumieren. Dann müssen wir uns nämlich mit Schlagzeilen herumschlagen und werden uns am Ende zur Zielscheibe des Gespötts machen. Das wäre für diese Art von Reptil ein gefundenes Fressen.«

»Sie haben also vor, die Meinung Ihrer eigenen Polizeibeamten zu ignorieren?«

»Es ist doch so,« erklärte der Polizeipräsident geduldig. »Ihr dorfeigener Dr. Fielding und der örtliche Gerichtsmediziner haben beide bei der gerichtlichen Untersuchung absolut klare und unmissverständliche Aussagen gemacht. Es kommt oft vor, dass Menschen aufgrund von Kälte und Erfrierung sterben. Wenn diese beiden Ärzte jetzt grantig werden und ihre eigenen, unter Eid abgegebenen Erklärungen widerrufen wollen, dann werden sie sich damit ordentlich Ärger einhandeln. Und der Typ von der Versicherung lag einfach nur falsch. Ich nehme an, auch Ärzte können sich mal irren. Er mag geglaubt haben, dass sich Bill bester Gesundheit erfreute, aber Tatsache ist doch, dass der arme Kerl eben nicht gesund war. Mehr gibt es dazu nicht zu sagen.«

»Ärzte können sich also mal irren, ja? Da haben Sie's doch! Ihr eigener Gerichtsmediziner ist bereit zuzugeben, dass er sich geirrt haben könnte, und Sie weigern sich trotzdem zu handeln! Ob nun Fullalove eines natürlichen Todes gestorben ist oder nicht, geht mich ja im Grunde genommen gar nichts an. Aber dieser anonyme Briefeschreiber sehr wohl! Der geht alle an. Und ich gebe Ihnen mein Wort, dass ich, falls noch weitere anonyme Briefe auftauchen, diese Person selbst aufspüren werde, und wenn mir das gelingt, werde ich bei meiner Aussage der Polizei gegenüber kein Blatt vor den Mund nehmen. Und was die Exhumierung angeht, ist es mir egal, ob Sie die veranlassen oder nicht, denn falls mit dem Tod irgendetwas nicht in Ordnung ist, dann ist das Ihr Problem und nicht meins! Aber ich weiß, dass da etwas nicht stimmt!«

»Verdammt nochmal, Bradley, was haben wir denn für handfeste Indizien? Ich kann doch nicht einfach auf eine unbegründete Meinung hin handeln.«

»Was ist mit Mrs Dalby Whittiers Verschwinden?«

»Das können wir natürlich in Angriff nehmen, aber was diese andere Sache angeht – die Exhumierung – tja, falls Mrs Bradley, deren Meinung ich selbstverständlich respektiere, mir einen definitiven Hinweis geben kann ...«

»Was wäre denn, wenn noch ein weiterer Brief – ach, was soll's.«

»Was wäre, wenn noch ein weiterer Brief käme, der Namen nennt und unmissverständliche Anschuldigungen gegen jemanden erhebt? Ich weiß im Augenblick nicht, was ich dann unternehmen würde. Es müsste irgendeine Art von Beweis geben. Bis jetzt enthalten diese Briefe keine wirklichen Fakten.«

»Doch, das tun sie! Allesamt! Jeder einzelne! Ach, was soll's, vergessen wir die Sache«, sagte Jonathan. »Aber denken Sie daran: Sie sind schuld, wenn uns das Ganze um die Ohren fliegt!«

Doch es durfte niemand die Sache vergessen. Die nächste Beschwerde über den Empfang eines anonymen Briefs kam erneut aus dem Pflegeheim, wo Tiny Fullalove sein verletztes Knie zu heilen versuchte.

»Es ist ziemlich absurd«, sagte er am Telefon. »Aber irgend so ein verdammter Kerl hat mich beschuldigt, den armen alten Bill abgemurkst zu haben. Was soll ich da jetzt unternehmen?«

»Nichts, so wie es aussieht«, antwortete Jonathan. »Zumindest ist das die Ansicht des Polizeipräsidenten. Wir sollen alle gute Miene zum bösen Spiel machen. Das ist alles.«

»Aber können Sie denn nichts tun? Verdammt nochmal, Sie sind hier schließlich der Friedensrichter.«

»Ja. Und das hat auch seine netten Seiten«, antwortete Jonathan, der wegen Deborah immer noch wütend auf Fullalove war. »Sie sollten besser die Polizei anrufen und denen die Sache überlassen.«

Am nächsten Tag schaute der Polizeipräsident erneut bei Jonathan vorbei.

»Hier haben wir in der Tat unsere nächste definitive Anschuldigung«, meinte er triumphierend. »Und es bestätigt nur, was ich schon sagte. Dieses Individuum ist so erpicht darauf, unbedingt in die Zeitungen zu kommen, dass es sich nicht einmal die Mühe gemacht hat, in Erfahrung zu bringen, dass Tiny Fullalove – immer gesetzt den Fall, es war wirklich kein natürlicher Tod – die einzige Person ist, die absolut nichts damit zu tun gehabt haben kann.«

»Sie meinen, wegen seiner kaputten Kniescheibe?«

»Genau.«

»Wir haben aber keine Ahnung, wann ihm das passiert ist, oder?«

»Doch, jedenfalls kommen wir dem nahe genug. Anstey ist Ihnen gegen Viertel nach vier begegnet. Als Sie durch das Wäldchen nach oben gegangen sind, war Bill noch nicht tot. Sie haben seine Leiche auf Ihrem Rückweg gefunden, wie sie gegen das Gatter gelehnt war.«

»Also?«

»Also hatte Tiny diese Verletzung bereits, bevor Bill gestorben ist.«

»Tiny könnte die Nachricht selbst zugestellt haben und dann losgezogen sein, um Bill umzubringen. Wir wissen nicht, wann der Brief unter Ansteys Tür durchgeschoben wurde.«

»Aber wie hätte er denn wissen können, dass er sich genau diese Art von Verletzung zuziehen würde? Die Verletzung ist sein Alibi.«

»Es gibt Leute in der Armee, die …«

»Ja, das weiß ich. Aber – denken Sie, dass Tiny der Typ für so etwas wäre? Und eine zertrümmerte Kniescheibe tut so entsetzlich weh, dass man meinen sollte, es wäre nicht die Art von Verletzung, die man sich mit voller Absicht selbst zufügt.«

»Ich weiß nicht, wie ich darüber denke, ich weiß nur, dass an dieser Nachricht etwas sehr seltsam war. Irgendetwas daran ergab einfach keinen Sinn. Und ich nehme an, Mrs Whittier haben Sie auch noch nicht gefunden?«

»Also, jetzt hören Sie mal zu«, sagte der Polizeipräsident. »Wie wäre es so: Sie machen sich still und leise daran, diesen Plagegeist aufzuspüren, der da im Dorf sein Unwesen treibt, und wir werden die Person dann zwingen, Beweise für ihre Behauptungen vorzulegen. Es wäre bestimmt nicht gut, wenn hier lauter Polizisten herumschnüffeln. Dann würde unser kleines Vögelchen alsbald den Braten riechen und sich aus dem Staub machen.«

Mrs Bradley, die gerade den Raum betreten hatte und der somit das Privileg beschieden war, diese schiefe Metapher mitanzuhören, lachte meckernd vor Begeisterung.

»Ah ja«, sagte der Polizeipräsident. »Genau die Person, die wir brauchen! Was hat Ihre morbide Psychologie denn so über den Verfasser dieser anonymen Verleumdungen zu sagen, Mrs B.?«

»So einiges«, antwortete Mrs Bradley. »Es ist sehr zu bedauern, dass Sie nicht einfach einen allgemeinen Durchsuchungsbefehl ausstellen können, um diese Schreibmaschine aufzuspüren. Es gibt mehrere signifikante Merkmale, die zusammengenommen nur zu einer einzigen Schreibmaschine passen würden, und das ist, wie ich betonen möchte, nicht die Maschine, die sich in diesem Haus befindet.«

»Ja, aber wir sind nicht befugt, einen solchen generellen Durchsuchungsbefehl auszustellen. Außerdem brauche ich von Ihnen keine solchen praktischen Vorschläge. Ich will wissen, was hinter diesen Briefen steckt. Was veranlasst jemanden dazu, sich hinzusetzen und so ein Ding zu verfassen? Abgesehen von dem allgemeinen menschlichen Bedürfnis, mal schauen zu wollen, was passiert, wenn man eine große Schlammschlacht veranstaltet oder eine Bombe hochgehen lässt, meine ich.«

»Oft schreibt sich eine solche Person damit einen Groll von der Seele, den sie auf die Gesellschaft im Allgemeinen hegt. Manchmal externalisiert sie damit einen persönlichen Hass oder ein Gefühl der Eifersucht. Oft ist es auch eine Person, die nicht weiß, was sie sonst mit all ihrer überflüssigen Zeit anfangen soll. Manchmal ...«

»Aber wie sieht es denn in diesem Fall aus?«

»In diesem Fall habe ich den deutlichen Eindruck, dass ein Verbrechen dahintersteckt. Es könnte sein, dass wir es mit einem Mörder zu tun haben und dass der Verfasser der anonymen Briefe daher ...«

»Glauben Sie das tatsächlich? Dass Fullalove ermordet wurde? Also schön. Wenn ich auch nur den Fetzen eines echten Beweises in die Finger bekomme, dass hier etwas Verdächtiges vor sich geht – von den anonymen Briefen mal abgesehen –, werde ich einen Antrag auf Exhumierung stellen.«

»Ist das ein Versprechen?«, verlangte Jonathan zu wissen.

»Ja, das ist es«, sagte der Polizeipräsident, nachdem er kurz nachgedacht hatte. Mrs Bradley lachte meckernd.

»Sie werden es nicht einhalten müssen, mein Junge«, sagte sie.

»Warum nicht?«, fragte der Polizeipräsident, während er einen prüfenden Blick in ihr Gesicht warf. Plötzlich wirkte er besorgt.

»Weil es auf keinen Fall irgendwelche Beweise geben wird. Sie werden zum Handeln gezwungen werden. Sie werden gar keine andere Wahl haben, als diese Leiche zu exhumieren und zu untersuchen.«

»Und warum?«

»Weil ich mir ziemlich sicher bin – ganz unabhängig davon, ob irgendjemand etwas Definitives über die Art von Mr Bill Fullaloves Tod in Erfahrung bringen kann –, dass Mrs Dalby Whittiers Verschwinden eine kriminelle Ursache hat.«

»Tja, das hat Scotland Yard übernommen. Mrs Whittiers Brief an uns war, wie Sie sicher wissen, in London aufgegeben worden. Die Frage ist aber doch – ist Tiny Fullalove in die Sache verwickelt?«

»Da bin ich mir fast sicher ... Oh, ich meine damit nicht, dass Tiny Bill ermordet hat. Das könnte er natürlich getan haben. Aber ich bin fest davon überzeugt, dass da irgendetwas mit dieser Versicherungssumme von fünftausend Pfund nicht stimmt. Betrachten wir doch einmal die Tatsachen. Ein Mann, der sich bester Gesundheit erfreut, versichert sein Leben zu einer für seine Verhältnisse erheblichen Summe. Derselbe Mann erfriert und stirbt. Sein Testament bestimmt, dass die Summe an eine bis jetzt nicht identifizierbare Ehefrau gehen soll. Sein Cousin, mit dem er zusammenlebt und von dem man doch eigentlich hätte erwarten sollen, dass er sich mit den Angelegenheiten seines Mitbewohners auskennt, behauptet, es gebe gar keine Ehefrau. Und falls sich beweisen ließe, dass diese Aussage stimmt, ginge das gesamte Geld an besagten Cousin, weil er der nächste Angehörige ist.«

»Ich werde nicht schlau daraus – außer, dass ich mir Tiny Fullalove nicht als Mörder vorstellen kann.«

»Ich weiß. Diese ganze Geschichte ist sehr geheimnisvoll, und ich habe das Gefühl, dass irgendwo dahinter noch ein weiteres Rätsel auf uns wartet. Falls es uns gelingt, dieses zweite Rätsel zu lösen, wird sich, wie ich glaube, das erste Rätsel ganz von allein lösen.«

»Als Erstes müsste man diese Ehefrau aufspüren«, sagte Jonathan. »Aber ich nehme an, darum kümmert sich bereits jemand. Das Problem ist, dass Bill irgendwo im Ausland geheiratet haben könnte. Schließlich war er bei der Marine.«

»Wenn Sie mir erlauben würden, Ihnen einen Rat zu erteilen«, sagte Mrs Bradley zu dem Polizeipräsidenten, »dann würde ich an Ihrer Stelle den Leichnam von Mr Bill Fullalove so bald wie möglich exhumieren lassen.«

»Aber – oh, verdammt nochmal! Warum? Die Sache ist die: Ich will das nicht!«

»Weil man aus dem Wald jenseits der Welt die Welt sehen können sollte.«

»Sie sprechen in Rätseln«, murrte der Polizeipräsident.

»Das tut die Sphinx auch, und dennoch verliert sie niemals ihren Ruf, äußerst weise zu sein«, sagte Jonathan mit einem Grinsen. »Seien Sie ein Mann! Stellen Sie einen Antrag auf Exhumierung und lassen Sie uns die Sache angehen.« Nachdem der Polizeipräsident gegangen war, sagte Jonathan zu seiner Tante: »Es ist nicht nett, ihn so auf den Arm zu nehmen. Gibt es da wirklich etwas, das du weißt? Wenn ja, dann erzähl es mir doch bitte!«

»Ich vermute etwas. Das ist nicht dasselbe, wie es zu wissen. Ich frage mich, wie es Tiny Fullaloves Knie wohl gehen mag?«, sagte Mrs Bradley. Ihr Neffe fasste dies als absichtlichen Themenwechsel auf und nickte.

»Ich sollte ihn wirklich mal besuchen gehen«, meinte er. »Natürlich wäre ein netter Schlag mit dem Hammer auf die Kniescheibe ... Aber warum sollte ich meine Theorien aufgeben, wenn du es nicht tust?«

»Ich nehme an, wir sind beide recht unfair«, sagte Mrs Bradley. »Ja, sicher, geh ihn besuchen! Du hättest längst schon einmal hingehen sollen, wie du ja selber auch gesagt hast. Du hast dich sehr unnachbarschaftlich verhalten.«

»Du hast sehr recht. Ich hätte längst gehen sollen«, sagte Jonathan. »Aber ich hasse es, in Pflegeheime oder Krankenhäuser zu gehen, und außerdem habe ich seit Weihnachten eine große Abneigung gegen dieses Schwein gefasst.«

Er ging noch am selben Nachmittag. Tiny freute sich, ihn zu sehen, doch sein Gesicht mit den kleinen Augen wirkte eingefallen. Er meinte, sein Knie würde einigermaßen den Erwartungen entsprechend heilen, aber es sei davon auszugehen, dass das sehr lange dauern würde. Er fragte, wie die gerichtliche Untersuchung und das Begräbnis verlaufen seien, und kam dann auf Mrs Dalby Whittier zu sprechen.

»Ich mache mir Sorgen um sie«, sagte er. »Sie hat nicht geschrieben. Anstey hat einen Schlüssel für den Bungalow und schickt die Post an mich weiter. Es kommt mir komisch vor, dass sie uns einfach so links liegen lässt. Oder vielmehr, mich links liegen lässt. Sie wollte ein paar Verwandte in London besuchen, aber sie hat keine Adresse hinterlassen, und deshalb habe ich keine Ahnung, wie ich mit ihr in Verbindung treten könnte. Außerdem schulde ich ihr auch noch ein Monatsgehalt. Sie wollte das Geld für Dezember vor ihrer Abreise nicht annehmen. Hat gesagt, zum einen wäre es noch gar nicht fällig, und zum anderen würde sie es ja doch nur in London für irgendeinen Schnickschnack ausgeben. Ich hoffe, sie hat sich nicht die Grippe oder eine Lungenentzündung eingefangen oder so etwas. Das Wetter muss wohl schlimmer gewesen sein, als ich dachte, sonst hätte es den armen Bill nicht das Leben gekostet.«

»Wo wir gerade beim Thema sind: Ich wollte Ihnen ein paar Fragen zu Bill stellen«, sagte Jonathan. »Wie lange war er an jenem Tag unterwegs? Und wo war er?«

»Wie ich es schon in meinem schriftlichen Bericht für den Untersuchungsrichter erklärt habe, bin ich mir da alles andere als sicher. Der arme alte Kerl war ja ganz verrückt danach, die Natur zu erforschen, wie Sie wissen, und war deshalb draußen bei den Dachshöhlen in Groaning Spinney. Zumindest wollte er dorthin, so hat er es mir gesagt.«

»Anstey schien zu glauben, dass er nach Gloucester fahren wollte«, sagte Jonathan. »Wie ist der denn auf diese Idee gekommen?«

»Das ist eine sehr seltsame Geschichte«, sagte Tiny und strich sich mit der Hand über die Augen. »Verdammt seltsam. Er war in einem viel besseren Gesundheitszustand als ich, müssen Sie wissen. Ich hätte nie gedacht, dass er …«

»Nein«, stimmte Jonathan ihm zu. »Ich denke, damit konnte niemand rechnen. Übrigens – was ist mit dieser Frau, der er sein Geld hinterlassen hat? Wissen Sie, wer das sein könnte? Oder bin ich da jetzt zu neugierig? Ich hatte ja keine Ahnung, dass der alte Bill verheiratet war.«

»Ich glaube nicht, dass er das war. Das habe ich auch schon diesen verdammten Anwälten gesagt«, antwortete Tiny.

Sie unterhielten sich noch etwa eine halbe Stunde über andere Dinge, und dann stand Jonathan auf, um zu gehen. Doch bevor er ging, räusperte er sich kurz und geigte Bill dann einmal ordentlich seine Meinung.

»Übrigens, Fullalove, ich habe vielleicht etwas seltsame Ansichten zu diesem Thema, aber wenn Sie wieder gesund und auf den Beinen sind, dann wäre ich Ihnen sehr verbunden, wenn Sie Folgendes im Auge behalten: Auch nur der geringste Versuch Ihrerseits, irgendjemandem zu nahe zu treten, wird dazu führen, dass Sie wieder in diesem Pflegeheim landen – und diesmal möglicherweise dauerhaft.«

»Ich bitte ergebenst um Verzeihung«, sagte Tiny sofort. Er schaute Jonathan fest in die Augen. »Es war ... ach, verdammt, Sie müssen doch wissen, wie solche Dinge passieren. Es wird bestimmt nicht wieder vorkommen. Es war ein Moment reinster Idiotie ... Es tut mir wirklich entsetzlich leid. Ich wollte keinen Anstoß erregen, nicht um alles in der Welt.«

»Also gut«, sagte Jonathan. »Solange das absolut klar ist. Und ich wäre Ihnen ebenfalls dankbar, wenn Sie es unterlassen könnten, auf meinem Grund und Boden irgendwelche Kinder zu ohrfeigen.«

»Aber die haben Ihre Bäume und Sträucher beschädigt, wissen Sie, und ich bin schließlich Ihr Verwalter«, sagte Tiny, nun mit sehr viel mehr Selbstbewusstsein.

»Schreiben Sie sich das nächste Mal ihre Namen auf, und behalten Sie Ihre Hände für sich«, entgegnete Jonathan.

»Verdammt nochmal, Bradley ...«

»Alles klar. Aber vergessen Sie es nicht.« Jonathan, der erleichtert war, dass er endlich seiner Wut hatte Luft machen können, musste plötzlich grinsen. »Und jetzt kümmern Sie sich um Ihr Knie. Dann können wir Sie bald wieder durch die Gegend springen sehen. Ach, und die Polizei hat übrigens nach Mrs Dalby Whittier gesucht. Sie hat sich anscheinend in Luft aufgelöst. Soweit man weiß, ist sie nie in London aufgetaucht – zumindest glaubt die Polizei nicht, dass sie jemals bei ihren Verwandten eingetroffen ist.«

»Du lieber Gott!«, rief Fullalove. »Ich hoffe, es ist nichts Schlimmes passiert! Sie wollte sich nicht davon abbringen lassen, die Abkürzung durch den Wald und über das Gelände des Anwesens zu nehmen. Ich habe ihr gesagt, sie solle unbedingt die Straße entlanggehen!«

»Nun, da kann man jetzt nichts mehr machen«, sagte Jonathan. »Und zu diesem Zeitpunkt hatte es ja auch noch gar nicht geschneit!«

Fullalove sah ihn prüfend an, aber Jonathan ließ sich nicht anmerken, was er dachte.

Achtes Kapitel

EINE HAUSHÄLTERIN TAUCHT WIEDER AUF

Meine Mär ward gehört, doch nie erzählt;
Meine Frucht fiel zu Boden, doch meine Blätter sind grün.

Chidiock Tichborne

Mrs Bradley ließ sich überreden, sehr viel länger im Herrenhaus zu bleiben, als sie ursprünglich vorgehabt hatte – hauptsächlich, weil ihre Nichte Sally erklärte, ihren Besuch bis in den Februar hinein ausdehnen zu wollen. Bereits Ende Januar stellte sich eine leise Ahnung von Frühling ein. Das, zusammen mit Sallys Besuch, und was noch viel wichtiger war, Deborahs Wunsch, Mrs Bradley solle doch bleiben, solange ihr das irgend möglich war, führte dazu, dass man sie im Dorf schon bald genauso gut kannte wie Jonathan selbst.

Es kamen keine weiteren anonymen Briefe, und sie hörten auch nichts von einer möglichen Exhumierung. Vielleicht hätte man die ganze Geschichte mit dem Todesfall und den anonymen Briefen mit der Zeit vergessen, hätte nicht Sally eines Tages, als sie und ihre Tante gerade gemütlich vor dem Kaminfeuer saßen, gesagt:

»Übrigens, zu dem Thema anonymer Briefe: Wusstest du,

dass wir einmal ein Hausmädchen hatten, das solche Briefe geschrieben hat?«

»Nein, das wusste ich nicht.«

»Das dachte ich mir. Meine Mutter wollte auf keinen Fall, dass der Rest der Familie den Eindruck bekam, sie hätte eine unzuverlässige Bedienstete eingestellt.«

»Wie habt ihr herausgefunden, wer es war?«

»Na ja, genauer gesagt haben wir das eben gerade nicht beziehungsweise erst nach vier Monaten. Sie hat die Briefe immer an ihren freien Nachmittagen geschrieben und sie dann jedes Mal in einen anderen Briefkasten geworfen – deswegen war es auch so schwer, sie zu überführen. Aber einmal war sie dann ein wenig zu clever. Sie hat einen Brief an meine Mutter geschrieben und dabei etwas erwähnt, das nur eine Person wissen konnte, die zu unserem Haushalt gehörte.«

»Und was war das?«

»Wo Mama den Kellerschlüssel aufbewahrte. Selbst Higgs, unser Butler, wusste das nicht. Du musst wissen – Mama hat etwas gegen Alkohol und findet immer, man sollte niemanden in Versuchung führen. Aber dieses Mädchen fand eines Tages heraus, wo meine Mutter den Schlüssel aufbewahrte. Wir hatten gerade Handwerker im Haus, wegen irgendwelcher Reparaturen, und das Mädchen betrat den Raum, als meine Mutter gerade den Schlüssel aus seinem Versteck nahm, um ihn woanders zu verstecken, damit die Handwerker ihn nicht fanden. Das Dienstmädchen beschuldigte dann meine Mutter in ihrem Brief, eine heimliche Trinkerin zu sein, deshalb haben wir sie natürlich sofort entlarven können.«

»Ich verstehe«, sagte Mrs Bradley nachdenklich. »Zu clever,

als gut für sie war, und nicht clever genug, um das zu verbergen. Erzähl weiter. Da gibt es doch noch etwas, worüber du mit mir reden willst.«

»Na ja, es ist nur – und es ist gut möglich, dass ich hier Mist erzähle, der medizinisch gesehen nicht den geringsten Sinn ergibt. Aber meine Frage ist die: Wenn Ärzte den Zeitpunkt des Todes bestimmen, richten sie sich dann nicht nach dem Grad der Leichenstarre?«

»Ja. Was ist damit?«

»Nehmen wir doch zum Beispiel mal Mr Fullalove«, sagte Sally. »Er könnte länger tot gewesen sein, als die Ärzte dachten. Wenn das so war, könnte Mr Tiny genug Zeit gehabt haben, um sich für den angeblichen Todeszeitpunkt seines Cousins ein Alibi zu verschaffen. Er könnte die Nachrichten an Anstey und Jonathan getippt haben und sie dann unter Ansteys Tür hindurchgeschoben haben, wobei er natürlich bewusst das Risiko einging, dass ihn jemand dabei hätte beobachten können. Aber solange Anstey oder seine Frau oder Jonathan ihn nicht dabei erwischten, brauchte er sich ja eigentlich keine Sorgen zu machen. Danach könnte er sich dann selbst die Knieverletzung zugefügt haben.«

»Du beziehst dich dabei auf den Umstand, dass äußerst kaltes Wetter herrschte«, sagte Mrs Bradley. »Aber du musst auch Jonathans Aussage bedenken. Die Leiche hing noch nicht über dem Gatter, als er zum Bungalow hochging, aber bei seiner Rückkehr schon. Das legt den Todeszeitpunkt ziemlich genau fest, genauer noch als die medizinischen Beweise, meinst du nicht?«

»Ach, natürlich«, sagte Sally geknickt.

»Ich interessiere mich eigentlich mehr für die anonymen

Briefe«, fuhr Mrs Bradley fort. »Es ist höchst merkwürdig, dass plötzlich keine mehr aufgetaucht sind.«

Sally sah sie scharf an.

»Du meinst, dass die Person, die die Briefe geschrieben hat, tot sein könnte? Und die Polizei sucht immer noch nach Mrs Dalby Whittier? Glaubst du, dass sie die Briefe geschrieben hat?«

»Ich weiß es nicht. Außerdem - wie hätte sie es schaffen sollen, die Briefe zu tippen?«

»Ja, die Schreibmaschine ist der Haken. Aber Bill Fullalove hat ein Testament gemacht, und es ist niemand aufgetaucht, der Anspruch auf das Geld erhoben hätte. Und die Anwälte haben Anzeigen in zahlreichen Zeitungen geschaltet. Ich denke, sie werden Tiny das Geld am Ende zugestehen müssen. Und falls er Bill tatsächlich getötet hat -«

»Er könnte Bill getötet und dann gewartet haben, bis Jonathan den Bungalow wieder verließ. Dann hat er die Leiche durch den tiefen Schnee geschleppt, sie über das Gatter gehängt, bevor Jonathan dort eintraf, sich selbst eine Knieverletzung zugefügt, ist zurückgekrochen und hat gewartet, bis ihn die Leute fanden, die mit der Leiche seines Cousins ins Haus zurückkehrten ... Wobei der Schnee in der Zwischenzeit alle Spuren verwischt oder mit etwas Glück ganz zugedeckt hat ... Ja, ich weiß«, sagte Mrs Bradley. »Aber es gibt keinerlei Beweise dafür, dass Bill getötet wurde, Sally. Das Urteil der Geschworenen lautete ›Tod durch Unfall‹. Er ist erfroren. Auch eine Exhumierung wird nicht das Gegenteil beweisen können.«

»Ich weiß. Aber stell dir doch nur vor! Bisher ist nichts schief gegangen, und sobald erst einmal feststeht, dass niemand Anspruch auf Bills fünftausend Pfund erheben wird, darf Tiny sich das Geld in die eigene Tasche stecken. Das ist ein klares Mordmotiv. Jedenfalls sieht das für mich so aus.«

»Deine Geschichte über das allzu clevere Dienstmädchen eröffnet ganz neue Möglichkeiten«, sagte ihre Tante. »Man sollte meinen, dass Tiny, falls er etwas zu verbergen hat, auf keinen Fall wollen würde, dass der Leichnam seines Cousins exhumiert wird. Das bedeutet, dass er nicht der Verfasser der anonymen Briefe ist, es sei denn, er wollte allzu clever sein, genau wie euer Dienstmädchen. Allerdings ist der Brief, der an Anstey geschickt wurde, mit derselben Schreibmaschine geschrieben worden wie sämtliche anonymen Briefe, die der Polizei vorliegen. Je mehr Zeit vergeht, für desto wahrscheinlicher halte ich es, dass Ansteys Nachricht tatsächlich von Tiny geschickt wurde - ob er sie nun selbst getippt hat oder nicht. Ich wünschte, wir könnten diesen Brief einmal sehen, den er selbst angeblich im Pflegeheim erhalten hat. Die Oberschwester dort hat anscheinend erzählt, der Brief sei tatsächlich mit der Post gekommen und habe Tiny einen echten Schock versetzt.«

»Vielleicht hofft er ja, wenn er dafür sorgt, dass Bill exhumiert wird, die letzten Zweifel an einem natürlichen Tod ausräumen zu können«, sagte Sally. »Aber -«

»Aber warum sollte er überhaupt davon ausgehen, dass jemand etwas anderes vermutet?«, unterbrach Mrs Bradley sie. »Das Urteil bei der gerichtlichen Untersuchung war eindeutig. Ich glaube auch nicht eine Sekunde lang, dass Tiny will, dass Bills Leiche exhumiert wird.«

»Aber es gibt ganz offenbar irgendjemanden, der das will. Und jetzt hör mal, Tante Adela! Diese anonymen Briefe haben aufgehört! Das bedeutet doch, dass Tiny sie geschickt hat und dass er jetzt keine Gelegenheit mehr hat, welche zu schicken, weil er sie nicht mehr heimlich auf die Post geben kann. Seine gesamte Korrespondenz wird vom Pflegeheim aus von einem Mitglied des Pflegepersonals abgeschickt, also kann er es nicht wagen, weitere anonyme Briefe zu verschicken, sonst würde man ihm auf die Schliche kommen. Wie wäre das als Rekonstruktion des Geschehens? Und du irrst dich, was den Tod durch Erfrieren angeht! Tiny hat Bill vergiftet, und jemand hat das herausgefunden – Mrs Dalby Whittier, würde ich sagen.«

»Gibt es tatsächlich ein so geheimes Gift, dass die Wissenschaft es nicht kennt? Es stimmt sicher, dass es Gifte gibt, die nach Eintritt des Todes nur noch sehr schwer zu identifizieren sind. Aber zum Nachteil des Mörders hinterlassen sie sehr deutliche Symptome zum Todeszeitpunkt des Opfers, auch wenn später von dem Gift selbst keine Spuren mehr zu erkennen sind.«

»Das meinst du doch nicht ernst, oder?«, sagte Sally. »Wie auch immer, ich glaube nach wie vor, dass an Bills Tod etwas nicht mit rechten Dingen zugegangen ist. Er stirbt im Schnee – und das hätte einem vollkommen gesunden Mann, der er laut den Versicherungsleuten war, nicht passieren dürfen – Tiny zieht sich eine Verletzung zu – niemand weiß genau wie und wann! – und die Haushälterin, die etwas Belastendes wissen könnte, verschwindet! Dann sind da noch diese ganzen Briefe, und mit einem Mal gibt es, wie du selbst sagst, keine weiteren mehr. Ich finde, du solltest deinen Einfluss und deine Erfahrung in die Waagschale werfen. Es ist höchste Zeit, dass diese ganzen seltsamen Vorfälle aufgeklärt werden.

Du bräuchtest dich nur ein paar Stunden in aller Ruhe hinzusetzen und dir sämtliche anderen Gedanken aus dem Kopf zu schlagen, bis er vollkommen leer ist. Dann würdest du im Nullkommanichts der Wahrheit auf die Spur kommen!«

Mrs Bradley quittierte diese etwas verwickelte Lobeshymne mit einem fröhlichen Gelächter.

»Was du brauchst, ist ein ordentlicher Spaziergang«, sagte sie. Sally schüttelte sich.

»Was für eine entsetzliche Idee! Ich bin mit Rhu vor dem Frühstück hoch zum Topstone gekraxelt. Diese ganzen Hügel haben mich vollkommen fertig gemacht!«, protestierte sie. Als der riesige Hund seinen Namen hörte, erhob er sich von dem Kaminvorleger, auf dem er gelegen hatte, und stupste Sallys Hand zärtlich mit seiner Schnauze an. »Nix da!«, sagte Sally zu ihm. Der Hund legte sich wieder hin, und Sallys kleiner Boxer-Welpe grub sofort wieder sein Köpfchen in dessen Fell.

»Nun, ich würde gern einen Spaziergang machen, aber nicht mit Rhu und auch nicht mit dir, Sigfried«, sagte Mrs Bradley zu dem Welpen. »Ich glaube, ich werde deinen wertvollen Rat befolgen, Sally, und mir den Kopf ›leer‹ machen. Das kann nicht schaden. Im Augenblick laufen meine Gedanken im Kreis, wie ein Haufen weiße Mäuse in einem Laufrad. Es bleibt dabei, dass wir keine Beweise haben, und Verdächtigungen ohne Beweise sind einfach nur irritierend.«

Sie zog sich für ihren Spaziergang um, und Sally sah ihr durch das Fenster zu, wie sie den Rasen in Richtung der Rhododendronbüsche überquerte.

»Wo ist Tante Adela? Es ist gleich Zeit zum Mittagessen«, fragte Deborah anderthalb Stunden später.

»Sie eilt gerade den Hügel zum Haus hoch, in einem Tempo, das unmöglich gut für sie sein kann«, sagte Sally, die am Fenster stand.

»Du liebe Güte! Sie muss aber Hunger haben!«, sagte Deborah besorgt. »Sie sollte auf keinen Fall derart den Hügel hinaufhasten! Oder – du glaubst doch nicht, dass schon wieder etwas passiert ist?«

»Sie sprintet ja geradezu«, sagte Jonathan, der seine alte Tante mit zusammengekniffenen Augen beobachtete.

Doch Mrs Bradley eilte nicht auf das Haus zu, weil sie Hunger hatte, noch tat sie dies aus Sorge, die anderen könnten mit dem Essen auf sie warten. Sie hatte Neuigkeiten, und diese Neuigkeiten waren derart dringlich, dass alles andere, sogar das Mittagessen, warten musste, bis sie ihre Geschichte erzählt hatte.

»In einer tiefen Senke auf einem der Felder lag die Leiche einer Frau. Will North, Bauer Daventry, der uns unterwegs begegnet war und uns dann auf unserem Spaziergang begleitet hat, und ich haben sie als Mrs Dalby Whittier identifiziert. Wenn Will North nicht einen Falken erspäht hätte und Mr Daventry nicht davon überzeugt gewesen wäre, dass besagter Falke es auf ein Schaf abgesehen hatte, das ihm verloren gegangen war, hätten wir sie nie entdeckt.«

»Dann hast du die Leiche tatsächlich auch selbst gesehen?«, fragte Deborah.

»Ja, das habe ich. Meine beiden Begleiter sind den Hügel hinuntergeeilt, und ich bin ihnen gefolgt. Will ist den Dorfpolizisten und Mr Daventry ist Doktor Fielding holen gegangen, und ich bin hierher zurückgekehrt, um es dir zu erzählen.«

»Dann sollte ich wohl besser noch einmal den Kommissar in Cheltenham anrufen«, sagte Jonathan. »Deb, lass uns lieber sofort zu Mittag essen. Es könnte später noch viel zu tun geben. Ach du liebe Zeit! Erst Bill, und jetzt ...«

»Mittagessen!«, rief Deb entsetzt. »Du kannst doch jetzt nicht zu Mittag essen wollen!«

»Aber sicher doch, du Dummerchen. Los! Nun mach schon!«, sagte Jonathan schroff. »Verdammt noch mal, wir wollen doch nicht verhungern! Wo soll das hinführen? Es ist gut möglich, dass wir jetzt noch stundenlang mit dieser Geschichte beschäftigt sind!«

Neuntes Kapitel

SEUFZERBRÜCKE

Bevor ich gen Rom pilg're,
such' ich eine andere Heiligkeit auf:
Sankt Wahrheit

William Langland

Die gerichtliche Untersuchung zum Tod von Mrs Dalby Whittier wurde in der Dorfschule abgehalten und fand an einem Samstag statt. Die Schulkinder wurden natürlich – zu ihrem großen Ärger – des Raumes verwiesen, aber die übrigen Dorfbewohner ließen es sich nicht nehmen, an dieser traurigen, aber hochinteressanten Zeremonie teilzunehmen.

Der Untersuchungsrichter, Mr Bairds Anwalt aus Cheltenham, ging sehr gewissenhaft vor und machte einen kompetenten Eindruck. Seine Geschworenen hatten sich in ihren Sonntagsstaat geworfen und strahlten jene steife Würde aus, die alle Dorfbewohner bei einem solch ernsten Anlass an den Tag legen. Mit recht ängstlicher Aufmerksamkeit lauschten sie den üblichen Belehrungen des Untersuchungsrichters: »... unvoreingenommen urteilen ... Entscheidung allein aufgrund der Beweislage ... verschiedenartige Zeugen ... möglichst so entscheiden, dass diese arme Frau bestattet werden kann …«

Die Aussage zur Identifizierung der Leiche machte Tiny Fullalove, der seinen hinkenden Gang ein wenig zu übertreiben schien, während er sich von seinem Platz hinüber in den Zeugenstand begab.

»Wann haben Sie die Verstorbene das letzte Mal lebend gesehen?«, wurde er gefragt. Tiny zögerte keine Sekunde.

»Am Nachmittag von Heiligabend, dem vierundzwanzigsten Dezember.«

»Wann sahen Sie sie das nächste Mal?«

»Als ich das erste Mal gebeten wurde, den Leichnam zu identifizieren.«

Als Nächstes wurde Bauer Daventry aufgerufen. Er berichtete, wie es dazu gekommen war, dass sie die Leiche gefunden hatten. Dann machte der Arzt seine Aussage.

»Ich wurde von John Daventry zu einer Senke in dem Feld gerufen, das wir im Volksmund das ›Schwalbenfeld‹ nennen. Dort sah ich die Leiche der Verstorbenen. Sie war bereits seit mehreren Wochen tot. Vielleicht seit vier, möglicherweise aber auch seit sechs Wochen.«

»Näher können Sie das nicht eingrenzen?«

»Nein.«

»Würden Sie den Geschworenen bitte berichten, was Sie entdeckten, als Sie den Leichnam untersuchten?«

»Ich stellte fest, dass die Verstorbene Gift eingenommen hatte.«

»Und das war die genaue Todesursache?«

»Ja. Ich fand heraus, dass die Verstorbene eine Überdosis Belladonna zu sich genommen hatte.«

»Es wäre nicht im Interesse der Öffentlichkeit, Sie zu bitten, die genaue Menge dieser Dosis zu nennen. Schließlich sollten die Leute nicht erfahren, welche Menge Gift notwendig wäre, um sich selbst oder andere umzubringen. Sie sind überzeugt, dass die Dosis allein ausreichte, um den Tod herbeizuführen?«

»Ja, ich bin mir da so gut wie sicher.« Das war in etwa die Zusammenfassung der gerichtlichen Untersuchung, die Jonathan Deborah gab, als er zusammen mit Mrs Bradley (die letztendlich doch nicht als Zeugin hatte aussagen müssen) zum Herrenhaus zurückkehrte. Das Urteil »Tod durch Vergiftung«, jedoch ohne ausreichende Indizien, um sagen zu können, wie und von wem dieses Gift verabreicht worden war, kam nicht unerwartet. Ebenso wenig war es überraschend, dass der Untersuchungsrichter dem anwesenden Kommissar der Polizei von Cheltenham eine Ermittlungsbefugnis ausstellte und verkündete, die Untersuchung werde vertagt, um der Polizei die Gelegenheit zu geben, weitere Nachforschungen anzustellen.

»Das Interessante an der Sache«, sagte Mrs Bradley später, »ist, dass, falls die beiden Todesfälle miteinander in Verbindung stehen und beide Personen ermordet wurden, der Mörder entweder zwei alternative Pläne gefasst hatte, von denen einer vom Eintreten schneereichen Wetters abhing, oder die Morde spontan begangen wurden.«

»Man sollte meinen«, sagte Jonathan, »es müsste leichtfallen, sowohl den Mörder als auch die Mordmethode aufzudecken, falls der Täter einer plötzlichen Eingebung folgte und entsprechend kurzfristig gehandelt hat. Ich würde deshalb eher von einer sorgfältigen, langfristigen Planung ausgehen, bei der der Täter dann geduldig darauf hoffen musste, dass irgendwann das Wetter mitspielen würde. Diese Todesfälle konnten nur im tiefen Schnee geschehen, daran besteht für mich kein Zweifel. Der Schnee muss der entscheidende Faktor gewesen sein. Glaubst du das nicht auch?«

»Ja, ich bin mir sicher, dass es so war. Der Schnee hat die Leiche verborgen, offensichtlich verräterische Spuren verdeckt und für die richtigen Temperaturen gesorgt ... oder vielmehr haben die richtigen Temperaturen für den Schnee gesorgt. Ich denke, ich werde mal die Studentinnen um Mithilfe bitten.«

»Du meinst Miss Hughes' junges Studentenvolk? Was um alles in der Welt können die denn tun, um dir zu helfen?«

»Das weiß ich noch nicht. Aber es könnte sein, dass uns eine Reihe örtlicher Vermessungen und Nachforschungen bei unserer Untersuchung helfen könnten. Die Studentinnen könnten so etwas sehr viel schneller ausführen, als uns das möglich wäre. Ich muss mal mit Miss Hughes darüber sprechen. Ihre Studentinnen könnten zum Beispiel nachweisen, dass die geografischen und insbesondere die topografischen Verhältnisse selbst der kleinsten Gegenden einen großen Einfluss auf die Mentalität, Vorurteile, Sprache und Reaktionen der Menschen haben, die dort leben. Und sie könnten ihre Erkenntnisse dann auf ganz Gloucestershire anwenden.«

»Das ist doch ein alter Hut!«, sagte Jonathan grob.

»Ich hatte gehofft, dass es für die Studenten neu sein könnte«, entgegnete seine Tante. »Sie könnten mit etwas beginnen, bei dem das Ergebnis auf der Hand liegt, wie zum Beispiel den Gemeinsamkeiten zwischen den Menschen in Skandinavien und den Menschen in Spanien.«

»Wie reizend!«, sagte Deborah spöttisch. Mrs Bradley lachte meckernd.

»Dann lasst ihr zwei euch doch etwas anderes einfallen«, meinte sie freundlich. »Ihr wisst, was wir erreichen wollen. Wir müssen herausfinden, wie Mrs Whittier in dieses Feld gekommen ist, und dafür muss das Gebiet in einzelne Sektionen aufgeteilt werden.«

»Dann lass es uns zuerst mit deiner Idee versuchen«, sagte Jonathan.

»Aber was soll denn das Ganze mit den Studentinnen?«, wollte Deborah wissen. »Ich meine, falls du wirklich nur die hiesigen geografischen Gegebenheiten untersuchen willst, warum benutzt du dafür keine Generalstabskarte?«

»Weil sie mir nicht die Art von Detailreichtum bietet, nach der wir suchen.«

»Wonach suchen wir denn? Ich meine, wonach werden wir suchen? Meinst du irgendwelche Hinweise?«

»Ich bitte um euer Verständnis, dass ich das für den Moment für mich behalten möchte. Ich habe bereits einen wichtigen Hinweis gefunden, den ich selbstverständlich auch schon der Polizei mitgeteilt habe. Also! Die Treiber bei der Jagd machen doch sehr viel Krach, um das Wild aufzuscheuchen, nicht wahr? Sehr gut. Wir werden für Krach sorgen. Vielleicht gelingt es mir ja, die Unterstützung der Teilnehmerinnen am Geografie-Kurs und auch die etwaiger anderer Freiwilliger unter den Studentinnen zu gewinnen. Dann werden wir sehen, was das College für uns tun kann – und zwar nicht unbedingt beim Aufspüren weiterer Hinweise, sondern bei der Provokation einer Reaktion.«

»Was ich nicht verstehe«, sagte Deborah, »ist, warum die

Leiche nicht schon viel eher gefunden wurde. Wie ist es möglich, dass sie so lange unbemerkt dort gelegen hat?«

»Wenn du den Ort gesehen hättest, würdest du das verstehen, glaube ich«, antwortete Mrs Bradley. »Sie lag in einer tiefen Senke, etwa einen Kilometer jenseits des Feldes, auf dem sie diese ganzen Ulmen gefällt haben. Auf dem Grund der Senke wachsen Brombeersträucher, und im Winter geht dort niemand hin. Ich würde vermuten, dass es sich um einen alten Steinbruch handelt.«

»Aber hat denn die Polizei nicht nach ihr gesucht?«

»Doch, schon, aber sie haben ihre Nachforschungen auf den Bahnhöfen und entlang der Busstrecken angestellt. Niemand ist auf die Idee gekommen, dass sie nicht einmal die Bushaltestelle erreicht haben könnte.«

»Nein, natürlich nicht. Wirst du zu der Fortsetzung der gerichtlichen Untersuchung gehen?«

»Natürlich. Das lasse ich mir auf keinen Fall entgehen.«

»Jedem Rektor und jeder Rektorin einer Berufsfachschule, die für den dringlichen Bedarf konzipiert ist, wird eine gewisse Geldsumme zugestanden, die er oder sie für externe Lehrbeauftragte ausgeben darf«, konstatierte Miss Hughes. »Also warum sollten Sie bei uns unterrichten, ohne dafür bezahlt zu werden? Wenn Sie als Gastdozentin zu uns kämen, würden wir uns sehr freuen. Das wäre auch eine gute Erklärung dafür, warum Sie zusammen mit den Studentinnen diese ganzen Streifzüge durch die Hügel unternehmen. Was ist es denn nun genau, was Sie herausfinden möchten?«

»Hauptsächlich, warum sich Mrs Dalby Whittier den gefährlichsten Weg ausgewählt hat, um vom Bungalow der Fullaloves zur Hauptstraße zu gelangen. Man könnte den Studentinnen doch erzählen, dass es sich hier um ein Experiment auf dem Gebiet lokaler Geografie handelt oder etwas in der Richtung? Und man könnte sie auffordern, Kartenskizzen zu erstellen? Was meinen Sie?«

»Das würde ihnen bestimmt großen Spaß machen. Sie sind alle sehr gewissenhaft. Sie fügen immer ganz automatisch Kartenskizzen, Diagramme und erläuternde Zeichnungen hinzu, unterstreichen wichtige Sätze mit verschiedenfarbiger Tinte und benutzen alle Arten von Heftern und Klammern, damit wir sämtliches Material, das sie bei uns einreichen, gut voneinander unterscheiden können.«

»Hervorragend«, sagte Mrs Bradley begeistert. »Dann komme ich als Gastdozentin und halte einen Vortrag, sobald es Ihnen passt.«

»Und wir werden dann ein Projekt zur Ausführung bringen, das auf der von Ihnen gehaltenen Vorlesung aufbaut«, sagte Miss Hughes schmunzelnd. »Solche Sachen haben wir früher schon einmal gefilmt, für sogenannte Ausbildungszwecke. Also das hätten wir schon mal. Das wird den armen jungen Dingern unendlich guttun, mal in der freien Natur durch die Hügel zu laufen, frische Luft zu tanken und die Beschaffenheit des Geländes zu erforschen. Und es wird ihnen dabei so gut wie nichts entgehen, das kann ich Ihnen versichern. Übrigens, eine von ihnen, eine Miss Golightly, war früher Polizistin. Wäre es für Sie denkbar, sie ins Vertrauen zu ziehen und ihr zu erzählen, wonach Sie suchen? Ich nehme an, Sie vermuten, dass hier ein Mord vorliegt?«

»Ich glaube, wir sollten sie besser im Dunkeln lassen. Sie könnte es als unangenehm empfinden, zum Schweigen gezwungen zu sein, und ich denke nicht, dass es uns helfen würde, wenn sie den wahren Zweck des Projekts erführe.«

»Ich verstehe. Dann werde ich jetzt alles Notwendige veranlassen. Aber glauben Sie denn nun tatsächlich, dass die arme Frau ermordet wurde?«

»Diese Frage ist eigentlich nicht zulässig, aber – und das ist nur für Ihre Ohren bestimmt – ja, ich bin mir da ziemlich sicher.«

»Ich glaube, im Aufenthaltsraum wurden bereits Wetten abgeschlossen. Ihre weitere Anwesenheit in unserer Nachbarschaft ist nicht unbemerkt geblieben, und alle sind zu der logischen Schlussfolgerung gelangt, dass Sie aus gutem Grund hier geblieben sind. Übrigens: Ich nehme an, es besteht nur eine geringe Wahrscheinlichkeit, dass die Studentinnen irgendetwas Grausiges finden?«

»Oh, ich bin mir sicher, dass das nicht geschehen wird.«

»Gut. Dann schreibe ich ein Memo und schicke Ihnen noch eine offizielle Einladung für einen Gastvortrag.«

Bereits am nächsten Tag erhielt Mrs Bradley die Einladung und antwortete postwendend in schriftlicher Form. Den Brief überreichte sie direkt Sidney Blott, der ihr zuvor auch die offizielle Einladung von Miss Hughes zugestellt hatte.

Der Vortrag wurde zu einem rauschenden Erfolg. Mrs Bradley hatte ihren Neffen auf den Arm genommen, als sie ihm ihr Thema verkündet hatte. Tatsächlich ging es bei ihrem Vortrag um die Nutzung eines Theodolits bei der Landvermessung, und sie demonstrierte ein selbstgebautes Exemplar, bei dem man sich sicher sein konnte, dass es auch funktionieren würde. Die Studentinnen (die armen Dinger, wie Miss Hughes sich ausgedrückt hatte) interessierten sich für alles, was sie später an die Kinder in ihren Schulklassen weitergeben könnten, und stürzten sich mit einem Eifer auf die Aufgabe, selbst einen Theodolit zu bauen, der Mrs Bradleys Herz erwärmte, auch wenn er ihr gleichzeitig ein schlechtes Gewissen bereitete.

Nach einem zweiten Vortrag war es den Amateurvermesserinnen bereits fast gelungen, ihre Geräte fertigzustellen, und als das Wetter plötzlich nahezu frühlingshaft wurde, änderte Miss Hughes den Stundenplan, um den Studentinnen die Gelegenheit zu verschaffen, in mehreren kleinen Gruppen durch die Hügel zu streifen, ihr neues Spielzeug auszuprobieren und die Ergebnisse tabellarisch zu erfassen.

Danach trafen die Berichte, Beobachtungen, Zeichnungen, Kartenskizzen und Tabellen in so schneller Abfolge ein, dass selbst die eifrige Deborah mit ihrer Überprüfung kaum noch hinterherkam, und Mrs Bradley verbrachte lange Abende damit, im Werk der Studentinnen nach Hinweisen zu suchen – oder so stellte es sich Deborah zumindest irrtümlicherweise vor. Sie hatte Mrs Bradleys rätselhafte Bemerkung zu den Treibern bei der Jagd, dem Krach und dem aufgescheuchten Wild vollkommen vergessen.

Jonathan, der in der Zwischenzeit nach Gloucester gefahren war, fand seine Tante und Deborah eifrig bei der Arbeit vor, als er an einem Nachmittag zurückkehrte. Mrs Bradley lud ihn ein, sobald er seinen Tee eingenommen hatte, sich neben die Generalstabskarte zu hocken und ihre Ergebnisse zu überprüfen.

»Es sieht so aus, als hätte Mrs Dalby Whittier sich ihren Weg nicht selbst gewählt und sich auch nicht verirrt«, erklärte sie. »Ich möchte, dass du mich morgen zu der Stelle begleitest, wo wir ihre Leiche gefunden haben, und dann darfst du so viel an meiner Theorie herummäkeln, wie du willst. Und wenn du einen Fehler in meiner Rekonstruktion der Ereignisse findest, werde ich sehr erleichtert sein.«

Sie packte ihren Neffen beim Schopf und wies ihn sanft auf eine Stelle auf der Generalstabskarte hin, wobei sie sein Gesicht fast bis zum Papier hinunterzog.

»Was? Ach so, ja, natürlich! Na sowas, sieh mal, Deb –«

»Gut«, schnitt Mrs Bradley ihm das Wort ab. »Also schön. Mrs Dalby Whittier ist gemäß der uns vorliegenden Aussagen gegen Viertel vor vier vom Bungalow aus losgegangen. Sie plante, den Bus um zehn vor fünf zu erreichen. Dazu hätte sie mehr als genug Zeit gehabt, wenn sie die vernünftige und naheliegende Route genommen hätte, nämlich den Pfad entlang, der über Mr Daventrys Feld führt und im Dorf auf die Straße trifft. Am Ende dieser Straße verläuft die Buslinie. Das Interessante ist Folgendes: Der Schnee begann erst am Abend des ersten Weihnachtsfeiertags zu fallen, zu welchem Zeitpunkt Mrs Dalby Whittier bereits seit über vierundzwanzig Stunden in London hätte sein sollen.«

»Schön und gut, aber ...«

»Ganz genau. Sie könnte den Bungalow zum angegebenen Zeitpunkt verlassen haben, jedoch aus irgendeinem Grund später wieder zurückgekehrt sein. Laut der Aussage ihrer Verwandten ist sie mit Sicherheit nie bei ihnen in London eingetroffen. Also –«

»Falls sie tatsächlich noch einmal zurückgekehrt ist, dann wahrscheinlich, weil sie noch etwas Bestimmtes erledigen wollte. Vielleicht hatte sie ein Weihnachtsgeschenk für ihren Besuch vergessen. Jedenfalls müsste es etwas gewesen sein, das man mit einem Telefonanruf oder Brief nicht hätte erledigen können«, meinte Jonathan.

»Das lässt sich unmöglich sagen. Aber wir werden mehr wissen, sobald die gerichtliche Untersuchung wieder aufgenommen wird. Die Polizei kann jetzt berechtigterweise von einem Mord ausgehen. Zu den Symptomen einer Vergiftung durch Belladonna, das, wie du weißt, aus der Tollkirsche gewonnen wird, gehört heftiges Erbrechen.«

»Keine Spur davon?«

»Nicht die geringste.«

»Also wurde sie zu der Stelle getragen, an der man sie gefunden hat?«

»Das ist die logische Schlussfolgerung. Und das war auch der Hinweis, auf den ich vor ein paar Tagen angespielt habe. Ich habe – getarnt durch die Aktivitäten der Studentinnen – überprüfen können, dass Mrs Whittier sich nirgendwo in der Nähe dieser Senke übergeben hat und auch nicht auf einer der direkten oder indirekten Strecken, die vom Bungalow aus dorthin führen. Darüber hinaus wird es dich interessieren, dass selbst der Polizeipräsident anscheinend von unseren Nachforschungen beeindruckt war. Er meinte zu mir, er sei davon überzeugt, dass noch mehr hinter diesen mysteriösen Todesfällen stecke. (Man beachte den Plural!) Ich fürchte, er neigt dazu, voreilige Schlüsse zu ziehen.«

»Glaubst du, dass er dieses Mal einen Mord vermutet?«

»Ja, aber er ist natürlich viel zu starrköpfig, um das zuzugeben.«

»Hat er irgendjemanden im Verdacht, was meinst du?«

»Im Augenblick nicht, mein Kind. Wen könnte er denn verdächtigen?«

»Na ja, Tiny«, antwortete Jonathan unverblümt. »Es wäre doch ein bisschen zu viel des Zufalls, wenn zwei Personen aus ein und demselben Haushalt unter solch merkwürdigen Umständen ums Leben kommen. Warum sollten sie?«

»Eine gute Frage, mein Kind. Aber das Wetter am Nachmittag des ersten Weihnachtsfeiertags war schon sehr extrem. Dennoch, es dürfte kaum ein Zweifel daran bestehen, dass wir es mit zwei Morden zu tun haben und dass beide geplant wurden. Ich glaube sogar, sie wurden sehr sorgfältig geplant. Die anonymen Briefe könnten allerdings ein Fehler gewesen sein. Aber man kann ja nicht alles vorhersehen, und Mörder sind merkwürdigerweise oft sehr anfällig für Fehler. Andererseits können wir auch nicht die Möglichkeit ausschließen, dass die Todesfälle und die Briefe in keiner wirklichen Verbindung miteinander stehen. Und auch die Todesfälle müssen nicht unbedingt eine haben. Es könnte sein, dass wir es mit zwei statt nur mit einem Täter zu tun haben, oder nicht einmal mit einem Mörder. Wir müssen unbedingt allen Möglichkeiten gegenüber aufgeschlossen bleiben. Der Polizeipräsident gesteht bestenfalls zu, dass es sich bei beiden Todesfällen um Selbstmord handeln könnte.«

»Ich nehme an, Mrs Whittier wusste etwas, von dem Tiny Angst hatte, dass sie es ausplaudern könnte«, sagte Jonathan, der an seiner eigenen Überzeugung festhielt.

»Ich bin mir nicht sicher, dass es richtig wäre, Tiny Fullaloves Name mit dieser Sache in Verbindung zu bringen«, entgegnete seine Tante. »Es gibt keinerlei Beweise dafür, dass er sich irgendetwas zuschulden kommen ließ, abgesehen von dieser seltsamen Geschichte mit den Nachrichten, die Anstey überbracht wurden.«

»Was wäre deiner Ansicht nach denn ein Beweis? Reicht es denn nicht, dass diese beiden Menschen ohne erkennbaren Grund gestorben sind und dass beide in einer direkten Verbindung zu ihm standen?«

»Vielleicht, wenn man nur die Umstände betrachtet. Aber Gesetz hat mit Moral nichts zu tun, und Indizien können oft irreführend sein.«

»Ich dachte, Gerechtigkeit und Moral sollten ein und dasselbe sein?«

»Warum sollte es dann notwendig sein, in diese Gleichung die Gnade miteinzubeziehen, damit sie bei der Durchsetzung der Gerechtigkeit Milde walten lassen kann?«

»Ist dir denn nach Milde zumute?«

»Nein«, erklärte Mrs Bradley entschlossen. »Ist es nicht. Doch ich sehe mich auch nicht als ausführendes Organ der Gerechtigkeit oder der Justiz. In diesem Fall ist mein Ziel die Rache.«

Ihr Neffe sah genauso betroffen aus, wie er sich fühlte.

»Rache wofür?«, fragte er. Mrs Bradley betrachtete ihn ernst.

»Non amo te, Sabidi, nec possum dicere quare.
Hoc tantum possum dicere: non amo te«, war alles, was sie ihm zur Antwort gab.

»Damit meinst du Tiny Fullalove, Tante Adela?«

»Damit meine ich unnatürliche Todesfälle. Und es besteht für mich kein Zweifel daran, dass diese Tode niemals hätten passieren dürfen. Wie auch immer, der Polizeipräsident ist jetzt jedenfalls mit seiner Anordnung zur Exhumierung bewaffnet und hat vor, die Sache durchzuziehen.«

»Wird ihm das helfen?«

»Nein. Es wird niemandem helfen, außer den Mördern,

und vielleicht nicht einmal denen. Übrigens war ich heute früh mit zwei der Studentinnen und dem jungen Robert Emming in Groaning Spinney, und er hat – ah, hallo! Da ist ja Sally!«

»Jon, mein Lieber«, sagte Sally. »Kannst du mir bitte ein Pferd zur Verfügung stellen? Ich werde die Leute hier in dieser Gegend zwar nicht mit meinen unglaublichen Reitkünsten beeindrucken können – das wäre zu viel verlangt. Aber ein Junge aus meiner Bekanntschaft hat mir erzählt, dass eure örtliche Jagdgesellschaft recht zünftige Fuchsjagden unternimmt, und nächsten Mittwoch trifft sie sich offenbar drüben in Tivingbridge. Na, wie sieht's aus?«

»Du kannst Three Legs haben«, sagte Jonathan entschieden. »Ich lasse nicht zu, dass du meine besten Jagdpferde an irgendwelchen Steinmauern ruinierst.«

»Ich verspreche hoch und heilig, dass ich Truelove über keine einzige Steinmauer springen lasse.«

»Dein Versprechen ist null und nichtig, mein liebes Mädchen. Du bekommst Truelove nicht, und wenn du dich auf den Kopf stellst.«

»Oh, aber –«

»Three Legs oder keines. Auf Truelove werde ich selber reiten.«

»Aber Deb wird nicht mitkommen wollen, wo sie doch Mary Crispin erwartet. Da könntest du mir doch Moonlighter leihen!«

»Oh nein!«, rief Deborah entsetzt aus, wobei sie alle Gastfreundschaft vergaß. »Und Sally, geh doch bitte nächste Wochen nicht auf die Jagd. Die Schneeglöckchen haben schon ihre Köpfe aus der Erde gesteckt, und –«

»Also gut. Ich nehme Three Legs, und wenn man mich dann auf einer Trage nach Hause schleppt, dann lasst euch dadurch bloß kein schlechtes Gewissen machen«, sagte Sally, ohne auf das Thema der Schneeglöckchen einzugehen. Ihr Cousin grinste und zwinkerte seiner Frau zu.

»Da es bei Three Legs noch nie vorgekommen ist, dass er auch nur so etwas wie einen Zwergginsterbusch übersprungen hätte, besteht nicht die geringste Gefahr, dass du eine Trage brauchen wirst«, sagte er. »Lass ihn einfach nur laufen. Er ist alt, aber sehr nützlich, weil er sämtliche Lücken und Gatter kennt. Rede nett mit ihm, und dann wirst du es schon schaffen, dabei zu sein, wenn der Fuchs zur Strecke gebracht wird. Will North hat mir erzählt, dass er am Wyeman Hanger einen sehr guten Kunstbau erstellt hat, in dem den ganzen Winter über eine Füchsin Zuflucht gesucht hat. Noch dazu ist Three Legs zu klug, um in ein Kaninchenloch zu treten, falls man den Fuchs drüben in Groaning Spinney stellt, und das ist etwas, für das man sehr dankbar sein kann.«

»In den Coverdale Woods gibt es mindestens fünf Füchse«, sagte Mrs Bradley.

»Wer hat denn das gesagt?«

»Will North natürlich. Gibt es überhaupt irgendetwas, das Will North nicht weiß?«

»Ja. Er weiß nicht, wer die Morde begangen hat«, warf Sally ein. »Und worüber habt ihr alle so eifrig geredet, als ich reingekommen bin?«

»Über den jungen Emming und zwei Studentinnen«, antwortete Jonathan.

»Du liebe Güte! Was um alles in der Welt finden die denn an dem?«

»Oh, nein, du verstehst das falsch«, sagte Deborah. »Es ging um etwas, das er gemacht hat.«

»Na, also eine Gänseblümchenkette kann es um diese Jahreszeit ja wohl kaum gewesen sein. Was war es denn?«

»Eine große Entdeckung«, antwortete Mrs Bradley. »Er hat in dem Dachsbau herumgestochert und dabei zwei Lederleinen und zwei Ketten entdeckt. Ich möchte, dass Jon sich das mal anschaut.«

Sie ging in ihr Zimmer hoch und kehrte mit den Beweisstücken zurück. Jonathan fragte: »Keine Fingerabdrücke?«

»Nicht ein Einziger. Ich habe sie sehr sorgfältig untersucht, und Mr Emming, die Studentinnen und ich haben alle Handschuhe getragen.«

»Die gehören Tiny Fullalove«, sagte Jonathan. »Er kettet nachts seine ganzen bellenden Racker an, und diese Leinen gehören auch zu ihnen. Anstey hat erzählt, Tiny habe ihm gesagt, er hätte die Hunde in ein Tierheim und die Katzen zu irgendwelchen anderen Leuten gegeben, aber Anstey glaubt kein Wort davon, und ich auch nicht.«

Zehntes Kapitel

MERKWÜRDIGE PERSONEN

Hat sein Feind ihn vernichtet?
Er wird seinen Feind vernichten.

Giles Fletcher der Jüngere

Deborah hatte wegen der Schneeglöckchen recht gehabt. Sie wuchsen an einem gewaltigen Hang, wo sich eine Wiese in sanften Wellen bis hinunter zu einem Buchenwald erstreckte, und breiteten sich so dicht aus, dass es fast so aussah, als läge dort immer noch Schnee.

»Was erhoffst du dir von unserem heutigen kleinen Spaziergang?«, fragte Jonathan seine Tante, nachdem er einen Strauß Schneeglöckchen für seine Frau gepflückt hatte, damit diese ihn sich anstecken konnte. Die drei waren zusammen mit Sally auf einem kleinen Spaziergang durch den Wald unterwegs.

»Ich werde die Geschichte zurückverfolgen«, antwortete Mrs Bradley. »Wir werden zum Bungalow der Fullaloves gehen, und zwar von der Stelle aus, an der wir Mrs Dalby Whittiers Leiche gefunden haben. Und wenn wir dann beim Bungalow eintreffen, werden wir Mr Tiny besuchen und ihm ein paar Suggestivfragen stellen.«

»Du meinst, du willst ihm eine Falle stellen?«, fragte Deborah voller Widerwillen.

»Nein, sicher nicht. Wenn er schuldig ist, wird er sich auf keinen Fall darauf einlassen. Und wenn er unschuldig ist, kann er sich durch seine Antworten keinen Schaden zufügen, ganz gleich, wie diese aussehen.«

»Was für ein tolles moralisches Bewusstsein du doch hast«, meinte Jonathan sarkastisch. »Wie auch immer, es wird nichts weiter als ein gutnachbarlicher Besuch sein, bei dem wir ihn fragen, wie es seinem Knie geht und ob er vielleicht noch weitere anonyme Briefe bekommen hat. Wirst du ihn auf die Hundeleinen und Ketten ansprechen?

»Nein. Oder jedenfalls noch nicht. Ich würde euch bitten, die Gesprächsführung mir zu überlassen.«

»Nur zu gern! Das Ganze ist mir ohnehin viel zu heikel geworden.«

»Ich bin ja dumm!«, sagte Deborah plötzlich. »Ich wusste doch, dass es da etwas gab, das mir keine Ruhe gelassen hat. War Mrs Dalby Whittiers Ausweis in ihrer Handtasche?«

»Bestimmt. Und auch ihr Rationsbuch, falls sie wirklich vorhatte, nach London zu fahren. Warum?«

»Na ja, auf ihrem Ausweis steht doch ihre Unterschrift. Und ihr Rationsbuch wäre in dieser Hinsicht noch nützlicher, weil sie darin bestimmt auch ihre Adresse eingetragen hat.«

»Ich verstehe noch immer nicht …«

»Oh, aber ich verstehe es«, sagte Mrs Bradley. »Wenn wir in ihr Rationsbuch und ihren Ausweis schauen, könnten wir an ihrer Schrift erkennen – oder zumindest könnte ein Experte das für uns überprüfen –, ob sie diesen ersten anonymen

Brief geschrieben hat. Alle anderen waren mit der Schreibmaschine geschrieben worden, aber –«

»Ich gehe diesen Brief sofort holen, sobald wir wieder zu Hause sind«, sagte Jonathan. »Wie gut, dass ich ihn nicht der Polizei übergeben habe.«

»Da bin ich mir nicht so sicher«, meinte Mrs Bradley trocken.

Die Stelle, an der man Mrs Dalby Whittiers Leiche gefunden hatte, lag gemäß der sorgfältig erstellten Karten und grafischen Darstellungen der Studentinnen in einer direkten Linie zum Bungalow. Mrs Bradley ging den anderen voraus. Der Fußmarsch den Hügel hinauf war schwierig und anstrengend und wäre im tiefen Schnee nahezu unmöglich gewesen, aber – wie Jonathan bemerkte – man durfte nicht vergessen, dass jemand, der in der Gegenrichtung unterwegs war, den Vorteil gehabt hätte, dass es die ganze Zeit abwärts ging.

»Ich frage mich, wie viel sie wog?«, sagte Mrs Bradley so leise, als spräche sie nur mit sich selbst. »Sie schien mir eine recht kleine Frau gewesen zu sein, aber bei diesen ganzen glitzernden Schneebergen hätten wohl die meisten Menschen klein ausgesehen.«

»Sie kann unmöglich mehr als fünfzig Kilo gewogen haben«, meinte Jonathan. »Sie gehörte zu der kleinen, hageren, energischen Sorte. Du hast doch schon mal gesagt, dass man sie wahrscheinlich zu der Stelle getragen hat, an der ihr sie gefunden habt.«

»Das wäre sehr leicht möglich gewesen«, sagte Deborah. »Aber ich wünschte, wir wüssten, ob sie ermordet wurde, bevor sie vom Bungalow aus zum Dorf aufgebrochen oder nachdem sie vom Dorf aus zum Bungalow zurückgekehrt ist. Wisst ihr, das ist –« Sie unterbrach sich, als der Bungalow in Sichtweite kam, auch wenn er noch eine ganze Strecke entfernt war. In der von Mrs Bradley benutzten Karte wurde eine Route angegeben, die sich quer über ein Feld zog. Dieser Route waren sie gefolgt und sahen jetzt den Bungalow direkt vor sich. Kurze Zeit später kamen sie am Gartentor an. »Das ist das Einzige, was sich mir nicht erschließt, und es könnte den entscheidenden Unterschied ausmachen, meint ihr nicht? Ob es Robert Emming oder Tiny oder möglicherweise auch Bill war, der Mrs Whittier ermordet hat.«

»Es könnten beide Fullaloves gewesen sein«, sagte Sally. »Aber das mit Emming verstehe ich nicht. Sie war doch schließlich seine Mutter.«

»Ich glaube, ich gehe heim«, sagte Deborah, die plötzlich sehr blass geworden war. »Fändet ihr das sehr schlimm?«

»Ich komme mit dir«, sagte Sally sofort. »Ich möchte Tiny Fullalove nicht kennenlernen. Die zwei hier schaffen das mit Leichtigkeit allein.«

Eine Frau aus dem Dorf hatte sich bereit erklärt, für Tiny Fullalove den Haushalt zu führen. Sie öffnete den Besuchern die Tür und führte sie ins Wohnzimmer. Tiny war mittlerweile in der Lage, sich mit Hilfe von zwei Stöcken fortzubewegen. Er schien sich über ihren Besuch zu freuen, lud sie ein, sich zu setzen, und bat Jonathan, Drinks für sie zu holen.

»Ich hole Ihnen einen, wenn Sie möchten«, sagte Jonathan. »Aber ich selbst möchte um diese Tageszeit noch keinen Alkohol trinken, vielen Dank.«

Tiny wurde rot.

»Es besteht doch jetzt keine Notwendigkeit mehr für Sie, wütend auf mich zu sein!«, knurrte er mit unterdrückter Stimme, als sie zusammen neben dem Schrank mit der Hausbar standen.

»Schon gut«, sagte Jonathan fröhlich. »Wir sind wegen einer anderen Sache hier. Zumindest bin ich das. Können Sie mir etwas zu der Umzäunung am Fuß vom Deepdene-Hügel sagen? Ich dachte, wir hätten mit Daventry vereinbart, dass es seine Aufgabe ist, den Zaun zu erneuern. Sie wissen doch, welches Feld ich meine? Mrs Dalby Whittiers Leiche wurde darauf gefunden, nicht weit von dessen Mitte entfernt.«

»Ja, ich weiß«, antwortete Tiny. »Um ehrlich zu sein, Bradley – und das sage ich jetzt streng vertraulich –, ich bin mit dem Ergebnis der Untersuchung zu Mrs Whittiers Tod ganz und gar nicht einverstanden. Ich glaube, dass es Selbstmord war.«

»Tatsächlich?«, sagte Mrs Bradley und warf dem Sprecher einen äußerst interessierten Blick zu. »Und wie kommen Sie auf diese Idee, Mr Fullalove?«

»Nun«, antwortete Tiny. »Es ist natürlich nur so ein Gedanke, aber ich weiß, dass sie von diesem anonymen Briefeschreiber drangsaliert wurde. Sie hat mir nämlich einen der Briefe gezeigt und mich um Rat gebeten. Sie schien sich schrecklich Sorgen zu machen, und als ich hörte, dass man ihre Leiche weit weg von irgendeiner der möglichen Strecken zur Bushaltestelle gefunden hatte, da fand ich das ziemlich verwirrend, wissen Sie? Ich meine, warum um alles in der Welt sollte sie so weit vom Weg abgekommen sein? Es war noch nicht einmal richtig dunkel, als sie losging, und sie kannte den Weg genauso gut wie ich.«

»Welche Art von Nachricht kam denn von den Verwandten, die sie in London hätte besuchen sollen? Wissen Sie das?«, fragte Mrs Bradley. Aber Tiny ließ sich nicht in Widersprüche verwickeln.

»Ich habe nicht die leiseste Ahnung. Hier ist jedenfalls nichts eingetroffen. Ich konnte nicht besonders viel dazu herausfinden, weil ich ja in diesem Pflegeheim festsaß«, antwortete er. »Ihr Tod war natürlich ein Schock für mich, besonders, weil er so schnell auf den Tod des armen Bill folgte –«

»Aber es war nicht dieselbe Art von Tod«, warf Mrs Bradley ein.

»Nein. Aber das Wetter – ich meine, es war jetzt nicht ein so erstaunlicher Zufall, würde ich sagen.«

»Na ja, also ich fand schon, dass es ein erstaunlicher Zufall war«, meinte Jonathan. Tiny schaute ihn mit seinen kleinen, intelligenten, grünen Augen an.

»Tja, ich weiß natürlich, was Sie meinen«, sagte er. »Sie meinen, dass es noch gar nicht schneite, als das arme alte Mädchen losging. Sie muss wohl später beschlossen haben, noch einmal zurückzukommen, um sich irgendetwas zu holen, das sie vergessen hatte, nehme ich an, und hat es dann in all dem Schnee nicht geschafft. Falls sie überhaupt jemals nach London gefahren ist.« Er wandte den Kopf ab, und es entstand ein Schweigen, bis Jonathan schließlich nicht besonders freundlich sagte:

»Also wir dachten nur, wir schauen mal nach Ihnen. Wir waren nämlich gerade auf einem Spaziergang unterwegs. Wie lange wird es noch dauern, bis Sie ohne diese Dinger da zurechtkommen?« Er zeigte auf die Stöcke.

»Na, das dauert noch. Aber ich hoffe, bald. Ich muss zuerst

all diese Übungen machen – um sicherzugehen, dass das Gelenk auch in Ordnung ist, wissen Sie?«

»Dürfte ich mir Ihr Knie einmal anschauen?«, fragte Mrs Bradley.

»Sicher. Nur zu. Der Chirurg hat es wirklich sehr gut hinbekommen. Das Ergebnis war besser, als er es zunächst für möglich gehalten hatte.«

Er ließ sich vorsichtig in einen Sessel sinken und zog sein Hosenbein hoch.

»Darf ich es berühren?«

»Sicher. Ich werde wahrscheinlich schreien, aber das braucht Sie nicht zu kümmern. Es ist immer noch sehr empfindlich.«

»Kein Wunder«, sagte Mrs Bradley trocken, aber ihre tastenden Finger gingen äußerst sanft und behutsam vor. »Ja, es scheint sehr gut zu heilen«, fuhr sie fort. »Knifflige Dinger, diese Knie. Und man braucht sie für alles Mögliche. Für die Gelenkigkeit. Zum Beten. Für romantische Anträge ... Es gibt unendlich viele Rollen, die sie im Schicksal eines Menschen spielen können.« Tiny sah sie mit einem seltsamen Blick an. »Wer hat sich denn um Ihre Hunde und Katzen gekümmert, während Sie im Heim waren?«, fragte sie. Tiny zögerte keine Sekunde.

»Oh, glücklicherweise hatte ich sie vor Weihnachten in ein Tierheim gegeben«, antwortete er. »Ich wusste, dass wir oft nicht zu Hause sein würden. Ich nehme an, es ist Ihnen aufgefallen, dass sie nicht hier waren, an dem Abend, an dem ich mir das Bein verletzt habe. Ich werde sie wohl bald wieder herholen lassen. Ohne sie fühle ich mich allmählich verdammt einsam.«

»Und jetzt«, sagte Mrs Bradley, als sie zusammen mit Jonathan die beiden Frauen eingeholt hatte, die langsam durch Groaning Spinney geschlendert waren, »kümmern wir uns um Mrs Dalby Whittier und ihre Handschrift. Jonathan, bring doch deinen anonymen Brief zur Polizei, sobald du zu Mittag gegessen hast, und bitte sie, die Schrift mit der auf ihrem Ausweis zu vergleichen.«

»Glaubst du, die haben ihren Ausweis noch?«

»Ja, mein Kind, das weiß ich sogar. Ganz gleich, wie das Urteil der Geschworenen bei der gerichtlichen Untersuchung ausgefallen sein mag – der Polizei mangelt es nicht an Intelligenz. Und wie wir wissen, ist man dort mit den bisherigen Erkenntnissen zu Mrs Dalby Whittiers Tod genauso wenig zufrieden wie wir. In der Zwischenzeit lass uns doch mal schauen, was wir in unsere Tabelle eintragen können.«

»Also schön«, sagte Jonathan. »Wo fangen wir an?«

»Wir fangen mit dem Überraschungsbesuch an, den Mr Bill Fullalove dir am Heiligabend in deinem Haus abgestattet hat. Der Besuch kam doch überraschend, nicht wahr?«

»Oh ja, vollkommen überraschend. Und der Vorwand, den er für sein Kommen angab, klang tatsächlich ein bisschen dünn. Angeblich wollte er nachfragen, wie das mit den Einladungen zum ersten und zweiten Weihnachtsfeiertag aussah. Ich hatte diese Einladungen sehr deutlich ausgesprochen, da bin ich mir ganz sicher. Es bestand überhaupt keine Notwendigkeit für Bills Nachfrage. Er muss für sein Kommen irgendeinen anderen Grund gehabt haben, da war ich mir auch damals ziemlich sicher. Aber was auch immer es war – er hat ihn nicht offen genannt. Ich hatte mich schon gefragt, ob er vielleicht gekommen war, um nach Obury und

Mansell zu schauen, diese Freunde von ihm, die hier übernachtet haben.«

»Es kam dir zu diesem Zeitpunkt natürlich nicht in den Sinn, dass die Cousins sich vielleicht gestritten hatten und dass Bill hergekommen sein könnte, um Tiny die Gelegenheit zu geben, sich wieder ein wenig zu beruhigen und ins Bett zu gehen, bevor er selbst heimkehrte?«, schlug Sally vor.

»Nein, auf die Idee bin ich nicht gekommen. Da war nichts an Bills Verhalten, das so etwas nahegelegt hätte, und als sie am ersten Weihnachtsfeiertag und auch am zweiten Weihnachtsfeiertag hier ankamen, war alles vollkommen in Ordnung zwischen den beiden. Bill war nicht besonders begabt darin, einen Hehl aus seinen Gefühlen zu machen, und Tiny ist ein absoluter Flegel. Wenn die beiden sich gestritten hätten, dann hätte er diesen Streit einfach fortgesetzt, ganz gleich, ob er gerade zu Gast bei jemand anderem war oder nicht.«

»Da stimme ich dir zu«, sagte Mrs Bradley. »Als Nächstes kam die Geschichte mit dem Geist. Mr Obury und Mr Mansell haben gesagt, sie hätten etwas gesehen, das über dem Gatter oben in Groaning Spinney lehnte. Die Frage ist: Was haben sie gesehen? Immer gesetzt den Fall, sie haben tatsächlich etwas gesehen und die Geschichte nicht einfach erfunden.«

»Sag du's uns«, meinte Jonathan. Mrs Bradley sah ihn auffordernd an.

»Nein, nein«, widersprach sie. »Jetzt bist du dran.«

»Na, ich denke, sie haben Bill gesehen.«

»Warum hätte er deswegen lügen sollen?«, fragte Deborah.

»Es gab keinen Grund, warum er hätte leugnen sollen, dass er die Gestalt mit dem weißen Gesicht war, oder?«

»Doch, sicher, einen sehr guten Grund, falls er zu diesem Zeitpunkt irgendetwas Übles im Schilde führte. Nehmen wir doch mal an, Bill hätte gelogen. Sagen wir, er wäre oben in Groaning Spinney gewesen. Welchen Grund hätte er dafür haben können? Falls er gelogen hat, könnte er der Mörder von Mrs Dalby Whittier gewesen sein. Oder aber er könnte die Wahrheit gesagt haben - und wenn das der Fall war, wer hat dann den Geist gespielt? Denn ich weigere mich zu glauben, dass es ein echter Geist war!«

»Und das ist nicht die einzige Frage«, sagte Deborah. »Es gilt auch immer noch, das Hauptproblem zu lösen, das es bei Mrs Dalby Whittiers Tod gibt. Falls sie den Bungalow am Heiligabend verlassen hat, wie sie es vorgehabt hatte, wo war sie dann zwischen vier Uhr am Nachmittag von Heiligabend und dem Zeitpunkt, an dem man sie im Schnee verborgen hat?«

»Wo war sie oder wo war ihr toter Körper ... Ja, das ist eine verdammt große Lücke«, sagte Jonathan. »Ich sehe keine Möglichkeit, wie wir sie füllen könnten. Die Polizei kann es auch nicht, und dabei haben die sehr viel mehr Möglichkeiten, als wir sie haben.«

»Wir könnten es wenigstens versuchen«, sagte seine Tante. »So wie ich es sehe, sollten wir als Erstes versuchen herauszufinden, natürlich nur auf ganz offiziellem Wege, ob sie diejenige war, die diesen ersten anonymen Brief geschrieben hat. Wenn sie einen geschrieben hat, ist es ja nicht auszuschließen, dass sie noch mehr geschrieben hat, und darin findet sich womöglich das Motiv für den an ihr begangenen Mord, insbesondere, da sich ihr Mörder wohl kaum bei der Polizei beschweren konnte.«

»Ah!«, sagte Jonathan. »Das ist doch endlich mal ein guter Vorschlag! Und damit die Serie der anonymen Briefe nicht plötzlich abriss, hat der Mörder sicherheitshalber selbst noch ein paar mehr getippt. Sie mit der Hand zu schreiben, hat er sich nicht getraut, wegen der unterschiedlichen Handschrift. Na also! Das erschließt uns doch ein recht weites Feld für unsere Nachforschungen! Wir sollten uns wegen der Fullaloves nicht allzu viele Gedanken machen. Jeder hätte der Mörder sein können! Es gibt nicht den geringsten Anhaltspunkt!«

Die ›offiziellen Mühlen‹ mahlten zwar nicht unbedingt langsam, doch noch bevor der Vergleich des ersten anonymen Briefs mit Mrs Whittiers Rationsbuch abgeschlossen war, hatten Mrs Bradleys Nachforschungen bereits einiges an Tempo aufgenommen.

»Mrs Dalby Whittier?«, fragte Anstey. »Ich bin mir nicht ganz sicher, Ma'am, um welche Uhrzeit sie den Bungalow am Heiligabend verlassen hat, aber mittags war sie auf jeden Fall noch dort. Ich wusste auch gar nicht, dass sie vorhatte, nach London zu fahren. Das hat sie mir oder meiner Frau gegenüber mit keinem Wort erwähnt. Soweit ich das verstanden habe, hatte sie eigentlich alle Brücken dorthin abgebrochen und war mit voller Absicht hier raus aufs Land gezogen. Meine Frau meinte immer, sie sei von ihrem Mann verlassen worden, aber ich weiß nicht recht, ob das stimmt. Je weniger man über solche Sachen redet, desto besser, sage ich immer.«

»Aha«, sagte Mrs Bradley. »Und wie sieht es mit der Nachricht aus, die am neunundzwanzigsten Dezember von Mr Tiny Fullalove zu Ihnen kam? Um wie viel Uhr wurde sie unter Ihrer Tür hindurchgeschoben?«

»Oh, das wird so gegen, hm, lassen Sie mich mal überlegen. Meine Frau hat ihn gefunden. He – sag mal, Schatz!« Er drehte sich um und rief durch die halb offenstehende Küchentür. »Um wie viel Uhr hast du diesen Brief da aufgehoben, den von Mr Tiny?«

»Oh, das wird so um drei gewesen sein, denke ich. Wer will das denn wissen?«

»Eine Freundin vom gnäd'gen Herrn.«

»Was denn für eine Freundin?«

»Seine Tante«, mischte sich Mrs Bradley kurzerhand ein. »Es ist ziemlich wichtig. Es geht um Mr Bills Testament.«

»Ach ja?«

»Ja. Also wenn wir herausfinden könnten, ob Mr Tiny sich vor oder nach Mr Bills Tod verletzt hat, könnte das Einfluss darauf haben, auf welche Weise das Eigentum aufgeteilt wird.«

»Aha. Also ich weiß genau, dass die Nachricht um halb drei noch nicht da war«, sagte Mrs Anstey, die mittlerweile im Türrahmen aufgetaucht war. »Aber ich würde sagen, um drei war sie dann hier.«

»Wo wir gerade von Mr Bills Geld reden, egal, wie viel es ist«, sagte Anstey plötzlich zu seiner Frau. »Hat nicht Mrs Whittier, als sie einmal was von ihrem Sparbuch abgehoben hat, der Mrs Blott unten im Postamt erzählt, es wäre gut möglich, dass sie demnächst eine größere Geldsumme erhalten könnte?«

»Ach, und übrigens«, sagte Mrs Bradley rasch und hoffte,

dass sich ihr Neffe wegen dieser interessanten Neuigkeit weder Überraschung noch ungebührliche Neugier anmerken ließ, »könnten Sie mir erzählen, Mr Anstey, woher Sie wussten, dass Mrs Dalby Whittier gegen Mittag am Heiligabend noch im Bungalow war?«

»Sicher kann ich Ihnen das erzählen, Ma'am«, antwortete Anstey. »Du erinnerst dich doch noch?«, fügte er dann an seine Frau gewandt hinzu.

»Ja, dieses widerliche Curry. Sie hat den kleinen Bob Wootton mit einer Schüssel davon hergeschickt, aber wir können dieses Zeug alle nicht ausstehen, also hab ich's, ohne dem jungen Bob was davon zu sagen, dem Väterchen in die Hand gedrückt und ihm gesagt, er soll es Lassie und Cripes geben.«

»Den Hunden?«

»Ja.«

»Haben sie es gefressen?«

»Ja. Die sind daran gewöhnt, wissen Sie, weil Mr Tiny ja so lange in Indien gelebt hat. Er mochte seine Currys aber nie so besonders scharf, so wie das andere Leute machen, also hatten die Hunde keine Probleme damit, könnte man sagen, und die kleinen Katzen auch nicht.«

»Warum hat Mrs Dalby Whittier das Curry überhaupt weggegeben?«

»Sie hat gesagt – oder jedenfalls hat das der junge Bob so erzählt –, dass Mr Bill das Zeug nicht essen wollte. Sie hat gesagt, er bekäme davon – na ja, er würde –«

»Wir nennen das hier die Flitzeritis«, kam Anstey ihr zu Hilfe. »Verstehen Sie, Ma'am? Und er wollte während der Weihnachtstage nichts damit zu tun haben. Der junge Bob hat gemeint, sie sei wegen dieser Geschichte sehr verstimmt gewesen, er meinte, sie habe sich extra ganz viel Mühe gegeben, und Mr Tiny hätte es nicht einmal probiert, obwohl sie es doch genauso zubereitet hatte, wie er es gern mochte. Er hat wohl zu ihr gesagt, er müsse rüber nach Fairford, also solle sie selber so viel davon essen, wie sie könne, und ihm seine Portion aufbewahren, und dann solle sie das, was Mr Bill nicht essen wollte, uns geben.«

»Um wie viel Uhr ist er denn dann nach Fairford aufgebrochen?«

»Na ja, das war so um Viertel vor zwölf, würde ich sagen. Aber wann genau Mrs Whittier losgegangen ist, so die genaue Uhrzeit, das kann ich nicht sagen, tut mir leid. Das hab' ich nicht mitbekommen, wie sie gegangen ist.«

»Hast du nicht auch gedacht, dass es so klang, als hätte Mrs Whittier vor, ihren Anspruch als Ehefrau geltend zu machen?«, fragte Jonathan, als er und seine Tante den Hügel hinunter nach Hause gingen.

»Alles scheint auf Tiny hinzudeuten, nicht wahr?«, meinte Deborah später. »Und doch kann ich ihn mir nicht als Mörder vorstellen. Er scheint mir nicht der Typ dafür zu sein.«

»Es gibt keinen Typ dafür«, entgegnete Mrs Bradley. »Mörder haben keinen gemeinsamen Nenner. Neil Cream und Hawley Harvey Crippen sind psychisch ähnlich weit voneinander entfernt wie Charlotte Corday und Constance Kent. Ein Mörder wie George Joseph Smith hat im Grunde genommen nichts mit so jemandem wie Patrick Mahon gemeinsam. Ein Barbar und Sadist wie Jack the Ripper hat kaum Ähnlichkeit mit dem Matrosen Matthew Thompson. Der bemerkenswerte Gastwirt George Chapman war ein vollkommen anderer Mensch als der ebenso merkwürdige Hühnerfarmer

Norman Thorne. Ihre einzige Gemeinsamkeit war, dass sie in ihrer Kindheit beide die Art von Erziehung erhalten haben, die man erstaunlicherweise als ›christlich‹ bezeichnet. Ich könnte immer so weiter machen –«

»Ich würde lieber die Geschichten hören, die mit all diesen Namen zusammenhängen«, sagte Jonathan. »Zumindest die, die ich noch nicht kenne. Und was ist mit dem Mord, den Steinie Morrison begangen hat?«

»Der hat nicht die geringste Ähnlichkeit mit dem Mord an Mrs Buck Ruxton – abgesehen davon, dass beide Täter nicht aus England stammten. Aber reden wir doch lieber über unsere eigenen Probleme. Denn auch wenn Mr Fullaloves Knie nicht so schlimm verletzt war, wie er es uns glauben machen wollte, war die Verletzung doch schlimm genug, dass es ihm unmöglich gewesen wäre, die Leiche seines Cousins an das Gatter zu lehnen, wo Jonathan sie gefunden hat. Und ich denke, er hätte nicht genügend Zeit gehabt, um erst abzuwarten, dass Jonathan zum Bungalow hochgeht, dann die Leiche an Ort und Stelle zu bringen, sein Knie zu verletzen und so weiter. Er hatte einen Komplizen.«

»Können wir davon denn mit Sicherheit ausgehen?«, fragte Sally.

»Ja, das können wir. Und zu dem Zeitpunkt, als man Mrs Whittier zu dem Feld getragen hat, muss es geschneit haben. Er hätte den Schnee unbedingt gebraucht, um seine Spuren zu verdecken – der Komplize, meine ich.«

»Ja, das ist mir natürlich auch klar. Und außerdem – wenn es schneit und man entsprechende Schutzkleidung trägt, kann man es sehr leicht vermeiden, gesehen zu werden«, meinte Sally.

»Oh, was das angeht, stehen die Chancen ziemlich gut, dass man ohnehin niemandem begegnet. Bei schlechtem Wetter ist es sehr einsam in diesen Hügeln«, sagte Deborah.

»Es war natürlich das Curry«, verkündete Jonathan. »Das würde auch das Verschwinden der Hunde erklären. Vergiftete Hunde und eine vergiftete Haushälterin wären nicht gut angekommen. Man hätte sofort die entsprechenden Schlüsse gezogen.«

»Also er ermordet Mrs Whittier, weil sie etwas über ihn weiß, was sie möglicherweise in einem anonymen Brief erwähnt hat. Aber warum ermordet er Bill? Haben sie sich gestritten, oder hatte er es auf Bills Besitztümer abgesehen, oder wollte er sich nur die Konkurrenz vom Hals schaffen, um Miss Fielding erneut einen Heiratsantrag zu machen?«, fragte Sally.

»Die Antwort darauf könnten wir erhalten, wenn sich jemand meldet, um diese fünftausend Pfund Versicherungsgeld zu beanspruchen. Jedenfalls, sofern das Geld das Motiv war«, sagte Mrs Bradley.

»Wer sind denn eigentlich Bill Fullaloves Testamentsvollstrecker beziehungsweise Nachlassverwalter?«, wollte Sally wissen.

»Baird und Daventry«, antwortete Jonathan. »Bill hat doch tatsächlich mich irgendwann mal gefragt, ob ich das nicht übernehmen würde, aber ich habe mich davor gedrückt. Und jetzt bin ich wirklich heilfroh darüber. Stellt euch die Aufregung vor, wenn sich jetzt tatsächlich eine Frau melden und beweisen würde, dass sie Anspruch auf das Geld hat! Gesetzt den Fall, Tiny ist der Schuldige, und das Geld war tatsächlich das Motiv.«

»Ich glaube immer noch nicht, dass Tiny ein Mörder ist«, sagte Deborah. »Ganz gleich, was Tante Adela meint, von wegen, dass es dazu keinen bestimmten Typ gibt. Aber es ist schon seltsam, dass es keine anonymen Briefe mehr gibt, seit Tiny in dieses Heim gekommen ist. Ich muss zugeben, dass das ziemlich gegen ihn spricht. Aber es ist wahrscheinlich nur Zufall. Und was das Curry anbelangt – ihr könnt nicht beweisen, dass es vergiftet war.«

Der Bericht des Schriftsachverständigen, dem Jonathan Mrs Dalby Whittiers Brief und ihr Rationsbuch geschickt hatte, bestätigte ohne jede Zweifel, dass die Adresse auf dem Rationsbuch und Jonathans anonymer Brief von ein und derselben Person geschrieben worden waren.

»Jetzt müssen wir nur noch herausfinden, ob Mrs Dalby Whittier ihre Adresse selbst in ihr Rationsbuch eingetragen hat«, sagte Jonathan. Seine Frau und Sally sahen ihn voller Bewunderung an.

»Stimmt! Das ist noch die Frage. Aber die kann man ja aufklären, indem man auch noch ihren Ausweis zur Überprüfung hinschickt«, sagte Sally. Doch die Polizei war intelligent genug gewesen, um Jonathans Bedenken vorherzusehen. Der erste anonyme Brief war zweifellos von Mrs Dalby Whittier geschrieben worden. Doch Jonathan wies darauf hin, dass man nun noch feststellen sollte, ob dies aus eigenem freien Willen geschehen oder ob sie dazu gezwungen worden war.

»Es ist natürlich möglich, dass sie in Tiny verliebt war. In diesem Fall hätte sie jede Frau gehasst, an der er irgendein Interesse zeigte«, sagte Deborah. »Für uns war sie immer eine Frau mittleren Alters, aber sie war jünger als Tiny und auch jünger als Bill.«

»Der erste Brief hat gar nicht mal so unglaublich viel zu bedeuten, außer eben für uns persönlich«, sagte Jonathan. »Wir müssen herausfinden, ob Mrs Dalby Whittier noch mehr von diesen Dingern geschrieben hat, bevor wir uns in Bezug auf Tiny sicher sein können.«

»Ich frage mich, wo diese Schreibmaschine steckt!«, sagte Deborah.

»Höchstwahrscheinlich auf dem Grund des Mühlteichs«, meinte ihr Gatte. »Die Polizei sollte jeden Teich in der Nachbarschaft mit einem Schleppnetz durchsuchen. Ich wette, man hat das Ding irgendwo ins Wasser geworfen.«

Die nächsten Neuigkeiten wurden ihnen von Bauer Daventry überbracht.

»Ich bin die Papiere des armen Mr Bill Fullalove durchgegangen«, erzählte er, »und da habe ich festgestellt, dass er früher eine Schreibmaschine besaß. Aber jetzt gibt es im ganzen Haus keine Einzige mehr, und Mr Tiny behauptet, es hätte dort auch nie eine gegeben. Ich weiß wirklich nicht, was ich davon halten soll.«

»Ich nehme an«, fragte Jonathan beiläufig, »Sie haben in Bills Nachlass nicht zufällig irgendwelche mit der Schreibmaschine geschriebenen Papiere gefunden?«

»Doch, doch, das habe ich, wenn auch nur ein Einziges. Es steckte in einem Kinderbuch in Mr Bills Bücherregal. Es gibt da in dem Bungalow ziemlich viele Bücher. Mr Tiny und Mr Bill haben beide ein ganzes Regal davon in ihren Schlafzimmern.«

»Was haben Sie denn mit diesem Blatt Papier gemacht?«

»Nichts. Ich hab's da gelassen, wo ich es gefunden hatte. Aber ich hab' die Sache Mr Tiny erzählt. Er hat mir zugestimmt, dass Mr Bill wohl doch irgendwann einmal eine Schreibmaschine benutzt haben muss, aber dann hat er wie davor schon gesagt, ein solches Gerät habe sich bestimmt niemals im Bungalow befunden. Der war richtig verärgert über diese Sache.«

»Aha!«, sagte Jonathan. »Hören Sie mal, Daventry, gehen Sie nochmal dorthin zurück?«

»Na ja, hatte ich eigentlich nicht vor. Könnte ich aber machen.«

»Gut. Dann kommen Sie mit. Ich würde mir gern ein Buch ausleihen. Ich nehme an, das wäre in Ordnung?«

»Oh nein, Sir, das denke ich nicht. Sonst bekommen wir noch Probleme mit dem Nachlassverfahren. Ich denke, wir sollten für den Moment alles an Ort und Stelle belassen, wissen Sie? Da, wo's hingehört.«

»Oh, ja, das hatte ich ganz vergessen. Also gut. Aber ich würde diese eine getippte Seite gerne sehen. Bill ist unmittelbar nachdem er die Seefahrt aufgegeben hatte, zu Tiny in den Bungalow gezogen, und an Bord eines Schiffes hätte er doch sicher auch keine Schreibmaschine gehabt! Und wenn doch, dann hätte er sie sicher mit nach Hause gebracht.«

»Es wäre ja möglich, dass er irgendwo ein kleines Quartier an Land hatte, in Portsmouth oder in Southsea oder sonst irgendwo.«

»Oh, ja, natürlich. Also gut, dann kommen Sie und lassen Sie mich mal einen Blick auf dieses mit Schreibmaschine getippte Blatt Papier werfen.«

Bei dem Papier handelte es sich um ein Blatt im Quartformat, das offenbar aus einem Block herausgerissen worden war. Darauf stand in sorgfältiger Maschinenschrift ein Zitat aus Sir Thomas Brownes Aphorismensammlung »Christliche Werte«:

»Und letztlich, so dir eine ungewöhnliche Vielzahl von Tagen auf Erden beschieden sein sollte, so lasse dies nicht zu einer Erwartung werden. Rechne nicht mit einem langen Leben. Denke, dass jeder Tag dein letzter sein könnte, und lebe stets über deine Hoffnung hinaus. Wer mehrmals diese seine Erwartung übertrifft und weiterlebt, der führt nicht nur eins, sondern viele Leben und wird sich kaum jemals über die Kürze seiner Tage beschweren. Die vergangene Zeit ist so rasch verschwunden wie ein Schatten. Siehe zu, dass du mit deiner Zeit in der Gegenwart verweilst. Führe dir deine letzten Tage vor Augen. Nähere dich ihnen an, indem du sie in der Gegenwart vorausahnst. Sei wie ein Nachbar deinem Grabe und denke immer, dass nicht mehr viel vor dir liegt. Und da es einen Teil von uns gibt, der immer weiterleben wird, so füge beide Leben zusammen. Lebe in dem einen, doch für das andere.«

Jonathan las sich diesen Text zweimal durch. Und weil er geschickte und schnelle Finger hatte, gelang es ihm ohne Schwierigkeiten, Daventry zu täuschen. Er tat nur so, als legte er das Blatt in das Buch zurück, versteckte es kurz und verstaute es später in seinem eigenen Notizbuch, denn er war davon überzeugt, dass seine Tante sich dafür interessieren würde.

Daher war er ziemlich enttäuscht, als sie, nachdem sie das Blatt sehr genau mit dem Schriftbild eines der anonymen Briefe verglichen hatte, erklärte, es sei auf einer anderen Schreibmaschine geschrieben worden.

»Bist du sicher?«, hakte er nach. Mrs Bradley reichte ihm ihr Vergrößerungsglas.

»Aber trotzdem ist dies ein außerordentlich wichtiger Hinweis«, versicherte sie ihm, als er ihr das Vergrößerungsglas zurückgab. Sie nahm das Blatt erneut in Augenschein. »Wenn wir herausfinden könnten, wer das getippt hat und welcher Bewohner des Bungalows sich die Mühe gemacht hat, es aufzuheben, sollte es uns, glaube ich, möglich sein, einen unserer Verdächtigen von der Liste zu streichen. Was war das für ein Buch, in dem das Blatt Papier gefunden wurde?«

»Es war ein Naturkundebuch für Kinder. Darin wird erklärt, was man bei einem Spaziergang durch die Natur weder pflücken noch essen sollte. Nicht gerade die Lieblingslektüre von Bill oder Tiny, würde ich sagen.«

»Da wäre ich mir nicht so sicher«, meinte Deborah. »Ich kannte einmal einen Matrosen, der auf jede seiner Reisen das Buch *Die kleine Meg und ihre Kinder* mitgenommen und es vor seiner Rückkehr mindestens zweimal durchgelesen hat. Er hat mir erzählt, dass es ihn jedes Mal zum Weinen brachte. Es war ganz so, als würde er ins Kino gehen, meinte er.«

»Das ist ja äußerst merkwürdig, das mit dem Kino«, sagte Jonathan. »Ich kenne so einige Kerle, die mir gegenüber zugegeben haben, dass sie beim Anschauen eines Films geweint haben. Ich nehme an, es gibt eine psychologische Erklärung dafür. Die meisten dieser Männer sind nämlich recht harte Burschen.«

»Es ist die Dunkelheit und die Gewissheit, dass du deinen Gefühlen freien Lauf lassen kannst, ohne dass das jemand mitbekommt«, sagte Deborah. »Die meisten Leute sagen, sie würden sich viel besser fühlen, wenn sie sich einmal so richtig ausgeweint haben. Ich persönlich fühle mich immer vollkommen ausgelaugt, wenn ich im Kino geweint habe, und habe danach auch jedes Mal entsetzliche Kopfschmerzen.«

Mrs Bradley, die seit dem Alter von vier Jahren keine einzige Träne mehr vergossen hatte und davon überzeugt war, dass das Weinen im Kino ein krankhaftes Symptom beziehungsweise das Zeichen für eine tief verwurzelte, auf Selbstmitleid basierende Neurose war, verzichtete auf einen Kommentar. Sie gab ihrem Neffen auch nicht das mit Schreibmaschine geschriebene Blatt Papier zurück, das sie dann in der Abgeschiedenheit ihres Zimmers eingehend und nachdenklich betrachtete. Sie konnte sich niemanden im Dorf vorstellen, zu dem es passen würde, sich eine längere und pointierte Passage aus einem Werk von Sir Thomas Browne abzutippen und diese dann zu behalten. Doch dann fiel ihr eine mögliche Erklärung ein, und sie lächelte.

Elftes Kapitel

NAMEN SIND SCHALL UND RAUCH

Ich bin und war schon immer
nahe dem Falken verwandt.
Mich lockt man nicht mit Liebe;
Ich suche das Fleisch in der Hand.

William Langland

Während der folgenden beiden Wochen geschah nichts Bemerkenswertes. Doch dann erhielt Jonathan einen Telefonanruf von Bauer Daventry.

»Das war ein ziemlicher Schlag ins Gesicht für Mr Tiny, fürchte ich, Sir. Er hatte mir erzählt, dass er fest davon ausgeht, das Geld von Mr Bills Versicherung zu bekommen. Er sei sich nämlich absolut sicher, dass Mr Bill nicht verheiratet war, meinte er, ganz egal, was der in sein Testament geschrieben hat. Aber jetzt sieht es so aus, als hätte sich jemand gemeldet. Eine Person, die behauptet, die Frau zu sein, die Mr Bill heimlich geheiratet hat. Ich persönlich hatte ja ohnehin damit gerechnet, dass sie auftauchen würde. Es leuchtet doch ein, dass Mr Bill noch etwas in der Hinterhand hatte, wenn er schon so ein Testament macht.«

»Du lieber Himmel!«, sagte Jonathan. »Das ist ja mal was!« Er rannte in das Zimmer seiner Tante, um ihr die Neuigkeiten zu berichten. Mrs Bradley war entzückt.

»Um es mit Shakespeare zu sagen: ›Das geht ja über mein Erwarten schön‹«, bemerkte sie. Ihr Neffe musterte sie eingehend und sagte dann:

»Ich habe den Eindruck, dass du dir ziemlich sicher bist, den Namen von Tiny Fullaloves Komplizen zu kennen.«

»Bin ich das?«, fragte seine Tante. »Ich sehe keinen Grund, warum du zu einer solchen Schlussfolgerung gelangt sein solltest.«

»Fahr fort«, sagte Jonathan.

»Das brauche ich gar nicht. Ich hatte gehofft, dir wäre noch etwas eingefallen.«

»Und das wäre?«

»Nein, sag du's mir. Ich würde gern meine Erkenntnisse überprüfen.«

»Na, dann darfst du aber auch nicht lachen. Ich habe mich gelegentlich gefragt, ob Bill nicht aus Versehen getötet wurde, und man eigentlich Tiny hatte ermorden wollen. Das ist alles. Da gibt es ja diese Geschichte mit dem Curry, weißt du? Tiny liebt das Zeug anscheinend. Bill konnte es nicht ausstehen. Der Mörder, falls es nicht Tiny war, hat das womöglich nicht gewusst.«

»Falls deine Vermutung stimmt, würde das ein anderes Licht auf den Fall werfen!«, sagte Mrs Bradley.

»Ja. Zum einen könnte das bedeuten, dass ich ernsthaft in die Sache verwickelt wäre, falls sich das Ganze tatsächlich als Mord herausstellt.«

»Du?«

»Na ja, vielleicht nicht geradezu direkt verwickelt, aber ich könnte in ernstliche Erklärungsnot geraten. Schließlich ist allgemein bekannt, dass ich wütend auf Tiny Fullalove war. Nehmen wir an, es wäre Tiny und nicht Bill gewesen, den man tot aufgefunden hat! Es ist ebenfalls allgemeinhin bekannt, dass ich es war, der die Leiche gefunden hat. Wo stünde ich dann?«

»Auf dem Fundament deiner Ehre, deiner Skrupel und deiner Menschenwürde, Kind. Wie du sehr wohl weißt. Und denk daran, was ich zu diesem Thema bereits gesagt habe.«

Jonathan lachte, aber Mrs Bradley betrachtete ihn traurig, während sie ein paar Takte aus der Oper *Mikado* summte.

»Nein, jetzt mal ehrlich«, fuhr er fort und schaute sie weiterhin prüfend an. »Es könnte verdammt unangenehm werden, und es nützt überhaupt nichts, wenn man den Tatsachen nicht ins Auge sieht. Aber im Augenblick kämpfen wir ja ohnehin nur gegen Windmühlen, stimmt's? Dennoch: Irgendjemand hat sich ziemliche Mühe gegeben, um es so hinzubiegen, dass ich derjenige war, der die Leiche fand. Ich frage mich jedoch ...«

»Red' weiter, mein Kind.«

»Na ja, das, was mich an der ganzen Geschichte am meisten verwirrt, ist der zeitliche Ablauf. Ich beziehe mich da auf etwas, was Sally einmal gesagt hat. Wie konnte sich Tiny Fullalove, gesetzt den Fall, er war es, der Bill und Mrs Whittier ermordet hat, sicher sein, dass Bill auch zu dem von ihm geplanten Zeitpunkt das Bewusstsein verlieren würde? Ich meine, er musste sich ein Alibi fabrizieren, indem er sich das Knie verletzte, er musste dafür genau den richtigen Zeitpunkt treffen, er musste mich zu diesem Gatter am oberen Ende von

Groaning Spinney hochlocken, damit ich Bills Leiche finde, und dann musste er noch irgendwie seine eigene Rückkehr zum Bungalow inszenieren. Nehmen wir mal an, er hat den Unfall tatsächlich nur vorgetäuscht. In diesem Fall hätte er sehr geschickt abschätzen müssen, wann der beste Moment gekommen war, um auf das Haus zuzukriechen. Außerdem musste er sich selbst hinreichend verletzen, um bei einer ärztlichen Untersuchung nicht aufzufliegen, und doch nicht so stark, um sich bleibende Schäden zuzufügen. Weißt du, je länger ich darüber nachdenke, desto ... ja, ich verstehe schon, was du über den Zeitpunkt von Bills Tod gesagt hast – die Leichenstarre und all das ... aber ich glaube, es wäre jemand mit noch mehr Intelligenz nötig gewesen, als Tiny sie besitzt, um all das zu planen und erfolgreich durchzuführen. Donnerwetter ...!«

»Ah. Du glaubst, du kennst jemanden, der die notwendige Klugheit besäße, von der du bezweifelst, dass Mr Tiny Fullalove sie besitzt?«

»Nun ja, wenn Bill ermordet wurde, und es nicht der alte Tiny war, der es getan hat, dann muss es ja jemand anderes gegeben haben – sei es nun ein Komplize oder ein Einzeltäter.«

»Und wenn Mr Bill sich womöglich in seiner eigenen Schlinge gefangen hat? ... Du glaubst nicht ... um deinen vorherigen Gedanken aufzugreifen ... dass Mr Bill plante, Mr Tiny zu ermorden, und dass dabei etwas schiefging, und Nemesis die Dinge sehr zu Recht selbst in die Hand genommen hat?«

»Nein«, antwortete Jonathan. »Nein, ich halte Bill nicht für die Art von Person, die in eine Grube fällt, die sie jemand anderem gegraben hat. Außerdem wurde er ja auch gar nicht vergiftet. Wir können noch nicht einmal beweisen, dass er ermordet wurde, und ich glaube, das werden wir auch nie beweisen können.«

»Du vergisst die Hundeketten und Leinen, mein Kind, und den Umstand, dass Mr Emming sie in meinem Beisein und dem von zwei weiteren Zeugen gefunden hat.«

»Emming, ja. Der ist ja ein ziemliches Rätsel, dieser Mann. Aber wir haben keinerlei Beweise in der Hand, die ihn belasten würden. Ich meine, jeder, der ein bisschen in Groaning Spinney rumgräbt, könnte alles Mögliche finden. Anstey könnte die Ketten und anderen Sachen dort versteckt haben, als er und seine Frau feststellen mussten, dass die Hunde gestorben waren. Gesetzt den Fall, die Hunde sind tatsächlich gestorben.«

»Wir werden diese Hunde finden, tot oder lebendig«, sagte Mrs Bradley. »Übrigens frage ich mich, wie gern Mr Bill denn nun eigentlich bei der Marine war und wie Mr Tiny damit klarkam, dass er seinen Posten bei der indischen Polizei aufgeben musste. Und wo wir gerade von der indischen Polizei reden: Bist du dir ganz sicher, dass du Mr Tiny in Hinsicht auf seine geistigen Kräfte nicht Unrecht tust?«

»Also reden wir jetzt wieder über Mr Tiny?«

»Nein, keineswegs, mein Kind. Wir haben ihn nie aufgegeben. Allerdings warten wir für unsere Theorie, dass auch der erste Todesfall ein Mord war, immer noch auf Beweise, von denen es nach wie vor so gut wie keinen Einzigen gibt. Und was Mr Tiny betrifft …«

»Was ist mit ihm?«, fragte Jonathan. »Und übrigens, diese Idee, dass Mrs Dalby Whittier vielleicht mit einem der beiden Fullaloves verheiratet gewesen sein könnte, scheint ja ein Leck bekommen zu haben, oder? Aber was wolltest du über Tiny sagen?«

»Ich frage mich, wie wohl sein eigentlicher Vorname lautet, mein Kind. Das ist alles.«

»Merkwürdigerweise heißt er William. Bills eigentlicher Name war Clarence, also wollte er natürlich, dass man ihn Bill nannte.«

»Ja. Der Name ›Clarence Fullalove‹ klingt alles andere als passend für einen Marineoffizier. Und Tiny mag seinen Spitznamen, nehme ich an?«

»Ja, der gefällt ihm ungemein. Er stellt sich jedem als ›Tiny‹ vor. Ich habe es nur dem Zufall zu verdanken, dass ich weiß, dass er eigentlich William heißt, und ich bin mir sicher, dass er keine Ahnung hat, dass ich das weiß. Ich habe mir einmal eine Jacke von ihm ausgeliehen, als ich an einem Nachmittag vollkommen durchnässt im Bungalow ankam, kurz nachdem ich hierhergezogen war, und ich habe die Jacke dann auch auf dem Heimweg getragen. Ich hatte meinen Tabakbeutel in eine der Jackentaschen gestopft, und als ich ihn herauszog, habe ich seinen Ausweis mit herausgezogen. Ich habe bis heute nie wieder an diese Geschichte gedacht. Aber, Moment mal …!«

»Ja, ja und nochmals ja«, sagte Mrs Bradley. »Dieser Umstand gibt einem in der Tat reichlich Anlass für tiefschürfende Gedanken und düstere Vermutungen.«

»Aber das wäre ja dann zunächst einmal Sache der Versicherung, oder etwa nicht?«

»Zweifellos. Unser Mr Tiny mag der Mörder sein oder auch nicht, aber es gibt einigen Grund zu der Vermutung, dass sich ihm hier eine Gelegenheit zum Versicherungsbetrug geboten haben könnte.«

»Aber er ist ein Mörder!«, sagte Jonathan. »Allein aufgrund dieses Motivs muss er einer sein! Hör mal, wie wäre es mit dieser Rekonstruktion des Tathergangs: Bill beschließt zu heiraten. Er könnte sogar tatsächlich geheiratet haben. Und es sieht ziemlich danach aus, als hätte er es getan. Er erzählt Tiny nichts davon. Den Grund dafür kennen wir nicht. Bill findet, dass ein verheirateter Mann eine Lebensversicherung abschließen sollte, aber er weiß, dass er aus Sicht der Versicherungsgesellschaft kein guter Kandidat dafür ist. Alles klar, sagt Tiny, dem natürlich nicht bewusst ist, dass Bill verheiratet ist, ich gehe für dich hin und lass mich ärztlich untersuchen. Ich kann meinen eigenen Namen angeben, der ja William lautet, also kann man uns, was das anbelangt, nicht erwischen. Wenn ich dann denn Löffel abgeben sollte, kannst du den Namen William Fullalove angeben und den Schotter einfach einstreichen, und weil dich alle Welt als Bill kennt, wäre das überhaupt kein Problem, und das Gleiche gilt für mich, falls ich der glückliche Überlebende sein sollte.«

»Sehr hübsch«, sagte Mrs Bradley. »Aber Bill war der mit dem guten Gesundheitszustand, und Tiny der mit den Problemen. Und Bill ist gestorben.«

»Also schön, das hebelt meine These aber nicht aus. Nehmen wir an, es wäre andersherum gewesen. Bill schließt die Versicherung unter dem Namen William ab, und der Versicherungsarzt gibt ihm – vielleicht mit ein paar Bedenken – grünes Licht. Der Rest trifft aber immer noch zu. Beide von ihnen könnten William Fullalove sein: Tiny, weil das sein wirklicher Name ist, und Bill, weil alle, die es nicht besser wissen, glauben, dass Bill eine Abkürzung für William ist.«

»Ich wäre gern dabei, wenn die Anwälte diese Frau befragen, die behauptet, die Witwe zu sein«, sagte Mrs Bradley, ohne den Ausführungen ihres Neffen scheinbar auch nur die geringste Aufmerksamkeit zu schenken.

Zwölftes Kapitel

ZWEI TOTENGRÄBER TRETEN AUF

Wohlwollend war er, immer dienstbereit
Und voll Geduld in Widerwärtigkeit.

Geoffrey Chaucer, Canterbury-Erzählungen

Die Frau, die gekommen war, um Anspruch auf Bill Fullaloves Besitztum zu erheben, hieß Carol Letchworth Fullalove und war weniger als dreißig Jahre alt. Dem örtlichen Klatsch und Tratsch zufolge würde es ihr schwerfallen, ihren Anspruch zu untermauern, es sei denn, sie könnte eine Heiratsurkunde vorweisen, die über jeden Zweifel erhaben war. Aber kaum war sie wieder abgereist – denn sie kehrte in ihr Haus in Portsmouth zurück, nachdem sie zwei Nächte in Cirencester verbracht hatte –, ebbten alle diesbezüglichen Spekulationen wieder ab, und Tiny zuckte lediglich mit den Schultern, wann immer ihr Name erwähnt wurde.

Sein Knie heilte. Schon bald konnte er mit nur einem statt mit zwei Stöcken gehen und hinkte kaum noch, während er seinen Pflichten als Verwalter nachging. Ins Herrenhaus wurde er nicht mehr eingeladen, zumindest nicht als Gast. Wenn er dorthin kam, dann aus rein geschäftlichen Gründen, die mit dem Anwesen zu tun hatten, und er sprach stets mit Jonathan allein und das auch immer nur in der Bibliothek.

Gegen Ende Februar erhielt Jonathan einen Brief von Miles Obury. Obury schlug vor, in einem Hotel in Cirencester zu übernachten, bat jedoch darum, sich in Groaning Spinney frei bewegen zu dürfen, damit er mit seiner Beobachtung der Dachse fortfahren konnte. Er wies darauf hin, dass die Tiere bald Junge bekommen würden und dass er zwar einige exzellente und bemerkenswerte Bilder von erwachsenen Dachsen besitze, aber noch keines von deren Nachwuchs. Er fügte hinzu, dass auch Mansell sich in der Gegend aufhalten werde, denn dieser habe die Erlaubnis erhalten, einen Graben im Hügel von Cissington auszuheben, um herauszufinden, ob sich dort im Sommer eine Ausgrabung lohnen würde.

Jonathan stöhnte auf und warf seiner Frau den Brief zu.

»Ach, wie ärgerlich!«, sagte sie. »Wir werden ihnen wohl anbieten müssen, hier zu übernachten. Es würde mir ja nichts ausmachen, wenn das mit dem Essen nicht so kompliziert wäre. Sie müssen einfach die ganze Zeit nur Mrs Humpers Hähnchen essen, mehr kriegen sie nicht!«

»Nein, ich werde sie nicht hierher einladen«, sagte Jonathan mit leidenschaftlicher Ungastlichkeit. »So weit kommt's noch! Könntest du vielleicht ein oder zwei Mittagessen und ein Abendessen auf die Beine stellen? Und Tiny werde ich verdammt nochmal nicht dazu laden. Schließlich waren sie eher mit Bill als mit ihm befreundet. Ach was, wir laden sie einfach gar nicht ein, was meinst du?«

»Na ja, ich denke, wir kriegen das schon hin«, sagte Deborah. »Eigentlich ist es auch nur das Frühstück. Das ist am schlimmsten. Die Leute erwarten immer, dass man ihnen morgens eine warme Mahlzeit mit allem Drum und Dran serviert, wenn sie einen besuchen kommen! Hauptsache, sie sind nicht zum Frühstück hier!«

Miles Obury stieg am Ende in einem Gasthof ab, der dann doch nicht in Cirencester, sondern weniger als fünf Kilometer vom Herrenhaus entfernt war. Die erste Aufgabe, die er am Tag nach seiner Ankunft zu erfüllen gedachte, bestand darin, mit Hilfe von Bauer Daventrys Fuhrmann Ed Brown – dem angeblichen Wechselbalg – die Beobachtungsplattform im Baum wieder herzurichten, von der aus er seine Fotos schießen wollte.

Ed war ihm von Jonathan empfohlen worden.

»Wenn es dort Dachsjunge gibt, dann kommen sie wahrscheinlich sofort aus ihrem Bau gekrabbelt und klettern auf ihn drauf«, hatte Jonathan gesagt. »Und falls nicht, dann wird er sie wenigstens nicht verscheuchen!«

Will Norths Theorie zu dem überschüssigen Schnee erwähnte er dabei mit keinem Wort. Obury und Ed stellten die Plattform wieder so weit her, dass man sie während des Frühlings und Sommers gefahrlos betreten konnte, und zu Oburys großer Freude sah er bereits am zweiten Tag, an dem er sich dort aufhielt, zwei Jungtiere, die bei Tageslicht vor dem Bau herumtollten. Zwar war das Licht vom Standpunkt eines Fotografen aus gesehen so früh im Jahr noch nicht besonders gut, aber es gelang Obury ein, wie er hoffte, einigermaßen klares Bild zu schießen, und er belohnte Ed daraufhin mit einem Trinkgeld von fünf Schillingen.

Ein Rotkehlchen, das dem Geschehen aus der Nähe auf jene freundliche Art gefolgt war, wie sie seiner Spezies zu eigen ist, kam zu Ed geflogen und ließ sich auf seiner Schulter nieder. Jonathan, der den beiden Männern gerade Gesellschaft leistete, lachte laut, aber das Rotkehlchen ließ sich dadurch nicht irritieren.

»Da bist du ja, du kleines altes Du«, sagte Ed. Das Rotkehlchen legte den Kopf schief und flog dann, weil ihm anscheinend die Gegenwart von Obury und Jonathan nicht ganz geheuer war, zu einem Busch hinüber, von wo aus es damit fortfuhr, die drei Männer zu beobachten.

»Die sind ja ganz zahm, diese Rotkehlchen, was?«, fragte Obury, während er seine Fallen zusammenpackte.

»Ja ja«, stimmte Ed ihm zu. »In diesem Wald hier gibt es auch ganz viele graue Eichhörnchen. Will North, der schießt die manchmal. Die sind eine Pest, sagt der immer. Schon seltsam, wie die Natur auf sich selbst Jagd macht. Der Pfarrer redet andauernd über die Brüderlichkeit unter den Menschen, aber die Natur weiß das besser, schätze ich.«

»Wie meinen Sie das?«, fragte Obury. Aber Ed hatte sein Pulver verschossen und beeilte sich, das Thema zu wechseln. Wenigstens dachte Jonathan zu diesem Zeitpunkt, er habe das Thema gewechselt. Aber seine Tante, der er später von der Unterhaltung erzählte, war anderer Meinung.

»Ich habe Bill Fullalove gesehen, an dem Tag, als er starb«, bemerkte Ed. »Ist er nicht immer mit Ihnen mitgekommen, um diese alten Dachse hier zu beobachten?«

»Ein- oder zweimal ist er mitgekommen, glaube ich, ja, das stimmt«, antwortete Obury.

»Ja ja«, sagte Ed und nickte. »Ich habe Sie beide sehr oft hier oben zusammen gesehen. Ja ja. Sehr sehr oft war das!«

»Oh nein, so oft war das nun auch wieder nicht«, widersprach Obury. »Ich würde sagen, mehr als insgesamt ein halbes Dutzend Mal war ich bestimmt nicht mit Bill Fullalove unterwegs.«

»Na, Mr Tiny war es aber nicht, mit dem Sie da unterwegs waren«, fuhr Ed fort. Obury sah ihn scharf an, aber in dem gleichmütigen Gesicht des Fuhrmanns deutete nichts darauf hin, dass er seinem Gegenüber irgendetwas unterstellen wollte. Jonathan ließ sich sein lebhaftes Interesse an dieser - wie er es sah - Auseinandersetzung nicht anmerken. Am unteren Rand des Wäldchens trennte sich Ed von ihnen, und Jonathan nahm Obury mit nach Hause zum Abendessen. Mansell wurde ebenfalls erwartet und traf rechtzeitig ein, um vor dem Essen noch ein Glas Sherry mit ihnen zu trinken.

Mansell hatte wichtige Dinge zu berichten.

»Ich glaube, ich bin da auf etwas wirklich Großartiges gestoßen«, sagte er. »Sie kennen doch sicher die Straße, die seitlich vom Pub den Hügel hinaufgeht und nach einer Weile zu einem schmalen Feldweg wird? Wie gut kennen Sie sich in der Landschaft jenseits dieses Feldwegs aus? Kann man da irgendwie hinkommen?«

»Tja, das ist nicht gerade ein kurzer Spaziergang«, antwortete Jonathan. »Da muss man ziemlich lange laufen, wenn man nicht auf demselben Weg zurückgehen will.«

»Ah, aber es gibt einen Rundweg, ja? Könnten Sie morgen vielleicht mit mir kommen? Ich habe einen sehr guten Platz für meine Probe-Ausgrabung gefunden, an dem Hang unmittelbar nördlich von diesem breiten Hügelgrab, das es da oben gibt. Ich zeige es Ihnen. Und dann können Sie mir den Rundweg zeigen. Das fände ich wunderbar!«

»Eine gute Idee«, sagte Jonathan. »Und das Wetter eignet sich auch perfekt dafür. Es herrscht jetzt eine ganz andere Witterung als zu der Zeit, als Sie das letzte Mal hier waren.«

»Ja, das kann man wohl sagen. Ist da bei dieser Geschichte noch irgendetwas Neues herausgekommen?«

»Nichts von Bedeutung«, sagte Mrs Bradley rasch, bevor ihr Neffe antworten konnte. »Irgend so eine junge Frau – wahrscheinlich eine Betrügerin – versucht, Anspruch auf Bill Fullaloves Geld zu erheben.«

»Ach, tatsächlich? Na, also wenn sie eine Betrügerin ist, wird sie ohne Beweise nicht weit kommen.«

»Sie kann anscheinend eine sehr überzeugend aussehende Heiratsurkunde vorweisen. Das hat zumindest der alte Baird erzählt«, sagte Jonathan. »Ich habe heute morgen mit ihm telefoniert. Er scheint sich sehr für die Sache zu interessieren. Ich glaube, das Landleben ist nicht so ganz das Richtige für ihn, und da ist ihm jede Neuigkeit willkommen.«

»Alle Junggesellen sind Klatschtanten«, warf Deborah nicht ganz fairerweise ein. »Dürfte ich auf euren Spaziergang mitkommen? Ich würde gern die Stelle sehen, wo Sie Ihre Ausgrabungen vornehmen wollen«, fügte sie an Mansell gewandt hinzu.

»Ich würde mich sehr freuen, wenn Sie mitkämen«, antwortete Mansell höflich. »Gesetzt den Fall, es ist kein allzu langer Fußmarsch.«

Mrs Bradley, Sally und Obury schlossen sich prompt an, und am nächsten Tag machten sich die Wandersleute auf den Weg. Sie brachen unmittelbar nach dem Frühstück auf und planten, rechtzeitig für ein spätes Mittagessen wieder zurück zu sein. Mrs Fairleaf, Deborahs Köchin, wurde gebeten, eine

Mahlzeit zuzubereiten, die, falls notwendig, auch noch ein wenig aufgeschoben werden konnte, wenn die Wanderung länger dauern sollte. Das Wetter war herrlich. Die Sonne schien, und die Luft war klar. Die Gruppe ging die Auffahrt hinunter und erreichte bald darauf die Straße, die durch das Dorf den Hügel hinaufführte.

Am Pub wandten sie sich nach links und bogen kurz darauf auf eine andere, sehr viel steilere Straße ab, die sich nach einer Weile zu einem schmalen Feldweg und schließlich zu einem Pfad verengte.

Der Weg war zu beiden Seiten von Böschungen und Hecken gesäumt und am unteren Hangstück recht matschig und rutschig. Je höher sie kamen, desto trockener wurde der Untergrund, und nach etwa einem Kilometer anstrengender Kletterei wurde das Gelände wieder flacher, und sie gelangten auf ein schmales Plateau. Die Hecken verschwanden, und die Spaziergänger sahen sich der Anhöhe gegenüber, auf der sich das breite Hügelgrab befand, an dessen Fuß Mansell seine Probe-Ausgrabung machen wollte.

Nach etwa einem Kilometer fiel das Gelände wieder ab, und der Pfad folgte dem Verlauf eines kleinen Bachs. Kurz darauf erreichte die Gruppe zwei kleine Häuser. Sie schienen äußerst abgelegen zu sein, auch wenn die Spaziergänger in der Ferne den Turm einer kleinen Kirche sehen konnten, die nur etwa einen halben oder auch einen ganzen Kilometer entfernt sein mochte.

Neben den Häusern gabelte sich der Weg. Mansell nahm, ohne zu zögern, die linke Abzweigung, und die Gruppe folgte weiterhin dem kleinen Bach, der den Pfad hier und da in winzigen Kaskaden kreuzte und munter über die reingewaschenen grauen Steine sprudelte. Doch diese Stellen waren nirgendwo so breit, dass sie den Wanderern den Weg erschwert hätten, und so kamen sie gut voran, bis das Gelände wieder in eine Steigung überging.

Am Ende des Anstiegs befand sich das breite Hügelgrab. Es ähnelte einem Walrücken und war an einer Seite höher als an der anderen. Von dort aus hatte man einen herrlichen Blick auf das Tal des Severn sowie hinüber zum Forest of Dean und den walisischen Bergen. Die Lage des Hügelgrabs war geradezu wild-romantisch zu nennen. Es war zwar ein einsamer, aber keineswegs trostloser Ort.

Mansell verbrachte einige Zeit damit, ihnen darzulegen, wo genau er seine Probe-Ausgrabung plante. Diese sollte nicht an dem Hügelgrab selbst stattfinden, das schon vor langer Zeit vollständig erforscht worden war und dessen Konturen man dann sorgfältig restauriert hatte. Mansells Idee war herauszufinden, ob sich nicht in kurzer Entfernung zum Hügelgrab möglicherweise eine heilige Stätte aus der Jungsteinzeit befinden mochte. Offenbar hatte Mansell für seine Annahme archäologisch fundierte Gründe, die er ihnen präzise darlegte. Seine Begleiter, ganz gleich, ob sie nun von seinem Vortrag erbaut waren oder nicht, bemühten sich, den Eindruck zu vermitteln, dass sie seine Ausführungen nicht nur vollständig nachvollziehen konnten, sondern auch zu schätzen wussten. Alle lauschten ihm mit augenscheinlichem Interesse.

»Was mich interessiert«, sagte Obury, der während Mansells Vortrag als Einziger der Gruppe ein wenig rastlos gewirkt hatte, »ist der Fuchsbau, den die Tiere sich in der unteren Bastion des Lagers gegraben haben.«

»Das heißt weder Lager noch Bastion. Man könnte es den Prozessionsbereich nennen, wenn du so möchtest«, sagte Mansell. Dabei bediente er sich eines Tonfalls, der ein wenig herablassend klang, was seinen Zuhörern durchaus nicht entging.

»Ich denke, wir sollten schauen, dass wir weiterkommen«, sagte Jonathan. »Wir haben den längeren Teil unserer Wanderung noch vor uns. Wie fühlst du dich, Deb?«

»Gut«, antwortete Deborah, die auch so aussah.

Hinter dem breiten Hügelgrab gabelte sich der Weg erneut. Die Wandergruppe hielt sich links und erklomm eine Anhöhe, hinter der sich ein kleines Wäldchen erstreckte. Ein einsames Cottage schien die einzige Wohnstätte in dieser Gegend zu sein, und als sie sich dem Gebäude näherten, sahen sie, wie eine Frau in einem dunkelblauen Kleid durch die Seitentür ins Haus verschwand.

Hinter dem Wäldchen lag ein Dorf. Sie umgingen dieses unter Jonathans Führung, bis sie zu der Kirche kamen, die sie bereits aus einiger Entfernung gesehen hatten. Jenseits der Kirche wurde die Straße von jenen niedrigen Steinmauern eingefasst, wie sie für die Cotswolds typisch sind, und nach einem weiteren steilen Anstieg gelangten sie zu der Abzweigung, die sie auf die Straße nach Hause führte. Hier bogen sie scharf nach rechts ab, gingen über einen Feldweg, der sich an einer Hochlandweide entlangzog, und nahmen dann einen Pfad den Hügel hinunter, der zwischen Weißdornhecken zu einer Farm führte.

»Dort ist unser Dorf«, sagte Jonathan und zeigte hinüber. »Wir bleiben auf diesem Pfad, bis wir zum Bach kommen, und dem folgen wir dann, bis wir unsere eigene Kirche erreichen.« Er zog seine Uhr aus der Tasche. »Zweieinviertel Stunden. Wir kommen gut voran.«

»Hör mal«, sagte Deborah, die sich hatte zurückfallen lassen, um neben Mrs Bradley herzugehen, »ist dir diese Frau in dem blauen Kleid aufgefallen, die so rasch in dem einsamen Cottage verschwunden ist, als wollte sie nicht von uns gesehen werden?«

»Ja. Das war die Frau, die behauptet, Bill Fullaloves Witwe zu sein«, antwortete Mrs Bradley. »Zumindest hat mir das Will North gestern so berichtet.«

»Dachte ich's mir doch. Aber was macht sie denn da oben, frage ich mich? Es hieß doch, sie sei zurück nach Portsmouth gereist. Und außerdem gehört dieses Cottage Tiny Fullalove. Er hat früher dort gewohnt, bevor der Bungalow gebaut wurde. Er hat nichts davon gesagt, dass er es an jemanden vermietet hat.«

»Ich würde gern mal die Heiratsurkunde dieser Frau sehen«, sagte Mrs Bradley. »Falls sie als die Frau von Mr William Fullalove registriert ist, gibt uns das reichlich Stoff zum Nachdenken, und der Polizei und den Rechtsanwälten ebenso.«

»Du meinst …?«, fragte Deborah.

»Mrs William Fullalove wäre nicht Bills Frau, sondern Tinys«, sagte Mrs Bradley. »Ich habe von Jon erfahren, dass Bills wirklicher Name Clarence war. Ich habe große Lust, einmal zu Bauer Daventry zu gehen und ihn zu fragen, ob er die Heiratsurkunde gesehen hat, und falls ja, was für ein Name darauf stand. Denn wenn wir recht haben, dann wäre es für Tiny Fullalove, sobald sie ihren Anspruch beweisen kann, genauso leicht, die fünftausend Pfund mit seiner Frau zu teilen, als sie direkt zu erben. Genauer gesagt wäre es für ihn aus seiner Perspektive - gesetzt den Fall, Bills Tod war kein Unfall - auf diese Weise viel sicherer, an das Geld zu gelangen.«

»Du liebe Güte!«, sagte Deborah. »Das ist alles ziemlich entsetzlich. Und gleichzeitig auch sehr interessant.«

»Daran ist der Teufel schuld«, meinte Sally, die sich zu ihnen gesellt und die Männer hatte vorausgehen lassen. »Das Problem bei solchen entsetzlichen Dingen ist, dass sie jedes Mal interessant sind. Deb, Jon schaut sich immer wieder besorgt um. Ich glaube, er hat Angst, du könntest allmählich erschöpft sein.«

»Nein, er sorgt sich, Tante Adela könnte erschöpft sein«, entgegnete Deborah. Mrs Bradley lachte meckernd.

»Unsinn, mein Kind«, sagte sie. »Er denkt nie an irgendjemand anderes, wenn du dabei bist. Und so soll es auch sein. Ich mag es, wenn junge Ehemänner nur noch Augen für die Reize ihrer Ehefrauen haben. Es gibt viel zu viele, bei denen das nicht so ist. Es mag ja ein wenig schwierig für die Ehefrau sein, derart angebetet zu werden, aber für einen außenstehenden Beobachter ist das zweifellos eine sehr interessante Sache. Die herrliche primitive Theorie, dass die oberste Gottheit eine Frau ist ...«

Deborah grinste sie an, schnitt eine Grimasse und wäre beinahe über eine Baumwurzel gestolpert, wenn Mrs Bradley sie nicht mit eisernem Griff am Ellbogen gepackt hätte.

Nach dem Mittagessen musste Deborah nach Cheltenham fahren, und Sally begleitete sie. Jonathan zog mit dem hinkenden Tiny Fullalove los, um nach den Schweinen zu schauen. Mrs Bradley ging auf ihr Zimmer, um ein paar Briefe zu schreiben, Mansell machte sich auf, um Leute für seine Ausgrabungen anzuwerben, und Obury ging Ed Brown suchen. Er erzählte den anderen, dass er wegen dessen Kenntnis der Gegend und auch wegen der seltsamen Anziehungskraft, die er auf alle Tiere auszuüben schien, großen Gefallen an Ed gefunden habe, und verkündete, Ed auf seinem nachmittäglichen Rundgang begleiten zu wollen.

Jonathan war sich keineswegs sicher, dass dieser Vorschlag in Eds Sinne war. Wahrscheinlich auch nicht in dem von Bauer Daventry, seinem Arbeitgeber. Aber er nahm an, der Tag würde mit einem Bier in der Dorfwirtschaft enden und hoffte, dass Ed das für die Langeweile oder etwaige peinliche Situationen entschädigen würde, die es an diesem Nachmittag geben könnte. Und was Bauer Daventry betraf, so war dieser wahrscheinlich klug genug, einen guten Fuhrmann einfach seine Sache machen zu lassen.

Mrs Bradley, die abgesehen von der Dienerschaft allein im Haus war, setzte sich eine Weile ans Fenster und schaute auf die hügeligen Felder und Weiden hinaus. Dann warf sie einen kurzen Blick auf den Stapel unbeantworteter Briefe, der vor ihr lag, worauf sie nach unten ging und das Haus durch die Vordertür verließ.

Draußen blieb sie einen Moment lang stehen, schaute sich um, kehrte in ihr Zimmer zurück, zog sich Wanderschuhe und einen schweren Mantel an und schritt dann forsch Jonathans Auffahrt hinunter. Sie folgte dem unwegsamen Pfad bis zu Will Norths Haus und bog dort in Richtung Groaning Spinney ab. Nachdem sie in dem kleinen Wäldchen angekommen war, schritt sie über den weichen Waldboden und die von den Bäumen herabgefallenen Tannennadeln, bis sie den kräftigen Baum erreichte, in dessen Astgabelung Obury und Ed die Dachsbeobachtungsplattform wieder aufgebaut hatten.

Sie zog ihren Mantel aus, warf ihn über einen Busch und kletterte zu der Plattform hoch. Hier hockte sie sich wie eine gutmütige Kröte hin und schien in einer Meditation zu versinken.

Überall um sie herum ließen sich die ersten Zeichen des Frühlings blicken. Die fröhlich leuchtenden Knospen und das lebhafte Gezwitscher der Amseln mochten ihre Gedanken beflügelt haben, denn nach einer Weile stieg sie wieder von ihrem Ausguck herunter, zog eine Lupe aus der Tasche und untersuchte eifrig die Wurzeln einiger Bäume. Dann richtete sie ihren prüfenden Blick auf den Dachsbau und stieß sogar versuchsweise mit einer langen Stange in den Bau hinein. Die Stange hatte sie sich aus mehreren Einzelteilen zusammengebaut, die sie aus der Tasche ihres Mantels geholt hatte.

Da diese Nachforschungen keine sichtbaren Ergebnisse hervorbrachten, wandte sie sich wieder vom Dachsbau ab und begann stattdessen, die Humusschichten aus herabgefallenen Blättern des Baumes wegzukratzen, in dem die Plattform gebaut worden war. Als sie aufschaute, sah sie, wie Jonathan und Tiny ihr entgegenkamen. Tiny schien das Gehen über den weichen Untergrund schwerzufallen, und Jonathan musste ihm eine Hand reichen, um ihm die Böschung hinunterzuhelfen. Gerade in dem Moment, als sie herabstiegen, griff Mrs Bradley mit ihrer gelben Klaue in das Loch, das sie vor ein paar Minuten in den Bau gebohrt hatte und steckte einen Gegenstand in die Tasche ihres Rocks, den die beiden

Männer aus dieser Entfernung unmöglich erkennen konnten. Dann schaute sie hoch, schenkte den beiden Männern ein Krokodilgrinsen und ließ sich von Jonathan in den Mantel helfen.

»Was machst du denn hier?«, fragte er. »Ich dachte, du wolltest zu Hause bleiben und Briefe schreiben? Aber egal. Du kannst uns begleiten. Wir gehen Wills Frettchen bewundern.«

»Schön«, sagte Mrs Bradley. »Aber dann muss ich los. Ich will den nächsten Bus nehmen.« Sie begleitete die beiden Männer bis zu Will Norths Haus und eilte dann den Feldweg zum Dorf und in Richtung der dortigen Bushaltestelle hinunter. Als sie an Tinys Gesichtsausdruck dachte, konnte sie sich ein gehässiges Grinsen nicht verkneifen.

Sie warf einen Blick zurück über die Schulter und stellte fest, dass die beiden Männer bereits verschwunden waren. Also kramte sie den Gegenstand aus ihrer Rocktasche, den sie dort versteckt hatte, ging zum Mühlbach und warf ihn hinein. Es handelte sich um eine Pappschachtel, in der sich ein Fläschchen mit Aspirintabletten befunden hatte. Mrs Bradley lehnte sich über das Geländer des Mühlbachs und sah zu, wie die kleine Schachtel im Wasser davontrieb.

Dann machte sie sich mit forschen Schritten zur Hauptstraße auf, stieg in den Bus nach Cheltenham und ging ins Kino. Sie blieb bis sieben Uhr dort, aß allein in einem Hotel zu Abend und nahm den Bus, der um halb neun abfuhr.

»Stell dir vor«, sagte Deborah bei Mrs Bradleys Rückkehr. »Jon hat schon wieder einen anonymen Brief bekommen.«

»Worum geht's diesmal?« Aber Mrs Bradley wirkte alles andere als überrascht.

Deborah kicherte.

»Um dich. Anscheinend verdirbst du die Moral der Dorfkinder. Was hast du bloß angestellt?«

»Ich nehme an, man verlangt meine sofortige Abreise aus dieser Gegend?«

»Oh ja, natürlich! Es gibt auch ein Postskriptum, in dem gefordert wird, dass alle Hexen verbrannt werden. Wer um alles in der Welt schreibt so ein widerliches Zeug?«

»Wurde der Brief diesmal mit der Hand oder mit der Schreibmaschine geschrieben?«

»Oh, er wurde wieder getippt, und zwar auf derselben Schreibmaschine. Jedenfalls denkt Jon das.«

»Ich würde ihn gern sehen.«

»Das wirst du. Jon hat ihn mitgenommen, um ihn dem Pfarrer und Mr Baird zu zeigen. Er meinte, du hättest gesagt, dass man diese beiden Männer gegebenenfalls konsultieren solle. Er hat das Auto genommen und ist direkt nach dem Abendessen losgefahren. Ich erwarte ihn erst nach Mitternacht zurück. Zu Mr Baird wird er als Zweites gehen, und die beiden werden garantiert eine Menge Klatsch und Tratsch austauschen.«

»Ich frage mich, ob es Mr Mansell gelungen ist, Leute für seine Probe-Ausgrabung zu rekrutieren«, sagte Mrs Bradley.

»Ich habe keine Ahnung. Das werden wir von Jon erfahren, wenn er heimkehrt, denn Mr Baird weiß über alles Bescheid, was in dieser Gegend vor sich geht. Ich denke, ich werde wachbleiben und auf Jon warten. Was möchtest du jetzt gern tun?«

»Stricken«, antwortete Mrs Bradley. Sie ging in ihr Zimmer hoch und kehrte mit einem hässlichen, naturfarbenen Wollknäuel zurück, das an ein totes Tier erinnerte. »Was glaubst du, würde besser hierzu aussehen? Violett oder braunrot?«

»Du liebe Güte«, rief Deborah entsetzt. »Es sieht auch so schon schrecklich genug aus.«

Mrs Bradley grinste liebenswürdig und machte sich mit einem Satz riesiger hölzerner Nadeln daran, etwas zu fabrizieren, das wie eine Art Schal aussah und das genau die Art von Kleidungsstück war, wie sie es selbst natürlich niemals tragen würde.

Jonathan kehrte früher zurück, als seine Frau es erwartet hatte. Er war bereits um halb elf Uhr zu Hause und berichtete, dass Mansell einige Schwierigkeiten gehabt habe, Männer zu finden, die ihm bei seinen Ausgrabungen helfen würden. Anscheinend war er deswegen ziemlich verärgert.

»Da ist eine Menge Unsinn im Spiel«, erzählte er. »Anscheinend widerstrebt den Leuten diese Arbeit aus irgendeinem Grund. Sie sagen, sie wollen sich nicht an etwas zu schaffen machen, das sich schon seit Hunderten von Jahren dort befindet. Stell dir nur vor! Dass gestandene Männer aus Gloucestershire solchen Unsinn schwafeln! Nein, nein, da steckt was anderes dahinter, und ich habe keine Ahnung, was das sein könnte.«

»Vielleicht haben sie einfach keine Zeit«, meinte Mrs Bradley. Ihr Neffe schnaubte verächtlich.

»Mansell ist bereit, sie für nächsten Samstagnachmittag großzügig zu bezahlen«, sagte er. »Normalerweise würden sie eine solche Gelegenheit sofort beim Schopfe packen. Nein, da ist irgendetwas im Busch, und ich wüsste gerne, was.«

»Und was ist mit dem anonymen Brief?«, fragte Mrs Bradley. Jonathan verzog das Gesicht.

»Den hätte ich fast vergessen«, antwortete er. »Ich habe ihn dem alten Baird gezeigt. Er wirkte nicht besonders beeindruckt. Er meinte, der Brief sei weder niederträchtig, noch blasphemisch, noch unanständig noch sonstwie strafbar, also habe ich ihn wieder mit zurückgebracht.« Er zog ihn aus der Tasche und reichte ihn seiner Tante. »Er ist auf derselben Maschine getippt worden wie die anderen. Doch diesmal wurde er überhaupt nicht auf die Post gegeben. Der junge Bob Wootton hat ihn gefunden, er lag vor dem Postamt auf der Erde, und er hat ihn dann drinnen abgegeben. Es war eine Briefmarke drauf, nicht abgestempelt. Sidney Blott war dann so freundlich, ihn herzubringen. Das ist alles. Hier ist er.«

»Sehr interessant, in der Tat«, sagte Mrs Bradley, während sie das Schreiben genau betrachtete. »Sieh mal, hier, das Wort ›zuschanden‹. Ich erinnere mich, dass dasselbe Wort auch in einem der anderen Briefe vorkam. Eine ziemlich ungewöhnliche Formulierung. Und darüber hinaus ist das auch kein Wort, das eine ungebildete Person benutzen würde. Es zeigt, dass es sich hier um das Produkt eines recht eigenwilligen Geistes handelt.«

»Und du meinst, das schränkt die Suche ein?«, fragte Jonathan. »Ja, das kann ich nachvollziehen, okay, aber nur, wenn wir es als selbstverständlich voraussetzen, dass der Verfasser eine Person hier aus dem Dorf ist. Aber –«

»Na ja. Welche Person, die nicht im Dorf lebt, könnte denn überhaupt wissen, dass ich mich hier aufhalte?«, gab Mrs Bradley zu Recht zu bedenken.

»Jetzt sei nicht so bescheiden«, widersprach ihr Neffe. Mrs Bradley begnügte sich damit, ihn liebevoll anzugrinsen und sagte dann:

»Außer natürlich Mr Mansell und Mr Obury. Und jetzt sorg mal dafür, dass Deborah ins Bett kommt. ›Die Mitternacht rief zwölf mit eh'rner Zunge.‹«

»›Zu Bett, Verliebte! Bald ist's Geisterzeit‹«, flüsterte Jonathan die nächste Zeile des Zitats und vergrub dabei den Mund in Deborahs Haaren. »Und wo wir gerade beim Thema sind«, fügte er hinzu. »Das ist eigentlich das Ärgerlichste an dieser Geschichte mit Mansells Ausgrabung. Geister, ja freilich! Das sind alles erwachsene Männer aus dem zwanzigsten Jahrhundert! Und auch keine Leute aus Cornwall oder Irland, möchte ich betonen, sondern besonnene, und wie man meinen sollte, gottesfürchtige Kerle aus dem Südwesten Englands.«

»Aber jetzt hört mal! Dieser Formulierungskünstler, von dem du da geredet hast! Du meinst doch wohl nicht den Pfarrer?«, fragte Deborah. »Jetzt, wo ich drüber nachdenke, fällt mir ein, dass dieses altmodische Wort in einem der Psalmen vorkommt. Könnte außer einem Geistlichen überhaupt jemand mit dieser Formulierung vertraut sein?«

»Denk da mal drüber nach«, sagte Mrs Bradley. Jonathan schlug sich aufs Knie.

»Oho!«, rief er. »Ich hab's! Aber besitzt er denn auch eine Schreibmaschine?«

»Er müsste mindestens Zugang zu einer haben. Aber alles in allem würde ich davon ausgehen, dass er eine besitzt.«

»Nun sagt's mir doch!«, flehte Deborah.

»Benutze deinen Grips. Du warst es schließlich selbst, die erkannt hat, dass das Wort aus einem Psalm stammt!«, entgegnete Jonathan.

»Und zwar aus dem 44. Psalm!«, fügte Mrs Bradley hinzu.

Dreizehntes Kapitel

DIE AUSSAAT DER DRACHENZÄHNE

Auf welch Flügeln, unbenannt
flog der, der ergriff den Brand?

William Blake, Der Tiger

Die leere Schachtel Aspirintabletten, die Mrs Bradley im Dachsbau gefunden hatte, war sicher noch nicht dort gewesen, als noch alles von einer dicken Schneeschicht bedeckt gewesen war. Die Schachtel war trocken gewesen und hatte sich in einem guten Zustand befunden. Ob man sie ohne böse Absichten dort hatte liegen lassen oder ob sie (wie Mrs Bradley stark vermutete) als Wink mit dem Zaunpfahl gemeint war – hinsichtlich der Art und Weise, wie Bill Fullalove gestorben war –, konnte sie im Augenblick nicht sagen. Sie hatte das Einzige getan, was ihr unter den gegebenen Umständen als sinnvoll erschienen war: Sie hatte die Schachtel weggeworfen. Da der Gegenstand nicht als Beweisstück gelten konnte, hielt sie es für besser, dass er eine Angelegenheit, die ohnehin schon kompliziert genug war, nicht noch weiter verkomplizierte.

Sie war sich nahezu sicher, dass die Geschichte mit dem Versicherungsbetrug von den Cousins gemeinsam ausgeheckt worden war. Es war eine nette Ersparnis für die beiden gewesen, sich eine einzige Police zu zweit zu teilen und sich dabei Bills einwandfreien Gesundheitszustand zunutze zu machen. Zudem war es sehr unwahrscheinlich, dass dieser Betrug auffliegen würde. Mrs Bradley fragte sich, ob die beiden Cousins wohl die gleiche Handschrift hatten. Jedenfalls hatten sie bestimmt eine Unterschrift eingeübt, die für beide gelten konnte.

Aus alledem ergab sich ein weiterer Anhaltspunkt. Der Umstand, dass eine Frau aufgetaucht war, die Anspruch auf die Versicherungssumme erhob, war in Mrs Bradleys Augen jetzt nicht mehr so bedeutend, wie sie ursprünglich geglaubt hatte. Sie neigte mittlerweile zu der Annahme, dass diese Frau, auch wenn sie zweifellos rechtmäßig mit einem der Cousins verheiratet war, nichts weiter als eine Geschäftspartnerin oder schlimmstenfalls eine Komplizin war. Ihre Rolle in diesem Komplott bestand einzig und allein darin, im entscheidenden Moment aufzutauchen und das Geld zu beanspruchen. Es war für alle Beteiligten nichts als eine geschäftliche Angelegenheit gewesen, dachte Mrs Bradley. Nachdem die Frau ihren Anteil erhalten hatte, würde sie sich wieder in die Luft auflösen, aus der sie gekommen war – es sei denn, sie würde sich dazu entschließen, denjenigen Cousin zu erpressen, der überlebt und die Restsumme des Versicherungsgelds für sich behalten hatte.

Doch falls all dies den Tatsachen entsprach, war es sehr gut möglich, dass Tiny in Versuchung geraten war, seinem Cousin eine Überdosis Aspirin zu verabreichen, bevor er zu seiner Schneewanderung aufbrach. War Bill erst einmal eingeschlafen, konnte ihn in einem solchen Wetter nichts mehr retten.

Wenn also Tiny der Mörder war, konnte er es unmöglich selbst gewesen sein, der die leere Aspirinschachtel in den Dachsbau geworfen hatte. Es gab viele Leute, die Zugang zu Groaning Spinney hatten, wenn man die Dienerschaft mitzählte und auch alle anderen Personen, die auf dem Anwesen arbeiteten, aber es dürfte nicht schwerfallen herauszufinden, wer von diesen vielen Leuten während der letzten Woche durch das Wäldchen gegangen war.

Sie beschloss, noch einmal mit Will North und den Wootton-Brüdern zu reden und sich auch noch einmal mit dem Fuhrmann zu besprechen. Vereint sollten diese vier Männer in der Lage sein, ihr die benötigten Informationen zu beschaffen.

Das Aspirin legte nahe, dass eine Frau in die Sache verwickelt war. Mrs Bradley beschloss, auch einmal zum College hochzugehen und die Studentinnen zu befragen. Die jungen Frauen durften sich frei auf dem gesamten Anwesen bewegen, und falls eine von ihnen die Schachtel hatte fallenlassen, bestand keine Notwendigkeit mehr für weitere Nachforschungen.

Miss Hughes war zwar zunächst nicht sofort zur Hand, doch die Sekretärin des Colleges ging sie suchen und hatte sie schon bald gefunden. Sie war gerade damit beschäftigt, eine Gruppe von Geschichtsstudentinnen zu beaufsichtigen.

»Schön, Sie zu sehen«, sagte Miss Hughes zu Mrs Bradley, sobald sie sich gegenüberstanden. »Die Studentinnen fragen andauernd, wann Sie noch einmal vorbeischauen, um einen weiteren Vortrag zu halten, und wann Sie eine weitere Aufgabe für sie parat haben.«

»Ich komme, wann immer Sie wollen«, antwortete Mrs

Bradley prompt. »Aber es müsste schon recht bald sein. Ich sollte nächsten Monat wirklich mal nach Hause fahren und in meiner Klinik nach dem Rechten sehen.«

»Nun, diese Studentinnen hier machen im Mai ihren Abschluss. Wir haben sie nur dreizehn Monate, wie Sie ja wissen. Wie wäre es denn mit einem Tag in der nächsten Woche?«

Sie trafen auf der Stelle die notwendigen Vereinbarungen, und bevor Mrs Bradley auf den wahren Grund ihres Besuchs zu sprechen kommen konnte, lenkte Miss Hughes das Gespräch auf die gerichtliche Untersuchung zu Mrs Dalby Whittiers Tod.

»Ich finde es interessant, dass die Geschworenen ein offenes Urteil beziehungsweise keine Erklärung zur Todesursache abgegeben haben«, meinte sie. »Wissen Sie, ich fand es nie einleuchtend, dass diese arme Frau so weit vom Weg abgekommen und im Schnee gestorben sein soll. Und nachdem ich mir die Karten und Pläne angeschaut hatte, die die Studentinnen von der Hügellandschaft erstellt haben, kam es mir noch unwahrscheinlicher vor. Übrigens, ich hätte da noch etwas zu dem Thema handgeschriebener anonymer Briefe: Ich wollte das eigentlich nicht erwähnen, weil ich das Ding sofort ins Kaminfeuer geworfen und nicht weiter beachtet habe – aber ich habe letztes Semester auch einen erhalten.«

»Letztes Semester? Noch vor Weihnachten?«, fragte Mrs Bradley und zog das Notizbuch, das sie stets bei sich trug, aus einer der geräumigen Taschen ihres Rocks.

»Ja, letzten November. So etwa Mitte des Monats. Der Brief beschuldigte mich, darüber Bescheid zu wissen, dass die Studentinnen ungebührlichen Umgang mit den Wootton-Brüdern haben, die hier die Gartenarbeiten erledigen und sich um die Heizkessel kümmern. Und dass ich nichts dagegen unternehmen würde.«

»Tatsächlich?«, rief Mrs Bradley. »Das ist ja überaus interessant!«

»Wenn Sie wüssten, mit welcher abgrundtiefen Abscheu und Angst der jüngere und unverheiratete der beiden Woottons, Harry, allen Frauen begegnet und dabei nicht einmal seine eigene Schwester ausnimmt«, sagte Miss Hughes und kicherte amüsiert, »dann würden Sie auch darüber lachen. Aber nein! Anonymer Dreck ist nie nur das, wonach er aussieht! Ich bereue es mittlerweile, den Brief nicht behalten zu haben, aber das Ganze war einfach nur widerlich, und mir gefiel die Vorstellung nicht, ihn hier herumliegen zu haben. Meine Sekretärin ist absolut diskret, aber sie hat selbstverständlich Zugang zu all meinen Schubladen und Fächern. Ich muss zugeben, dass ich nie auf den Gedanken gekommen bin, es könnte auch noch andere solche Briefe gegeben haben. Ich glaubte, einer der Dorfbewohner hätte den Brief geschrieben, einer, dem es nicht passte, dass das College das größte Gebäude in der Gegend in Beschlag genommen hat ... so eine Art fehlgeleiteter Lokalpatriotismus, wissen Sie?«

»Ich verstehe«, sagte Mrs Bradley und nickte. »Dennoch, es bestätigt meine Theorie, dass außer Ihnen und meinem Neffen noch mindestens eine weitere Person einen solchen handgeschriebenen Brief erhalten haben muss und dass diese Person Mrs Dalby Whittier möglicherweise getötet und ihre Leiche an der Stelle entsorgt hat, an der wir sie gefunden haben.«

»Der Ort, an dem sie am leichtesten und mit dem geringsten Risiko hätte getötet werden können, war der Bungalow, in dem sie wohnte«, meinte Miss Hughes. »Aber das würde bedeuten, dass einer der beiden Fullalove-Cousins in die Sache verwickelt ist, nicht wahr?«

Mrs Bradley zögerte und entschied sich dann dagegen, Miss Hughes die Geschichte vom Curry und den verschwundenen Hunden und Katzen zu erzählen. Miss Hughes warf einen kurzen Blick in Mrs Bradleys Gesicht und drang nicht weiter in sie.

»Natürlich wissen wir, dass Mrs Whittier den Bungalow vor dem ersten Weihnachtsfeiertag verlassen hat beziehungsweise bevor der Schnee fiel«, sagte sie. »Aber ich wiederhole meine Behauptung, dass die Vorstellung, es könne irgendjemand anderes als einer der Fullaloves den Mord begangen haben, falls sie denn im Bungalow ermordet wurde, vollkommen abwegig ist, es sei denn ...«

»Es sei denn, was?«, fragte Mrs Bradley, die darauf erpicht war, ihre eigenen Theorien in jeder nur erdenklichen Weise auf den Prüfstand zu stellen.

»Es sei denn, irgendein Freund einer der Cousins hätte Zugang zum Bungalow gehabt ... Will sagen, hätte einen Schlüssel ... zum Bungalow besessen. Das würde ganz neue Möglichkeiten eröffnen.«

»Und passt zu der Antwort, die mir als Erstes in den Sinn kam«, sagte Mrs Bradley. »Aber ich komme wegen einer anderen Sache. Ich habe mich gefragt, ob Sie mir wohl dabei helfen würden?«

»Ich glaube, die Studentinnen gehen alle sehr sorgfältig bei ihrer Müllentsorgung um«, sagte Miss Hughes, nachdem sie sich die Geschichte mit der leeren Aspirinpackung angehört hatte. »Aber man weiß ja nie. Sie können die Studentinnen selbstverständlich dazu befragen! Werden Sie wissen, ob man Ihnen die Wahrheit sagt oder nicht?«

»Wozu gibt es schließlich psychologische Tests?«, fragte Mrs Bradley zurück. Miss Hughes, die sich genau diese Frage schon oft gestellt hatte, lächelte liebenswürdig und ging, um für den folgenden Tag einen Stundenplan für die Tests aufzustellen, die Mrs Bradley bei den Studentinnen durchführen wollte.

Das Ergebnis war sehr zufriedenstellend. Aus den eingereichten Formularen wurde deutlich, dass seit dem Tag, an dem die Studentinnen für Mrs Bradley ihre Vermessungen der Gegend unternommen hatten, keine Einzige von ihnen Groaning Spinney noch einmal betreten hatte.

»Und worüber werden Sie uns nun einen Vortrag halten?«, fragte Miss Hughes, als Mrs Bradley erneut ins College gekommen war, um die Testergebnisse zu verkünden. Schon bald hatte man sich auf ein Thema geeinigt, und dann spazierte Mrs Bradley durch die herrlichen Parkanlagen zur Dorfstraße hinunter. Dort suchte sie das Haus auf, in dem der junge Emming, der Dorfchorleiter, wohnte. Er war zu Hause, stand im Vorgarten und flickte gerade ein Loch im hinteren Reifen seines Fahrrads.

Mrs Bradley kam sofort zur Sache.

»Ich finde nach und nach heraus, dass auch andere Personen als mein Neffe handgeschriebene verleumderische Briefe bekommen haben. Diese kommen noch zu den mit der Schreibmaschine geschriebenen Briefen hinzu, von denen wir alle gehört haben.«

Der junge Emming richtete sich auf, betrachtete ein wenig

wehmütig sein auf den Kopf gestelltes Fahrrad und bat sie ins Innere des Cottage. Mrs Bradley folgte ihm bereitwillig.

»Also, wie denn nun«, sagte er. »Wollen Sie mir damit sagen, dass es im Dorf zwei Verfasser von anonymen Briefen gibt?«

»Es gab zwei«, antwortete Mrs Bradley sanft. »Es scheint mehr oder minder festzustehen, dass eine von ihnen die verstorbene Mrs Dalby Whittier war, die Haushälterin der Fullaloves.«

Sie beobachtete den jungen Mann genau, während sie dies sagte. Emming wurde purpurrot im Gesicht, und seine Augen funkelten wütend. Er baute sich drohend vor der kleinen, schwarzäugigen Frau auf.

»Nehmen Sie das zurück!«, rief er zornig. »So etwas hätte sie niemals getan!«

»Jetzt türmen Sie sich hier nicht so auf«, sagte Mrs Bradley seelenruhig. »Selbst wenn Sie mich schlagen, helfen Sie damit niemandem. Es würde Ihnen nicht einmal Befriedigung verschaffen. Ich habe diese Information nicht erfunden, wissen Sie. Sie lässt sich beweisen. Ich fürchte, damit müssen Sie sich abfinden.«

Der junge Mann setzte sich. Er sah erschöpft aus. Sein Gesicht und sein Hals nahmen wieder eine normale Farbe an, und er zuckte hilflos mit den Schultern.

»Bitte fahren Sie doch fort«, sagte er. »Es tut mir leid. Sie … sie hat viel durchmachen müssen, wissen Sie?«

»Mir tut es auch leid«, sagte Mrs Bradley sanft. »Ich weiß nicht, ob Sie jemals die Möglichkeit in Betracht gezogen haben, dass ihr Tod kein Unfall war? Das Urteil bei der gerichtlichen Untersuchung … Sie wissen schon.«

»Ich ... Sie meinen ... Sie glauben, sie könnte sich ...?«

»Nicht einmal das«, sagte Mrs Bradley sehr leise. »Es ist denkbar, dass sie jemandem gegenüber hat durchblicken lassen, dass sie auf irgendeine hässliche Wahrheit gestoßen ist, die diese Person betraf. Also können Sie nun vielleicht verstehen, warum ich gerne mehr über diese anonymen Briefe herausfinden möchte. Wir wissen, dass sie den Brief an meinen Neffen geschrieben hat. Das ist bewiesen. Es sieht darüber hinaus so aus, als hätte sie auch einen Brief an Miss Hughes im College geschrieben. Wenn sie zwei geschrieben hat, ist es wahrscheinlich, dass sie noch mehr geschrieben hat, von denen wir nie erfahren haben, weil es darin möglicherweise um die Enthüllung von düsteren, möglicherweise kriminellen Vorkommnissen ging.«

»Aha. Ich verstehe.« Er ging zum Fenster hinüber. Mrs Bradley drehte sich ein wenig auf ihrem Stuhl um und betrachtete nachdenklich seine zarten Schultern und seinen schmalen Rücken. Nach einer Weile wandte er ihr wieder das Gesicht zu. »Ich kann Ihnen nicht helfen«, sagte er. »Und selbst wenn ich es könnte, würde ich es nicht tun. Außerdem wäre ich der Letzte gewesen, dem sie solche Dinge erzählt hätte. Ich bin ihr Sohn. Aber das wussten Sie ja schon.«

»Ja, das wusste ich. Eine Mutter würde ihrem Sohn wohl kaum gestehen, dass sie mehrere üble anonyme Briefe geschrieben hat.«

Sie ging zur Tür. Der junge Mann drehte sich wieder zum Fenster um und schickte ihr einen Fluch hinterher. Mrs Bradley wandte sich noch einmal um.

»Ich wäre vorsichtig mit der Benutzung dieses Wortes«, sagte sie sanft. »Es kommt in zweien der mit Schreibmaschine geschriebenen Briefe vor. Ich nehme an, Sie besitzen keine Schreibmaschine?«

Emming folgte ihr zur Tür und beobachtete sie, bis sie hinter einer Kurve in der Straße verschwand.

Sie unterquerte die Brücke, unter der der Weg von Jonathans Haus zum College entlangführte, und ging dann zu Will Norths Haus hoch. Aber es war nicht Will, den sie besuchen wollte. Sie wollte vielmehr mit den Wootton-Brüdern sprechen, die in dem gegenüberliegenden Häuschen wohnten.

Beide Brüder waren zu Hause. Mrs Bradley kam auch hier sofort zur Sache, weil ihr klar war, dass man bei Leuten aus Gloucestershire nichts damit gewann, um den heißen Brei herumzureden oder zu versuchen, sich dem Thema taktvoll zu nähern.

»Mr Wootton und Mr Harry Wootton?«, fragte sie.

»Ah, direkt beim ersten Versuch richtig gemacht«, sagte Abel, der ältere der beiden Brüder. »Was können wir für Sie tun?«

»Sie können mir die Wahrheit sagen«, sagte Mrs Bradley mit einem teuflischen Grinsen. »Wie kommt es dazu, dass Sie in einem an Miss Hughes gerichteten anonymen Brief erwähnt werden?«

»Anonym? Das heißt, dass ihn niemand mit seinem Namen unterschrieben hat, richtig?«

»Ganz genau.«

»Und das heißt auch, dass es nichts Gutes war, was über uns gesagt wurde, stimmt's?«

»Überhaupt nicht gut. Weit davon entfernt. Der Brief beschuldigte Miss Hughes, tatenlos zugesehen zu haben, während Sie unsittlichen Kontakt mit deren Studentinnen hatten.«

Die Brüder sahen sich an. Abel, der Witwer, öffnete seinen gewaltigen Mund voller brauner Zähne und brach in ein lautes, geradezu zynisches Gelächter aus. Harry, der Frauenhasser, brummte einen düsteren walisischen Fluch vor sich hin und spuckte ins Kaminfeuer.

»Also, nein, sowas!« brüllte Abel. »Wenn das nicht der beste Witz ist, den ich jemals gehört habe! Komm schon, mach den Mund auf, Harry! Und nichts von diesem komischen walisischen Zeug, das du von dem alten Tommy Evans gelernt hast. Rede Englisch, Mann, und laut genug, dass wir dich hören können!«

»Also schön«, sagte Harry langsam und starrte Mrs Bradley ein wenig argwöhnisch und auch ein wenig verärgert an. »Da die Sache also wohl rausgekommen ist, erzähl ich's mal besser.« Er hielt inne und sah seinen Bruder an.

»Mach schon, Junge«, sagte Abel ermutigend. »Red's dir von der Seele!« Er fing erneut brüllend zu lachen an. Harry begann widerstrebend zu erzählen.

»Ich möchte niemanden in Schwierigkeiten bringen«, sagte er mit leiser, gedehnter Stimme. »Aber die jungen Frauen sind heutzutage einfach zu lebhaft. Ich war gerade dabei, das Kartoffelfeld hinter dem College einzuebnen, als eine dieser jungen Frauen da oben zu mir kam. ›Wir wollten Halloween feiern‹, sagt sie zu mir, ›und es wäre doch lustig‹, sagt sie, ›wenn Sie und Abel auch dazukämen. Wir basteln ein paar Laternen und werfen uns Bettlaken über, und spielen ›Äpfelgrapschen‹ und ... na ja, Sie wissen schon, all sowas‹, sagt sie. ›Kommen Sie doch bitte. Je mehr wir sind, desto lustiger wird's!‹

Na ja, das war alles nicht so ganz nach meinem Geschmack, aber ich hab's mit Abel besprochen, und da haben wir beschlossen, dass es ja nichts schaden könnte, auch, weil Emma hingehen wollte und uns gefragt hat, ob wir ihr nicht Gesellschaft leisten würden. Also sind wir hingegangen. Na, und dann hielt es eins dieser Frauenzimmer doch glatt für eine gute Idee, so ein Spiel zu spielen, bei dem sie mich in einen der Räume im Erdgeschoss gesperrt und vor einen Spiegel gestellt haben. Es war ziemlich dunkel in dem Raum, und draußen vor der Tür wurde wie verrückt gekichert, und dann kommt eine von denen rein und fängt an, irgendso ein Kauderwelsch aufzusagen, und dann huscht sie doch glatt zwischen mich und den Spiegel, und bevor ich ahne, was sie vorhat, verpasst sie mir einen dicken schmatzenden Kuss. Ich habe ihr Gesicht nie gesehen, weil sie mit dem Rücken zum Spiegel stand und weil es so dunkel war, verstehen Sie? Ich muss wie ein rechter Schafskopf ausgesehen haben! Das hat mich so wütend gemacht, dass ich ihr einen Klaps auf den – na ja, Sie wissen schon – verpasst habe, und da hat sie ziemlich laut gekreischt.«

»Ich verstehe«, sagte Mrs Bradley. »Vielen Dank, Mr Wootton. Ich bin froh, dass wir diese Sache aufgeklärt haben. Die Mädchen von heute sind zu allem fähig – wie Sie ja schon richtig sagten.«

Während sie sich sorgfältig bemühte, ein ernstes Gesicht zu bewahren, stellte sie ihre nächste Frage. Doch in diesem Zusammenhang konnte ihr keiner der beiden Brüder helfen.

»Groaning Spinney?«, fragte Abel und schüttelte den Kopf. »Wir haben uns beide seit dem Mittwoch vor zwei Wochen die ganze Zeit oben im College aufgehalten. Außer zum Schlafen sind wir erst heute wieder hier rübergekommen.

Aber da kann Ihnen bestimmt Will North weiterhelfen. Besser als irgendjemand sonst.«

Mrs Bradley wusste das nur zu gut. Aber sie wollte auch noch mit Ed Brown, dem Fuhrmann, sprechen. Als Erstes ging sie jedoch zu Will North. Sein Bericht entsprach genau ihren Erwartungen, mit einer interessanten Ergänzung.

Die einzigen Personen, die während der vergangenen Woche im Wald gewesen waren, waren Deborah und Sally, die dort nach Weidenkätzchen gesucht hatten, sowie Tiny Fullalove (für den es recht mühsam gewesen sein musste, dort entlangzugehen, dachte Mrs Bradley, der aber Jonathan dennoch an dem Tag dorthin begleitet hatte, an dem sie selbst die Aspirinpackung gefunden hatte), Obury, der seinen Dachsbau beobachtet hatte, Mansell mit Teleskop und Fernglas und schließlich noch der Kuckuck im Nest, der junge Robert Emming.

»Was hat der denn dort gemacht?«, fragte Mrs Bradley. Will wusste es nicht. Anscheinend hatte Emming vor sich hingebrummt, etwas in ein kleines Buch geschrieben und war vor Schreck anderthalb Meter in die Höhe gesprungen, als Will ihn angesprochen hatte.

Der Fuhrmann, Ed Brown, konnte dieser Liste nichts hinzufügen, doch auch er hatte Emming im Wald gesehen.

»Der hat Gedichte für sein Herzensmädel geschrieben, würde ich sagen«, meinte Ed mit einem listigen, wenn auch scheuen Grinsen. Keiner der beiden Männer hatte gesehen, dass irgendeine dieser Personen etwas fallengelassen hätte, aber Will stimmte zumindest mit Mrs Bradleys Theorie überein, dass sich die leere Packung unmöglich lange im Wald befunden haben konnte, bevor sie sie gefunden hatte.

Mrs Bradley war nicht besonders erpicht darauf, sich den jungen Emming nach ihrem letzten Besuch erneut zur Brust zu nehmen. Dennoch musste eine dieser Personen die Packung fallengelassen haben, und Deborah und Sally, die in den Wald gegangen waren, um Weidenkätzchen zu sammeln, behaupteten beide, nichts damit zu tun zu haben. Mrs Bradley glaubte ihnen. Sie dachte gründlich über die Sache nach und befragte dann erst Obury und danach Mansell. Sie erzählte ihnen von ihrem Verdacht, dass das Päckchen mit voller Absicht dorthin gelegt worden sei, und beide Männer gaben ihr eine direkte Antwort. Keiner von ihnen hatte jemals Aspirin benutzt, und keiner von ihnen hatte die Packung gesehen, während sie sich im Wald aufhielten.

»Und ich habe mich wirklich oft in der Nähe dieses Dachsbaus aufgehalten«, fügte Obury hinzu.

Als Nächstes ging sie zu Tiny Fullalove. Er sagte, er habe das Päckchen gesehen, ihm jedoch keine Beachtung geschenkt. Er sei damit beschäftigt gewesen, graue Eichhörnchen zu erlegen. Er und Will North hätten verdammte Mühe, diese Pest in Schach zu halten.

Mrs Bradley hatte schon durch Will North von den grauen Eichhörnchen erfahren, dachte jedoch für sich, dass sich Tiny bestimmt noch nicht wieder gut genug im Gleichgewicht halten konnte, um das Erlegen kleiner Tiere zu einem befriedigenden Zeitvertreib zu machen.

Aber dies sprach sie ihm gegenüber nicht laut aus, denn sie wollte nicht den Eindruck erwecken, als würde sie seine Aussage anzweifeln. Dann beschloss sie, Emming doch ebenfalls zu befragen, falls ihm zu Ohren gekommen war, dass sie alle anderen befragt hatte.

Er empfing sie sehr argwöhnisch, gab jedoch zu, in Groaning Spinney gewesen zu sein.

»Ich schreibe ein kleines Büchlein über Pilze«, sagte er in einem mürrischen Tonfall, der zeigte, wie sehr es ihm widerstrebte, ihr irgendeine Information zu geben. Die Aspirinpackung hatte er angeblich nicht gesehen und fügte unfreundlich hinzu, dass es schließlich nicht seine Aufgabe sei, sich als verdammter Parkhüter zu betätigen. Mrs Bradley stellte interessiert fest, wie sehr ihr vorheriger Besuch ihn aufgebracht hatte, und kehrte ins Herrenhaus zurück.

Dort hatte Jonathan Neuigkeiten zu berichten.

»Die Polizei macht endlich Nägel mit Köpfen!«, sagte er. »Bill Fullalove soll exhumiert werden.«

Mrs Bradley rief den Polizeipräsidenten an.

»Wir sollen dafür sorgen, dass der Arzt der Versicherung anwesend ist? Ja, gut, wenn Sie meinen. Das ist alles eine Menge Lärm um nichts! Es besteht nicht der geringste Grund zu glauben, dass Fullalove vergiftet wurde!«

»Es gibt aber einigen Grund zu der Annahme, dass ein Versicherungsbetrug vorliegt«, sagte Mrs Bradley. »Ich möchte, dass man dem Arzt der Versicherung erlaubt, bei der Autopsie zu assistieren, und ich möchte selbst bei der Exhumierung zugegen sein.«

»Das ist kein Ort für eine Frau!«

»Es ist ein Ort für jeden sachkundigen Bürger dieses Landes«, entgegnete Mrs Bradley gelassen. »Wenn ich in meinem weiteren Leben nichts Schlimmeres mehr zu Gesicht bekomme als den leicht verwesten Körper eines Mannes, der zu Lebzeiten kerngesund war, werde ich mich glücklich schätzen.«

Die Exhumierung fand drei Nächte später unter ungewöhnlichen Bedingungen statt, nämlich bei Dunkelheit und in absoluter Heimlichkeit. Der makabre Vorgang war noch im Tageslicht begonnen worden, doch da hatte man erst etwa die Hälfte der notwendigen Menge an Erde entfernt. Die restliche Erde und der Sarg wurden erst zwischen zehn Uhr abends und Mitternacht an die Oberfläche befördert.

Man trug den feuchten Sarg im Licht von Sturmlaternen zum Geräteschuppen des Pfarrers, den dieser im Verlauf des Tages leergeräumt hatte. Nun standen dort nur noch zwei Böcke, die ein breites, starkes Brett trugen, bei dem es sich in Wirklichkeit um die Tür des Geflügelstalls des Küsters handelte. Dessen Tiere hatte man vorübergehend in dem baufälligen Hühnerstall am unteren Ende des Gartens untergebracht, der dem Doktor gehörte. Abel Wootton hatte den Hühnerstall aus diesem Anlass notdürftig repariert, und das Geflügel hatte man in einem von Bauer Daventry ausgeliehenen Karren befördert. Den Karren wiederum hatte man mit ein paar alten Tennisnetzen bedeckt, die die Frau und Tochter des Arztes beigesteuert hatten, und Ed Brown hatte ihn gefahren.

Abgesehen von der grausigen Atmosphäre, die selbst bei einem rein wissenschaftlichen Umgang mit einer exhumierten Leiche unvermeidlich ist, gab es nur einen einzigen, einigermaßen dramatischen Vorfall.

Der Arzt, der anwesend war, um die Interessen der Versicherung zu vertreten, rief mit absoluter Gewissheit aus:

»Oh ja! Das ist der Kerl, den ich untersucht habe. Aber er hätte auf keinen Fall auf diese Art und Weise einfach ins Gras beißen dürfen! Wie lange war er draußen im Schnee?«

Diese Frage konnte niemand beantworten. Die Vertreter der Polizei waren, wie Mrs Bradley sehr schnell klar wurde, ohnehin davon überzeugt, dass diese Exhumierung eigentlich vollkommen unnötig war. Ihrer Ansicht nach gab es weder Anzeichen für einen Versicherungsbetrug, noch schien es wahrscheinlich, dass sich bei der Autopsie irgendwelche neuen Erkenntnisse ergeben würden, die auf einen Mord hindeuteten. Der Polizeipräsident war daher überzeugt, von vorneherein recht gehabt zu haben, als er sich gegen diese Exhumierung gestellt hatte.

Er sagte dies auch zu Mrs Bradley, als sie ihn zurück zu seinem Auto begleitete.

»Soll ich Sie heimfahren?«, fragte er sie dann noch.

»Nein, vielen Dank«, antwortete sie. »Ich gehe zu Fuß zurück.«

»Es ist Ihnen aber doch wohl klar, dass es schon nach Mitternacht ist!«

»Ja, das ist es. Es ist recht unwahrscheinlich, dass mir Elfen begegnen, aber wer weiß, vielleicht treffe ich ja den Geist des Pfarrers?« Sie hatte laut und deutlich gesprochen und hörte im nächsten Moment ein Rascheln irgendwo in der Dunkelheit.

Sie richtete den Lichtstrahl ihrer Taschenlampe auf das Gatter des nächstgelegenen Feldes, öffnete es, schloss es sorgfältig und trat auf die Wiese hinaus.

Es war eine mondlose Nacht, und die Luft war klar und kalt. Es gab keinen Pfad, dem sie hätte folgen können, aber sie konnte gerade noch die Bäume von Groaning Spinney erkennen, die ein Stück weiter vor ihr in den Himmel hinaufragten. Sie überquerte das sich steil in die Höhe ziehende

Feld in nordwestlicher Richtung, auf der sie, wie sie wusste, auf dem kürzesten Weg zum Geistergatter gelangen würde. Doch sie ließ sich Zeit. Sie wusste, dass ihr jemand vorausging.

Als sie die Spitze der Anhöhe erreicht hatte, blieb sie unwillkürlich stehen, denn dort, über dem Gatter, hing ein gespenstisches, totenblasses Gesicht, das in einem höchst seltsamen Licht leuchtete, als wäre es phosphoreszierend.

Mrs Bradley ging ein paar Schritte näher. Als sie ihrer Ansicht nach nahe genug gekommen war, blieb sie erneut stehen, zog einen kleinen Revolver aus ihrer Rocktasche, zielte sorgfältig, drückte ab und wurde mit einer lauten Explosion und dem sofortigen Verschwinden des Gesichts belohnt. Dann rannte sie in den Wald, um dort Deckung zu suchen.

Es gab einen Pfad, der zwischen den Bäumen hindurchführte, aber den benutzte sie nicht. Sie wartete und lauschte. Nichts rührte sich.

»Ich wette, du wirst lange vor mir erschöpft sein«, dachte sie. Dann lehnte sie sich mit dem Rücken an einen kräftigen Baumstamm, lud ihren Revolver nach und wartete eine halbe Stunde lang geduldig. Doch es rührte sich immer noch nichts. Endlich, nach etwa einer weiteren halben Stunde, wurde sie belohnt. Auf der anderen Seite des Gatters war das Licht einer Taschenlampe zu erkennen. Jemand machte sich auf den Heimweg.

Da sie sich sicher war, um wen es sich handelte, versuchte sie nicht, die Verfolgung aufzunehmen. Sie blieb eine weitere Stunde reglos an Ort und Stelle stehen. Nichts geschah. Dann hörte sie Rufe in der Ferne, dieses Mal hinter sich. Sie drehte sich um und sah das Licht einer Taschenlampe. Ihr

Neffe, der aufgeblieben war, um auf sie zu warten, hatte sich allmählich Sorgen gemacht. Er hatte immer wieder im Haus des Polizeipräsidenten angerufen, bis dieser schließlich zu Hause eingetroffen war und ihm berichten konnte, dass Mrs Bradley sich querfeldein auf den Heimweg gemacht hatte. Jonathan hatte erraten, dass sie zum Geistergatter gegangen war, und hatte sich aufgemacht, um sie zu suchen.

Zusammen gingen sie zurück nach Hause. Unterwegs gab sie ihm einen Bericht über die Exhumierung und die sich daraus ergebenden Resultate, soweit diese bekannt waren. Schließlich erwähnte sie auch den mit phosphoreszierender Farbe bemalten Luftballon, den jemand offenbar aus Schabernack an das Geistergatter gebunden hatte.

Am nächsten Morgen stand sie sehr früh auf und ging schnurstracks zum Geistergatter hoch. Dort fand sie die Überreste des Luftballons, die jetzt vollkommen harmlos aussahen. Sie ließ sie dort liegen, ohne sie zu berühren. Dann ging sie wieder heim, frühstückte und verbrachte eine Stunde damit, an Freunde zu schreiben und einen Brief mit Fragen des Psychiaters zu beantworten, dem sie in ihrer Abwesenheit die Verantwortung für ihre Londoner Klinik überlassen hatte. Als sie dies erledigt hatte, machte sie sich auf den Weg zu Tiny Fullaloves Bungalow.

Die Frau, die für ihn kochte und putzte, kam jeden Morgen um acht ins Haus, machte ihm das Frühstück, räumte auf, ging für eine Stunde nach Hause und kehrte dann wieder zurück, um ihm das Mittagessen zuzubereiten. Sie befand sich gerade für diesen zweiten Besuch auf dem Weg zurück zum Bungalow, als Mrs Bradley ihr begegnete. Den Rest des Wegs legten sie gemeinsam zurück.

»Ich glaub' nicht, dass er da ist«, meinte die Frau, als Mrs Bradley ihr erzählte, sie sei gekommen, um Mr Fullalove zu besuchen. »Er ist meistens gar nicht zu Hause, wenn ich mittags komme. Er ist andauernd auf dem Anwesen unterwegs, Sie wissen schon, wegen seiner Arbeit.«

»Ich komme von Mr Bradleys Haus«, sagte Mrs Bradley.

»Na, da wollen Sie ja sicher nicht den ganzen Weg wieder zurückgehen, ohne dass Sie mit ihm gesprochen haben, stimmt's?«, sagte die Frau und zog den Hausschlüssel aus der Tasche. »Kommen Sie doch rein und warten Sie auf ihn, Ma'am. Oder wollen Sie mir eine Nachricht für ihn geben? Was meinen Sie?«

Mrs Bradley beschloss zu warten. Diese Entscheidung fällte sie unter anderem auch deswegen, weil sie bei ihrem Eintreten auf dem Beistelltisch eine Schreibmaschine hatte stehen sehen. Obwohl sie die Antwort bereits kannte, fragte sie die Frau, ob es sich um ein neues Gerät handele.

»Brandneu«, antwortete die Frau stolz. »Mr Fullalove hat sie erst gestern aus Cheltenham mitgebracht. Aber sie ist nicht für ihn selbst, glaube ich. Er hat sie für einen seiner Londoner Freunde besorgt, der gerade ein Buch schreibt. Oder jedenfalls hat er das so gesagt. Aber so ist er halt! Mr Fullalove ist ein so guter Mensch, der würde alles tun –«

»Tatsächlich?«, meinte Mrs Bradley. »Sieht aus, als wäre es eine sehr gute Maschine.« Sie ging wie beiläufig hinüber und hob die Abdeckung hoch. Dann riss sie ein Blatt Papier aus ihrem Notizbuch, spannte es in die Schreibmaschine und tippte – unter den bewundernden Blicken der Zugehfrau, die weder Überraschung noch Unmut darüber an den Tag legte, wie frei hier mit dem Besitz ihres Arbeitgebers umgegangen wurde – etwa hundert Wörter mit der Geschwindigkeit eines Maschinengewehrfeuers.

Dann zog sie das Blatt aus der Maschine, betrachtete es, steckte es sich in die Rocktasche und wartete seelenruhig auf Tinys Rückkehr. Als er eintraf, machte sie eine Bemerkung zu der neuen Maschine und erzählte, dass sie sie getestet hatte.

»Ich hoffe, Sie haben nicht geglaubt, dass darauf die anonymen Briefe getippt wurden«, sagte Tiny und nahm sich eine Zigarette. »Oh, Entschuldigung! Möchten Sie auch eine?«

»Nein zu beiden Ihrer Bemerkungen«, sagte Mrs Bradley. »Ich bin gekommen, um Ihnen eine Suggestivfrage zu stellen.«

»Ach ja?« Er sah sie misstrauisch an.

»Wer hat Mrs Dalby Whittier getötet? Wissen Sie das?«

»Ich? Natürlich nicht! Wie sollte ich? Wenn ich es wüsste, würde ich zur Polizei gehen. Ich glaube, sie wurde überfallen und ausgeraubt.«

»Ein gewaltsamer Raubüberfall?«

»Na ja, ich weiß, dass sie vergiftet wurde, aber das hieße ja, dass es entweder der arme alte Bill war oder ich.«

»Ja, das ist eine schwierige Geschichte, das mit dem Gift«, stimmte Mrs Bradley ihm zu. »Glauben Sie, sie hat vielleicht etwas herausgefunden, von dem jemand nicht wollte, dass es allgemein bekannt wird?«

»Also jetzt hören Sie mal«, sagte Tiny, setzte sich rittlings auf einen Stuhl und legte die Arme auf die Rückenlehne. »Was soll das alles? Fragen Sie mich da gerade, ob an dem Tod des armen alten Bill auch irgendwas nicht mit rechten Dingen zuging?«

»Und? Ging da etwas nicht mit rechten Dingen zu, Mr Fullalove?«

Tiny zog an seiner Zigarette, nahm sie aus dem Mund, starrte das glühende Ende an und warf sie dann ins Kaminfeuer.

»Ich habe verdammt nochmal nicht die leiseste Ahnung«, sagte er. »Und erinnern Sie sich an dieses Frauenzimmer, das behauptet, mit ihm verheiratet zu sein? Die ist gestern hierhergekommen, um mir ihre Heiratsurkunde zu zeigen, und ich habe ihr klipp und klar gesagt, dass ich das Ding für eine Fälschung halte. Sie blieb ganz ruhig und hat gesagt, sie könne das Gegenteil beweisen. Ich habe ihr gesagt, sie solle sich mit ihren Beweisen zum Teufel scheren. Aber aus irgendeinem Grund bin ich mir ziemlich sicher, dass sie die Wahrheit sagt. Im Grunde genommen brauche ich das Geld des armen alten Bill gar nicht, sonst würde ich ihren Anspruch anfechten. Doch so wie die Dinge liegen, werde ich, falls die Anwälte sie zur rechtmäßigen Ehefrau von Bill erklären, das Ganze auf sich beruhen lassen. Was soll's. So ist eben das Leben. Aber ich finde schon, dass Bill mir ruhig hätte erzählen können, dass er geheiratet hat!«

Er zündete sich eine weitere Zigarette an und runzelte nachdenklich die Stirn.

»Falls Ihnen noch irgendetwas zu dieser Sache einfällt«, schlug Mrs Bradley vor, »dann erzählen Sie es mir doch bitte.« Tiny nickte. Mit der Zigarette zwischen den Lippen sagte er: »Sicher. Falls es etwas zu erzählen gibt, werde ich das noch früh genug tun. Aber ich werde es der Polizei erzählen. Es gefällt mir gar nicht, wenn irgendwelche Amateure bei den Ermittlungen zu einem Verbrechen rumstümpern.«

Mrs Bradley nahm diesen zarten Hinweis als Zeichen dafür, dass ihr Gastgeber froh wäre, wenn sie ihren Besuch beenden würde. Sie erhob sich und tat so, als wollte sie gehen.

»Ich hoffe, dass Mrs Clarence Fullalove nichts zustößt«, sagte sie laut und deutlich und sah mit Genugtuung, wie Tiny die Kinnlade herunterfiel und seine Zigarette auf dem Boden landete. Sie lachte meckernd. »Und noch etwas«, fügte sie hinzu. »Waren Sie der Scherzkeks, der einen Luftballon an das Geistergatter in Groaning Spinney gebunden hat?«

»Nein, das war ich nicht. Das klingt, als hätte irgendein Kind jemandem einen Streich gespielt.«

»Ich bin mir ziemlich sicher, wer für diesen Streich verantwortlich war. Und es klingt auch sehr wie der ›Geist‹, den Ihre Freunde Mr Mansell und Mr Obury an Heiligabend gesehen haben, kurz nachdem Ihr Cousin meinen Neffen besucht hat.«

»Ein Luftballon?«, fragte Tiny. »Ich glaube nicht, dass Obury und Mansell sich von so etwas täuschen lassen würden. Oder allenfalls Obury – der glaubt ja schließlich an Geister!«

»Glauben Sie denn nicht an Geister, Mr Fullalove?«

»Du liebe Güte, nein! Warum sollte ich?«

»Ich dachte, dass vielleicht Ihr langer Aufenthalt in Indien –«

»Jetzt hören Sie mal«, sagte Tiny verunsichert. »Worauf wollen Sie hinaus?«

»Auf die ein oder andere Geschichte, die Ed Brown zu berichten hatte.«

»Oh, Brown! Der hat doch nicht mehr alle Tassen im Schrank!«

»Ist das so? Das war mir nicht klar. Na, was soll's! Übrigens, es scheint kein Zweifel daran zu bestehen, dass Ihr Cousin erfroren ist beziehungsweise den Kältetod erlitten hat, so wie man es auch anfangs angenommen hatte.«

»Was sollte das Ganze denn dann? Warum haben Sie mich gefragt –«

»Nichts. Gar nichts. Nur noch eine Frage, und dann kann ich zurück nach London reisen. Wo auf dem Anwesen haben sich denn diese Kinder vom Kirchenchor aufgehalten?«

»Die kleinen Teufel, denen ich Ohrfeigen verpasst habe? Das können Sie selbst herausfinden. Ich sehe nicht ein, was Sie das Ganze angeht und woher Sie sich das Recht nehmen, einfach hierherzukommen und mich zu verhören.«

»Es geht mich nicht das Geringste an. Es sei denn, ich wollte Sie vor dem Galgen bewahren.«

»Oh«, sagte Tiny obenhin. Seine kleinen grünen Augen leuchteten plötzlich wieder intelligent, und aus seiner Stimme war jegliche Entrüstung verschwunden. »Denken Sie denn nicht, dass das Bills kleines Frauchen schon geschafft hat?«

»Falls es bewiesen werden könnte, dass Ihr Cousin einem Mord zum Opfer gefallen ist, dann ja. Aber Sie dürfen den Tod von Mrs Dalby Whittier nicht vergessen.«

»Also hören Sie, setzen Sie sich doch bitte wieder«, sagte Tiny. Sobald Mrs Bradley dieser Aufforderung Folge geleistet hatte, fuhr er fort, während er sie argwöhnisch beobachtete: »Haben Sie da noch irgendetwas in der Hinterhand, zu diesem Fall? Ich hatte damit nichts zu tun! Sie ist am Nachmittag von Heiligabend hier losgegangen. Ich weiß nicht, welchen Weg sie zur Bushaltestelle genommen hat, aber die Stelle, an der man sie gefunden hat, liegt auf keiner der möglichen Routen, wie Sie wahrscheinlich sehr wohl wissen. Jemand hat sie vergiftet. Und weil sie hier wohnte, denken Sie, dass ich der Schuldige sein muss. Ist es das?«

»Wenn die Polizei nicht zu diesem Schluss kommen soll, welche andere Erklärung gäbe es denn dann?«, fragte Mrs Bradley.

»Es gibt nur eine Einzige«, stimmte Tiny ihr zu. »Bill hat es getan, und dann hat er Selbstmord begangen, aus Angst oder aus Reue.« Er lachte. »Aber das können Sie vergessen. So etwas wäre dem alten Bill nie in den Sinn gekommen.«

»Nein«, sagte Mrs Bradley. »Ich glaube nicht, dass er es getan hat. Möchten Sie mir denn dann nicht dabei helfen, den wirklichen Mörder zu finden?«

»Nein, wenn das bedeutet, dass ich meinen eigenen Kopf in die Schlinge stecken muss! Verdammt noch mal, ich möchte das Andenken an den alten Bill nicht in den Schmutz ziehen, aber er ist schließlich tot, und es würde ihm auch nichts mehr helfen, wenn ich mich selbst an den Galgen liefere.«

Diese vernünftige Einstellung fand Mrs Bradleys Beifall. »Wann haben Sie vor, Ihre Hunde und Katzen aus ihren jeweiligen Pflegefamilien zurückzuholen?«, fragte sie. Tinys Gesicht verzerrte sich. Es sah fast so aus, als wollte er weinen.

»Der ist hartherzig genug, um Dutzende von Morden zu begehen«, sagte ihr Neffe später. »Es fragt sich nur, aus welchem Motiv. Warum hätte er die Frau vergiften sollen? Das ist doch die Frage. Und genauso wichtig ist die Frage: Warum hätte er sein Cottage an Bills vermeintliche Witwe vermieten sollen? Verdammt noch mal, wenn sie ihren Anspruch beweisen kann, ist sie doch Tinys ärgster Feind! Warum sollte er sich die Mühe machen und ihr helfen, damit sie hier in der Gegend bleiben kann?«

»Was würdest du sagen, ist die simpelste mathematische Aufgabe, die es gibt?«, fragte Mrs Bradley.

»Was? Äh, na ja, zwei und zwei macht vier, würde ich sagen. Warum?«

»Es gibt eine Antwort«, sagte Mrs Bradley sanft.

Vierzehntes Kapitel

DER ANFANG VOM ENDE

Herr, lehre doch mich,
dass es ein Ende mit mir haben muss.

Psalm 39:5

Mrs Bradley hielt sich an ihr Versprechen, die Cotswolds zu verlassen und in ihrer Londoner Klinik nach dem Rechten zu schauen, aber sie kehrte eher wieder zurück, als Tiny Fullalove erwartet hatte.

»Auch wenn es nicht gerade wahrscheinlich ist, dass noch irgendwelche weiteren Informationen zu den Todesfällen ans Licht kommen«, sagte Jonathan trübselig am Tag vor ihrer Abreise. »Es kommt mir so vor, als würde die Polizei vollständig im Dunkeln tappen. Vielleicht wird ja Scotland Yard eingeschaltet, wer weiß. Ich würde fast damit rechnen, denn schließlich stammt Mrs Dalby Whittier ja ursprünglich aus London. Aber abgesehen von dem Mord, der sicher früher oder später aufgeklärt wird, wünschte ich, wir könnten endlich diesem anonymen Briefeschreiber das Handwerk legen.«

»Ich glaube immer noch, dass es jemand aus dem Dorf ist«, sagte Deborah. »Aber ich wünschte, ich wüsste, worüber ihr zwei euch neulich unterhalten habt. Ich habe mir den Kopf zerbrochen, immer und immer wieder, aber ich kann mir einfach nicht vorstellen –«

»Das liegt daran, dass du voreingenommen bist«, sagte Jonathan. »Aber andererseits, was diesen letzten Brief betrifft, in dem es um Tante Adela ging, na ja, Obury und Mansell haben bestimmt ihren Freunden gegenüber erwähnt, dass sie ihr hier begegnet sind. Und das erweitert die Zahl der in Frage kommenden Personen erheblich, denn die beiden haben einen Haufen Bekannte, würde ich annehmen, wegen ihrer Jobs. Sie gehören beide bestimmt mehreren Vereinen und Gesellschaften an.«

»Ja, das könnte zumindest den letzten anonymen Brief erklären«, stimmte Deborah ihm zu. »Aber das gilt nicht für die anderen. Wir wissen, dass der erste Brief von Mrs Dalby Whittier geschrieben wurde und dass die anderen vielleicht von Tiny Fullalove stammen, aber falls sie das taten – und ich kann mir Tiny immer noch nicht als Verfasser anonymer Briefe vorstellen –, wäre es denn überhaupt denkbar, dass er diesen ausgefallenen Begriff benutzt? Ich hätte nicht gedacht, dass er überhaupt einen Psalm kennt, geschweige denn, dass er einen zitieren kann. Was meinst du dazu, Tante Adela?«

»Ich bin auf dem Sprung«, antwortete Mrs Bradley. »Das musst du schon für dich allein austüfteln.«

»Aber ich habe nicht die leiseste Ahnung«, beschwerte sich Deborah.

»Oh doch, das hast du. Du warst es schließlich selbst, die auf den entscheidenden Punkt hingewiesen hat. Es hatte nichts mit dem Pfarrer zu tun, also solltest du in der Lage sein, zu –«

»Aber ich will das nicht!«, sagte Deborah, die sehr blass geworden war. »Es kann nicht das sein, was ich denke?«

»Oh doch, das ist es«, sagte Mrs Bradley und nickte ernst. »Hab' keine Angst vor der Wahrheit.«

»Ich wünschte, ihr zwei würdet mir erklären, worüber ihr da gerade redet«, sagte Jonathan und schaute von einer zur anderen. »Reden wir nicht immer noch über Robert Emming?«

»Aber natürlich tun wir das«, sagte Mrs Bradley.

Nachdem Jonathan sie einen Moment überrascht angestarrt hatte, brach er in ein herzliches Gelächter aus. Deborah stimmte mit ein. Auch Mrs Bradley lachte meckernd.

»Na, also wenn das das Beste ist, was du hinbekommst«, sagte ihr Neffe, »dann behalte dir deine Wortassoziationen für deine Lehrbücher.«

Mrs Bradley kehrte am nächsten Tag nach London zurück und musste dort feststellen, dass sie eine ganze Woche benötigte, um ihre Angelegenheiten zu regeln. Aber am Freitagabend schien es ihr ratsam, ihrer hart arbeitenden jungen Sekretärin eine Pause zu gönnen.

»Laura«, sagte sie. »Nehmen Sie sich das Wochenende frei und melden Sie sich am Dienstag direkt nach dem Mittagessen wieder zum Einsatz.«

»Wie toll!«, sagte Laura begeistert. »Das heißt, dass ich erst nach dem Frühstück mit dem Zug losfahren muss. Sind Sie sicher, dass Sie mich so lange entbehren können?«

Mrs Bradley versicherte ihr, dass sie sich diesbezüglich keine Sorgen zu machen brauche, und nachdem sie sie zum Sechs-Uhr-Zug gebracht hatte, kehrte sie in ihr Haus in Kensington zurück und machte sich daran, all die Arbeit zu erledigen, die während ihrer Ferien in den Cotswolds liegen geblieben war.

Am Samstagvormittag verbrachte sie vier sehr geschäftige Stunden in ihrer Klinik und am Samstagnachmittag erhielt sie durch einen Sonderkurier eine Einladung, eine ihrer Freundinnen bei der ›Traumhaus‹-Ausstellung zu treffen. Mrs Bradley rief die Freundin an und erfuhr – nicht unbedingt zu ihrer Überraschung –, dass eine solche Einladung nie ausgesprochen worden war.

Sie war überhaupt nicht alarmiert darüber, dass sie offenbar das Opfer eines Komplotts hatte werden sollen, sondern vielmehr begeistert. Dass hier jemandem ein Irrtum unterlaufen sein könnte, hielt sie für ausgeschlossen. Die Einladung war schließlich durch einen Sonderkurier mit herzlichen Grüßen von ihrer Freundin zugestellt worden, und diese Freundin war auch namentlich genannt. Also entschied sie, dass ein paar elementare Vorsichtsmaßnahmen nicht unangebracht wären.

Sie schickte den Kurier mit einer schriftlichen Zusage zurück und ließ sich dann in ihrem eigenen Auto zu dem Dorf Wandles Parva fahren, wo sich ihr Landhaus befand. Das Ganze machte ihr großen Spaß. Sie begutachtete ihre Schätze, nahm den Tee im Zimmer ihrer Haushälterin ein, aß in der Dorfschenke zu Abend – es gab Kaninchenpastete und Rhabarberkompott – und brach kurz nach acht Uhr wieder nach London auf.

Es war eine wolkenverhangene Nacht, und es sah so aus, als wollte es regnen. Knapp vor Guildford platzte bei ihrem Auto ein Reifen, und nachdem George, ihr Chauffeur, den Reifen gewechselt hatte, kehrte Mrs Bradley zusammen mit ihm im Lion ein, um ein Getränk und einen kleinen Imbiss zu sich zu nehmen.

»Sind wir verfolgt worden, George?«, fragte Mrs Bradley,

während sie sich an einen kleinen Tisch setzten. George hatte sich mit einem Pint versorgt, und seine Arbeitgeberin hatte sich (aus Rücksicht auf den ungesüßten Rhabarber, bei dem sie sich nicht ganz sicher war, was er für Nachwirkungen haben würde) für eine widerliche, aber sehr wirksame Mischung aus Port und Brandy entschieden. Der Chauffeur stellte seinen Bierkrug ab.

»Ich denke schon, Madam. Ich könnte auf der Strecke nach Esher ein wenig schneller fahren, wenn Sie möchten.«

»Tun Sie das, George. Dann sehen wir mal, wozu diese Leute so in der Lage sind. Trinken Sie rasch aus, George, und lassen Sie uns dann zum Auto gehen. Diese große, lebhafte Gruppe dort will gerade aufbrechen. Wenn wir uns daruntermischen, wird man uns vielleicht nicht bemerken.«

Jetzt konnte man ihnen sicher nicht mehr lange folgen. George, der normalerweise ein sehr ruhiger, vorsichtiger Fahrer war, hatte – wie alle Chauffeure – das dringende Bedürfnis, die Höchstgeschwindigkeit des Autos herauszufinden. Das Fahrzeug war fast neu. Er hatte den Motor sorgfältig und liebevoll eingefahren, und jetzt war das Auto mehr als bereit für einen Test. George fuhr so schnell, dass es so schien, als stünden die Autos still, die er überholte, und er drosselte das Tempo auch nicht eine Sekunde, abgesehen von den Momenten, in denen sie durch Ortschaften fuhren. Erst, als sie den Hügel von Esher erreichten, wurde er wieder langsamer. Von dort aus fuhren sie in einem stetigen, unspektakulären Tempo weiter bis Kingston, von dort nach Richmond und schließlich nach Hause.

Um kurz vor Mitternacht ging Mrs Bradley zu Bett. Sie lag eine halbe Stunde lang wach und fiel dann in ihren üblichen, erfrischenden, aber äußerst leichten Schlaf. Ein paar Stunden später wurde sie von einem Geräusch geweckt, das so leise war, dass es einer Person mit weniger scharfen Ohren oder einer, die es nicht so wie sie selbst gewohnt war, bei dem geringsten Anlass sofort aufzuwachen, sicherlich entgangen wäre.

Das Geräusch kam von der schmalen, mit einem Eisengeländer versehenen Veranda, die den ersten Stock des hohen, alten Hauses zierte. Mrs Bradley streckte eine ihrer klauenartigen Hände aus und drückte auf den Startknopf des Radiogrammophons, das sie vor ein paar Monaten als Einbruchsalarm installiert hatte.

Der Apparat gab ein leises Surren von sich, und dann brach das schauerliche Geräusch von sieben gleichzeitig bellenden Hunden los. Sie hatte bisher noch nie einen Anlass dafür gehabt, diese Platte zu benutzen, aber es konnte kein Zweifel an ihrer Wirksamkeit bestehen. Es gab ein lautes Krachen, und dann folgten die Schreie und Rufe ihrer unsanft aus dem Schlaf gerissenen Dienerschaft. Auf der Treppe waren laute Schritte zu hören, und ihm nächsten Moment kam Henri, ihr französischer Koch, den sie im Vorfeld gewarnt hatte, in den Raum gestürzt und wedelte wild mit seinem Tranchiermesser. Gleichzeitig ließ seine Frau, Mrs Bradleys Zofe, ein lautes französisches Gezeter erklingen und gab den geisterhaften, imaginären Hunden alle möglichen Befehle – so wie sie es vorher eingeübt hatten.

Mrs Bradley schaltete das Radiogrammophon aus und das Licht an. Die Vorhänge am Schlafzimmerfenster flatterten etwas heftiger als sonst. Sie bat Henry, die Treppe hinunterzugehen und herauszufinden, ob sich jemand verletzt hatte. Sie selbst zog sich rasch an und ging in den winzigen Vorgarten, um die Nachbarschaft zu beruhigen.

Dort bedrohte Henri einen zu Boden gestürzten Mann mit seinem Tranchiermesser und blies gleichzeitig, so laut er konnte, in eine Polizeitrillerpfeife. Zu seiner großen Empörung wollte seine Arbeitgeberin den verletzten Eindringling jedoch gar nicht verhaften lassen. Sie hörte sich lediglich dessen Aussage an, goss dann ein Glas Gin über seine Weste und erklärte der in der Zwischenzeit eingetroffenen Polizei, der Mann sei ihr Gast, habe zu tief ins Glas geschaut und sei daraufhin ihre Gartentreppe hinuntergefallen.

»Er kann momentan keinen weiteren Schaden anrichten«, sagte sie zu Henri, nachdem dieser sich lautstark darüber beschwert hatte, dass der Mann für sein Verbrechen nicht bestraft werden sollte. »Ich habe noch einen weiteren Feind, der mittlerweile wahrscheinlich sehr wohl wissen wird, dass ich ihm auf die Schliche gekommen bin. Aber Sie sind ein tapferer Mann, Henri, und Ihre Dienste sind mir mehr wert als ein Haufen Rubine.«

Henri schüttelte immer noch missbilligend den Kopf, zuckte dann jedoch mit den Schultern und lachte.

»Die Hunde auf der Schallplatte sind magnifique, Madame. Der Mann hätte sich das Genick brechen können.«

»Irgendwie tut es mir leid, dass er das nicht getan hat. Es hätte uns am Ende eine Menge Ärger erspart«, antwortete Mrs Bradley. Der verletzte Mann hatte ein Armeemesser dabei, und obwohl er – wahrscheinlich wahrheitsgemäß – behauptete, dies immer bei sich zu tragen und dass es sich um ein Andenken aus Kriegszeiten handele, hielt sie es dennoch für besser, ihm dieses Besitztum abzunehmen.

»Ich werde es nicht behalten«, sagte sie zu ihm. »Dann könnte es ja so aussehen, als wäre ich ein Dieb. Aber wenn Sie es zurückhaben wollen, müssen Sie es sich holen.« Und mit diesen Worten beförderte sie die handliche kleine Waffe mit einer schnellen Drehung aus ihrem geschmeidigen Handgelenk auf das Dach ihres Hauses. »Und keine Sekunde zu früh«, fügte sie ernst hinzu. »Denn hier kommt auch schon die Polizei, und Sie säßen ganz schön in der Patsche, wenn die Beamten dieses Ding in Ihrem Besitz gefunden und ich Sie gleichzeitig des Einbruchs beschuldigt hätte! Wenn Sie mich das nächste Mal besuchen kommen, Mr Fullalove, wäre ich Ihnen dankbar, wenn Sie Ihre Waffen zu Hause lassen würden!«

»Ich hatte vergessen, dass ich dieses verdammte Ding überhaupt habe«, knurrte Tiny. »Und die Polizei soll einen Krankenwagen rufen. Ich habe mir schon wieder das Knie zertrümmert!«

Am nächsten Tag fuhr Mrs Bradley zu Jonathans Herrenhaus zurück und nahm ihren kleinen Revolver mit. Ansonsten ergriff sie keine besonderen Vorsichtsmaßnahmen auf ihrer Reise, außer dass sie dieses Mal mit dem Auto fuhr, statt den Zug zu nehmen. Sie fuhren über Maidenhead, Henley und Oxford. Mrs Bradley hatte George gesagt, dass er sich nicht zu beeilen brauche. Die flachen Felder in Middlesex verschmolzen mit dem Himmel. Es war März. Die Landschaft zwischen Hounslow und Maidenhead war grüngrau, blaugrau und braun, und überall lag die Verheißung eines nahen Frühlings in der Luft. Zu beiden Seiten der Straße und vor ihnen dehnte sich die unbeschreibliche Weite des

Himmels, und die gepflügten Felder erstreckten sich bis zum verschwommenen Horizont.

In Maidenhead gab es eine Brücke über einen Fluss, eine überfüllte Hauptstraße und den verwunschenen Park von Maidenhead Thicket mit seinem Gestrüpp, seinen Weißdornbüschen und matschigen, versteckten kleinen Pfaden. Henley bestand aus einer Ansammlung von alten Häusern und einem geradlinigen Fluss, gefolgt von einer alten römischen Straße, die sich den Hügel hinaufzog.

Am Rand der Straße wuchsen Unkraut und Brennnesseln, wenn sie nicht gerade von tiefen, akkurat ausgehobenen Gräben gesäumt war. Es gab satte, grüne Wiesen und Wälder, in die das grelle Sonnenlicht des Vorfrühlings ein Schachbrettmuster zeichnete. Dies alles begleitete ihre Fahrt, bis sie die Brücke von Dorchester erreichten und an dem langgestreckten Kirchenschiff der Dorchester Abbey entlangfuhren. Wenig später kamen sie an den seltsam flachen Gebäuden von Littlemore vorbei, durchquerten Iffley, fuhren über die Magdalen Bridge ins Zentrum von Oxford, bis sie das Gasthaus ›The Mitre‹ erreichten.

Mrs Bradley hätte gerne auch den Abend in Oxford verbracht, um dort ins Theater zu gehen (wo man in einer Vorstellung die beiden Stücke *Katharina die Große* und *Androklus und der Löwe* von George Bernard Shaw hätte sehen können), aber sie wollte Jonathans Haus unbedingt zu einer zumutbaren Zeit erreichen, also begnügte sie sich mit einem Kompromiss und besuchte Freunde in Nord-Oxford zum Tee. Um sechs Uhr brach sie in Richtung Cheltenham auf.

Es war immer noch ein wenig hell. George, der begriffen hatte, dass er die Anweisungen, die ihm an diesem Vormittag erteilt worden waren, nunmehr ignorieren sollte, beschleunigte die Fahrt, sobald sie Oxford hinter sich gelassen hatten, und fuhr in Richtung Woodstock. Schon bald begann die Landschaft, sich in ein gespenstisches Licht zu hüllen, und als sie Chipping Norton erreichten, war es bereits dunkel. Der Chauffeur hatte sich aus einer Laune heraus entschieden, die Straße nach Woodstock zu nehmen, statt der kürzeren, allgemeinhin benutzten westlichen Route über Eynsham, Witney und Burford. Mrs Bradley fragte sich später oft, was ihn wohl zu dieser Entscheidung veranlasst haben mochte, denn unmittelbar hinter Chipping Norton ging ihnen das Benzin aus.

»Ich kann mir nicht erklären, wie das passieren konnte, Madam«, sagte George zutiefst beunruhigt. »Ich habe das Auto in Oxford vollgetankt, während Sie im Mitre zu Mittag gegessen haben. Ich dachte eigentlich, wir hätten ohnehin genug, um es bis zu unserem Ziel zu schaffen, aber um ganz sicher zu gehen, habe ich das Auto dann an der Tankstelle in der Long Wall Street volltanken lassen. Ich begreife das nicht. Es tut mir entsetzlich leid, Madam.«

»Haben wir ein Leck im Tank?«, fragte Mrs Bradley.

»Nein, Madam. Es scheint alles in Ordnung zu sein. Trotzdem haben wir keinen Tropfen Benzin mehr. Ich halte es für das Beste, dass ich zu Fuß zurück nach Chipping Norton gehe und mit einem Mann von der dortigen Tankstelle und ein paar Kanistern Benzin zurückkehre. Ich habe noch genügend Coupons. Die reichen für mehr Sprit, als wir brauchen. Die Strecke, die wir noch zu fahren haben, beträgt alles in allem weniger als sechzig Kilometer. Ein Angestellter von der Tankstelle kann mir dabei helfen, die Kanister zu tragen und auch, nach einem etwaigen Leck zu schauen. Ich bringe das schon wieder in Ordnung, Madam, machen Sie sich da mal keine Sorgen.«

»Es würde mir nicht im Traum einfallen, mir Sorgen zu machen, George. Ich setze uneingeschränktes Vertrauen in Sie. Dieses Vertrauen ist so uneingeschränkt, dass - aber egal. Machen Sie es so, wie Sie vorgeschlagen haben.«

Sobald George gegangen war, zog sie ihren kleinen Revolver aus der Tasche, inspizierte ihn und machte es sich dann bequem, um auf die Rückkehr ihres Chauffeurs zu warten. Sie rechnete nicht damit, dass ihr hier irgendeine Gefahr drohte, aber sie konnte nicht umhin, sich zu fragen, was passiert wäre, wenn sie die Strecke über Burford genommen hätten und gezwungen gewesen wären, noch vor Northleach anzuhalten.

Sie gab sich selbst die Schuld an dem Benzinraub - denn darum handelte es sich hier, da war sie sich ganz sicher. George hatte das Auto um kurz nach vier Uhr zu dem Haus ihrer Freunde gebracht, und weil sie wusste, dass sie bis sechs Uhr dort bleiben würde, hatte sie ihm die Nachricht zukommen lassen, er solle gehen und irgendwo Tee trinken und das Auto einfach stehen lassen. Und er brauche sich bei seiner Rückkehr auch nicht zu beeilen.

Es musste während seiner Abwesenheit passiert sein, dass jemand das Benzin aus dem Tank abgesaugt hatte. Es war eine sehr ruhige Straße. Für eine Person mit starken Nerven wäre es ein Leichtes gewesen, diesen Raub zu begehen, während sich die Gesellschaft im Salon befunden hatte, der auf der Rückseite des Hauses lag und auf den Garten hinausging. Zudem waren zwischen vier und fünf Uhr die Chancen gut, dass keine Menschenseele unterwegs sein würde.

Es könnte das Werk eines gewöhnlichen Benzindiebs gewesen sein, aber das glaubte sie nicht. Sie kicherte, als sie sich vorstellte, wie ihr verblüffter Feind womöglich gerade auf der einsamen Landstraße hinter der Cirencester-Kreuzung im Hinterhalt lag, um sie zu überfallen. Sie war immer noch damit beschäftigt, sich diese Szene in lebhaften Farben auszumalen, als George, der seine eigenen Methoden hatte, um die Angestellten einer Tankstelle zum Handeln zu bewegen, mit zwei jungen, in Overalls gekleideten Männern und vier Benzinkanistern zurückkehrte.

Mrs Bradley trug ihren Teil zum Gelingen der Angelegenheit bei, indem sie die beiden großzügig für ihre Mühe belohnte. Man war sich allgemein einig, dass der Tank kein Leck hatte. Und weil George, der durch Henri von dem Fassadenkletterer und Möchtegerneinbrecher erfahren hatte, den seine Arbeitgeberin bewusst vor der Polizei in Schutz genommen hatte, kein Risiko eingehen wollte, fuhr er Mrs Bradley durch Stanway und fast bis nach Beckford, bevor er sich wieder südwärts wandte und das Auto durch Bishops Cleeve in Richtung Cheltenham lenkte.

»Und jetzt kümmern wir uns um Mr Emming«, sagte Mrs Bradley. »Denn es ist unsere Pflicht, die Allgemeinheit zu schützen.«

Nachdem sie Cheltenham hinter sich gelassen hatten, beschleunigte George wieder das Tempo. Während der restlichen Fahrt geschah nichts Außergewöhnliches. Mrs Bradley und ihr Chauffeur hatten beide Hunger, aber als sie am Herrenhaus ankamen, wo Jonathan und Deborah bereits auf sie warteten, steckte Mrs Bradley zur Begrüßung nur kurz den Kopf aus dem Fenster, rief, sie sei bald wieder zurück, und ließ sich von George zur Dorfstraße und dem Haus fahren, in dem Emming wohnte.

Der Schreiner und seine Frau waren bereits zu Bett gegangen, denn hinter den Fenstern brannte kein Licht mehr, stellte Mrs Bradley fest. Sie verließen das Auto nicht, sondern blieben einfach nur dort sitzen und warteten. Zwei Stunden später traf Emming auf einem Motorrad ein.

Während er abstieg, schlossen George und Mrs Bradley ihn von zwei Seiten ein.

»Na, und wie hat es dir in Oxford so gefallen, du kleiner Tölpel, du?«, fragte George in einem vertraulichen Tonfall, wobei er so tat, als sei er betrunken. Emming, der Mrs Bradley in der Dunkelheit noch gar nicht bemerkt hatte, wich vor George zurück und sagte nervös:

»Geh schlafen, alter Junge! Geh einfach ins Bett!«

»Du warst in Oxford«, lallte George. »Du hast das Benzin aus meinem Tank geklaut!« Emming schubste ihn weg.

»Du bist ein verdammter Lügner!«, rief er. »Ich war selbstverständlich nicht in Oxford. Hau ab und geh nach Hause!«

»Damit sind es jetzt schon zwei Leute, die bedroht worden sind!«, sagte Jonathan nüchtern, als er die Geschichte von Tinys Heldentat auf Mrs Bradleys Balkon gehört hatte. »Du wurdest zweimal aufs Korn genommen, und –«

»Zwei Leute? Doch nicht etwa Ed Brown?«

»Wie kommst du denn auf Ed? Nein, es war der Wildhüter, Will North, den es beinahe erwischt hätte. Glücklicherweise ist er ein sehr aufmerksamer Beobachter und auch ein vorsichtiger Mensch, sonst wäre ihm womöglich der Kopf weggepustet worden.«

Die Geschichte, die Jonathan in lebhaften Farben schilderte, war im Wesentlichen folgendermaßen verlaufen: An dem zweiten Vormittag, nachdem Mrs Bradley nach London gefahren war, hatte Will North auf seinem üblichen Rundgang ein Gewehr bemerkt, das oben in Groaning Spinney am Geistergatter lehnte. Er fragte sich, wer es wohl dort stehen gelassen haben mochte, da es unwahrscheinlich war, dass Jonathan oder Tiny so etwas tun würden. Also ging er zu dem Gewehr hinüber und schaute es sich näher an. Zunächst berührte er es nicht. Er war davon überzeugt, jedes Gewehr, das es auf dem Anwesen gab, zu kennen, und besaß selbst sogar sechs oder sieben davon. Dieses hier war ihm jedoch fremd. Also ging er zum Gatter und duckte sich darunter hindurch, um auf die andere Seite zu gelangen, wo das Gewehr angelehnt stand. Dies tat er gerade noch rechtzeitig, um Ed Brown aufzuhalten, der in diesem Moment mit einem Fuhrwerk angefahren kam und schon im Begriff stand, das Gatter zu öffnen.

Will hatte es seinen scharfen Augen zu verdanken, dass er den Faden bemerkte, der an den Abzugshahn geknüpft worden war. Zudem erkannte er, dass die Waffe scharf geladen und entsichert war. Dann ereignete sich etwas Seltsames. Will war ein paar Schritte vorgetreten, um Ed zu warnen, und der Fuhrmann war ihm entgegengekommen, um sich den Faden anzusehen. Im selben Moment bemerkte ein Vogel, der Ed über drei Felder hinweg begleitet hatte, den Faden ebenfalls und ließ sich – anscheinend in dem Glauben, dass er sich gut für einen Nestbau eignen würde – darauf nieder. Das Gewehr gab einen Schuss ab, der glücklicherweise in die Luft ging und niemanden verletzte, und der Vogel flog auf Eds Schulter und beschwerte sich mit einem empörten Schnattern über den Lärm.

Ed war dafür gewesen, das Gewehr mitzunehmen, doch Will hatte ihn davon abgehalten. Er blieb selbst als Wache vor Ort und schickte Ed los, um Jonathan zu holen.

Mrs Bradley lauschte dieser Geschichte mit äußerst gespanntem Interesse.

»So wie ich das sehe, war Ed die Person, die am wahrscheinlichsten getötet oder verletzt worden wäre«, sagte sie. »Ich frage mich, ob es allgemein bekannt war, dass er in diese Richtung fahren würde?«

»Es gibt so einige Leute, die das hätten wissen können, aber meiner Ansicht nach weist das Ganze auf Tiny Fullalove hin«, meinte Jonathan. »Und falls es tatsächlich Tiny war, bist du hier nicht mehr sicher! Habe ich recht? Schließlich hat er dir gegenüber nur behauptet, sich erneut das Knie verletzt zu haben, aber wir haben dafür keinen Beweis!«

»Wenn es dir nichts ausmacht, mich hier zu haben, würde ich gern wieder eine Weile bleiben«, sagte Mrs Bradley. Sie machte einen äußerst fröhlichen Eindruck. »Im Haus bin ich sicher, denn es ist nicht gerade leicht, hier einzubrechen, und draußen im Freien muss ich eben vorsichtig sein. Was Mr Fullalove anbelangt, kann ich rasch mithilfe meines netten jungen Freunds, des Kriminalinspektors Gavin von Scotland Yard, herausfinden, ob er in ein Krankenhaus eingeliefert wurde und wenn ja, in welches.«

»Konnte er dir irgendeine Erklärung dazu liefern, was er auf deiner Veranda wollte?«

»Nein, jedenfalls keine zufriedenstellende. Er hat behauptet, sich im Haus geirrt zu haben.«

»Aber du glaubst –«

»Ich weiß wirklich nicht, was ich glauben soll, mein Kind. Aber die Vorstellung, ich könnte selbst die Tote in der Bibliothek werden, ist nicht so ganz nach meinem Geschmack!«

Fünfzehntes Kapitel

DAS GEWEHR

Also singt, ihr Vögel, singt, stimmt alle in das frohe Lied
mit ein,
und lasst die jungen Lämmer springen
als käm' der Takt von Tamburinen!

William Wordsworth, Hinweise auf die Unsterblichkeit

Politiker, deren Leben bedroht wird, gehen nur mit Polizeischutz vor die Tür, aber es wird von ihnen erwartet, dass sie so tun, als sei ein etwaiges Attentat die reinste Fantasievorstellung. Mrs Bradley verhielt sich ganz ähnlich, aber sie war weder Politikerin, noch verfügte sie über Polizeischutz. Ihr Neffe bestand daher darauf, sie überallhin zu begleiten, ganz gleich wohin. Dieses ritterliche Verhalten bereitete Mrs Bradley große Sorgen, denn sie wusste, welche entsetzlichen Ängste Deborah jedes Mal auszustehen hatte, wenn Jonathan das Haus verließ.

Sie versuchte vergeblich, ihn davon abzubringen. Und darüber hinaus nahm er auch stets eine Pistole mit.

»Die Anemonen stecken schon die Köpfe aus der Erde«, sagte Mrs Bradley am dritten Vormittag ihres Aufenthalts. »Ich werde heute mal losziehen, um ein paar zu pflücken.«

»Oh nein, nicht heute!«, sagte Jonathan. »Zum einen verlieren sie sofort ihre Farbe, sobald du sie gepflückt hast, und zum anderen muss ich ab zehn Uhr auf dem Richterstuhl sitzen.« Mrs Bradley grinste triumphierend.

»Ich weiß«, sagte sie. »Aber dieses eine Mal möchte ich allein ausgehen!«

Jonathan und (ihm zu Gefallen) auch Deborah protestierten, aber Mrs Bradley verfolgte noch einen ganz anderen Zweck als das Pflücken von Waldanemonen. Um kurz nach neun Uhr ging sie in Begleitung von Will North zum Dorf hinunter. Als sie zu dem Pfad kamen, der am Gasthaus entlangführte, trennte sie sich von Will und ging denselben Weg hinauf, den sie beim letzten Mal zusammen mit der Gruppe gegangen waren, die Mansell angeführt hatte.

Ihr Ziel war das einsame Cottage, wo sie sich mit der Frau in dem blauen Kleid unterhalten wollte. Sie mochte zwar kein Recht haben, sich in die Angelegenheiten dieser Frau einzumischen, aber das war ihr vollkommen egal. Sie war immer noch von der Idee fasziniert, dass es sich hier um Tiny Fullaloves Frau und nicht um Bill Fullaloves Witwe handeln könnte.

Der Fußmarsch den Hügel hinauf kam ihr kürzer vor als das letzte Mal, und schon bald sah sie das langgestreckte Hügelgrab vor sich. Sie hatte alle Zeit der Welt, denn sie hatte Deborah gesagt, sie solle mit dem Mittagessen nicht auf sie warten. Also stieg sie weiter den Hügel hinauf, um herauszufinden, ob es Mansell gelungen war, mit seinen Ausgrabungen zu beginnen.

Sie konnte ihn bereits aus einiger Entfernung erkennen.

Er war tatsächlich mit Ausgrabungsarbeiten beschäftigt und befand sich in Gesellschaft von zwei weiteren Personen. In der einen erkannte sie Miles Obury. Die andere stellte sich, als sie näherkam, als Emming, der junge Chorleiter, heraus. Von anderen Helfern aus dem Dorf war zunächst keine Spur zu sehen, doch dann bemerkte sie Ed Brown. Er lag auf den Knien und war gerade damit beschäftigt, eine Messschnur zu spannen. Mansell hatte ihn zunächst mit seinem Körper verdeckt.

Alle vier Männer waren so in ihr Tun vertieft, dass sie Mrs Bradleys Gegenwart erst bemerkten, als sie sie ansprach.

»Guten Morgen«, sagte sie. »Kann ich irgendwie helfen? Sie sehen alle sehr beschäftigt aus.«

»Ja, das sind wir«, sagte Mansell und stützte sich auf seine Schaufel. »Das ist weit genug, Ed. Es soll nur ein erster Grabungsversuch sein. Falls Sie tatsächlich eine Minute erübrigen könnten, Mrs Bradley, wären Sie dann bereit, auf das hintere Ende des Hügelgrabs zu klettern und diesen Stab in die Erde zu rammen, sobald ich Sie bitte, stehen zu bleiben?«

»Mit dem größten Vergnügen«, antwortete Mrs Bradley. »Sie brauchen das sicher als Orientierungshilfe.«

Mansell widersprach weder noch bestätigte er ihre Vermutung. Er sagte lediglich: »Ich möchte gern eine Theorie erproben, das ist alles. Also, Miles, klettere du doch bitte auf das obere Ende des Hügelgrabs und stecke dort diesen Stab hier in die Erde. Dadurch bekommen wir den Winkel, den wir brauchen, hoffe ich.«

»Bleibe ich auch stehen, wenn du Mrs Bradley zum Stehenbleiben aufforderst?«, fragte Obury und nahm den schweren Pfahl entgegen, den Mansell ihm reichte.

»Nein. Du sollst deinen Stab erst in die Erde rammen, wenn du meinen Pfiff hörst. Ich weiß nicht, ob ich erst pfeifen oder Mrs Bradley zurufen werde. Also schön. Dann mal los. Bitte beeilen Sie sich nicht, Mrs Bradley. Wir haben alle Zeit der Welt. Ich rechne nicht damit, heute früh mehr zu schaffen als nur einen kleinen Anfang meiner Grabungsarbeiten.«

Mrs Bradley ging los, um auf den Hügel zu klettern. Sie hatte eine weitere Strecke zurückzulegen als Obury, aber ihr Weg war nicht so steil wie seiner. Sie nahm sich Zeit, so wie es Mansell ihr nahegelegt hatte, und war nicht im Geringsten überrascht, Mansells Pfiff zu hören, bevor sie selbst ihr Ziel erreicht hatte. Sie schaute nach rechts und sah, wie Obury seinen Pfahl mit einem kleinen Holzhammer, mit dem er sich ausgerüstet hatte, in die Erde rammte.

Dann hörte sie deutlich, wenn auch entfernt, den Befehl anzuhalten. Gehorsam blieb sie stehen und rammte ihren Stab, so fest sie konnte, in die Erde. Mansell hatte offenbar einen Theodolit mitgebracht. Sie sah, wie er erst Ed Brown und dann Emming ein Zeichen gab. Die beiden nahmen ihre Position in direkter Fortsetzung der beiden Linien ein, deren Anfangspunkte sie selbst und Obury erstellt hatten.

Mansell bildete mit seinen Händen einen Trichter und rief Mrs Bradley und Obury zu, dass sie zurückkehren sollten. Sie taten dies in gemächlichem Tempo, und als Mrs Bradley wieder an ihrer Ausgangsposition eintraf, hatten Ed und Emming unter Mansells fachkundiger Anleitung bereits zwei Messschnüre in einem Winkel von etwa sechzig Grad angebracht, die durch eine mittlere Schnur in zwei Teile untertrennt wurden.

Dann begannen die Männer, drei Gruben auszuheben.

Mrs Bradley fiel auf, dass Emming bei seiner Arbeit schneller, wenn auch weniger geschickt vorging als Ed. Mansell beteiligte sich nicht an den eigentlichen Grabungsarbeiten. Als Mrs Bradley erkannte, dass es für sie nichts weiter Nützliches zu tun gab, ging sie weiter den Hügel hinauf.

Sobald sie das andere Ende des Hügelgrabs umrundet hatte, verließ sie den Weg und kroch durch eine dornige Lücke zwischen den Weißdornsträuchern. Sie überquerte ein hügeliges Feld und stieg schließlich von Osten her zur Spitze des Hügelgrabs hinauf.

»Ein Fall von unziemlicher Neugier einer betagten Psychiaterin«, murmelte sie vor sich hin, während sie ihre Regenjacke ausbreitete, sich darauflegte und vorsichtig über den Rand des alten Hügels hinüberlugte. Die vier Männer waren immer noch bei der Arbeit. Mittlerweile hatte sich auch Mansell eine Schaufel gegriffen und grub ebenso eifrig wie die anderen. Wenn die Männer etwas sagten, konnte Mrs Bradley alles klar und deutlich verstehen.

Während sie zusah, hörte Emming mit der Arbeit auf, wischte sich das Gesicht ab und begann, sein Werkzeug mit einem Stein zu reinigen, den er zuvor aufgehoben hatte. Mansell schaute daraufhin auf seine Armbanduhr und schlug vor, die Arbeit für eine Mittagessenspause zu unterbrechen. Emming ging in Richtung Dorf, und die beiden Freunde machten sich in dieselbe Richtung auf, auch wenn Mrs Bradley erkennen konnte, dass sie schon wenig später einen anderen Weg einschlugen als Emming. Ed Brown setzte sich auf einen Haufen Säcke, die die Ausgräber anscheinend mitgebracht hatten, und holte sein Landmannsbündel mit Essen und eine Kanne mit Tee hervor.

Bald darauf kam aus dem Wald, der rechts von dem Hügelgrab lag, Will North hevorgetreten. Wie gewöhnlich hatte er sein Gewehr dabei und die Jagdtasche über die Schulter gehängt. Doch diesmal war er ohne seinen Hund Worry unterwegs. Er rief Ed eine Begrüßung zu und kam zu ihm hinüber, um ein wenig mit ihm zu plaudern. Die drei anderen Männer waren nicht mehr zu sehen. Keiner von ihnen hatte die Stelle, an der Mrs Bradley lag, auch nur eines Blickes gewürdigt, und sie hatte sich klugerweise, um ihre Anwesenheit zu verbergen, ein kleines Stück zurückgezogen, sodass das Hügelgrab sie verbarg.

Will und Ed unterhielten sich zehn Minuten lang. Mrs Bradley hatte auf die Uhr geschaut. Dann machte sich Will wieder auf den Weg, um eigenen Geschäften nachzugehen, worum auch immer es sich dabei handeln mochte, und Ed setzte sich wieder.

Zur Linken flogen plötzlich hastig ein paar Vögel auf, und unmittelbar darauf (oder vielmehr gleichzeitig, wie es Mrs Bradley schien) ertönten zwei Gewehrschüsse. Ed stürzte in den Graben, den er selbst ausgehoben hatte. Im nächsten Moment kam Will North herbeigerannt, und Mrs Bradley ebenfalls. Beide knieten sich an den Rand des Grabens. Ed drehte sich sehr langsam um und zwinkerte Will fröhlich zu.

»Wenn es dir nichts ausmacht, dann tu doch bitte so, als hätte es mich erwischt, Will«, murmelte er. »Damit würdest du mir einen großen Gefallen tun, so wie jene alten Vogelseelen dort hinten es getan haben.«

»Du bist nicht verletzt?«, fragte Will.

»Kein Härchen gekrümmt. Aber das habe ich niemandem außer mir selbst zu verdanken«, murmelte Ed. »Ich wusste, dass etwas im Busch war. Hab's schon den ganzen Tag gespürt. Hab's gespürt, seit dieses alte Gewehr da am Pfarrersgatter losgegangen ist.«

Mrs Bradley erhob sich und tat so, als würde sie voller Mitleid und Trauer in den Graben hinunterschauen. Sie wusste, dass Ed, außer für einen Vogel oder ein Flugzeug, vollkommen unsichtbar war, wenn man sich nicht in unmittelbarer Nähe befand. Dann wandte sie sich an Will North.

»Laufen Sie los, Will, als wollten Sie Hilfe holen. Wenn Sie jemandem begegnen, dann sagen Sie nichts, es sei denn, Sie hätten absolutes Vertrauen zu dieser Person. Kommen Sie mit den Woottons zurück, wenn Sie können. Auf die beiden kann man sich verlassen, würde ich sagen, und sie können auch ihren Mund halten. Ach, und übrigens: Wo ist Worry?«

»Das würde ich auch gern wissen«, antwortete Will. »Das sieht ihm gar nicht ähnlich, so lange allein loszuziehen. Ich habe ihn losgeschickt, damit er seine Runde drehen kann, so wie ich es immer tue, aber er ist nicht zurückgekehrt. Ich war gerade auf der Suche nach ihm, als ich Ed eben begegnet bin.«

Er schritt davon. Mrs Bradley setzte sich auf ihren Regenmantel und wartete. Will blieb fast eine Stunde fort. Als er zurückkam, brachte er die beiden Gärtner und auch George mit, Mrs Bradleys Chauffeur. Letzterer war den beiden Brüdern gerade dabei behilflich gewesen, eine defekte motorbetriebene Mähmaschine zu reparieren. Die Männer hatten eine Trage dabei, was dem Ganzen eine gewisse Authentizität verlieh – etwas, das Mrs Bradley sehr willkommen war.

Der grinsende Ed wurde feierlich aus der Grube gehoben und auf die Trage gelegt. Mrs Bradley breitete ihren Regenmantel über ihn, und die vier Männer machten sich mit dem

Leichtgewicht in Richtung von Will Norths Cottage auf den Weg.

Mrs Bradley hatte genau gesehen, wo die Kugel die Erde am Rand des Hügelgrabs aufgewühlt hatte. Sie hob Eds Heugabel auf und grub vorsichtig, wobei sie immer wieder eine Handvoll Erde in den Graben warf, als wollte sie Blutspuren zudecken. Doch es bestand nur wenig Hoffnung, dass sie die Kugel finden würde, dessen war sie sich bewusst. Dazu war diese sicher zu tief in die Erde eingedrungen.

Sie war immer noch mit ihrem Täuschungsmanöver beschäftigt, als die drei Männer, die zum Mittagessen fortgegangen waren, wieder zurückkehrten.

»Oh, hallo! Ist Ed Brown nach Hause gegangen?«, fragte Emming. Mrs Bradley zeigte auf den Graben, der mittlerweile halbvoll mit Erde war.

»Sie werden Ihre Ausgrabungen für heute beenden müssen, fürchte ich«, sagte sie ernst. »Wegen der Polizei, wissen Sie. Jemand hat Ed Brown eine Kugel verpasst. Um kurz nach halb eins.«

Dass ihre Formulierung bewusst so gehalten war, den Ausgang dieser Schießerei offenzuhalten, um nicht eine glatte Lüge äußern zu müssen, entging ihren Zuhörern.

»Ed Brown?«

»Bekam eine Kugel verpasst?«

»Wer war das? Verdammt nochmal. Wie konnte jemand so unvorsichtig sein?«

Mrs Bradley antwortete dem, der als Letztes gesprochen hatte. Es war Obury gewesen.

»Es gibt keinen Hinweis darauf, wer das getan hat. Und zu der Frage, wer so unvorsichtig war, kann ich nur sagen, dass kriminelle Fahrlässigkeit noch das Mindeste ist, was man über den Vorfall sagen kann.«

»Fahrlässigkeit? Ach so, ja. Es gibt ja wohl nicht den geringsten Grund, hier auf diesen Hügel zu schießen. Ich nehme an, irgendein Idiot hat ein Kaninchen gesehen und schlecht gezielt. So jemandem sollte man nicht erlauben, ein Gewehr mit sich herumzutragen.«

»Ich dachte, ich hätte Will North gesehen«, bemerkte Emming.

»Na, ich will mal zurückgehen«, sagte Mrs Bradley, erklärte jedoch nicht, wohin zurück. »Und was Will North betrifft, würde ich sagen, dass man von ihm durchaus erwarten darf, dass er mit einer Waffe umzugehen weiß!« Mansell starrte mit einem düsteren Gesichtsausdruck seine Ausgrabungsstätte an und begann dann, seine Gerätschaften zusammenzusuchen. Obury und Emming halfen ihm. Das Letzte, was Mrs Bradley von ihnen sah, waren drei recht niedergeschlagen wirkende Gestalten, die in Richtung Dorf gingen.

Sie kehrte ihnen den Rücken zu, marschierte in die entgegengesetzte Richtung los und erreichte wenig später das einsame Cottage. Es war niemand zu sehen. Der Frühling hatte den kleinen Garten zum Leben erweckt, aber alles war verwildert und von Pflanzen überwachsen, die im vorigen Herbst hätten zurückgeschnitten oder ausgegraben werden müssen. Die Fenster waren geschlossen, und die Tür – die Mrs Bradley sehr vorsichtig zu öffnen versuchte – war verriegelt.

Trotzdem klopfte sie. Sie ging sogar so weit, durch eines der mit Gardinen behangenen Fenster zu spähen. Es sah tatsächlich so aus, als wäre niemand zu Hause, aber um ganz sicher zu gehen, klopfte sie noch ein zweites und drittes Mal. Doch niemand öffnete.

Mrs Bradley wollte gerade aufgeben, als sie die gesuchte Frau aus Richtung des Dorfes den Hügel heraufkommen sah.

»Guten Tag«, sagte die Frau. »Es tut mir leid, aber ich gehe nicht in die Kirche.«

»Und ich«, erklärte Mrs Bradley, »komme nicht vom Kirchenkreis. Ich würde gern wissen, ob ich Sie dafür interessieren könnte –«

»Und ich will auch nichts kaufen«, unterbrach sie die Frau. »Nur, weil ich ein bisschen Geld geerbt habe –«

»Also haben Sie es tatsächlich erhalten, das Geld? Es hat natürlich viel Tratsch und Klatsch darüber gegeben, aber keiner von uns weiß wirklich Bescheid.«

»Die Leute sollten sich um ihre eigenen Angelegenheiten kümmern und mich in Ruhe lassen. Es ist überall dasselbe mit diesen Dorfbewohnern!«

»Denken Sie darüber nach, sich hier im Dorf niederzulassen?«

»Das weiß ich noch nicht. Dafür gibt es noch viel zu viel, um das ich mich kümmern muss.«

»Das glaube ich gern. Nun ja, da hätte ich mir den Weg wohl sparen können. Ich wollte Ihnen übrigens gar nichts verkaufen, müssen Sie wissen. Ich wollte nur hören, ob ich Sie dafür interessieren könnte –«

»Wofür denn nun?«

»Wie Mr Clarence Fullalove gestorben ist«, antwortete Mrs Bradley, wobei sie den Namen sehr deutlich und klar aussprach. Die Frau musterte sie einen Moment lang prüfend. Dann sagte sie:

»Sie sollten wohl besser reinkommen und sich setzen. Ich wollte gerade einen Tee kochen.«

»Danke. Ich trinke so kurz vor dem Mittagessen nie Tee, aber ich würde sehr gern hereinkommen.«

Das Cottage war nahezu unmöbliert. Außer einem schmalen Klapptisch und zwei Stühlen war der Raum vollkommen leer. Auf dem Boden lag ein einzelner Teppich, ansonsten war er unbedeckt. An den Fenstern hingen zwar Vorhänge, doch sie waren eingelaufen und verblichen.

»Es ist nicht gerade wohnlich«, sagte die Frau. »Aber es muss genügen, bis ich zu meinem Recht komme. Und das werde ich, das können Sie mir glauben!«

Mrs Bradley fand, dass die Frau einen recht boshaften Eindruck machte. Ihrer Erfahrung nach geschah es oft, dass Männer von ebensolchen Frauen so lange bedrängt und aufgehetzt wurden, bis sie einen Mord begingen. Sie griff das von der Frau erwähnte Thema des ihr angeblich zustehenden ›Rechts‹ auf und fragte:

»Ist es denn wahrscheinlich, dass man Ihren Anspruch anfechten wird?«

»Das sollten die besser mal hübsch bleiben lassen! Dieser famose Schwager, den ich da habe, sähe es nur allzu gern, wenn mir ein Fehler unterlaufen würde, doch diese Freude werde ich ihm nicht machen! Aber dem traue ich alles zu. Seit ich hier wohne, ist bei mir schon zweimal eingebrochen worden. Ich habe Beweise, wissen Sie, und zwar nicht nur meine Heiratsurkunde. Aber wo Sie gerade hier sind, können Sie deren Gültigkeit ja auch bezeugen, falls irgendetwas schiefgehen sollte. Wenn ich sie Ihnen zeige, würden Sie mich dann unterstützen, falls die Urkunde gestohlen wird? Sie machen einen respektablen Eindruck, auch wenn Sie es offenbar nicht lassen können, Ihre Nase in die Angelegenheiten anderer Leute zu stecken.«

»Ich bin wegen meiner eigenen Angelegenheiten hier«, sagte Mrs Bradley sanft. »Heute ist gar nicht weit von hier mit voller Absicht auf jemanden geschossen worden. Ich würde gern wissen, ob Sie jemanden mit einem Gewehr gesehen haben.«

»Es wurde auf jemanden geschossen? Was geht denn in diesem Ort vor, um Himmels willen? Mein armer Gatte wird tot im Schnee aufgefunden, ein armes altes Frauenzimmer wird vergiftet, und jetzt wird auch noch rumgeknallt! Da kann ich ja Gott danken, dass ich niemals aufs Land gezogen bin. Ich hab's gern ruhig und friedlich. So ein wildes Treiben gefällt mir gar nicht!«

Sie lachte nervös. Dann versuchte sie, die Tischschublade herauszuziehen, und ruckelte wütend daran, als diese auf halber Strecke steckenblieb. Ihre Hände zitterten.

»Sehen Sie hier«, sagte sie. »Das ist meine Heiratsurkunde, und hier sind meine Beweise. Na, was sagen Sie jetzt?«

»Nichts«, antwortete Mrs Bradley und nahm die Urkunde in die Hand. »Außer, dass ich das sehr interessant finde.«

Der Name des Ehemanns war als Mr Clarence Fullalove eingetragen, las sie, und die Heirat hatte 1922 stattgefunden. Sie gab der Frau die Dokumente zurück.

»Merkwürdig, dass Sie in so jungen Jahren geheiratet haben«, sagte sie.

»Und wo Sie gerade nach einer Person mit einem Gewehr gefragt haben«, sagte die Frau. »Ich bin einem großen, schwarzhaarigen Kerl begegnet, der sehr geschwätzig war und dann auch noch auf jeden Vogel und jedes Kaninchen geschossen hat, die ihm über den Weg gelaufen sind.«

»Ach ja?«, sagte Mrs Bradley. »Das klingt mir kaum wie eine realitätsgetreue Beschreibung.« Sie erhob die Stimme. »Worry! Worry!«, rief sie. Von nicht besonders weither antwortete ihr ein Bellen.

Die Frau rannte zum offenstehenden Fenster, schloss es hastig und stellte sich Mrs Bradley in den Weg. Doch Mrs Bradley schob sie beiseite und riss die Küchentür auf. Erneut rief sie den Namen des Hundes. Die Reaktion, die auf ihren Ruf folgte, räumte jeden Zweifel aus.

»Wo ist der Schlüssel? Ich werde ihn freilassen«, sagte Mrs Bradley beherrscht. Als Antwort beschimpfte die Frau sie wüst.

Sechzehntes Kapitel

WORRYS GESCHICHTE

Lass dich von Mitleid leiten,
flieh Streit und Scherereien

William Dunbar

»Aber wie um alles in der Welt bist du denn auf diese Frau gekommen?«, fragte Jonathan, nachdem der ekstatische Worry wieder mit seinem Herrchen vereint worden war.

»Ich war recht sicher, dass Worry entweder verletzt war oder jemand ihn eingesperrt hatte. Und ich merkte rasch, dass die Frau mich in ihrer Hütte festhalten wollte, wofür es aber eigentlich keinen triftigen Grund gab. Sie hat mich wohl zusammen mit Will North gesehen, dachte ich mir dann. Ich war ihm oben auf dem Hügel begegnet. Den Schuss, der Ed Brown hatte töten sollen, muss sie gehört haben, und doch hat sie ihn mit keinem Wort erwähnt. Der Schuss von diesem Gewehr, das an das Gatter oben in Groaning Spinney gebunden worden war, sollte entweder Ed oder Will treffen. Beim heutigen Mordversuch schien mir eher Ed das beabsichtigte Opfer gewesen zu sein, aber jetzt, da ich weiß, dass Will Norths Hund gestohlen wurde, muss man wahrscheinlich auch ihn zu den Leuten zählen, auf deren Leben man es abgesehen hat. Worry hasst dieses Gatter. Deshalb nehme ich an, dass der Hund damals keinen Geist gesehen, sondern jemanden gerochen hat, der ihn nicht mag.«

Jonathan lachte.

»Wenn du keine Ahnung hast, warum du diese Frau plötzlich verdächtigt hast, den Hund versteckt zu halten, dann rück doch gleich damit raus!«, sagte er. »Und jetzt sag mal – und weich mir nicht aus –, was war das für eine Geschichte mit dem Schuss heute? Ganz egal, wie das mit dem Gewehr gedacht war, das man an diesem Gatter festgebunden hatte – war die heutige Kugel wirklich für Ed bestimmt?«

»Nun, Ed schien fest davon überzeugt zu sein. Falls er recht hat, war es nur gut, dass er so eng mit den Vögeln verwandt ist! Er ist sich nämlich absolut sicher, dass sie ihm heute das Leben gerettet haben. Übrigens ist eins von Wills Gewehren verschwunden. Ich denke, man wird feststellen, dass der Schuss aus genau dieser Waffe abgegeben wurde. Worrys Entführung könnte ein Ablenkungsmanöver gewesen sein, damit man freie Bahn hatte, um das Gewehr zu stehlen. Aber es gibt an dieser ganzen Geschichte einen kleinen Punkt, der mich stört. Man hat uns erzählt, dass Ed Brown eine Abneigung gegen Tiny Fullalove gefasst hat, als er ihm in Indien begegnete. Er war nicht damit einverstanden, wie Tiny mit den Maultieren der Armee umging. Doch als ich Tiny zum ersten Mal begegnet bin, war er in Gesellschaft von zwei ihm sehr liebevoll zugetanen Katzen und zwei Hunden, die ihn geradezu anbeteten. Ich frage mich, wie Worry zu ihm steht. Und wir wissen übrigens auch immer noch nicht, wo diese ganzen Tiere sind.«

»Na ja, es wäre doch denkbar, dass ein Mann seine eigenen

Tiere gernhat, aber zu den Tieren anderer Leute unfreundlich ist, meinst du nicht?«, sagte Jonathan, der es sich wie gewöhnlich nicht nehmen ließ, den Überlegungen seiner Tante eine eigene Theorie entgegenzustellen.

»Das wäre möglich, aber sehr ungewöhnlich, würde ich sagen. Ein Hundeliebhaber kommt für gewöhnlich mit allen Hunden gut zurecht. Und ein Katzennarr liebt alle Katzen, ganz gleich, wem sie gehören.«

»Aber Maultiere fallen vielleicht unter eine andere Kategorie, als es Haustiere tun. Diese Viecher können entsetzlich starrsinnig sein. Vielleicht rede ich mal mit Ed über dieses Thema. Nicht, dass man aus dem leicht was rauskriegt. Aber ich könnte gleichzeitig versuchen, aus ihm herauszulocken, was er so über diesen Schuss denkt. Falls der wirklich ihm gegolten hat, ist es an der Zeit, dass die Polizei den Schuldigen verhaftet. Ich nehme an, du verdächtigst Tiny Fullalove?«

»Er ist tatsächlich die einzige Person, die ich nicht verdächtige. Ich habe mir die Mühe gemacht, die Polizei anzurufen, und mein Freund Kommissar Gavin konnte mir den Namen des Krankenhauses nennen, in das man ihn nach seinem Sturz von meinem Balkon in Kensington gebracht hat. Tiny ist immer noch dort und kann nicht gehen. Es war sehr clever von ihm, dass er so ungeschickt gestürzt ist.«

»Ah ja, ich verstehe. Das gibt uns in der Tat zu denken. Weißt du was? Wenn der junge Emming statt seiner Mutter ermordet worden wäre, wüssten wir mittlerweile vielleicht, wo wir stehen.«

»Du meinst, sie hat ihn finanziert? Hat ihn mit Geld versorgt? Ja, daran kann eigentlich kein Zweifel mehr bestehen.«

»Ich denke auch. Und es ist gut möglich, dass sie das

gründlich satthatte. Aber es gibt absolut keinen Grund, warum er sie hätte umbringen sollen. Und soweit wir wissen, hat er auch nichts gegen Ed Brown.«

»Falls Ed Brown sich im Besitz einer wichtigen Information befindet«, sagte Mrs Bradley, »könnte Mr Emming sehr wohl etwas gegen ihn haben! Und dann dürfen wir ja auch wie gesagt Will North nicht vergessen, dem der aufgehäufte Schnee auf der Dachsbeobachtungsplattform aufgefallen ist. Und was Tiny betrifft, so können wir unmöglich beweisen, dass er zu mir nach Hause gekommen ist, um mich ins Jenseits zu befördern. Er könnte auch einfach nur gekommen sein, um sich in aller Ruhe mit mir zu unterhalten, oder er könnte sich im Haus geirrt haben, so wie er es behauptet hat.«

Jonathan machte ein skeptisches Gesicht.

»Na ja, ich weiß nicht«, sagte er. »Aber wie auch immer, knüpfen wir uns erst einmal Ed vor und hören wir, was er zu der Sache zu sagen hat.«

Will North war nicht zu Hause, als Mrs Bradley und ihr Neffe dort eintrafen, und weil sie die Fiktion aufrechterhalten wollten, dass sich ansonsten niemand im Haus aufhielt, forderten sie Ed auf, rasch hinüber zum Cottage der Wootton-Brüder zu huschen. Die Brüder waren beide zu Hause. Da sie dabei geholfen hatten, Ed aus der Grube zu heben, waren sie ohnehin in das Geheimnis eingeweiht und wussten, warum Will North einen ständigen Hausgast hatte.

»Also schön, Ed«, sagte Mrs Bradley, sobald sie sich zu den anderen gesellt hatte. »Ich werde Ihnen jetzt ein paar Fragen stellen. Sie müssen sie nicht beantworten, aber falls Sie beschließen, dies zu tun, dann bitte so genau wie möglich.«

»Fragen?«, sagte Ed. »Ich hatte schon von Mr Tiny mehr als genug Fragen. ›Sie haben mich zum Lügner gemacht‹, habe ich ihm gesagt. ›Ohne einen guten Grund.‹ Sonst habe ich ihm nichts gesagt. Oh, Ma'am, ich weiß, Sie meinen es gut, aber ich habe es wirklich satt, hier so festzusitzen wie eine brütende alte Henne.«

»Das glaube ich gern«, sagte Mrs Bradley. »Und ich glaube nicht, dass das, was ich Sie fragen möchte, irgendetwas mit dem zu tun hat, was Mr Tiny von Ihnen wissen wollte. Also los: Wie ist der Hund Worry zu Mrs – na ja, nennen wir sie für den Augenblick so, wie sie vorgibt zu heißen – Bill Fullalove gekommen?«

»Vielleicht ist er Mr Tiny gefolgt«, antwortete Ed, der über die Art der Frage erleichtert zu sein schien. »Es gibt keinen Hund, der Mr Tiny nicht überallhin folgen würde. Und das ist bei diesem Hund ganz besonders so.«

»Aber das gilt nicht für Maultiere?«

»Maultiere, Ma'am?«

»Ich habe mir sagen lassen, dass Mr Tiny mit Maultieren nicht gut zurechtkommt.«

Ed machte ein finsteres Gesicht.

»Das stimmt. Aber mit Hunden schon.«

»Und Worry ist Mr Tiny also zu Mrs Bill gefolgt. Ich verstehe. Also schön, Ed, ich denke, das ist alles.«

»Ich dachte, Sie wollten gleich mehrere Fragen stellen«, sagte Ed und machte einen verwirrten Eindruck.

»Die habe ich auch gestellt, Ed. Außer einer. Erraten Sie, wie sie lautet?«

Ed schüttelte den Kopf. Eine Amsel, die sich auf die Türschwelle gehockt hatte, erkannte Ed, sang eine kurze, begeisterte Arie, flog dann zu dem Fuhrmann hinüber und setzte sich auf seinen Kopf.

»Ah, da bist du ja, du kleines altes Du«, sagte Ed. Mrs Bradley nickte langsam und verließ leise das Haus.

»Sagen Sie Ed, er soll, sobald er kann, wieder zurück in Wills Haus gehen«, trug sie Abel Wootton auf, der sie zur Tür begleitet hatte.

Glücklicherweise war Ed Junggeselle, also gab es keine Mrs Brown, die man hätte beruhigen oder informieren oder dazu auffordern müssen, ihren Mund zu halten und niemandem zu erzählen, dass Ed sich in Will Norths Cottage versteckt hielt. Um das Täuschungsmanöver zu seinem Tod aufrechtzuerhalten, hatte Doktor Fielding seine Visite in Eds eigenem leeren Cottage gemacht, und man verbreitete im Dorf das Gerücht, es habe auch ein Polizeiarzt die Leiche untersucht. Man hatte eine in Decken gehüllte Gestalt (die man aus ein paar Sofakissen zusammengesetzt hatte) feierlich von Will Norths Cottage zu Eds Haus getragen, und dann hatte sich der Dorfpolizist davorgestellt, um Wache zu halten und neugierige Jugendliche zu verscheuchen.

Doch der Bluff würde sich nicht mehr lange aufrechterhalten lassen. Das war allen Eingeweihten vollkommen klar. Da gab es zum Beispiel das Problem der gerichtlichen Untersuchung, die eigentlich hätte stattfinden müssen. Aber Mrs Bradley hoffte, die Angelegenheit so lange hinausschieben zu können, bis sie ihre Beweise zur Genüge untermauert hatte. Sie plante, diese einen nach dem anderen zu überprüfen und dann den anderen auch erst nach und nach zu präsentieren. Zu diesem Zweck benutzte sie zunächst den Polizeipräsidenten als Versuchsperson, der um einiges klüger war, als es seine

Aussagen manchmal vermuten ließen. Sie besuchte ihn bei sich zu Hause.

»Ich sehe nicht, worauf Sie Ihre Theorie stützen wollen«, sagte der Polizeipräsident, der so seine Zweifel hatte, ob es überhaupt recht war, dass er sich auf Mrs Bradleys Theorien einließ. Mrs Bradley schüttelte langsam den Kopf.

»Lassen Sie uns einmal rekapitulieren«, sagte sie. Der Polizeipräsident machte es sich in seinem bequemsten Sessel gemütlich, stopfte sich seine Pfeife und stellte sich auf einen längeren Vortrag ein.

»Schießen Sie los«, sagte er.

»Nun, als Erstes müssen wir uns mit Worry auseinandersetzen«, sagte Mrs Bradley.

»Mit was?«

»Sie meinen, mit wem. Worry, der Hund des Wildhüters. Worrys Geschichte ist kurz, aber aussagekräftig.«

»Dann erzählen Sie mal.«

»Also schön. Als ich zum ersten Mal hier eintraf, war das zwei Tage vor Heiligabend, mit anderen Worten, am zweiundzwanzigsten Dezember. Am folgenden Tag machte ich zusammen mit Deborah und Jonathan einen Spaziergang. Unterwegs haben wir das Geistergatter oben in Groaning Spinney besichtigt. Von dort aus sind wir weiter zum Bungalow der Fullaloves gegangen, wo ich Tiny kennengelernt habe. Ich empfand sofort eine heftige Abneigung gegen ihn. Später erfuhr ich, dass es auch einige andere Personen gibt, die ihn nicht leiden können. Meine eigene Abneigung könnte man vielleicht als reines Vorurteil abtun, aber diese besagten anderen Personen haben ihre Gründe für ihre Antipathie.«

»Wer sind diese Personen, und was für Gründe haben sie?«

»Mein Neffe Jonathan empfand zu diesem Zeitpunkt noch keine Abneigung gegen Tiny – also erwähne ich ihn als Erstes. Er entwickelte eine Abneigung gegen ihn, als er erfuhr, dass Tiny seiner Frau Deborah zu nahe getreten war.«

»Ja«, sagte der Polizeipräsident. »Der Kerl ist ein ziemlicher Lump. Ich habe vergessen, wann ich zum ersten Mal derartige Geschichten über ihn gehört habe. Dem sollte man mal eine ordentliche Tracht Prügel verpassen. Aber das habe ich schon immer gedacht.«

»Mag sein. Es ist möglich, dass auch sein eigener Cousin ihn nicht leiden konnte. Ich erwähne Bill als Nächstes, weil wir keine genaueren Informationen zu seinen Gefühlen haben, außer, dass es heißt, er habe Tiny ein blaues Auge verpasst. Und Tiny gehört nicht zu den Männern, die über eine solche Sache leicht hinwegkommen.«

»Sie wollen doch nicht etwa sagen, dass er Bill deswegen ermordet hat?«

»Nein. Aber es gibt jemanden im Dorf oder jemanden, der sich vor Kurzem im Dorf aufgehalten hat, der uns glauben machen will, dass Bill aufgrund einer Überdosis Aspirin im Schnee erfroren ist – eine Dosis, die nicht groß genug war, um ihn zu töten oder nachweisliche Spuren in seinem Körper zu hinterlassen, aber groß genug, um ihn extrem schläfrig zu machen. Die Person, die uns davon überzeugen will, dass Bills Tod auf diese Weise herbeigeführt wurde, hat sich die Mühe gemacht, eine leere Packung Aspirintabletten an einer Stelle zu hinterlegen, von der sie wusste, dass ich sie untersuchen würde. Und ich habe nicht die geringsten Zweifel, dass diese Person mich dabei beobachtet hat, wie ich die Packung aufgehoben und später weggeworfen habe.«

»Sie haben Beweise vernichtet?«

»Es war kein Beweis. Dieses vermeintliche Indiz hätte vielmehr irreführend werden können. Eine der beiden Personen, die mitbekamen, dass ich mich dadurch nicht täuschen ließ, hat vor Kurzem sehr hartnäckig, wenn auch recht ungeschickt versucht, in mein Londoner Haus einzubrechen. Ob dies mit der Absicht geschah, mich zu ermorden, mir Angst einzujagen oder sich einfach nur unter vier Augen mit mir zu unterhalten, ließ sich bisher noch nicht klären.«

»Tiny Fullalove?«

»Ja.«

»Aber warum sollte er …?«

»Ganz genau. Warum sollte er den Trick mit dem Aspirin an die große Glocke hängen wollen, falls dies die Methode war, die er selbst benutzt hatte, um seinen Cousin loszuwerden? Daraus lässt sich entweder schließen, dass er seinen Cousin eben nicht ermordet hat, sondern nur wusste, wer es getan hat, oder aber, dass die Aspirin-Methode nicht die tatsächlich benutzte Methode war. Oder man schließt daraus, dass Bill überhaupt nicht ermordet wurde, sondern tatsächlich durch einen Unfall starb oder Selbstmord beging. Falls Letzteres zuträfe, hieße das, dass Tiny eine unschuldige Person damit belasten wollte.«

»Schön. Und was ist nun mit dem Hund?«

»Dazu komme ich jetzt. Wir sind ihm auf unserem Heimweg vom Bungalow der Fullaloves begegnet. Er hat sich sehr vor dem Gatter geängstigt, das sich am oberen Ende von Groaning Spinney befindet. Ich persönlich gehöre nicht zu den Leuten, die glauben, dass Hunde Geister sehen können. Vielleicht sind sie ja dazu in der Lage, kann sein, aber bevor es nicht mehr Beweise gibt, die diese Theorie untermauern, ziehe ich es vor, von einer rationalen Erklärung für ihre jeweiligen Reaktionen auszugehen. Worry wollte jedenfalls nicht durch das Gatter gehen, bevor nicht sein Herrchen ebenfalls hindurchging. In Will Norths Gesellschaft schien der Hund sich nicht mehr zu fürchten. Was auch immer ihm an diesem Gatter Angst eingejagt hatte, verlor in Will Norths Gegenwart seine Wirkung. Die naheliegende Schlussfolgerung ist nicht, dass der Hund einen Geist gesehen hat, sondern dass er dort an diesem Gatter eine unangenehme Erfahrung gemacht hat, als er sich einmal allein dort aufgehalten hat. Worum es sich dabei handelte, werden wir wahrscheinlich nie erfahren. Will North wusste anscheinend nichts davon, denn er machte lediglich die Bemerkung, dass der Hund normalerweise nicht so töricht sei, und ging weiter.«

»Sie meinen, Tiny – sagen wir mal, er sei es gewesen – hat den Hund getreten oder geprügelt?«

»Lassen Sie uns für den Moment nicht von Tiny ausgehen, wenn Sie nichts dagegen haben. Es ist sehr viel wahrscheinlicher, dass es jemand anderes war, aber diese andere Person möchte ich offen gestanden nicht beim Namen nennen. Jedenfalls noch nicht, weil ich die Anhaltspunkte noch nicht nennen kann, die ich gegen ihn gesammelt habe.«

»Wie meinen Sie das?«

»Das kann ich Ihnen noch nicht erklären. Aber danach ist Folgendes passiert: Nachdem der Wildhüter und sein Hund fortgegangen waren, habe ich mich zufällig noch einmal umgedreht. Ein Mann lehnte an dem Gatter. In diesem Moment ging ich davon aus, dass es sich um Bill Fullalove handelte, den ich bis dahin noch nicht kennengelernt hatte.«

»Er lehnte an dem Gatter, über dem man ihn später tot aufgefunden hat? Das ist ja ein sehr merkwürdiger Zufall!«

»Ich nehme an, man könnte es so betrachten, aber wegen der Tatsachen, die seitdem ans Licht gekommen sind, bin ich mir mittlerweile alles andere als sicher, dass es sich bei dem Mann um Bill Fullalove handelte. Die Person war zu weit entfernt, um eine sichere Aussage treffen zu können, aber ich bin mir ziemlich sicher, dass es nicht Tiny Fullalove war. Zum einen hatten wir ihn eben erst im Bungalow zurückgelassen, zum anderen, na ja, Tiny ist ein Hundeliebhaber, und – darüber bin ich mir gerade auch mit meinem Neffen einig geworden – bei einem Mann, der seine eigenen Hunde liebt und von ihnen geliebt wird, ist es höchst unwahrscheinlich, dass er den Hund einer anderen Person misshandelt. Außerdem weiß Tiny in seiner Eigenschaft als Verwalter des Anwesens bestimmt, welchen Wert ein so gut trainierter Hund wie Worry hat, und wäre daher der Letzte, der es riskieren würde, den Willen des Tieres durch eine brutale Behandlung zu brechen. Aber das ist bis jetzt alles Spekulation. Der nächste Teil der Geschichte, insoweit sie Worry betrifft, ist, dass jemand ihn fortgelockt und eine Weile versteckt gehalten hat. Ich äußerte die Theorie, dies könne geschehen sein, um es der Person, die auf Ed Brown geschossen hat, zu ermöglichen, eines von Will Norths Gewehren zu stehlen, aber dieses Argument wurde von meinem Neffen zu Recht entkräftet. Er wies darauf hin, dass das Cottage des Wildhüters häufig verwaist war.«

»Also schön. Was glauben Sie, warum hat man den Hund denn stattdessen gestohlen?«

»Um entweder Will von seinem Cottage wegzulocken oder zu dem Cottage hin zu locken, in dem diese Frau wohnt.«

»Wie viel leichter wäre die Sache doch«, sagte der Polizeipräsident nachdenklich (wobei er beide der soeben vorgetragenen Theorien zu ignorieren schien), »wenn Mrs Dalby Whittier den jungen Emming ermordet hätte! Dann hätten wir einen glasklaren Fall! Ich meine, es ist doch gar nicht anders denkbar, als dass sie ihn durchgefüttert hat, was meinen Sie? Er hat kein erkennbares Einkommen, außer dem winzigen Gehalt, das er als Chorleiter erhält. Er muss auf irgendjemandes Kosten gelebt haben, und Mrs Whittier ist da die naheliegende Person. Schließlich war sie ja seine Mutter.«

»Mein Neffe hatte dieselbe Theorie«, sagte Mrs Bradley. »Aber ich bin froh, dass Sie Emming erwähnen. Er war die Person, die ich nicht namentlich nennen wollte. Ich halte ihn für einen Mörder. Es gibt nur ein einziges Problem dabei. Warum sollte Emming seine Mutter umgebracht haben, wenn sie es war, die ihn finanziell über Wasser gehalten hat? Das müssen wir herausfinden. Ich glaube, ich kenne die Antwort, und ich glaube auch, dass ich sie schon sehr bald werde beweisen können.«

»Also Sie sind sich sicher, dass Emming der Schuldige ist? Ich kann nicht gerade behaupten, dass mich das überrascht. Aber was hat das alles mit Worry zu tun? So wie ich das verstehe, haben Sie ihn in dem Cottage gefunden, das gegenwärtig von Bill Fullaloves Witwe bewohnt wird.«

»Trotz der Tatsache, dass sie mir eine Heiratsurkunde gezeigt hat –«, begann Mrs Bradley.

»Hat sie das! Haben Sie mit den Nachlassverwaltern gesprochen?«

»Nein, habe ich nicht. Tiny Fullalove hat einen Antrag in

eigenem Interesse eingereicht, in dem er behauptet, dass die Heiratsurkunde eine Fälschung ist.«

»Und ist sie das?«

»Ich habe keine Ahnung. Ich denke eher nicht.«

»Nun, dann ...«

»Aber ich glaube nicht, dass die Frau eine Witwe ist.«

»Wenn sie keine Witwe ist, muss die Urkunde doch eine Fälschung sein!«

»Nicht unbedingt. Es könnte sich um die Urkunde einer anderen Person handeln.«

»Aber wie zum Teufel hätte sie dieses Ding denn dann in die Finger bekommen?«

»Nun, sie könnte die Urkunde geerbt haben.«

Der Polizeipräsident schüttelte den Kopf. »Jetzt bringen Sie mich aber auf die Palme!«, sagte er. »Sie denken, dass diese Frau die Heiratsurkunde einer anderen Person – mit anderen Worten, der echten Mrs Fullalove – einfach so geerbt hat? Das ist doch absurd!«

»Unter bestimmten Umständen nicht. Ich selbst befinde mich zum Beispiel im Besitz der Heiratsurkunde meiner Eltern.«

»Aber Sie wollen doch wohl nicht behaupten, dass die echte Mrs Fullalove und diese Frau hier miteinander verwandt sind!«

»Nein, verwandt nicht gerade.«

»Also wenn diese Frau nicht die echte Mrs Fullalove ist, dann wird die Luft für sie ziemlich dünn werden, sobald die Nachlassverwalter und deren Rechtsanwälte zusammen mit Tiny Fullalove und seinen Anwälten ihre Zeugen aufrufen.«

»Ja, natürlich - gesetzt den Fall, diese Zeugen sind immer noch lebendig.«

»Sie meinen doch wohl nicht ... Mrs Dalby Whittier und Bill Fullalove?«

»Ich glaube nicht, dass sie die Zeugen waren.«

»Was meinen Sie denn dann?«

»Ich glaube, dass sie das verheiratete Paar waren. Jetzt, da wir ein bisschen mehr über den Fall wissen, weist meiner Ansicht nach alles darauf hin.«

»Aber was ist denn dann mit dem jungen Emming? Ist er Bill Fullaloves Sohn? Das glaube ich nicht!«

»Nein, er ist entweder sein Stiefsohn oder Tinys Sohn. Auch davon bin ich überzeugt. Die Geschichte, die er uns vor ein paar Wochen erzählt hat, ist zumindest zum Teil wahr.«

»Aber Sie können doch an dieser Stelle nicht einfach aufhören, gute Frau! Ich begreife allmählich, worauf Sie hinauswollen, aber um Himmels willen, erklären Sie mir das doch bitte näher!«

»Alles zu seiner Zeit«, sagte Mrs Bradley. »Dann gibt es ja noch die Frage, was wir mit Will North machen. Er stellt eine Gefahr für die Mörder dar. Er hat den unerklärlichen Schneehaufen auf der Dachsbeobachtungsplattform gesehen.«

»Warum zur Hölle hat er die Sache denn nicht untersucht?«

»Er war auf dem Weg zum Bungalow, um dabei zu helfen -«

»Ach ja, natürlich. Aber trotzdem -«

»Deshalb wurde Worry entführt, damit Will ihn suchen geht. Will ist ihn dann auch tatsächlich suchen gegangen und wäre wahrscheinlich, sobald er seinen Hund im Cottage gefunden hätte, dort ermordet worden, wenn nicht einem der Mörder ein Fehler unterlaufen wäre.«

»Emming?«

»Emming. Er hat vorgetäuscht, auf Ed Brown schießen zu wollen, aber ich denke, dass Will North sein eigentliches Ziel war.«

»Ich werde jetzt zu Ed Brown gehen, um mal ein ernstes Wörtchen mit ihm zu reden«, sagte der Polizeipräsident entschieden. »Sie sollten besser mitkommen und auch Jonathan mitbringen.«

»Mr Emming?«, fragte Ed und sah sein Gegenüber mit einem schlitzohrigen Grinsen an. »Oh, der und ich, wir verstehen uns meistens ziemlich gut. Der mag Vögel auch gern und möchte immer ihre Namen wissen und wo man ihre Nester findet.«

»Kann man sich denn darauf verlassen, dass er die Nester auch in Ruhe lässt?«

»Oh ja, der ist in Ordnung. Der stiehlt keine Eier oder sowas. Oh ja. Der ist in Ordnung.«

»Sind Sie ein Mitglied seines Chores?«

»Das bin ich. Ja ja. Ich singe Tenor.«

»Sie kennen ihn also richtig gut!«

»Na ja, nein, das würde ich auch wieder nicht sagen. Dafür ist der zu sehr ein Gentleman, wissen Sie? Da kann ich nicht grad behaupten, ihn gut zu kennen.«

»Ein Gentleman? Was veranlasst Sie denn zu dieser Aussage?«

»Na ja, ich dachte, das wäre er. Würden Sie Mr Tiny denn nicht auch als Gentleman bezeichnen, Ma'am?«

»Wollen Sie damit sagen, dass Mr Emming Mr Tinys Sohn ist?«

»Das leuchtet doch ein, oder? Ich denke, da besteht kein

Zweifel dran, dass Mrs Dalby Whittier Mr Tinys Frau war. Wenn sie's nicht war, dann war sie auf jeden Fall Mr Bills Frau. Da irre ich mich bestimmt nicht, dass sie die Frau von einem von ihnen war. Mr Emming hat ja selbst zugegeben, ihr Sohn zu sein.«

»Ja, aber es könnte sehr wichtig sein zu wissen, welcher der beiden Fullaloves ihr Mann war, Ed!«

»Na ja, wenn ich raten müsste, würde ich sagen, Mr Bill. Leuchtet doch ein, oder? Sonst hätte Mr Bill ja wohl keine Versicherung abgeschlossen. Aber ich würde auch sagen, dass diese neue junge Frau, also, dass die zu Mr Tiny gehört.«

»Warum?«, fragte Mrs Bradley, die diese Sichtweise äußerst interessant fand.

»Es ist doch so«, erklärte Ed. »Ich lebe ja allein. Da hab' ich viel Zeit zum Nachdenken. Und da habe ich mir gedacht, also ich hab' gedacht: Mr Bill hätte nie auf diese Weise sterben dürfen. Da stimmt was nicht. Dann hab' ich auch darüber nachgedacht, wie die zwei sich einfach eine einzige Versicherung geteilt haben, für die nur einer den Beitrag gezahlt hat, und dass sie dann beide was davon hatten, ganz egal, welcher von ihnen stirbt.«

»Aber was ist mit den Vornamen?«, fragte Mrs Bradley, die sehr überrascht war, ihre eigenen Theorien aus Eds Mund zu hören. Ed schüttelte mitleidig den Kopf.

»Als ich da drüben in Indien war«, sagte er. »Da gab es da diesen Vorfall, wissen Sie? Mr Tiny war angeklagt, weil er einen Inder grausam behandelt hat. Deshalb ist er auch hierher zurückgekommen. Das war eine sehr schlimme Sache, und ich musste damals aussagen. Da hab' ich dann auch rausgefunden, dass er in Wirklichkeit William heißt. Und weil ja Mr Bill nun Bill genannt wird – ob das nun tatsächlich sein Name war oder nicht – hat das die Sache vor dem Gesetz so richtig kompliziert gemacht. Also ich denke, dass Mr Bill die Versicherung abgeschlossen hat und dass Mr Tiny dann das Geld kriegen sollte, falls Mr Bill irgendwas zustößt, und dass, wenn Mr Tiny zuerst stirbt, was viel wahrscheinlicher war, dass es dann halt bei dem Namen kein Problem geben würde – denn es steht ja einfach nur ›William Fullalove‹ drin, bei der Versicherung. Deshalb denke ich auch, dass diese Frau hier zu Mr Tiny gehört und dass die Versicherung auf Mr Bill abgeschlossen wurde.«

»Ich gebe Ihnen vollkommen recht, was die Versicherung betrifft, Ed, aber ich begreife nicht, wie Sie darauf kommen, dass die angeblich Anspruchsberechtigte Mr Tinys Frau ist und nicht Mr Bills.«

»Das leuchtet aber doch ein! Der Frau ist schließlich noch nichts passiert!«, sagte Ed mit düsterem Realismus. Mrs Bradley nickte.

»Wer hat auf Sie geschossen, Ed?«, verlangte sie zu wissen. »Und warum haben Sie damit gerechnet, dass jemand das tun würde?«

»Das war Mr Emming«, antwortete Ed. »Mr Emming hat Mr Tiny dabei geholfen, Mrs Dalby Whittier aus Groaning Spinney zu der Stelle zu tragen, wo man sie gefunden hat.«

»Woher wollen Sie das denn um alles in der Welt wissen?«

»Ich habe den Vögeln zugeschaut. Ich wusste, dass da was im Gange war.«

»Aber dadurch konnten Sie doch nichts von einem Mord wissen!«

»Nein. Das wusste ich erst, als ich hingegangen bin und nachgeschaut hab'.«

»Was haben Sie denn dann gesehen? Und wo?«

»Nur Fußabdrücke.«

»Mein Neffe, Mr Bradley, hat sie auch gesehen.«

»Dann weiß er ja genauso viel wie ich.«

»Sind Sie ihnen gefolgt?«

»Das brauchte ich gar nicht. Hab' gesehen, wie die alte Simon-Krähe runter zu Bauer Daventrys Feld geflattert ist. Die kennt die Zeichen, wenn einer tot ist, würd' ich sagen, und ich kenne die alte Simon-Krähe. Mehr gab es da gar nicht zu sehen.«

»An welchem Tag war das, Ed?«

»Lassen Sie mich mal nachdenken ... Ich denke, das war Heiligabend. Ja, das war es.«

»Das kann unmöglich sein. Die Fußstapfen, die Sie gesehen haben, waren im Schnee. Aber es hat erst am Abend des ersten Weihnachtsfeiertags geschneit.«

»Ein unglaubwürdiger Zeuge«, brummte der Polizeipräsident, während sie zusammen zu seinem Auto gingen. »Fahren Sie mich heim, Bates. Aus dem ist wohl nicht viel mehr herauszukriegen, was?«, fügte er an Mrs Bradley gewandt hinzu, während das Auto über die Brücke glitt.

»Nicht das Geringste«, antwortete Mrs Bradley fröhlich. »Aber das, was er gesagt hat, bestätigt unsere eigenen Vermutungen. Natürlich war die Frage mit den Fußstapfen sehr interessant. Sie wurden erst am zweiten Weihnachtsfeiertag entdeckt. Miss Hughes, Mr Mansell und Mr Obury haben sie alle gesehen.«

»Aber danach wurden sie auch nochmal gesehen, oder?«

»Na ja, vielleicht waren es nicht dieselben. Mein Neffe hat am Achtundzwanzigsten oder Neunundzwanzigsten recht große Fußspuren gesehen.«

»In Groaning Spinney?«

»Ja. Er hat Mr Bill Fullaloves Leiche gefunden. Wahrscheinlich ist auch diese Leiche an einen anderen Ort gebracht worden, nachdem Bill gestorben war.«

»Aber was ist mit der Leichenstarre? Und die Position der Leiche, wie sie über dem Gatter lehnte? Das bedeutet doch sicher, dass Fullalove dort gestorben sein muss, wo man ihn gefunden hat!«

»Es gibt in dieser Gegend sehr viele Gatter«, sagte Mrs Bradley. »Ich würde sagen, sie haben ihn einfach nur von einem Gatter zu einem anderen transportiert. Mehr war das nicht.«

»Du lieber Gott! Das würde ja den bisherigen zeitlichen Rahmen des Todeszeitpunktes vollkommen über den Haufen werfen!«

»Ja, ich weiß. Aber diese Theorie habe ich schon seit einiger Zeit.«

»Teufel nochmal, das haben Sie? Aber das bedeutet doch, dass Tiny –«

»Ja, ich weiß.«

»Na, und was halten Sie von Ed Brown?«

»So einiges, aber nichts, was uns weiterhelfen würde. Was meinen Sie denn?«

»Ich habe keine Ahnung, was ich denken soll. Der Kerl ist ein Einfaltspinsel, aber so gerissen und schlitzohrig, wie es nur ein Einfaltspinsel sein kann!«

»Glauben Sie, er weiß mehr, als er sagt?«

»Mit Sicherheit. Aber wie kriegen wir das aus ihm heraus?«

»Das kann ich nicht sagen. Vielleicht müssen wir das ja auch gar nicht.«

»All dieses Zeugs mit den Vögeln«, sagte der Polizeipräsident nachdenklich. »So ein Kerl wie der ist mir noch nie begegnet, der sich so gut mit den Vögeln versteht – und mit allen anderen wilden Tieren. Und er scheint ziemlich viel über diese ganze Geschichte hier zu wissen. Glauben Sie, das haben ihm alles die kleinen Vögelchen zugezwitschert?«

»Ich bin fest davon überzeugt. Aber es ist äußerst unwahrscheinlich, dass dieselben Vögelchen es auch uns zuzwitschern werden!«

»Würden Sie mir etwas erklären? Was ist das für eine Geschichte mit dem jungen Emming?«

»Oh, von ihm stammen die anonymen Briefe, die auf der Schreibmaschine getippt wurden. So viel steht fest. Und Emming wusste, dass die ersten anonymen Briefe, diejenigen, die mit der Hand geschrieben wurden, von seiner Mutter verfasst worden waren. Er muss es auch gewesen sein, der den Brief auf die Post gegeben hat, den Jonathan über Deborah erhalten hat.«

»Hätte das nicht Tiny Fullalove gewesen sein können?«

»Ja, schon, das wäre möglich. Haben Sie eigentlich Emmings Wohnung mal nach einer Schreibmaschine durchsucht? Und jetzt muss ich gehen!«

»Nein, nein, das lasse ich nicht zu! Sie kommen jetzt noch mal mit rein. Ich möchte noch mehr über diese ganze Sache hören!«

Siebzehntes Kapitel

START-ZIEL-GERADE

Seht ihn, ihr Pfaffen,
mag auch nach Schweiß er stinken,
verachtet ihn doch nicht!

George Gascoigne

»Dann fahren Sie mal fort«, sagte der Polizeipräsident, nachdem sie es sich in seinem Arbeitszimmer vor dem Kamin gemütlich gemacht hatten. Er betrachtete liebevoll seine Pfeife. »Und bitte keine Eile! Sobald ich dieses Zimmer verlasse, wird von mir erwartet, dass ich bei der Versammlung der Frauenunion Tee ausschenke. Ich weiß auch nicht, wie das passieren konnte, aber es kommt mir so vor, als hätten die Pfarrer seit Kriegsende so einige ihrer Pflichten einfach auf andere abgewälzt. Also: Wenn wir Emming für den Moment außer Acht lassen, dann bleiben uns noch …«

»Sadrach, Mesach und Abednego«, sagte Mrs Bradley. »Oder mit anderen Worten: Mr Obury, Mr Mansell und der Geist seiner Hochwürden Horatius Pile.«

»Reden Sie weiter. Das klingt vielversprechend.«

»Und Sie werden nicht enttäuscht sein! Versetzen Sie sich doch bitte mal an den vergangenen Heiligabend zurück.«

»Da habe ich einen Grabbelsack für die Kinder meines Neffen gefüllt. Danach hab' ich beinahe das Haus in Brand gesetzt, als ich zur Probe die Kerzen auf dem Weihnachtsbaum angezündet habe. Dann habe ich einem Landstreicher eine halbe Krone geschenkt, statt die Hunde auf ihn zu hetzen, und wurde kurz darauf telefonisch über einen Einbruch in Cirencester in Kenntnis gesetzt.«

»Nichts davon hat irgendeinen Einfluss auf meine Erzählung. Wir hatten im Herrenhaus zwei Gäste. Sie waren genauer gesagt eigentlich gar nicht die Gäste meines Neffen, sondern vielmehr Freunde der Fullaloves. Wir haben ihnen eine Unterkunft gewährt, weil der Bungalow dafür zu klein war. Kurz vor Mitternacht haben sie einen Spaziergang gemacht …«

»Um Himmels willen, warum das denn? In dieser Nacht war es doch stockduster!«

»Der eine ist losgezogen, um Dachse zu beobachten, und der andere wollte den Beweis erbringen, dass es keine Geister gibt.«

»Und …?«

»Ich denke nicht, dass irgendwelche Dachse zu sehen waren, aber es gab definitiv einen Geist.«

»Noch eins von diesen Luftballon-Dingern?«

»Oh, davon haben Sie also gehört? Nun, ich war nicht dabei, aber es ist gut möglich, dass es genau so etwas war.«

»Aber was war der Sinn und Zweck dieser Aktion?«

»Das lässt sich unmöglich mit Gewissheit sagen.«

»Aber sie haben das Ding später ja noch einmal dort angebracht. Dieses scheußliche Ballondings, meine ich.«

»Wahrscheinlich sollte die zweite Aktion von der Bedeutung dieses ersten Ballons ablenken. Und man wollte dadurch auch das Augenmerk auf das Gatter lenken, weil es bei dieser zweiten Gelegenheit ja in keinerlei Bezug zu einem Verbrechen stand. Ich gehe nämlich davon aus, dass bei der Exhumierung von Mr Clarence Fullalove noch andere Personen als die offiziell geladenen Gäste zugegen waren.«

»Ja, aber was sollte das denn nun mit diesem Geist am Heiligabend?«

»Ich denke, es sollte ein Art Generalprobe sein, für den Zeitpunkt, an dem man Bill Fullaloves Leiche dorthin tragen würde.«

»Aber da war Bill doch noch am Leben.«

»Ja. Tiny hatte dafür gesorgt, dass Bill das alles nicht mitbekam. Wie Sie wahrscheinlich wissen, kam Bill Fullalove an dem Abend ins Herrenhaus, als seine Freunde gerade ausgegangen waren, und hat sich kurz mit meinem Neffen Jonathan unterhalten und auch kurz etwas mit ihm getrunken.«

»Damit sollte wohl ein Alibi für den Zeitpunkt von Mrs Dalby Whittiers Tod fabriziert werden, würde ich sagen.«

»Sie muss kurz nach dem Mittagessen gestorben sein. Das Belladonna dürfte recht schnell gewirkt haben. Sie werden doch wohl die Suche nach diesen beiden Hunden und den Katzen nicht aufgeben, die Tiny gehörten, oder?«

»Nein, nein. Wenn wir ihre Kadaver finden und beweisen können, dass sie an einer Belladonna-Vergiftung starben, wäre das gleichzeitig ein Beweis dafür, dass sie im Bungalow und durch das Curry vergiftet wurden. Selbst ich bin in der Lage, das zu erkennen. Und das würde bedeuten, dass Tiny Fullalove ganz schön in Erklärungsnot geraten würde.«

»Da gebe ich Ihnen vollkommen recht. Darf ich fortfahren?«

»Aber bitte doch, tun Sie das! Ich bewundere Ihre effiziente Denkweise!«

»Der junge Emming besuchte uns am ersten Weihnachtsfeiertag. Bei dieser Gelegenheit war auch Miss Hughes dabei, die Rektorin des Colleges. Emming beschwerte sich über Tiny Fullalove. Er beschuldigte Tiny, äußerst unsanft mit seinen Chorknaben umgesprungen zu sein. Die Kinder hatten unbefugt Jonathans Grund und Boden betreten, um Stechpalmenzweige zu sammeln.«

»Die kleinen Bestien! Die haben wahrscheinlich alles zerpflückt, was sie in die Finger gekriegt haben!«

»Mag sein. Jetzt kommt der interessante Teil. Miss Hughes, die eigentlich eine gütige und nachsichtige Person ist, wies daraufhin, dass Jungen eine ziemliche Plage sein können und meistens auch sind. Aber Jungen, die sich etwas zuschulden haben kommen lassen, gehen selten, wenn überhaupt jemals zu ihrem Chorleiter, um sich darüber zu beschweren, wie sie behandelt wurden. Wir Briten sind dafür bekannt, die Dinge stumm zu ertragen, ohne zu murren. Das ehrt und beschämt uns gleichermaßen.«

»Jetzt lassen Sie die Politik mal aus dem Spiel! Sie meinen, diese Jungs haben alles Emming erzählt, und er hat sich dann mit Tiny Fullalove angelegt?«

»Wir wissen nicht, ob er das tat oder nicht. Was ich damit sagen will, ist nicht, dass die Jungen sich beschwert haben, sondern dass der Vorfall im Voraus geplant worden war und dass sich Emming selbst an dieser Planung beteiligt hat. Er wollte auf diese Weise den Eindruck erwecken, dass er und

Tiny miteinander auf Kriegsfuß stehen und nicht etwa unter einer Decke stecken. Aber das war ein Fehler.«

»Wann hat sich diese Geschichte denn ereignet?«

»Das wurde nicht ganz klar, aber es dürfte leicht herauszufinden sein. Übrigens gehörte es durchaus nicht zu Tinys Angewohnheiten, den Jungen Ohrfeigen zu verpassen. Auch das ist interessant.«

Der Polizeipräsident ging zum Telefon.

»Holen Sie Bob Wootton her«, sagte er in den Hörer. »Und zwar so schnell wie möglich. Es ist mir ganz egal, was er gerade tut. Sie wissen, wo er wohnt. Ich will ihn sofort sprechen.« Er legte auf und fügte an Mrs Bradley gewandt hinzu: »Warum glauben Sie, war es ein Fehler, dass Tiny und Emming so getan haben, als hätten sie sich zerstritten?«

»Das hat eine Verbindung zwischen ihnen geschaffen«, erklärte Mrs Bradley. »Sie hätten es besser dabei belassen sollen, dass Welten zwischen ihnen lagen.« Sie erklärte ihre Theorie näher, während sie auf die Ankunft von Bob Wootton warteten.

Bob war ein kleiner, dunkelhaariger, argwöhnischer und scheuer Junge.

»Jetzt hör mal gut zu, Bob«, sagte Mrs Bradley. »Dieser Herr hier ist ein Polizist, also pass gut auf, was du zu ihm sagst. Er möchte die Wahrheit hören, und zwar die ganze Wahrheit und nichts als die Wahrheit, und weil ich genau weiß, wie deine Antworten lauten sollten, musst du sehr Acht geben, dass du auch richtig antwortest, damit ich nichts einzuwenden habe.«

»Ja, Miss«, sagte Bob und trat unbehaglich von einem Fuß auf den anderen.

»Also, kleiner Mann«, sagte der Polizeipräsident freundlich. »Jetzt sag mal: Wie viele von euch Jungs haben an Heiligabend Stechpalmenzweige gepflückt?«

»Weiß nicht«, sagte Bob mit einem Seitenblick auf Mrs Bradleys leuchtende schwarze Augen.

»So ist's recht. Man sollte seine Freunde nie verpetzen. Aber du warst einer von ihnen, nicht wahr?«

»Ja, Sir.«

»Wo seid ihr hingegangen, um die Zweige zu pflücken?«

»Drüben nach Marlin Wood.«

»Denk lieber noch mal über diese Antwort nach, Bob.«

»Na ja. Vielleicht sind wir auch ein bisschen weiter gegangen. Es war schon dunkel.«

»Mit anderen Worten, ihr wart überhaupt nicht im Marlin Wood.«

»Nein, Sir.«

»Wo denn dann?«

»Bitte, Sir. Wir wussten nicht, dass wir was Verkehrtes gemacht haben.«

»Also schön. Ich will ja auch nur wissen, wo ihr wart.«

»In diesem kleinen Wäldchen hinter Claygate.«

»Da wachsen keine Stechpalmen. Jetzt komm schon. Sei kein Feigling. Wo wart ihr?«

»Bitte, Sir, wir waren in Groaning Spinney, und Mr Fullalove hat uns erwischt und hat uns eine runtergehauen. Bitte, Sir, wir wussten nicht, dass das Ärger geben würde. Letztes Jahr hat Mr Fullalove uns in Ruhe gelassen. Er wusste, dass wir immer dahin gehen, um uns Stechpalmenzweige zu holen. Mr Emming hatte für uns um Erlaubnis gefragt.«

»Ich nehme an, Mr Fullalove dachte, dass die neuen Besitzer es nicht gern sehen, wenn ihr euch in so großer Nähe zum Haus herumtreibt. Also, Bob, jetzt möchte ich noch eine Antwort auf folgende Frage: Habt ihr jemals etwas in Groaning Spinney gesehen oder gehört – und ich will dir jetzt nichts in den Mund legen! –, was euch den Eindruck vermittelt hätte, dass Mr Fullalove nicht wollte, dass ihr euch dort aufhaltet?«

»Nein, Sir, nichts, Sir. Und da waren nicht mal so viele Beeren an den Zweigen!«

»Das hilft uns nicht weiter«, sagte der Polizeipräsident zu Mrs Bradley, nachdem der Junge wieder gegangen war. »Bei dieser ganzen Geschichte dreht es sich immer wieder um Groaning Spinney. Noch eine weitere Erwähnung macht da schon keinen Unterschied mehr.«

»Das mag ja sein«, sagte Mrs Bradley. »Aber ich behaupte immer noch, dass Tiny Fullaloves Jähzorn in diesem Fall so einige Fragen aufwirft. Wenn er den Jungen letzte Weihnachten keine Ohrfeige verpasst hat, warum dann dieses Jahr? Nein, es ist so, wie ich sagte. Er musste sich als brutaler Rohling aufführen, um Emming dadurch eine Gelegenheit zu verschaffen, sich in aller Öffentlichkeit mit ihm zu streiten. Das war ein schwerer Fehler, aber so hatten sie die Sache geplant. Es gab auch noch einen anderen Grund. Tiny hatte den Chorknaben eigentlich die Erlaubnis erteilt, in Groaning Spinney Stechpalmenzweige zu pflücken. Sie haben ja selbst gehört, was der Junge gesagt hat. Diese Erlaubnis hat er nicht plötzlich wieder rückgängig gemacht. Das hätte verdächtig ausgesehen. Mörder schmieden immer Pläne zur Vorbeugung gegen Missgeschicke, die ihnen dann später gar nicht unterlaufen! Nein, er lag auf der Lauer und hat auf die Jungen gewartet, um sie von der Leiche wegzuscheuchen. Ich bin mir ziemlich sicher, dass es sich genauso zugetragen hat. Ich frage mich nur, wie spät es war, als die Jungen ihm begegnet sind?«

»Bestimmt noch bevor es dunkel wurde. Nach Einbruch der Dunkelheit würden sie sicher keine Stechpalmenzweige mehr pflücken. Jedenfalls nicht, wenn sie davon ausgingen, die Erlaubnis dafür zu haben. Aber falls sie das tatsächlich dachten, dann verstehe ich nicht, warum der Junge vorhin so mit der Wahrheit hinterm Berg gehalten hat, als wir gefragt haben, wo sie waren, als Fullalove sie erwischt hat.«

»Ach, das liegt bestimmt nur daran, dass er das Wäldchen jetzt gedanklich mit einer Strafe verknüpft und deshalb im Nachhinein eine Schuld damit verbindet. Er stellt wahrscheinlich oft irgendwelchen Unsinn an und bekommt dann Ärger mit seiner Tante.«

»Ah ja, ich verstehe. Also Tiny Fullalove und der junge Emming sind unsere Täter. Aber warum Emming das getan hat, verstehe ich nicht.«

»Der ist erblich belastet. Auf beiden Seiten. Es bestand keine wirkliche Notwendigkeit für ihn, weiterhin diese anonymen Briefe zu verschicken, aber er hat es trotzdem getan.«

»Aber er schien ein so harmloser junger Kerl zu sein.«

»Niemand ist harmlos, der achtundzwanzig Jahre lang einen Groll gegen die Gesellschaft hegt.«

»Sie meinen seine uneheliche Geburt?«

»Ja, das meine ich.«

»Aber was kann ich denn nun unternehmen? Wir haben noch immer keine Beweise!«

»Sie können Emming dafür belangen, diese anonymen Briefe verschickt zu haben.«

»Ja, das könnte ich tun, falls Sie sich da ganz sicher sind.

Aber was ist mit der Schreibmaschine? Uns sind die Hände gebunden, falls wir ihm nicht beweisen können, dass er die fragliche Maschine auch benutzt hat.«

»Sie sollten einmal Mr Mansells Ausgrabungsstätte untersuchen.«

»Wie bitte?«

»Ich glaube, dass Sie die Schreibmaschine dort finden werden.«

»Ja, aber ... Natürlich, er hat Mansell da oben geholfen. Er war zusammen mit Ed Brown dort oben. Ich vermute ...«

»Sie vermuten richtig. Er hat den längsten und tiefsten Graben ausgehoben. Das ist mir sofort aufgefallen. Das hintere Ende wird mittlerweile wieder aufgefüllt sein, und man wird es auch wieder mit Rasen bedeckt haben. Darunter befindet sich die Schreibmaschine.«

»Dann lassen Sie uns gehen und sie ausgraben!«

»Und zwar in Emmings Gegenwart. Also gut.«

Welche Gefühle Emming heimsuchten, als ein Kommissar in Zivil zusammen mit einem Polizeisergeanten in Uniform in seiner Wohnung vorstellig wurden und ihn dazu aufforderten, sie auf einen Spaziergang zu begleiten, konnte Mrs Bradley nur erahnen. Da sie keine offizielle Stellung einnahm, war ihr nicht das Privileg vergönnt, dabei zu sein. Doch der Gruppe wurde zusätzliches Gewicht verliehen, und zwar durch die Gegenwart Mansells (dessen Ausgrabungsstätte es war) und die von Jonathan, der Miss Hughes vertrat, denn die Ausgrabungsstätte befand sich auf dem Grund und Boden des Colleges.

Nach seiner Rückkehr ins Herrenhaus berichtete Jonathan den anderen, was sich zugetragen hatte. Bei der erstmaligen Erwähnung der Schreibmaschine war Emming sofort frech geworden. Er weigerte sich, irgendwelche Informationen dazu preiszugeben, was er an der Stätte vergraben haben mochte, und behauptete, dass sie keine Maschine finden würden, und falls doch, dass es ihnen niemals gelingen würde, sie mit ihm in Verbindung zu bringen.

Daraufhin begannen der Sergeant und Mansell unter Beobachtung von Jonathan und dem Kommissar, das bereits aufgefüllte Ende des Grabens wieder auszuheben. Schon bald darauf fanden sie die Schreibmaschine, doch Emming behauptete steif und fest, das Gerät noch nie gesehen zu haben. Mit dieser Reaktion hatte man bereits gerechnet, für den Fall, dass man die Maschine finden würde. Als Nächstes warf man ihm die Verbreitung der anstößigen Briefe vor, und auch diesen Vorwurf wies er weit von sich.

»Aber wir wissen trotzdem, womit wir es hier zu tun haben«, sagte der Kommissar, als er später dem Polizeipräsidenten in Mrs Bradleys Beisein Bericht erstattete. »Er hat diese Briefe geschrieben, daran besteht kein Zweifel. Wir haben uns die Vermieterin vorgeknöpft. Sie hat zuerst gemeint, nie das Geräusch einer Schreibmaschine gehört zu haben, und wusste auch gar nicht, wie eine Schreibmaschine überhaupt aussieht, aber sie erinnert sich wieder an das Geräusch, als der Sergeant in Emmings Zimmer auf der Maschine getippt hat, auch wenn sie sich sicher ist, dass sie es vorher erst ein einziges Mal gehört hatte. Er muss alle Briefe außer einem immer dann getippt haben, wenn sie nicht zu Hause war. Er behauptet zwar, nie eine Schreibmaschine besessen zu haben, aber sie hat sich bereit erklärt, vor Gericht unter Eid sowohl das Geräusch als auch das Datum zu bestätigen.«

»Das Datum?«, fragte Mrs Bradley, als sie dies hörte. »Welches Datum denn?«

»Der neunundzwanzigste Dezember, Ma'am. Emmings Vermieterin arbeitet für Mr Baird, wie Sie sicher wissen, und als sie an diesem Tag bei ihm ankam, stand er gerade im Begriff, nach Edinburgh abzureisen, um dort Silvester zu feiern. Anscheinend hatte er vergessen, ihr Bescheid zu geben. Er gab ihr das Monatsgehalt, sagte ihr, sie solle das Geschirr abwaschen und dann nach Hause gehen. Das war einer der Vormittage, an denen sie normalerweise die ganze Zeit in Bairds Haushalt beschäftigt war, deshalb hatte Emming auch nicht damit gerechnet, dass sie so bald schon wieder zu Hause sein würde. Als sie ankam, tippte er gerade etwas auf der Schreibmaschine. Sobald sie das Haus betrat, hörte er auf, aber sie hat das Geräusch wiedererkannt, als wir es für sie nachgestellt haben.«

»Sie klingt mir ganz und gar nicht nach einer verlässlichen Zeugin. Ist ihr denn zum Beispiel nie aufgefallen, dass er eine Schreibmaschine auf seinem Zimmer hatte?«, fragte der Polizeichef.

»Anscheinend nicht. Er hat das Zimmer selbst sauber gehalten und seine Mahlzeiten unten in ihrer Küche eingenommen. Sie scheint keine besonders neugierige Frau zu sein, und Emming hat regelmäßig seine Miete bezahlt und war nett zu ihren Kindern. Wir hatten natürlich nie einen Grund, ihr Cottage zu durchsuchen, Sir, deshalb haben wir die Schreibmaschine auch nicht gefunden, als wir damals danach gesucht haben.«

»Was hat er für eine Erklärung dazu abgegeben, warum er sie vergraben hat?«

»Keine. Er streitet ab, dass es sich dabei um seine Maschine handelt, und behauptet natürlich, dass die Person, die wusste, dass sich die Maschine dort befand, auch diejenige war, die sie dort vergraben hat. Es dürfte uns einige Mühe bereiten zu beweisen, dass es seine Maschine ist. Es ist ein recht neues Gerät und auch eine tragbare Variante. Wir werden es wahrscheinlich Scotland Yard überlassen müssen, in London nach entsprechenden Spuren zu suchen, aber wir werden es selbst zuerst in Gloucester, Cheltenham und Tewkesbury versuchen. Es ist reine Routinesache herauszufinden, wo er die Maschine gekauft hat, aber es könnte eine Weile dauern. Ich bin trotzdem davon überzeugt, dass wir die Sache in trockenen Tüchern haben, Sir. Es ist nur schade, dass uns das bei der Aufklärung von Mrs Dalby Whittiers Tod nicht weiterhilft.«

Achtzehntes Kapitel

ES WIRD ZUR JAGD GEBLASEN

So haben auch die Fürsten ihrer Sorgen Last,
die ihren Geist im Schlaf umwölkt

Nicholas Breton

»Also ist die Sache so gut wie aufgeklärt«, sagte Miss Hughes. »Glauben Sie, dass es ausreichend Beweise gibt?«

»Nein, das glaube ich nicht«, antwortete Mrs Bradley.

»Es ist fast schade – meinen Sie nicht? –, dass Sie Mr Tiny Fullalove nicht der Polizei überantwortet haben, als er in Ihr Haus in Kensington einbrechen wollte.«

»Aber es hat viel mehr Spaß gemacht, die Platte anzustellen und ihn fast zu Tode zu ängstigen«, sagte Mrs Bradley mit einem derart heftigen Grimm, dass ihre Zuhörerin überrascht aufhorchte. »Der Plan, den er und der junge Robert Emming gemeinsam gegen Bill Fullalove und Mrs Dalby Whittier ausgeheckt haben, war äußerst bösartig und grausam, und ich habe nicht vor, auch nur einem der beiden Barmherzigkeit zu erweisen.«

»Aber wie genau sah dieser Plan denn nun aus? Ich kann einiges davon aus dem schließen, was Sie mir erzählt haben, aber nicht alles.«

»Kurz gefasst sah er so aus: Die Versicherung wurde in einer Weise abgeschlossen, dass beide Cousins davon profitieren konnten, falls der andere starb. Es war nicht besonders wahrscheinlich, dass die Leute von der Versicherung darauf bestehen würden, den Leichnam von Mr William Fullalove in Augenschein zu nehmen, nachdem er für tot erklärt wurde. Bill Fullalove war durchaus gewillt, bei diesem Betrug mitzumachen. Doch er war nicht klug genug, oder er hatte nicht genug Fantasie, um zu begreifen, dass Tiny dazu fähig war, diesen Betrug zu seinem eigenen Vorteil auszunutzen und dabei auch vor Mord nicht zurückschreckte.«

»Aber Sie können immer noch nicht beweisen, dass Bill tatsächlich ermordet wurde?«

»Nein.«

»Und auch nicht, wie er starb?«

»Nein. Aber ich habe nicht weniger als acht Anhaltspunkte. Das sind meine Asse im Ärmel, sozusagen.«

»Du liebe Güte! Können Sie mir erzählen, worum es sich dabei handelt? Oder sollte ich lieber nicht fragen?«

»Ich zähle sie Ihnen auf: zwei Hundeketten, zwei Hundeleinen, eine Eiche, eine Kiefer und zwei Buchen.«

»Ich will gar nicht erst versuchen, Ihr Kryptogramm zu lösen. Stattdessen die Frage: Wer hat die leere Aspirinschachtel in den Dachsbau gelegt?«

»Das scheint Emming gewesen zu sein. Und damit kommen wir auch schon zum nächsten Schurkenstreich. Emming war nicht nur gewillt, seiner Mutter das Leben zu rauben und nach ihrem Tod auch Bill Fullalove, sondern er ist jetzt auch noch wild dazu entschlossen, seinen Mitverschwörer ans Messer zu liefern.«

»Wann ist Ihnen denn das erste Mal der Gedanke gekommen, dass Tiny und Robert Emming unter einer Decke stecken könnten?«

»Nun, mir ist schon recht bald eine gewisse körperliche Ähnlichkeit zwischen den beiden aufgefallen. Das gab mir zu denken. Als Emming zu Weihnachten bei uns zu Besuch war, bemerkte ich, dass er mich an irgendjemanden erinnerte, und ich habe so lange keine Ruhe gegeben, bis ich endlich herausgefunden hatte, an wen. Das hat nicht besonders lange gedauert, trotz des Umstands, dass Emming etwas Verweichlichtes, Feminines an sich hat.«

»Aber ich finde, das erklärt noch immer nicht, warum Sie daraus hätten schließen sollen, dass die beiden unter einer Decke stecken.«

»Das habe ich zunächst auch nicht. Aber mir wurde rasch klar, wie viel beide davon profitieren würden, wenn es ihnen gelänge, Bill und seine ihm gesetzlich angetraute Gemahlin, die sogenannte Mrs Dalby Whittier, aus dem Weg zu räumen. Bills Mord war derjenige, den man zuerst plante, auch wenn er in der zeitlichen Abfolge als Zweites geschah. Und er wurde sehr sorgfältig geplant. Er sollte wie ein Unfall aussehen. Alles, was die Verschwörer dazu brauchten, war ein heftiger Kälteeinbruch. Ich denke, Tiny hat den Plan ausgeheckt, aber für die Durchführung brauchte er einen Komplizen. Ich glaube, er fand heraus, und bitte, das sind bisher alles größtenteils nur Theorien, dass Emming Mrs Whittier erpresst hat, und hat daraufhin seinerseits Emming erpresst, um ihn dazu zu bringen, ihm beim Mord an Bill zu helfen.«

»Allmählich begreife ich, was Sie mit Ihren Ketten und Bäumen meinen. Wie absolut entsetzlich!«

»Das war es in der Tat. Nachdem sie diesen entsetzlichen Plan geschmiedet hatten, erlebten die Verschwörer jedoch eine ziemlich böse Überraschung. Bill und Tiny stritten sich, wobei Bill Tiny nicht nur ein blaues Auge verpasste, sondern ihm darüber hinaus erklärte, dass ihm die Versicherung nichts nützen würde, da er, Bill, verheiratet sei. Das besiegelte Mrs Dalby Whittiers Schicksal. Gerechterweise muss man wohl sagen, dass sich Emming nur insoweit an ihrem Tod beteiligt hat, als dass er dabei geholfen hat, ihre Leiche vom Bungalow an die Stelle zu tragen, wo man sie gefunden hat.«

»Ja, ich verstehe. Aber was ist jetzt mit dem Versicherungsbetrug? Das finde ich äußerst faszinierend.«

»Nun, so wie ich das sehe, hängt alles von der sogenannten Mrs Bill Fullalove ab. Diese Frau ist natürlich in Wirklichkeit mit Robert Emming verheiratet, und man hat ihr nur nach Mrs Dalby Whittiers Tod deren Heiratsurkunde gegeben. Damit hat sie die notwendigen Dokumente, um Anspruch auf die Versicherungssumme zu erheben, und sie kann als unbekannte und einigermaßen unanfechtbare Anspruchsberechtigte für die fünftausend Pfund der Fullaloves auftreten. Das Geld soll sie dann mit ihrem Mann Robert Emming und mit Tiny Fullalove teilen.

Dieses Übereinkommen war natürlich letztendlich nicht im Sinne auch nur eines einzigen der Verschwörer. Fünftausend Pfund sind keine so riesige Summe, als dass man sie gewinnbringend unter drei Leuten aufteilen könnte. Daher wurde es für Tiny und Emming erforderlich, sich weitere Schachzüge auszudenken, um –«

»Sich gegenseitig aufs Kreuz zu legen?«

»Sehr richtig. Und genau das können wir zu unserem Vorteil nutzen. Ich glaube auch nicht eine Sekunde, dass Tiny Fullalove vorhatte, mich zu ermorden, als er jenen seltsamen Versuch unternahm, in mein Haus in Kensington einzubrechen. Ich glaube, er kam, um mir zu sagen, dass er sich in Besitz von Informationen befindet, die Emming belasten. Denn wenn es Tiny gelänge, die Emmings aus dem Weg zu schaffen, dann könnte er als Bills nächster Verwandter die gesamte Erbschaft für sich beanspruchen.«

»Sie sprechen davon, ›die Emmings aus dem Weg zu schaffen‹. Es wäre aber für seine Zwecke doch sicher ausreichend, wenn es ihm gelänge, Mrs Emming loszuwerden, oder nicht?«

»Das wäre es, aber das kann er nicht riskieren.«

»Ah, ich verstehe. Sie meinen, dass man ihn sofort verdächtigen würde, wenn der scheinbar einzigen anderen Person, die Anspruch auf das Geld erhebt, irgendwas zustößt?«

»Genau das – insbesondere, da er ja bereits wusste, dass ich ihn verdächtige. So wie ich das sehe, besteht seine einzige Chance jetzt darin, Emming aus dem Weg zu räumen, weil dieser mit allen Feinheiten des Netzes vertraut ist, das sie zusammen gesponnen haben, und Mrs Emming dann derart einzuschüchtern, dass sie ihren Anspruch aufgibt.«

»Wäre das schwierig?«

»Nein, das denke ich nicht. Sie scheint keine besonders gebildete oder charakterstarke Frau zu sein. Ich denke, man bräuchte sie nur aufzufordern zu beweisen, dass sie bereits 1922 geheiratet hat –«

»Tatsächlich?«

»Oh ja. Das ist mir sofort in der Heiratsurkunde aufgefallen, die sie mir gezeigt hat. In diesem Moment wurde mir klar, dass sie in der Tat das war, wofür ich sie von vornherein gehalten hatte, nämlich eine Betrügerin. Tatsächlich habe ich, als ich sah, dass sie vorgibt, sich etwa im Alter von acht Jahren verheiratet zu haben –«

»Das ist ja äußerst interessant. Bitte fahren Sie doch fort. Und sagen Sie – wenn Sie die Bedeutung des Datums erkannt haben, würden das die Anwälte dann nicht auch tun?«

»Natürlich. Das ist ja auch genau der Punkt, auf den Tiny Fullalove sich verlässt, würde ich meinen. Und was Robert Emming betrifft, der ja nun schließlich das Cottage nicht besuchen kann, ohne Verdacht zu erregen, so bezweifle ich sehr, dass er diese Urkunde bisher zu Gesicht bekommen hat. Natürlich könnte die Frau auch hinsichtlich ihres Alters einfach lügen. Wenn sie behauptet, bereits fünfzig Jahre alt zu sein, und niemand von ihr verlangt, ihre Geburtsurkunde vorzuweisen, könnte sie vielleicht damit durchkommen. Aber ich würde mir wünschen, dass wir außer Ihnen noch eine weitere Zeugin hier hätten, die sich anhört, was ich Ihnen gerade erzähle. Würde es Ihnen sehr viel ausmachen, wenn wir ein Mitglied Ihres Lehrerkollegiums zu uns hereinbitten?«

»Nicht das Geringste. Tatsächlich befindet sich Diana Bagthorpe schon die ganze Zeit hinter der Tür zu meinem ›Allerheiligsten‹, und hat alles mitangehört. Es würde die Sache offiziell machen und uns allen ermöglichen, das Gesicht zu wahren, wenn ich sie hereinbitte.«

Die kleine, rundliche, an einen Gummiball erinnernde Sportlehrerein wurde daraufhin sofort hereingebeten. Nachdem sie sich gesetzt hatte, begeisterte sie Mrs Bradley mit einer kurzen, prägnanten und vollkommen fehlerlosen Zusammenfassung dessen, was sie bisher mitgehört hatte.

»Und ich nehme an, Sie sind nie auf den Gedanken gekommen, dass Ed Brown, Bauer Daventrys Fuhrmann, etwas mit der Sache zu tun haben könnte?«

»Diesen Gedanken habe ich mir mehr als einmal durch den Kopf gehen lassen«, antwortete Mrs Bradley. »Und ich neige dazu, Ed von aller Schuld freizusprechen. Es stimmt – er könnte der Bote gewesen sein, der zum Zeitpunkt von Bill Fullaloves Tod und Tinys Knieverletzung die Nachricht zum Haus der Ansteys gebracht hat, aber Robert Emming hätte das genauso gut tun können. Und ich denke, dass es den Verschwörern sehr wohl klar war, dass ihr Plan umso mehr Aussicht auf Erfolg hatte, je weniger Leute davon wussten. Ich muss sagen, ich war ziemlich erleichtert, dass es uns gelang, die Schreibmaschine mit Robert Emming in Verbindung zu bringen, oder besser gesagt, dass die Polizei nun in der Lage ist, diese Schreibmaschine zu dem Geschäft zurückzuverfolgen, in dem sie gekauft wurde.«

»Wo wir gerade über Ed Brown sprechen«, sagte Miss Bagthorpe. »Ich nehme an, er weilt immer noch unter den Lebenden, da bisher keine gerichtliche Untersuchung zu seinem Tod stattgefunden hat?«

»Sie haben absolut recht, und es wird uns auch nicht mehr sehr viel länger gelingen, mit der Wahrheit hinter dem Berg zu halten.«

»Falls sich beweisen lässt, dass Emming diese Schreibmaschine gekauft hat, wird er erklären müssen, warum er diese Briefe geschrieben hat, nicht wahr?«

»Ja. Und warum hat er das getan? Ich denke, es war ein Fall von ›Der Apfel fällt nicht weit vom Stamm‹ – aber das erklärt die Sache wohl noch nicht hinreichend«, sagte Miss Hughes.

»Nein, natürlich nicht. Ich glaube, Emming hat sich Folgendes gesagt: Falls die anonymen Briefe plötzlich einfach aufhören, könnten die Leute sich fragen, was mit dem Verfasser geschehen ist. Je länger man Mrs Dalby Whittiers Tod geheim halten konnte, desto besser. Die Verschwörer planten jedoch keineswegs, Bill Fullaloves Tod geheim zu halten. Denn schließlich sollte Tiny Fullalove von allem Verdacht befreit werden. Sobald allgemein bekannt geworden wäre, dass Bill verschwunden ist, hätte man Tiny sofort befragt. Es ist immer noch nicht bewiesen, auf welche Weise Bill den Tod fand …«

»Was glauben Sie denn, wie er gestorben ist?«

»Ich denke, man hat ihm ein Betäubungsmittel in sein Getränk gemischt, und dann haben Emming und Tiny ihn in Groaning Spinney überfallen. Sie haben ihm einen Sack über den Kopf gestülpt, um das Geräusch seiner Schreie zu dämpfen, und ihn an vier Bäumen festgebunden. An den Bäumen sind Spuren zu sehen, aber weil Bill Fullalove dicke Winterhandschuhe und -kleidung trug, waren auf seiner Haut keine Spuren von den Hundeketten und Leinen zu erkennen. Und er war ein leichtes Opfer, würde ich sagen, weil er überhaupt nicht mit diesem Angriff gerechnet hatte und darüber hinaus auch noch schlaftrunken war. Dann hat man ihn über und über mit Schnee bedeckt, wobei man nur den Kopf freigelassen hat, und als er fast tot war, hat man ihn über irgendein Gatter gehievt, damit sein Körper die gewünschte Haltung einnahm. Danach hat man ihn zum Geistergatter getragen und seine Leiche darüber gelehnt. Emming hat sich dann aus dem Staub gemacht, und der etwas zu clevere Tiny hat sich selbst eine Verletzung zugefügt.«

»Wie absolut entsetzlich und niederträchtig!«

»Das können Sie wohl sagen.«

»Warum glauben Sie, ist Bill Heiligabend zu Ihrem Neffen gekommen?«

»Ich glaube, er argwöhnte etwas, als die Katzen und Hunde verschwanden. Vielleicht fand er Tinys Erklärung dafür etwas zu dürftig. Aber er hat Jonathan nichts davon erzählt, und während er unterwegs war, haben die Mörder – aber auch das ist reine Vermutung – eine Generalprobe seines Todes in Szene gesetzt. Das würde den ›Geist‹ an Heiligabend erklären.«

»Was meinen Sie, warum hat Bill sich Ihrem Neffen nicht anvertraut?«

»Das weiß ich nicht. Vielleicht fürchtete er, dass Mansell und Obury jeden Moment zurückkehren und ein vertrauliches Gespräch unterbrechen könnten. Oder aber er hatte gehofft, sie seien auch zugegen, und war deswegen ratlos.«

»Ich denke nicht, dass es am Ende einen großen Unterschied gemacht hätte, ob er Mr Bradley von der Sache erzählt hätte oder nicht.«

»Nein, da stimme ich Ihnen zu. Mein Neffe wäre daraufhin wohl kaum zu dem Schluss gelangt, dass Mrs Dalby Whittier einem Mord zum Opfer gefallen ist.«

»Und was werden Sie jetzt unternehmen?«

»Ich werde warten. Die Schreibmaschine wird man wie gesagt zu Robert Emming zurückverfolgen können, und dann wird man ihn bloßstellen, wenn auch unglücklicherweise nicht als Mörder.«

»Und was wird mit dieser Mrs Robert Emming geschehen, die da oben in dem Cottage wohnt?«

»Erstmal nichts, bis Tiny Fullalove aus dem Krankenhaus entlassen wird. Danach würde ich nicht viel auf ihre Chancen geben, falls sie dort wohnen bleibt, und auch nicht auf die von Emming selbst. Das Problem ist, dass es sehr schwierig sein dürfte, eine hieb- und stichfeste Anklage gegen Tiny Fullalove zu erheben, bevor nicht wenigstens ein Mordversuch auf sie begangen wurde. Ansonsten würde das nur mit Emmings Aussage gelingen, und die wäre mit äußerster Vorsicht zu genießen. Tiny ist ein äußerst gerissener Kerl. Fast nichts von alledem lässt sich im Augenblick direkt zu ihm zurückverfolgen. Selbst Ed Browns Aussage würde nur Emming belasten, wie mir scheint.«

»Was ist denn mit Ihnen? Stellen diese Männer nicht eine Gefahr für Sie dar?«

»Ich glaube nicht. Jedenfalls jetzt nicht mehr. Sie werden sich denken können, dass ich mittlerweile alles, was ich weiß oder vermute, weitererzählt habe. Ich glaube nicht, dass einer von ihnen jetzt noch das Risiko eingehen würde, mich aus dem Weg zu räumen, und glücklicherweise gilt das auch für Will North. Er hat alles erzählt, was er weiß. Aber ich mache mir um Ed Brown Sorgen. Er weiß zu viel. Jedenfalls mehr, als gut für ihn ist. Ich habe versucht, ihn zu überreden, in meiner Londoner Klinik Zuflucht zu suchen, doch das kommt für ihn überhaupt nicht in Frage. Er sagt, er sei sehr wohl in der Lage, auf sich aufzupassen. Aber Emming ist mittlerweile bestimmt zum Äußersten entschlossen und hat nicht die geringsten Skrupel, und Ed hat noch immer nicht alles erzählt, was er weiß. Zumindest bin ich davon überzeugt. Ich wünschte, ich könnte das, was er verschweigt, noch aus ihm herausbekommen.«

»Ja. Aber hat Emming seine Mutter denn nun tatsächlich ermordet? Das fände ich absolut unfassbar.«

»Nun, auch wenn er nicht dabei war, als ihr das Gift im Bungalow verabreicht wurde, hat er sich sowohl vor als auch nach dem Mord auf jeden Fall der Beihilfe schuldig gemacht. Daher gehe ich davon aus, dass ihn eine verantwortungsbewusste Gruppe von Geschworenen genauso schuldig sprechen würde wie Tiny Fullalove. Ich wünschte, wir könnten diese Hunde finden!«

»Also bleibt uns nichts anderes übrig als abzuwarten. Das gefällt mir ganz und gar nicht, muss ich sagen. Können Sie denn wirklich nichts mehr tun?«

»Mein Neffe hat mir mitgeteilt, er wolle mit mir an der Jagd teilnehmen«, antwortete Mrs Bradley.

»Die Jagd hier in der Gegend ist gar nicht übel. Die Meute ist relativ klein, und es ist natürlich kein Vergleich zu der berühmten Cotswold-Jagdgesellschaft, aber wenn Sie gegen die Jagd auf wilde Tiere nichts einzuwenden haben, könnten Sie ziemlich viel Spaß dabei haben.«

»Ich habe in dieser Hinsicht keine besonders leidenschaftlichen Gefühle, weder für noch gegen den Fuchs«, erklärte Mrs Bradley. »Aber ich habe etwas gegen die Jagd auf Otter und Rehe.«

»Das mit den Rehen kann ich gut verstehen, aber warum Otter?«, fragte Miss Hughes. »Die sind doch sicher so schädlich für die Fische, wie es Füchse für die Hühner sind.«

»Ja, ich weiß, aber ich mag keinen Fisch«, erklärte Mrs Bradley. Ihre Zuhörer weigerten sich, diese unsinnige Antwort einfach so hinzunehmen, und es folgte eine lebhafte Diskussion über die Jagd, das Schießen und das Angeln, bis es für Mrs Bradley schließlich an der Zeit war, nach Hause zu gehen.

Sally kam mit dem Auto, um sie abzuholen.

»Es ist nicht weit, ich weiß«, sagte sie. »Und du könntest sicher zu Fuß gehen, aber es wird schon dunkel, und Jon und Deb machen sich Sorgen. Außerdem fahre ich morgen wieder heim, und ich möchte noch so viel Zeit in deiner Gesellschaft verbringen wie irgend möglich. Jon hat gesagt, er hätte dich hergefahren und er wäre dich auch wieder abholen gekommen, aber er musste rüber nach Greenstreet. Das Abendessen wird etwas später als üblich stattfinden. Er wird gegen halb acht wieder da sein.«

»Da fällt mir etwas ein«, sagte Mrs Bradley vor ihrem Aufbruch noch zu Miss Hughes. »Auch wenn ich keine Ahnung habe, warum mir das gerade eingefallen ist. Es ist ein sehr unwichtiges und kleines, aber dennoch faszinierendes Rätsel, das mit diesem Fall in Zusammenhang steht. Wegen der mit Schreibmaschine geschriebenen anonymen Briefe, die einige Leute erhalten haben, hat mein Neffe lange Finger gemacht und im Bungalow der Fullaloves dieses faszinierende, mit Schreibmaschine geschriebene Blatt Papier geklaut.«

Sie zog das Blatt mit dem Zitat hervor, das die Testamentsvollstrecker in dem Kinderbuch gefunden hatten.

»Na sowas«, sagte Miss Bagthorpe. »Ist das nicht das Blatt, das Robert Emming auf Miss Bathwells kleiner Maschine getippt hat, als er vor einer Weile einmal hier war, um uns wegen des Oratoriums um Rat zu fragen, das er für den Kirchenchor komponieren möchte?«

»Oh ja, natürlich, es gibt ja eine Schreibmaschine hier im College«, sagte Mrs Bradley.

»Das habe ich auch der Polizei gesagt, und ich habe ihnen auch gesagt, dass sie die Maschinen gerne testen können. Genauer gesagt gibt es hier sogar zwei Schreibmaschinen. Meine Sekretärin, Miss Bathwell, hat eine, und ich selbst besitze ebenfalls eine. Die Polizei war zwar nicht gerade erpicht darauf, lange hier im College zu verweilen - anscheinend war es ihnen unangenehm, dass es hier so viele Studentinnen gibt -, aber sie haben beide Maschinen getestet und sich vergewissert, dass keine von beiden benutzt wurde, um die anonymen Briefe zu schreiben. Ach, und da fällt mir ein, bei derselben Gelegenheit, bei der Mr Emming hier dieses Blatt getippt hat, hat er sich aus der Collegebibliothek ein Buch ausgeliehen, das er bis heute nicht zurückgegeben hat.«

»Was für ein Buch?«, fragte Mrs Bradley.

»*Mutter Naturs Verkehrsampeln.*«

»Wie bitte?«

»Ich weiß, aber der Titel des Buchs lautet tatsächlich so. Es beschreibt und veranschaulicht verschiedene giftige Beeren und Pilze. Es ist eigentlich ein Buch für Kinder, aber die Studentinnen, insbesondere solche aus urbanen Gegenden, finden es immer sehr nützlich, wenn es darum geht, Pflanzen wie zum Beispiel die Tollkirsche erkennen zu können.«

»Belladonna!«, rief Miss Bagthorpe dramatisch aus. »Das Gift der Tollkirsche. War das nicht genau das Gift, das ...?«

»Das Mrs Dalby Whittier getötet hat? Ja, genau. Und Sie haben Emming das Buch geliehen, und es wurde im Bungalow der Fullaloves gefunden. Ich weiß nicht, ob wir das vor Gericht als Beweis anführen können, aber es liefert uns zweifellos ein Detail, das unsere Theorie bestätigt. Es ist gewiss nicht die Art von Buch, die ein erwachsener Mann einem anderen erwachsenen Mann ausleiht. Ah, da geht mir ein gewaltiges Licht auf. Emming stammt aus London. Tiny Fullalove hat den Großteil seines Lebens in Indien verbracht. Ed Brown ist bekannt dafür, sich mit wilden Vögeln auszukennen, und es ist denkbar, dass er sich auch genauso gut mit wilden Pflanzen auskennt. Was, wenn Eds Schuldgefühle damit zu tun haben, dass er gebeten wurde, die Beeren der Tollkirsche zu identifizieren? Es wäre denkbar, dass man ihm die Frage ganz beiläufig gestellt hat, zusammen mit einer Vielzahl von anderen Fragen ... und der Name des dazugehörigen Gifts, Belladonna, ist Ed wahrscheinlich gänzlich unbekannt. Also könnte ich mich auch irren. Andererseits ist es immer wieder erstaunlich, was die Leute vom Land alles wissen.«

»Ich glaube, du bist da auf etwas gestoßen«, sagte Sally auf der Heimfahrt zu ihrer Tante. »Du solltest Ed Browns Gedächtnis besser so bald wie möglich auf die Sprünge helfen.«

»Aber ich muss dabei mit Bedacht vorgehen«, sagte Mrs Bradley. »Ich darf zum gegenwärtigen Zeitpunkt keine Suggestivfrage stellen. Ich muss erst einmal über die Sache nachdenken.«

Sally reiste am nächsten Tag ab. Mrs Bradley ließ sich, nachdem sie eine Nachricht unter Will Norths Tür hindurchgeschoben hatte, mit dem Auto nach Pinxworth fahren und ging von dort aus zu Fuß weiter. George parkte das Auto am Gasthof und stapfte – ohne dass seine Arbeitgeberin sich dessen bewusst war – stur hinter ihr her, wobei er den Lauf eines von Will Norths Gewehren, das er seit ihrem Besuch in Oxford immer im Auto dabei hatte, in professioneller Manier über dem Unterarm hielt. Mrs Bradley entdeckte ihn erst, als sie stehen blieb, um die Aussicht zu genießen.

Mrs Bradleys scheinbar zielloser Spaziergang war in Wahrheit sorgfältig geplant. Sie war wegen Ed Brown äußerst besorgt. All ihre Versuche, ihn in Sicherheit zu bringen, waren gescheitert. Und Ed erweckte den Eindruck, als würde ihm seine Gefangenschaft allmählich gegen den Strich gehen. Mrs Bradley vermutete, dass er aus dem Haus schlüpfte, sobald Will North es verließ, und durch die Wälder zwischen Wills Cottage und dem Herrenhaus streifte. Es war daher nur eine Frage der Zeit, bis die Information, dass er lebendig und wohlauf war, im Dorf die Runde machen würde.

Als sie sah, dass ihr Chauffeur gewissenhaft hinter ihr herstapfte, blieb sie stehen und wartete, bis er sie eingeholt hatte.

»Ich will nach Rolling gehen«, sagte sie. »Und es wird mir hier nichts passieren, George. Doch falls Ihnen der Sinn nach einer Wanderung von fünfundzwanzig Kilometern steht …«

George starrte auf seine Gamaschen herunter.

»Sind Sie sicher, dass Ihnen hier nichts passieren kann, Madam?«

»Ja, George. Meine Feinde sind in London und stecken dort die Köpfe zusammen. Die Polizei hat sie stets im Auge. Ich bin zu einem Treffen mit Ed Brown unterwegs. Wir nehmen dabei ganz unterschiedliche und sehr ausgefallene Strecken, damit niemand im Dorf mitbekommt, was vor sich geht.«

»Konnten Sie Ed Brown denn dazu überreden, seinerseits Vorsichtsmaßnahmen zu ergreifen, Madam?«

»Ich weiß es nicht. Aber es gibt da etwas, das er mir erzählen muss, und zwar persönlich und vor Zeugen. Es ist nämlich so, George: Ich musste feststellen, dass Ed Brown sich erst dann seines Lebens sicher sein kann, wenn es allgemein bekannt ist, dass er für Robert Emming und Tiny Fullalove eine Pflanze namens Tollkirsche identifiziert hat. Wir können uns nicht in aller Öffentlichkeit treffen, also verlasse ich mich darauf, dass Eds Begabung als Waldläufer schon dafür sorgen wird, dass er sicher zu unserem Treffpunkt gelangt. Wir werden einen Teil unseres Gesprächs im Stallhof des Polizeipräsidenten führen.«

»Ja, es dürfte Ihnen wohl kaum gelingen, Brown dazu zu bewegen, irgendein fremdes Haus zu betreten, Madam.«

»Das dachte ich auch. Wir treffen uns an der Greening-Kreuzung und werden von dort aus gemütlich in Richtung der Stallungen spazieren. Unterwegs werde ich dann von Ed die Information erhalten, die ich brauche.«

»Ich nehme an, es werden polizeiliche Zeugen benötigt?«

»Ja. Ed Brown wird sie nicht sehen, aber sie werden da sein.«

»Ich dachte, man hätte den Bungalow bereits nach Belladonna durchsucht, Madam?«

»Das hat man, aber man hat ihn nicht nach einem Präparat durchsucht, das ein geschickter Amateur aus der Tollkirsche extrahiert hat.«

»Was glauben Sie, wie hat man das Gift verabreicht, Madam?«

»Ich dachte zunächst an verschiedenste Methoden: In gefüllten Pasteten, in Rum, in Johannisbeermarmelade, im Kaffee oder in einer Suppe aus Innereien. Es gibt zweifellos noch mehr Möglichkeiten –«

»Ich wundere mich, dass sie nicht Bambussplitter oder pulverisiertes Glas benutzt haben, wo Mr Tiny Fullalove doch so lange in Indien gelebt hat.«

»Tiny hätte sich auf einen solchen Plan nicht eingelassen, würde ich meinen, denn wenn man die Mordmethode am Ende doch entdeckt hätte, wäre der Verdacht sofort auf ihn und auf ihn allein gefallen. Doch sein Aufenthalt in Indien hat bei der Sache trotzdem eine Rolle gespielt. Das Gift wurde im Curry verabreicht. Also George, ich möchte, dass Sie mich um halb elf Uhr heute Abend oben am Hangman-Pub abholen. Ich habe keineswegs vor, zu Fuß nach Hause zu gehen.«

Neunzehntes Kapitel

MARKT DER KOBOLDE

O könnt ich doch die letzte Ruhestatt
Die mir die Welt allhier beschieden hat,
Bedeckt von ewig kalter Erde Krumen,
So fröhlich ansehen, wie die sel'gen Blumen

Henry King

Je weiter sich der Weg in die Höhe schraubte, desto frischer und kühler wurde die Luft. Nachdem Mrs Bradley sich von George getrennt hatte, der noch vergebens versucht hatte, ihr zu ihrem Schutz das Gewehr aufzudrängen, schritt sie forsch aus und kam auf dem ansteigenden Gelände erstaunlich gut voran.

Sie hatte die Karte sorgfältig studiert und schlug daher stets den richtigen Weg ein. Der Himmel war blau, mit wenigen hohen Wölkchen daran. Hier und da überquerte sie einen Bach, oder es flog plötzlich ein Vogel aus dem Unterholz auf. Die Wälder zogen sich wie bläulicher Rauch die steilen Hänge hinauf oder wie eine Armee in grünen Uniformen, die zum Gipfel hinaufmarschierte.

Unten im Tal rauchte hier und da ein Schornstein, oder es fuhr schnaufend ein kleiner Zug hindurch, dessen Dampf sich vor dem Hintergrund der braunen Steilhänge in die Luft kräuselte. Es gab eine terrassenförmig angelegte Stadt, in der zahlreiche Treppen von einer Straße zur nächsten führten, und ein dicht gedrängtes Dorf, dessen Häuser sich so eng aneinander kauerten, als fiele immer noch Schnee und als wollten sie sich auf diese Weise wärmen.

Es war eine herrliche Landschaft, obwohl der Weg alles andere als einfach war, und es war ein herrlicher Tag, auch wenn Mrs Bradley zu dem Schluss kam, dass die glasklare Luft Regen verhieß. Nach etwa acht Kilometern ruhte sie sich auf einem alten Holzklotz aus, der früher einmal als Aufstiegshilfe gedient haben dürfte, und nach weiteren acht Kilometern setzte sie sich unter einen alten, verfallenen Galgen. Zwar war von der grausamen Macht des Henkers an diesem Ort nichts mehr zu spüren, doch während Mrs Bradley dort saß, bildete sie sich ein, so etwas wie ein gespenstisches Knarzen zu hören. Das Geräusch erinnerte sie an ihren ersten Spaziergang durch Groaning Spinney.

Doch es war nichts weiter als das Hin- und Herschwingen eines Gatters in einer naheliegenden Steinmauer gewesen, welche von einer dichten, umbrabraun leuchtenden Schicht Farnkraut überwachsen war. Mrs Bradley blieb keusch und damenhaft auf ihrem Stein sitzen. Nach einer Weile stand sie auf und ging weiter an der Mauer entlang. Eigentlich hatte sie einen anderen Weg nehmen wollen, doch der war offenbar im vorigen Sommer zugewachsen. Ihr Taschenkompass gab ihr jedoch die richtige Richtung an. Von jetzt an ging es bergab, so wie es auch die Karte schon angezeigt hatte.

Nach einem fünfstündigen, in stetigem Tempo absolvierten Fußmarsch und den beiden zehnminütigen Pausen, die sie sich gegönnt hatte, traf sie an der im Voraus vereinbarten Kreuzung mit Ed Brown zusammen.

»Sie müssen ja ganz erschöpft sein, Ma'am, sollt' ich meinen«, sagte Ed mit seinem vorsichtigen Waldmenschen-Lächeln. Mrs Bradley schüttelte den Kopf.

»Ich habe Sie hier in diese Ferne gelockt,«, sagte sie, »damit Sie mir zeigen, wo an den Ufern Arkadiens die weißen Waldlilien blühen.«

»Was, zu dieser Jahreszeit?«, fragte Ed. »Ich könnt' Ihnen welche zeigen, im Mai oder vielleicht im Juni. Aber Sie hätten dann eher Chancen, Waldmeister oder Maiglöckchen zu sehen.«

»Ich wusste gar nicht, dass Maiglöckchen auch wild wachsen.«

»Na ja, das tun sie vielleicht auch gar nicht, wenn man so will, aber wir haben welche, zu Hause, oben im Wald vom gnäd'gen Herrn. Ich glaube ja, dass die aus dem Garten von jemandem ausgebüchst sind, so wie es die Natur immer tut, wenn man ihr die Gelegenheit dazu gibt. Wenn man weiß, wo man suchen muss, findet man die Maiglöckchen so dick wie ein Teppich aus Winterbeeren, entlang der Auffahrt des gnäd'gen Herrn. Aber Arkadien ... Nein, von einem solchen Ort hab' ich hier in der Gegend noch nie gehört.«

So streift womöglich auch durch diese Flur,
auf die wohl nie ein Gott den Fuß wollt' setzen,
die namenlose Macht der ewigen Natur
und lauscht erfreut der schilfbewachs'nen Bächlein
Schwätzen.

zitierte Mrs Bradley, die sich Eds Ausführungen mit großer Begeisterung angehört hatte. Ed sah sie befremdet an.

»Sie sollten keine Geister heraufbeschwören!«, protestierte er.

»Aber das tue ich doch gar nicht«, sagte Mrs Bradley. »Ich rufe nur die schwarze Tollkirsche aus ihrem blumigen Schatten. Titania war selbst ein bisschen wie die schwarze Tollkirsche, meinen Sie nicht, Ed?«

»Sie haben aber doch von Lilien gesprochen«, murmelte Ed verunsichert.

»Lilien oder Narzissen«, sagte Mr Bradley. »Das ist doch alles dasselbe.«

»Aber nein, Ma'am. Das stimmt nicht. Ganz und gar nicht. Das hab' ich ja auch Mr Tiny Fullalove gesagt ... das muss letzten Sommer gewesen sein ... die schwarze Tollkirsche, das ist eine dieser Pflanzen, bei der alle Kinder lernen sollten, wie sie aussieht. Aber Lilien, na ja. Von denen sind zwar auch ein paar giftig, hab' ich jedenfalls so gehört ... Aber die schwarze Tollkirsche - na ja, wir hatten hier in der Gegend mal ein junges Ding, die war nicht älter als sechs Jahre ... Ich hab' den richtigen Namen der Pflanze erst da erfahren, Ma'am. Und das junge Ding, das Mädel, das ist daran gestorben.«

»Also daher hatten sie ihre Informationen«, sagte der Polizeipräsident. »Ich habe hier den Bericht des Londoner Krankenhauses. Tiny Fullalove wird morgen früh entlassen. Wenn wir nur die Kadaver dieser Hunde finden könnten, denen Mrs Anstey das Curry zu fressen gegeben hat, dann könnte man ihn offiziell des Mordes an Mrs Dalby Whittier anklagen, und diese Frau da oben in dem Cottage müsste vor Gericht als Zeugin aussagen. Wir hätten genug in der Hand für eine Vorladung, jetzt, da Sie ihre Heiratsurkunde gesehen haben und Ihnen das Datum aufgefallen ist. Aber wie wir an Emming herankommen sollen, außer über die Sache mit den anonymen Briefen, das sehe ich noch nicht. Es sei denn, Tiny Fullalove würde auspacken. Und wir haben auch noch nicht alle Beweise beisammen, was die Schreibmaschine anbelangt. Scotland Yard ist der Sache auf der Spur, aber es ist gut möglich, dass sie Hunderte von Anrufen tätigen müssen, bevor sie das Geschäft finden, in dem er das Ding gekauft hat. Das Problem ist, dass es eine amerikanische Marke ist und dann auch noch ein Vorkriegsmodell. Aber die Briefe sind definitiv darauf getippt worden. Daran besteht nicht der geringste Zweifel. Und hier in der Gegend ist sie nicht gekauft worden.«

»Ich nehme an, Sie werden den Bungalow noch einmal nach Belladonna durchsuchen?«

»Ja, aber ich denke nicht, dass wir da Aussicht auf Erfolg haben.«

»Versuchen Sie es mal unter dem Donnerbalken«, schlug Mrs Bradley vor.

»Unter dem was, bitte?«

»Na ja, ich nehme an, in diesen fortschrittlichen Zeiten verfügt der Bungalow zwar über eine Mülltonne, aber ...«

»Tja. Wir haben schon vor einer ganzen Weile die örtlichen Kläranlagen durchkämmt, doch ohne Erfolg. Und wenn Sie den Haufen Unrat hinter Tiny Fullaloves Holzschuppen meinen oder das Dach des Holzschuppens oder sämtliche Regenrinnen am Bungalow oder den Grund des Brunnens oder den Inhalt der Regenwassertonne oder das Innere der Zisterne oder ...«

Mrs Bradley lachte meckernd und sagte, es täte ihr leid, jemals den Mund aufgemacht zu haben.

»Das will ich meinen!«, sagte der Polizeichef. »Versuchen Sie's noch einmal.«

»Ist jeder Topf und jede Flasche zur Analyse eingeschickt worden?«

»Jeder und jede einzelne. Es sieht so aus, als hätten die Kerle die Belladonna sofort beseitigt. Es ist nicht mehr die geringste Spur davon zu finden.«

»Das ist kaum überraschend. Ich hatte eigentlich auch nicht damit gerechnet, dass Sie in dieser Hinsicht Erfolg haben würden. Und auch wenn wir jetzt wissen, dass Ed Brown den beiden gezeigt hat, bei welcher Pflanze es sich um die schwarze Tollkirsche handelt, ist ihre Schuld damit noch längst nicht erwiesen. Ich denke, wir werden die bewährte Jagdmethode anwenden müssen.«

»Bitte wie? Welche Jagdmethode?«

»Die, bei der die Treiber das Wild aus seiner Deckung aufscheuchen.«

Der Polizeipräsident machte ein unbehagliches Gesicht.

»Ich bin mir alles andere als sicher, dass ich Sie da richtig verstehe«, sagte er. »Wir müssen vorsichtig vorgehen, wissen Sie? Wenn Scotland Yard das Geschäft gefunden hat, in dem die Schreibmaschine gekauft wurde. was ihnen irgendwann auf jeden Fall gelingen wird, können wir Emming wegen des Verfassens und Versendens dieser Briefe anklagen. Aber für eine Mordanklage haben wir nicht genug in der Hand, es sei denn, wie gesagt, Tiny Fullalove würde sich selbst und seinen Komplizen verpfeifen. Und irgendwie glaube ich nicht, dass er der Typ dazu ist.«

»Ich dachte eher an Mrs Emming.«

»Das haben wir versucht. Die ist nicht leicht zu knacken.«

»Ich denke, sie ließe sich sehr viel leichter zum Reden bringen, wenn sie wüsste, dass ihr Leben in Gefahr ist.«

»Aber es ist nicht in Gefahr.«

»Nicht so lange die anderen sich absolut sicher sein können, dass sie nichts, aber auch gar nichts verraten und keine Beweise aus der Hand geben wird. Aber was, wenn Tiny Fullalove zu der Überzeugung gelangt, dass sie im Begriff steht, genau das zu tun?«

»Oh, ich verstehe. Sie meinen …?«

»Ich meine, dass es im Allgemeinen den Tiger reizt, wenn das Lamm blökt. Insbesondere diesen Tiger hier. Und da – wie ich ja schon zuvor sagte – fünftausend Pfund nicht so besonders viel Geld sind, wenn man es unter drei Leuten aufteilen muss …«

»Sie glauben, die Frau wird Zweidrittel der Summe für sich beanspruchen wollen?«

»Warum sollte sie das nicht tun? Sie kann schließlich Tiny Fullalove gegenüber behaupten, dass nur sie ihm den Hals retten kann. Denn wenn Tiny selbst der Anspruchsberechtigte wäre, was er, so wie die Dinge stehen, nicht ist, wäre seine Lage recht brenzlig gewesen … Ich kann geradezu hören, wie sie ihm das direkt ins Gesicht sagt. Sie ist zwar keine besonders mutige Person, aber Geld ist ein erstaunlich mächtiger Anreiz.«

»Aber wir müssten dann immer noch beweisen, dass Bill Fullalove ermordet wurde, und das können wir leider gerade eben nicht beweisen. Und meiner Ansicht nach werden wir das auch nie können. Wir haben keine Möglichkeit festzustellen, was er am Neunundzwanzigsten nach dem Mittagessen getan und wo er sich aufgehalten hat. Wir wissen, dass er nach dem Essen ausgegangen ist, weil Anstey das so ausgesagt hat, aber wir haben nicht die geringste Ahnung, was danach mit ihm geschah.«

»Außer, dass die Hunde und Katzen verschwunden sind. Und dass Tiny Anstey gegenüber absichtlich den fälschlichen Eindruck vermittelt hat, Bill sei nach Gloucester gefahren.«

»Ja, ich weiß ... Es kann aber auch sein, dass Anstey sich da einfach nur geirrt hat. Manchmal setzen sich die Leute die merkwürdigsten Dinge in den Kopf. Übrigens, was glauben Sie denn? Denken Sie, Anstey hat sich nur geirrt?«

»Nein. Aber was ich glaube, ist noch lange kein Beweis.«

»Aber es könnte vor Gericht durchaus großes Gewicht haben«, sagte der Polizeipräsident, der unter seinem griesgrämigen Gebaren eine große Zuneigung und Bewunderung für Mrs Bradleys Talente verbarg und ziemlich irritiert darüber war, dass sie in dem vorliegenden Fall noch keine wirklichen Resultate erzielt zu haben schien. »Dann mal los, meine Liebe. Lassen Sie uns in Aktion treten. Die Zeitungen fangen allmählich an, schrille Töne zu spucken.«

»›Wenn jenes, das alles erträgt, auch dich erträgt‹«, zitierte Mrs Bradley feierlich und volltönend auf Griechisch, »›so ertrage auch du und lass dich tragen.‹«

»Das ist ja schön und gut. Aber edle Worte machen den Kohl nicht fett.«

»Mögen Sie Kohl?«

»Nicht besonders.«

»Würden Sie mir also zustimmen, wenn ich sage, dass es Ihnen daher egal sein müsste, ob der Kohl fett wird oder nicht?«

»Also jetzt hören Sie mal –«

»Wir brauchen Mrs Robert Emmings Aussage.«

»Die kriegen wir nicht. Sie hat sich genauso schuldig gemacht wie die beiden Männer und wird sich mit aller Kraft, die ihr zur Verfügung steht, in das Geld verkrallen. Das haben Sie selbst gesagt.«

»Krallen können stumpf werden.«

»Zum Teufel mit Ihnen und Ihren Metaphern. Ich kann diese Frau nicht verhaften und sie mit Gewalt zum Reden bringen!«

»Nein. Und ich wäre auch nicht damit einverstanden, wenn Sie das täten, selbst wenn Sie könnten. Aber ein freundlicher Besuch …«

»Freundlich?«

»Gewiss. Und wir können zu ihrem eigenen Besten nur hoffen, dass sie genug gesunden Menschenverstand besitzt, um sich vor den Griechen zu hüten, die Geschenke bringen.«

Der Polizeipräsident schüttelte den Kopf und griff betrübt ein früheres Thema wieder auf.

»Was hatten Sie eigentlich erwartet, was wir hinsichtlich Mrs Dalby Whittiers Tod unternehmen könnten, nachdem Ed Brown zugegeben hat, Emming und Tiny die schwarze Tollkirsche gezeigt zu haben?«

»Alles Mögliche. Ich dachte zum Beispiel, dass Sie Ed vielleicht wieder auferstehen lassen könnten.«

»Ihn auferstehen lassen?«

»Ja. Ich glaube, wenn Mr Emming oben in Groaning Spinney Eds Geist begegnen würde, könnte das eine recht interessante Reaktion hervorrufen.«

»Ich kann nicht einfach Ed Browns Leben aufs Spiel setzen.«

»Natürlich nicht. War nur so ein Gedanke.«

Der Polizeipräsident betrachtete sie mit jenem tiefen Argwohn, der ihn immer dann erfasste, wenn sie ihm einen besonders listigen Vorschlag präsentierte.

»Hm!«, sagte er vage. Mrs Bradley lachte meckernd und stieß ihn mit dem Ellbogen in die Seite.

»Aber es wäre auf jeden Fall etwas Konstruktives gewesen«, bemerkte sie. »Und es könnte Ihnen ziemlich viel Ärger und Mühe ersparen.«

»Dann leiten Sie das in die Wege. Ich wasche meine Hände in Unschuld.«

»Ah, ja, natürlich. Ich werde Sie über das Ergebnis in Kenntnis setzen, falls ich einen derartigen Versuch unternehmen sollte.«

»Aber ich werde nicht die geringste Verantwortung übernehmen, vergessen Sie das nicht.«

»Nein, nein. Ich habe gehört, morgen soll es ein Jagdtreffen am County's Green geben. Mein Neffe hat mir angeboten, eines seiner Pferde zu reiten. Ob ich wohl teilnehmen sollte?«

»Du liebe Güte, ja! Wir können uns natürlich nicht gerade mit der Cotswold-Jagdgesellschaft vergleichen. Es machen nur die ortsansässigen Bauern mit und unsereiner, und dann nehmen noch ein paar Leute teil, die ihre Fahrräder nebenher schieben. Aber Sie werden bestimmt Ihren Spaß bei der Sache haben.«

»Sie kommen nicht mit?«

»Wie könnte ich, solange ich diese Geschichte hier um die Ohren habe? Es ist ja schließlich möglich, dass jeden Moment die Hölle losbricht.«

Wie zur Bestätigung schrillte in diesem Moment das Telefon. Eine ruhige Stimme am anderen Ende der Leitung verkündete, die Schreibmaschine, die bei Scotland Yard zur Überprüfung eingeliefert wurde, sei am achtundzwanzigsten Dezember in Islington gekauft worden. Es gebe jedoch keinen Hinweis auf die Identität des Käufers, da dieser bar bezahlt und die Maschine sofort mitgenommen habe.

»Er hat keine Adresse hinterlassen. Aber es war definitiv ein Mann«, berichtete der Polizeipräsident. »Jetzt müssen wir nur noch herausfinden, ob sich Emming am fraglichen Datum in London aufgehalten hat.«

»Sie werden feststellen, dass er das tat«, sagte Mrs Bradley. »Aber selbst wenn es Ihnen gelänge zu beweisen, dass er tatsächlich an diesem Datum in London war, wird Ihnen das nicht viel helfen. Er hat die Schreibmaschine sicherlich nicht selbst abgeholt, sondern einen Kurier dazu benutzt.«

»Dann müssen wir eben den Kurier aufspüren und ihn dazu bringen, uns eine Beschreibung von Emming zu liefern«, sagte der Polizeipräsident. »Aber es läuft alles auf dasselbe hinaus. Wenn wir nur hartnäckig genug dranbleiben, können wir beweisen, dass Emming diese Briefe getippt hat, aber ich möchte verdammt sein, wenn ich eine Möglichkeit sehe, wie wir ihm diese Morde nachweisen können.«

»Die Frau ist der Schlüssel«, sagte Mrs Bradley. »Wir müssen einen Weg finden, wie wir sie zum Reden bringen können.«

»Aber es muss ein legitimer Weg sein.«

»Da stimme ich Ihnen zu. Und ich habe auch schon eine Idee.«

»Wenn Sie Ihre Geistergattertheorie meinen ...«

»Zum Teil, ja.«

»Jetzt hören Sie mal gut zu: Verwickeln Sie mich bloß nicht in irgendein Schlamassel!«

»Haben Sie da mal keine Angst. Und ich habe keine Skrupel!«

»Lady Macbeth höchstpersönlich!«

»Nein. Der Vergleich hinkt. Ich habe keinen Ehrgeiz.«

»Nicht einmal den, dabei zu sein, wenn der Fuchs gestellt wird?«

Mrs Bradley warf ihm einen Seitenblick aus ihren glänzenden schwarzen Augen zu.

»Das werde ich morgen wissen«, antwortete sie.

Zwanzigstes Kapitel

BLICK AUF EINEN TOD

Noch konnten Hecken, Gräben, Zäune, enge Grenzen
Verstellen meinen Blick aufs weite Glänzen
Der Erde, die in aller Hände lieget
Darauf ich schaut', so mich der Friede wieget

Thomas Traherne

»Es ist die letzte Jagd der Saison«, sagte Jonathan und nahm einen Schluck aus seiner Teetasse, wobei er sich fast verbrannte. »Ich freue mich sehr, dass du mitkommst.«

Mrs Bradley, korrekt in Reitkleid und Zylinderhut gewandet, grinste ihn unfroh an.

»Ich nehme nicht an, dass ich viel davon mitbekommen werde«, bemerkte sie. »Ich bin zu alt für solche Kapriolen.«

»Ach, Unsinn!«, entgegnete ihr Neffe. »Mein Vater hat immer gesagt, du hättest beim Reiten sogar einen noch besseren Sitz als er selbst. Außerdem wird dir unser Jagdgebiet gefallen. Und wir sind eine äußerst demokratische Truppe!«

Die Pferde warteten bereits im Stallhof. Jonathan warf seine Tante geschickt in den Sattel, stieg auf seine braune Stute und ritt voran, quer über den schlammigen Hof und in den Wald hinein.

Sie waren mehr als rechtzeitig aufgebrochen und ließen die Pferde daher in gemächlichem Schritt den langen Weg durch den Wald trotten. Hier und da lugten die ersten wilden Narzissen aus der Erde und erweckten den Wald zu neuem Leben. Am Rand des Waldes stand der Ginster in honigduftender Blüte, und die tückischen, sich geschmeidig in die Höhe schlängelnden Brombeerzweige breiteten sich ebenso rasch aus wie das grüne Leuchten der Weißdornbüsche. Das aufgehäufte Laub auf dem Waldboden war so weich wie ein Federbett und bot auch ähnlich wenig Widerstand, und die Pferde schritten mühelos und grazil zwischen den Bäumen hindurch, bis sie ins offene Gelände kamen.

Jonathan spornte seine braune Stute sogleich zum Trab an. Als sie die Straße erreichten, drosselten sie ihr Tempo wieder und trotteten auf dem Grasstreifen am Straßenrand im Gänsemarsch hintereinander her.

Die Jagdgesellschaft traf sich vor einem Herrenhaus namens County's Green, bei dem es sich um ein weißgetünchtes Gebäude im georgianischen Stil handelte. Die dazu gehörige, halbkreisförmige Rasenfläche wurde nach und nach durch die zahlreichen Hufe zerstört.

Jonathan stellte seiner Tante die Leute vor, von denen er meinte, dass sie sie kennenlernen sollte, und bald darauf brach die Reiterschar auch schon auf.

Die Gegend um County's Green war weniger bewaldet und nicht so steil und hügelig wie manch andere Gebiete in den Cotswolds, aber es war fruchtbares, weites, sanft gewelltes Gelände und abgesehen von den unvermeidlichen Steinmauern frei von irgendwelchen hässlichen Hindernissen.

»Hier gibt's keinen Stacheldraht«, rief Jonathan, während

die Jagdgesellschaft ein wogendes Feld überquerte. »Das Gelände ist sehr offen. Ich denke, es wird eine gute Jagd werden. Es gibt mehr als genug Füchse hier. Solange der Hundeführer es hinbekommt, dass die Meute nicht alle möglichen, sondern nur ein einziges Tier verfolgt, können wir uns auf einen herrlichen Tag freuen. Hallo! Jetzt sieh dir den da mal an! Was für ein frecher Kerl!«

Ein Feldhase saß mitten auf dem Feld. Plötzlich bemerkte er die Hunde und flitzte davon, wobei er immer wieder ängstlich zurückschaute und dabei beinahe gegen ein Gatter gerannt wäre. Nachdem der Hundeführer die Meute daran erinnert hatte, dass sie sich einzig und allein um Füchse zu kümmern habe, hörten sie schon bald darauf das Geräusch eines aufgestöberten Tieres, und die Jagd nahm an Fahrt auf.

Mrs Bradley war ein Leichtgewicht und saß zudem auf einem relativ hohen Pferd, das zwar ein freundliches, rücksichtsvolles Wesen hatte, doch auch unbedingt ganz vorn mit dabei sein wollte. Es galoppierte los, zusammen mit seiner nicht mehr ganz jungen Reiterin, die jedoch bereitwillig mitmachte und mit einem begeisterten Grinsen und donnernden Hufen an ihrem Neffen vorbeiflog. Die Erdklumpen wurden wild durch die Gegend geschleudert, während die Jagdgesellschaft hinter der zwanzigköpfigen Hundemeute herraste.

Jonathan trieb seine braune Stute an und hatte seine Tante schon bald eingeholt. An einer steinigen Böschung verlor er wieder den Anschluss, weil seine Stute stolperte. Mrs Bradleys nobles Ross hingegen war zu dem Entschluss gelangt, dass die Böschung nicht der Rede wert sei, und war mit einem gewaltigen Satz darüber hinweggesegelt. Dabei hatte das Ganze so adrett und sauber ausgesehen, als nähme das

Tier gerade, mit einer Siegerschleife geschmückt, an einer Pferdeschau teil.

Die Sonne stieg höher, die Wolken flogen über den Himmel, allen war warm, und der anfängliche, fieberhafte Enthusiasmus mündete in das ruhige, stetige Trommeln von Hufschlägen.

»Die Unausstehlichen auf der Jagd nach dem Ungenießbaren«, zitierte Jonathan Oscar Wilde, als er zu seiner Tante aufschloss. Im nächsten Moment bogen die Hunde auf einen sandigen Feldweg ein und drosselten kurz das Tempo.

»Ach was!«, rief Mrs Bradley zurück. »Der Pfusch jagt den Busch wäre viel passender.« Bei diesen Worten wies sie mit ihrer Gerte zu einem recht affektiert wirkenden jungen Mann hinüber, der sich verzweifelt an der Mähne seines Pferdes festklammerte und dabei so schlecht im Sattel saß, dass es infolge der Bewegungen seines großen, schweren Pferdes eher so aussah, als ritte er ein zweihöckriges Kamel.

»Du liebe Güte!«, rief Jonathan fasziniert. »Glaubst du, er hat im Zirkus Reiten gelernt?«

Seine Tante ließ diese schonungslose Bemerkung unbeantwortet, und schon bald darauf änderte die Meute erneut die Richtung. Die Hecke, die sich am Straßenrand entlang zog, war zu breit und zu hoch, um sie von der niedrig liegenden Fahrbahn aus zu überspringen. Die Hunde fanden eine Lücke, doch die Reiter – abgesehen von dem Hundeführer, der eine spärlich bewachsene Stelle gefunden und sich mit seinem Pferd hindurchgezwängt hatte – waren gezwungen, hinter einem Milchlieferwagen herzutrotten, bis sie zu einem Gatter kamen.

»Wir haben sie verloren«, sagte Jonathan, denn von den

Hunden war mittlerweile keine Spur mehr zu sehen. »Hier entlang. Komm, ich kenne mich hier aus. Wir werden sie schon bald wieder eingeholt haben.«

Sie folgten einem Pfad, der im Sommer von Picknick-Ausflüglern, Ziegen und Dorfjugendlichen platt getrampelt worden war. Vor ihnen lag ein kleines Wäldchen, das sie umrundeten, immer dem Ruf des Jagdhorns folgend, und dahinter ersteckte sich ein Abhang. An dessen unterem Ende entdeckten sie ein Tor, das zurück in den Wald führte. Unmittelbar vor ihnen befand sich der Zirkusreiter.

»Verdammt!«, sagte Jonathan und zügelte seine Stute. »Tut mir leid. Ich steige ab und öffne es.«

Doch der Kamelreiter war nicht so zimperlich. Er ritt forsch auf das Tor zu, musste dann aber leider feststellen, dass sein Pferd vollkommen zu Recht den Sprung verweigerte. Er segelte über das Tor hinweg und landete auf dem Kopf.

»Da gibt's was für dich zu tun«, sagte Jonathan zu seiner Tante. Mrs Bradley stieg ab, öffnete das Tor und kniete sich neben den gestürzten, bewusstlosen Egoisten. Sanft tastete sie nach der Verletzung, die sich jedoch als nicht besonders schwer erwies. Der Mann hatte zu seiner Jagdkleidung einen Zylinder getragen, der als Sturzhelm gedient und das Schlimmste verhindert hatte. Wenig später setzte er sich wieder auf, ein wenig zittrig, aber im Vollbesitz seiner Kräfte.

»Tut mir leid«, sagte er. »Das war dumm.«

»Sie hätten Ihr Pferd umbringen können«, sagte Jonathan streng, aber seine Tante hatte nun eine etwas bessere Meinung von dem jungen Dandy als zuvor. Zusammen mit ihrem Neffen half sie ihm auf die Beine.

»Sie sollten besser ganz langsam nach Hause reiten«, sagte

Mrs Bradley freundlich. »Sie haben einen schlimmen Sturz erlitten.« Nachdem der junge Mann verschwunden war, setzten sie ihren Weg fort. Hinter dem Tor gab es eine Weggabelung, und Mrs Bradley fragte ihren Neffen: »Was glaubst du, welchen Weg sollten wir nehmen?«

»Lass uns diesem hier folgen«, sagte Jonathan und ritt voraus. »Falls der Fuchs in Richtung Gracebarrow gelaufen ist, könnten wir es schaffen, die anderen wieder einzuholen. In dem Wald dort wimmelt es von Füchsen. Es gibt im Zusammenhang mit dieser Gegend sogar eine Jagdlegende, die ich auch aus eigener Erfahrung bestätigen kann: Wenn ein Fuchs nach Gracebarrow läuft, kannst du genauso gut aufgeben und nach Hause reiten. Darüber hinaus ist das Gelände dort sehr unwegsam, voller Gestrüpp, wild wucherndem Unterholz, niedrig hängenden Ästen, Sümpfen und buckeligen Wiesen. Aber ich denke, wir sollten trotzdem weiterreiten und schauen, wie die Dinge stehen.«

Der schmale Pfad, dem sie folgten, machte es für sie unmöglich, nebeneinanderher zu reiten. Er stieg stetig an, wand sich zwischen den Bäumen hindurch und durchquerte dann ein Feld mit Hasenglöckchen.

»Die werden nächsten Monat wunderbar blau blühen«, sagte Jonathan und wies auf den Blumenteppich. Nach etwa einem Kilometer nahm der Wald nach und nach eine andere Gestalt an. Der Pfad wurde so breit wie eine Straße, die Sträucher waren zurückgeschnitten, und am Wegesrand wuchs ein Streifen aus Buschwindröschen und Hundsveilchen.

Jonathan zügelte sein Pferd, und seine Tante hielt neben ihm. Er hob die Gerte und zeigte zu dem sanft ansteigenden Hügel hinüber, der vor ihnen lag.

»Komm, lass uns galoppieren«, sagte er. »Da liegen etwa zweieinhalb Kilometer offene Strecke vor uns, und es macht riesigen Spaß.«

Nach dem Bummeltempo, in dem die Pferde bisher hatten gehen müssen, war ihnen die Abwechslung sehr willkommen. Der Reitweg stieg nur leicht an, und das Gelände war perfekt. Fast einen Kilometer lang rasten die Reiter mit wild donnernden Hufen über den weichen, leichtgängigen Untergrund, der dennoch fest genug war, um den Pferdebeinen genügend Widerstand zu bieten.

Dann zügelte Jonathan seine Stute erneut. Mittlerweile hatte sich der Wald ein wenig gelichtet. Die Reiter hatten den Gipfel erreicht, und ihre Silhouetten zeichneten sich vor dem Himmel ab. Unter ihnen breiteten sich bewaldete Hügel und ein wogender, fruchtbarer Teppich aus Feldern, Äckern und Weideland aus. Zwei oder drei Straßen zogen sich durch das Tal, und die Sonne strahlte auf die Buchenhaine herab.

»Wunderschön«, sagte Mrs Bradley. »Und stell dir vor, ich kann die Hunde sehen.« In einer Senke zwischen einem frisch gepflügten Feld und einem dunklen kleinen Tannenwäldchen waren die weiß-beige-gefleckten Hunde zu erkennen, die über eine Wiese rasten.

»Komm!«, sagte Jonathan. »Ich kenne eine Abkürzung! Da hinunter!«

Jonathans Abkürzung brachte sie in der Tat rasch ans Ziel und war auch für die Pferde keine allzu große Herausforderung, doch gerade in dem Moment, als er und Mrs Bradley zum Rest der Jagdgesellschaft aufschlossen, nahmen die Hunde offenbar eine falsche Fährte auf, sodass die Jagd einen Moment lang zum Halten kam.

»Das begreife ich nicht«, sagte Jonathan zu seiner Tante. »Das war ein sehr plötzlicher Halt, wenn man bedenkt, wie schnell die Meute vorher unterwegs war. Und wir sind noch lange nicht in Gracebarrow.«

»Der Fuchs hat sich in seinem Bau verkrochen«, sagte ein beleibter Bauer, der auf einem schweißbedeckten Braunen saß. »Das ist genau hier an dieser Stelle schon mal passiert. Ich denke, wir können aufgeben und nach Hause reiten. Dieses Mal haben wir ihn wohl endgültig verloren, würd' ich sagen.«

Doch sie schenkten dieser düsteren Sichtweise keine Beachtung, denn im nächsten Moment war der aufgeregte Ruf eines Jungen zu hören, der auf einem Fahrrad unterwegs war.

»He! Mister! He! Er ist hier rausgekommen und läuft grad über die Pfarrerswiese! Sie müssen hier entlang!«

Ein Feldweg führte an einem Bauernhof vorbei. Das dazugehörige Federvieh schwirrte aufgeregt durcheinander, doch es gab in seinen Reihen keine Opfer zu beklagen. Hinter dem Hof kamen die Reiter zu einem Abhang, auf dessen Spitze ein kleines, karges Wäldchen stand. Die Meute ließ dieses Wäldchen links liegen, kroch unter einem kaputten Zaun hindurch und verschwand hinter der Anhöhe. Der Hundeführer und der Jagdmeister ritten auf den Zaun los, um ihn zu überspringen, während einer der anderen abstieg und das Gatter öffnete. Ein paar wenige Reiter folgten dem Meister, und einer von ihnen stürzte.

Mrs Bradley, deren ärztliches Pflichtgefühl und soziale Instinkte stärker waren als ihr Wunsch, dem Fuchs hinterherzujagen, stieg ab, um den Schaden zu begutachten.

»Es ist schon okay«, sagte der Gestürzte und zuckte unter

Mrs Bradleys streng tastenden Fingern zusammen. »Da ist nichts gebrochen. Ich dachte schon, es hätte mein Schlüsselbein erwischt, aber es ist nochmal gutgegangen – jedenfalls dieses Mal. Ich hatte Glück, dass der Boden hier so weich ist. Es war überaus dumm von mir, den Zaun überspringen zu wollen, und dann auch noch auf einem gemieteten Pferd und gegen die Steigung. Sie hätten nicht anzuhalten brauchen. Bitte, machen Sie sich keine Mühe. Ich wohne in dem Pub da hinten, das ist nur ein paar Kilometer entfernt. Ich komme schon klar, keine Sorge.«

Mrs Bradley vergewisserte sich, dass der Sturz, auch wenn er recht heftig gewesen war, tatsächlich keinerlei gebrochene Knochen nach sich gezogen hatte, und sagte ihrem Neffen, er solle ruhig weiterreiten. Dann legte sie sich gemächlich die Zügel über den Arm, sah zu, wie ihr Neffe und ihr Patient in unterschiedliche Richtungen davonritten, und führte ihr Pferd den Hügel hinauf, in die Richtung, die die Jagdgesellschaft genommen hatte.

Als sie den Gipfel der Anhöhe erreichte, konnte sie einen Wald sehen, der eher blau als grün wirkte, abgesehen von ein paar Lärchen hier und da und den Weißdornbüschen, die sich in ihr erstes Grün kleideten. Zwischen ihr und dem Wald ragte eine jener düsteren Steinmauern auf, wie sie für die Cotswolds typisch waren – die Art von Hindernis, das zwar weit verbreitet war, dem der Fuchs bisher jedoch hatte aus dem Weg gehen können. Sie führte das Pferd zu einem Zauntritt aus Stein, stieg wieder auf und ritt dann auf der Suche nach einem Gatter langsam an der Mauer entlang.

Es dauerte nicht lange, und sie hatte eins gefunden. Es wurde von einem jungen Mann bewacht, der es sofort für sie öffnete und ihr zuvorkommend zeigte, welchen Weg der Fuchs genommen hatte. Dann nahm er sein uraltes Fahrrad, das er an die Mauer gelehnt hatte, schob es hinter ihr durch das Gatter, schloss dieses sorgfältig wieder, bestieg sein Gefährt und begleitete sie über die bucklige Wiese, wobei er unterwegs ordentlich durchgeschüttelt wurde. Auch das nächste Feld überquerte Mrs Bradley gemeinsam mit ihrer Fahrrad-Eskorte, und an dessen Ende erreichten sie den Waldrand.

»Ah, jetzt haben sie ihn wieder verloren, den schlauen alten Burschen!«, rief der junge Mann, als er und Mrs Bradley zwischen den Bäumen einen Blick auf einen der Jäger erhaschten. »Hier entlang, Ma'am. Es gibt eine Abkürzung, die hier in den Wald hineinführt, für Leute, die sich hier auskennen. Sie werden den alten Halunken genauso schnell erwischen wie die anderen. Folgen Sie mir. Ihr Pferd wird sich an meinem Fahrrad schon nicht stören.«

Kein Zweifel, die Hunde waren tatsächlich einer falschen Spur aufgesessen. Mrs Bradleys Eskorte stieg vom Fahrrad, lehnte es gegen einen Zaun und ging zu Fuß weiter. Er führte sie nach rechts zu einem Gatter hinüber und dann auf einem schmalen Reitweg, der dahinter begann, in den Wald hinein.

»Der hat uns abgehängt«, sagte Jonathan, als seine Tante zusammen mit ihrer Begleitung zu ihm aufschloss. »Ist wahrscheinlich zurück in seine heimatliche Gegend gelaufen oder hat sich hier irgendwo in einem Bau verkrochen. Nicht schlimm. Es ist ein herrlicher Tag. Sollen wir nach Hause zotteln, oder möchtest du abwarten und schauen, ob die Hunde ihn vielleicht noch einmal aufstöbern?«

»Von mir aus können wir heim, wenn du magst«, sagte seine

Tante und setzte sich ihren Hut, den ein Ast ihr beinahe vom Kopf gestoßen hätte, wieder richtig auf. »Was ist denn mit den zwei Hunden da los?«

Anscheinend wollte der Jagdmeister dasselbe wissen wie sie. Die beiden Hunde hatten ihre Schnauzen in einen Dachsbau gesteckt und bellten wie verrückt.

Der Hundeführer rief die Hunde zu sich. Im nächsten Moment hatte die Meute plötzlich wieder eine Spur aufgenommen, und die Jagd ging quer durch den Wald weiter.

»Das ist jetzt bestimmt ein anderes Tier«, meinte Jonathan und duckte sich, damit ihm nicht einer der niedrig hängenden Zweige ins Gesicht peitschte. Als er sich umdrehte, stellte er fest, dass seine Tante abgestiegen war und mit einem toten Ast in dem Dachsbau herumstocherte, während der Fahrradfahrer, der sie begleitet hatte, danebenstand.

»Blut«, sagte sie und hielt den Ast in die Höhe. Ihr mittlerweile ebenfalls abgestiegener Neffe trat zu ihnen.

»Bestimmt ein Kaninchen«, sagte Jonathan. »Ein Hermelin wird es getötet und hier hereingeschleppt haben, würde ich sagen. Komm schon, sonst verpassen wir den ganzen Spaß!«

»Ich dachte, du hättest beschlossen, nach Hause zu reiten«, entgegnete seine Tante. »Aber ganz, wie du magst. Dann mal los!«

Sie stiegen wieder auf und beugten sich tief über die Hälse ihrer Pferde, um sich vor den Zweigen zu schützen, die drohten, ihnen ins Gesicht zu peitschen. Wenig später erreichten sie einen breiten Weg, der quer durch den Wald führte. Mrs Bradleys Gerte baumelte ihr am Handgelenk herab, während sie den blutverschmierten Ast in der Hand hielt, mit dem sie in dem Dachsbau herumgestochert hatte. Jonathan, der sich an ihre scheinbar eigentümlichen Handlungen gewöhnt hatte, die sich, wie er wusste, später als durchaus berechtigt herausstellen würden, gab keinen Kommentar dazu ab. Sein Pferd galoppierte los, und wenig später jagten sie zusammen mit dem jodelnden Hundeführer und der übrigen, enthusiastischen Jagdgesellschaft der wild heulenden Meute hinterher.

Am Ende des Waldes kamen sie zu einem hölzernen Gatter, das leicht zu überspringen war. Der Absprung war zwar ein wenig matschig, aber dennoch machbar. Jonathan gab seiner Stute den Kopf frei und war im Nu hinübergesprungen. Mrs Bradley spornte ihr großes Jagdpferd an, und im nächsten Moment flog es ebenfalls hinüber, legte eine perfekte Landung hin und galoppierte stetig weiter, einen leicht abwärts führenden Weg entlang.

Sie befanden sich nun wieder auf freiem Feld, und der Fuchs war in Sichtweite. Es gab ein großes Geschrei, wild bellende Hunde und alles, was der Höhepunkt einer Jagd sonst noch so mit sich bringt. Doch im nächsten Moment ließen sich auch Flüche hören, denn neben dem Fuchs saß ein Mann auf einem Pferd, der den Fuchs zudem auch noch an einer langen Leine hielt.

»Du lieber Gott! Das ist ja dieser Schurke Ed Brown!«, rief Jonathan und brach in ein haltloses Gelächter aus. »Das ist sein zahmer Fuchs, den er da an der Leine hat! Wir haben immer schon vermutet, dass er ein oder zwei davon besitzt, auch wenn er es nie zugegeben hat. Was um alles in der Welt will er denn damit erreichen? Und wo zum Teufel hat er ein solches Pferd her – verdammt nochmal! Das ist ja mein Moonlighter!«

Als Ed sah, dass sein Spiel aus war – worum auch immer es

sich dabei gehandelt haben mochte –, bückte er sich wie ein Cowboy im Sattel herab und ließ den Fuchs von der Leine. Das Tier machte sich sofort aus dem Staub. Ed stieg vom Pferd, und der Jagdmeister und der Hundeführer ritten laut fluchend zu ihm hinüber, um ihn zur Rede zu stellen.

Ed wirkte ein wenig verwirrt. Seine listigen Augen fingen Mrs Bradleys wachsamen und interessierten Blick auf, und da er anscheinend glaubte, in ihrem gelben Gesicht so etwas wie Anteilnahme zu entdecken, wandte er sich an sie.

»Bitte, Ma'am, Sie können am besten beurteilen, was ich hier mache. Sie wissen, wer hinter mir her ist und warum.«

»Ja«, sagte Mrs Bradley, während der Jagdmeister sie misstrauisch beäugte, und der Hundeführer die Meute vom Eingang des künstlichen Baus wegzog, in den sich Eds zahme Füchsin verkrochen hatte. »Ich denke, wir werden Ihnen wohl verzeihen müssen, Ed. Wo hält sich Robert Emming denn gegenwärtig auf?«

»Ich weiß es nicht, Ma'am«, antwortete Ed. »Aber er würde es bestimmt nicht wagen, mir etwas anzutun, während die Jagd im Gange ist, denn es könnte ja sein, dass er aus Versehen einen Hund erschießt – oder vielleicht auch den Fuchs.« Er lächelte den vor Wut kochenden Jagdmeister listig an und dann auch Jonathan, der auf das Pferd zeigte und zornig fragte:

»Wer hat Ihnen erlaubt, sich einfach Moonlighter auszuleihen, verdammt nochmal?«

»Ich verstehe nicht, was Sie da erzählen«, mischte sich der Jagdmeister ein, bevor Ed antworten konnte. »Was soll das alles, dieses Gerede, jemand wolle Hunde und Füchse erschießen?«

»Vielleicht sollte ich das besser mal erklären«, sagte Mrs

Bradley. »Ed, Sie haben den Beweis für Ihr Verbrechen nicht besonders gut versteckt. Sehen Sie!« Sie zeigte ihm den blutverschmierten Ast. »Ich würde Ihnen raten, erst einmal nicht an diesen Ort zurückzukehren.«

»Der war hinter mir her, das weiß ich ganz genau«, entgegnete Ed mürrisch. »Und mein Leben ist doch wohl mehr wert als das von so 'nem alten Fuchs.«

»Also haben Sie unseren Fuchs tatsächlich getötet, Sie Schuft!«

»Den hab' ich ordentlich an der Nase herumgeführt«, sagte Ed. »Der war hinter mir her, das sage ich Ihnen!«

»Unsinn, Ed«, sagte Mrs Bradley streng. »Da haben Sie sich ja einen ziemlichen Humbug ausgedacht. Mr Emming und Mr Tiny Fullalove sind immer noch in London. Wie konnten Sie sich denn eine solche Idee in Ihren bekloppten Schädel setzen?«

»Das lag an so 'nem Traum, den ich hatte«, antwortete Ed unwillig. »Ich halte nichts davon, wenn man seine Träume missachtet. Die kommen schon in der Bibel vor, die Träume. Und da missachten die Leute sie auch nicht. Die deuten sie sogar. Das tun die!« Und an Jonathan gewandt fügte er hinzu: »Es ist schon in Ordnung, Mr Bradley, Sir, der Moonlighter und ich, wir sind alte Freunde.«

Der Jagdmeister fing Jonathans Blick auf und tippte sich vielsagend an die Stirn. Wenig später brach die Jagdgesellschaft auf. Ed schien ihr Fortgehen gar nicht zu bemerken. Sein Gesichtsausdruck wurde listiger denn je.

»Sie haben etwas auf dem Gewissen, Ed«, sagte Mrs Bradley. »Etwas, das Sie mir noch nicht erzählt haben.«

»Ja, das ist mir eingefallen, als ich Ihnen von der schwarzen

Tollkirsche erzählt habe«, stimmte Ed ihr zu. Er streichelte das Pferd, das begonnen hatte, an seiner Schulter zu knabbern, um seine Aufmerksamkeit auf sich zu lenken. »Ist ja schon gut, du gutes altes Du«, sagte er zu dem Pferd. Und an Mrs Bradley gewandt sagte er: »Ja, Ma'am, da ist mir das eingefallen. Die armen alten Hunde, Ma'am.«

»Du lieber Himmel, Ed! Sie haben gesehen, wie sie begraben wurden!«

»Ja, Ma'am, das habe ich. Es waren Mr Tiny und Mr Emming ... und Mr Tiny hat die ganze Zeit geheult wie ein Mädel, dem einer das Herz gebrochen hat ... Sie haben die zwei armen Hunde und die zwei kleinen Katzen begraben, als Will North drüben in Camphill beim Weihnachtsschießen war.«

»Will North?«, fragte Jonathan verwirrt. »Was hat der denn damit zu tun?«

»Aber natürlich!«, rief Mrs Bradley und sah Ed freundlich an. »Will Norths Hundefriedhof! Das hätte ich sofort erkennen müssen!«

»Aber da sind sie doch ein entsetzliches Risiko eingegangen!«, rief Jonathan.

»Mr Emming, der war auch dagegen«, sagte Ed. »Aber Mr Tiny hat gemeint, er wolle, dass seine kleinen Hunde und Katzen auch so, wie es sich gehört, ihre letzte Ruhe finden, so wie die Menschen, verstehen Sie, Ma'am?«

»Ja, ich verstehe. Das tue ich in der Tat«, sagte Mrs Bradley und sah Ed begeistert an. »Und ich kann auch verstehen, dass Sie das gutgeheißen haben, Ed. Wie kam es denn, dass Sie in dem Moment gerade dort waren?«

»Na ja, um ehrlich zu sein, Ma'am, der Will North, der geht da nicht so oft hin, aber ich, ich schaue, dass ich immer mal wieder da ein bisschen Unkraut mache und ein Gebet für die armen alten Hunde spreche und sowas, auch wenn ich dem Pfarrer nichts davon erzähle. Also als diese beiden dann kamen ... Mr Tiny und Mr Emming ... da hab' ich mich einfach hinter einem Gebüsch verkrochen. Das war alles.«

»Ja, ich verstehe. Sonst nichts, Ed?«

»Hm, na ja, da ist noch eine Sache«, gab Ed zu. »Mr Emming, der wollte Will North mit dem Gewehr erschießen, nicht mich.«

»Das dachte ich damals auch. Als Sie sich da in diesen Graben fallen ließen, da war Will hinter Ihnen am Waldrand und somit unmittelbar in der Schusslinie. Wir müssen dankbar dafür sein, dass Mr Emming so schlecht zielen kann.«

»Ja, da haben Sie recht, das kann man wohl sagen!«, meinte Ed.

»Es war erst später, als ich dann über diese ganze Sache nachgedacht habe, Ma'am, da wusste ich dann erst, was ich davon zu halten hatte. Sonst hätte ich das niemals getan, nicht für eine Wette und auch sonst nicht ...«

»Genau. Ich spreche Sie von jeder Komplizenschaft frei, Ed. Ich nehme an, bei der Wette ging es darum, ob Sie aus den Bewegungen der Vögel erraten können, was im Wald vor sich geht? Und wenn dann Will bei dem Schuss ums Leben gekommen wäre, hätten Sie schwören müssen, dass es sich um einen Unfall handelte.«

»Ja, genau, so war es. Aber jetzt hab' ich begriffen, worum es da ging, und hab' wieder einen klaren Kopf ...«

»Aber kein reines Gewissen, Ed! Sie haben uns wirklich viel Ärger bereitet. Und ich möchte, dass Sie etwas tun, um das wiedergutzumachen.«

»Ich will nichts mehr mit dieser ganzen Geschichte zu tun haben.«

»Diese Sache müssen Sie aber tun, Ed.« Sie trat nah an den Fuhrmann heran und murmelte ihm in hexenhafter Manier eine Beschwörung zu. Ed zuckte zurück und machte ein entsetztes Gesicht.

»Das mache ich nicht! Ich doch nicht!«, protestierte er.

»Ach, Unsinn, Ed. Und es muss unbedingt heute Abend geschehen. Wir werden Will Bescheid geben, was wir vorhaben. Und jetzt steigen Sie wieder auf Moonlighter und dann lassen Sie uns heimreiten.«

Als sie im Herrenhaus ankamen, erzählte Deborah, es habe eine telefonische Nachricht für Mrs Bradley gegeben. Der Polizeipräsident hatte ihr Bescheid geben wollen, dass Emming und Tiny an diesem Nachmittag zurückkehren würden.

»Das hatte ich gehofft«, sagte Mrs Bradley. »Das ist jetzt unsere letzte Chance. Zuerst müssen wir die Hunde ausgraben und eine Obduktion durchführen, um nach Spuren von Belladonna zu suchen. Als Zweites müssen wir dafür sorgen, dass Mrs Emming nichts zustößt, insbesondere deshalb, weil wir sie für die Gerichtsverhandlung brauchen. Und als Drittes müssen wir Ed Brown sorgfältig auf die Rolle vorbereiten, die er heute Abend zu spielen hat.«

»Ich verstehe nicht, warum diese zwei Kerle nach London gefahren sind. Sie hätten doch auch hier die Köpfe zusammenstecken können«, sagte Jonathan.

»Offenbar haben sie Vorkehrungen getroffen, das Land zu verlassen und nach Südamerika zu reisen«, berichtete Deborah. »Das hat die Polizei in Erfahrung gebracht.«

»Ah, ich verstehe. Also kommen sie zurück, um ihre Sachen zu packen, nehme ich an? Das passt uns ja hervorragend in den Kram!«

Es war eine grausige Arbeit, die Hunde auszugraben. Will North und die unerschütterlichen Wootton-Brüder führten sie unter Mrs Bradleys wachsamem Auge und Eds Anweisungen aus. Tinys unglückselige Haustiere waren kaum wiederzuerkennen, aber der Tierarzt, den man zur Beratung aus Cheltenham hatte kommen lassen, schwor, dass es sich um die entsetzlich entstellten Überreste eines Setters und eines Bullterriers handelte sowie um die gleichermaßen unerfreulich anzuschauenden Kadaver von zwei Katzen, aus denen deutlich zu erkennen war, dass es sich um Manx-Katzen gehandelte hatte.

»Und was das Gift anbelangt, kann es gar keinen Zweifel geben«, sagte Mrs Bradley, nachdem Will den Hundefriedhof wieder in Ordnung gebracht hatte und abgesehen von der frisch aufgegrabenen lehmigen Erde nichts mehr von den leeren Gräbern zu erkennen war. »Und jetzt auf zu Mrs Emming!«

Es wurde bereits dunkel, als sie und ihr Neffe zusammen mit dem Kommissar und einem uniformierten Polizisten das einsam gelegene Cottage erreichten. Im Haus brannte Licht, und die Frau hatte die Vorhänge zugezogen. Im Lichtschein konnte man die Silhouette ihres Kopfes erkennen. Als der Kommissar ans Fenster klopfte, fuhr sie nervös zusammen.

»Geh zur Vordertür!«, rief sie. »Ich habe jetzt noch gar nicht mit dir gerechnet. Ich dachte, du nimmst den Zug um sieben und gehst dann erst in deine Wohnung.«

»Ich glaube nicht, dass wir der Besuch sind, mit dem Sie gerechnet haben«, sagte der Kommissar, als sie die Tür öffnete. »Ich bin von der Polizei und gekommen, um Ihnen ein paar Fragen zu stellen.«

Er schob sich sanft an ihr vorbei ins Innere des Hauses. Die anderen warteten draußen, doch die Tür stand offen, sodass sie das Gespräch problemlos mitanhören konnten. Mrs Bradley kannte den Kommissar als tüchtigen, hart arbeitenden Beamten, aber sie hätte ihn nicht für hinterlistig gehalten.

»Es tut mir leid, Sie zu behelligen, Mrs Emming«, sagte er. »Aber wir haben von Scotland Yard eine Anfrage zu zwei Herren erhalten, die es offenbar ein wenig eilig haben, das Land zu verlassen. Da ihr Ziel in Südamerika zu liegen scheint, was ziemlich weit von hier entfernt ist …«

Sie widersprach weder dem Titel, den er ihr gegeben hatte, noch ließ sie ihn ausreden.

»Dieser dreckige, verräterische Schweinehund!«, schrie sie. »Er hat mich schon einmal verlassen, und dann hat er plötzlich gemerkt, dass er mich gut für seine mörderischen Tricks gebrauchen kann. Einfach das Land verlassen und mich übers Ohr hauen, das hat er also vor! Aber nicht, solange ich noch den Mund aufmachen und allen erzählen kann, was ich weiß! Er und sein Halunke von einem Vater! Da kommt er mitten in der Nacht und macht sich auch mitten in der Nacht aus dem Staub, das hat er also vor, was? Das werde ich ihm schon austreiben, diesem …«

Mrs Bradley berührte den Arm ihres Neffen, und sie gingen zusammen im schwachen Licht der ersten fernen Sterne zum Dorf zurück.

»Ich glaube, wir können die Sache ohne Bedenken in den Händen des Inspektors und des Wachtmeisters lassen«, sagte sie. »Wir müssen uns um etwas anderes kümmern. Also, du hast doch verstanden, welche Rolle du zu spielen hast, oder?«

»Ja, absolut. Ich soll Tiny um zehn Uhr heute Abend nach Groaning Spinney bringen.«

»Genau. Und Will North wird euch begleiten. Ich selbst werde mir Mr Emming vorknöpfen.«

»Meine Aufgabe ist leicht. Tiny ist schließlich immer noch mein Verwalter. Will und ich müssen ihm nur berichten, dass wir Anzeichen von irgendwelchen Brandstiftern oder Wilddieben gesehen haben.«

»Und Mr Emming wird auch mit mir mitkommen, freiwillig oder nicht«, sagte Mrs Bradley genüsslich. »Also geh du zum Bungalow, und ich gehe zu Emmings Wohnung.«

»Du wirst aber doch auf dich aufpassen, ja?«, sagte Jonathan besorgt. »Der Kerl ist heimtückisch und böse!«

»Ich habe nicht vor, meinerseits besonders ehrlich zu ihm zu sein«, sagte Mrs Bradley. »Ich hoffe, Will North hat die Laterne an die richtige Stelle gestellt.«

Als sie bei Emmings Wohnung eintraf, fragte sie seine Vermieterin, wann er zurückerwartet werde.

»Er soll um sieben in Cheltenham eintreffen. Ich habe ein Telegramm bekommen.« Die Vermieterin zeigte es stolz vor. »Wenn er den Bus um halb acht erwischt, wird er noch vor neun hier ankommen und dann direkt zu Abend essen können.«

»Oh, würden Sie ihm in diesem Fall bitte ausrichten, dass Mr Tiny Fullalove ihn um zehn Uhr heute Abend am üblichen Ort treffen wird?«

»Mr Tiny? Am üblichen Ort?«

»Ja.

»Und das ist alles, was ich ihm sagen soll?«

»Ja, bitte. Und Sie werden es doch nicht vergessen, oder?«

»Oh nein. Das werd' ich nicht vergessen. Aber ich dachte, Mr Tiny wäre gar nicht zu Hause?«

»Ist er nicht? Wie auch immer, das ist jedenfalls die Nachricht, die Sie Mr Emming geben sollen.«

Von der Dorfstraße aus ging Mrs Bradley schnurstracks zum College hoch. Es hatte eine Weile gedauert, bis sie von Mrs Emmings einsam gelegenen Cottage das Dorf erreicht hatte, und der Abend war bereits fortgeschritten.

»Ich würde gern für ein paar Minuten Ihre Schreibmaschine ausleihen«, sagte sie zu der überraschten Miss Hughes, nachdem diese sie freundlich willkommen geheißen hatte. »Und wenn Sie außerdem noch eine alte Brotkruste hätten, die Sie erübrigen könnten, wäre ich sehr dankbar.«

Nachdem Mrs Bradley sich mit Sandwiches und Kaffee gestärkt hatte, verabschiedete sie sich um halb zehn von Miss Hughes, überprüfte und lud ihren kleinen Revolver und ging dann zu Tiny Fullaloves Bungalow hinüber. Sie nahm den Weg über das Dorf und erreichte den Bungalow nach einem raschen, zwanzigminütigen Fußmarsch. Als sie dort ankam, war Tiny immer noch zu Hause, ganz wie sie erwartet hatte, doch er verließ das Haus fünf Minuten später und machte sich in Richtung Groaning Spinney auf.

Mrs Bradley ging zur Haustür und befestigte ihre Notiz unmittelbar unter dem Türklopfer. Befriedigt stellte sie fest, dass sich das weiße Papier deutlich von der dunklen

Farbe der Tür abhob. Auf dem Papier stand in Druckbuchstaben:

GROANING SPINNEY

Dann trat sie zurück in die Dunkelheit und wartete. Um halb elf beschloss sie aufzugeben. Emming würde offenbar nicht mehr kommen. Wahrscheinlich war er dann doch erst zu seiner Frau gegangen, bevor er in seine Wohnung zurückgekehrt war, und sie fragte sich, wie er dort nach dem Besuch des Kommissars wohl empfangen worden war. Rasch ging sie ins Dorf zurück. »Ich möchte, dass Sie mich begleiten«, sagte sie, nachdem sie an der Tür des Dorfpolizisten geklopft hatte. »Und beeilen Sie sich. Möglicherweise kommen wir schon zu spät.«

Wachtmeister Mayhew hatte gerade sein Abendessen beendet und bereits seine Schuhe und seinen Uniformrock ausgezogen, um ins Bett zu gehen. Doch nun kleidete er sich wieder an, sagte seiner Frau, die sich ihrerseits gerade bettfertig machte, dass er noch einmal ausgehe, um etwas für den gnäd'gen Herrn zu erledigen, und begleitete Mrs Bradley dann zu dem einsamen Cottage hinter dem Hügelgrab.

Im Cottage brannte Licht, und die Eingangstür stand weit offen. Im Innern, unmittelbar hinter der Tür lagen die Leichen von Emming und seiner Frau.

»Sie muss ihn erschossen haben, als er die Tür geöffnet hat«, sagte der Wachtmeister und betrachtete die Leichen mit gleichmütigem Interesse. »Und dann hat sie sich die Waffe selbst ans Herz gesetzt.« Er untersuchte das Gewehr. Es war die Waffe, die Will North gehörte und ihm gestohlen worden war. Der Wachtmeister erkannte sie sofort. »Sie sollten wohl besser mal Doktor Fielding holen gehen, Ma'am. Ich bleibe hier und halte Wache.«

»Ich wundere mich, dass sie wusste, wie man das Gewehr lädt«, sagte Mrs Bradley.

»Das ist nicht schwer, wenn man es einmal gezeigt bekommen hat. Aber ich frage mich, warum um alles in der Welt sie das getan hat?«

Mrs Bradley hätte ihn in dieser Hinsicht aufklären können, doch das tat sie nicht. Stattdessen eilte sie durch die sternenklare Nacht ins Dorf zurück und ging, nachdem sie Doktor Fielding benachrichtigt und von seinem Haus aus den Inspektor angerufen hatte, zur Groaning Spinney hinauf. Sie empfand auch nicht den geringsten Funken Mitleid für die Mörder von Bill Fullalove und Mrs Whittier. Sie wollte nur gerne wissen, welches Ergebnis ihr Geistergatter-Experiment hervorgebracht hatte, und sich vergewissern, dass ihrem Neffen nichts passiert war.

Sie traf ihn am Rand des Wäldchens.

»Wer ist da?«, rief er, als sie näherkam. »Oh, du bist es, Tante Adela. Stell dir vor, Tiny hat es umgehauen. Könntest du kommen und ihn dir mal ansehen? Es ist wohl sein Herz, würde ich sagen. Der Geist hat ihn vollkommen aus der Fassung gebracht. Er hat so eine Art Stöhnen von sich gegeben, als wir in Sichtweite des Geistergatters kamen und er Ed entdeckt hat, wie er dort über dem Gatter hing und ihm das Licht der Laterne ins Gesicht schien. Da ist er einfach so umgekippt. Ich fürchte, ihn hat's erwischt.«

»Ja, der hat dem Henker die Arbeit erspart«, sagte Mrs Bradley grimmig, als sie sich über den Toten beugte, während

Will North ihr mit der Laterne leuchtete. »Schafft ihr beide es, ihn zurück zum Bungalow zu tragen?«

»Ich werde Sie nicht fragen, wie es Ihnen gelungen ist, die Rachegöttin zu spielen«, sagte der Polizeipräsident. »Ich werde nur dies eine sagen: Ich bin sehr erleichtert, dass Sie es getan haben. Diese beiden Kerle waren zwei der ruchlosesten Mörder, die jemals der Hölle entsprungen sind, und wir hätten sie wahrscheinlich auch mit Mrs Emmings Aussage kaum überführen können.«

»Den Tod der Emmings habe ich nicht kommen sehen«, sagte Mrs Bradley. »Ich dachte, Emming würde bei dem Anblick von Ed Browns Geist womöglich die Nerven verlieren. Aber Tiny Fullaloves Reaktion überrascht mich nicht. Dieser Sturz von meinem Balkon hat seinem schwachen Herzen nicht unbedingt gutgetan. Es ist besser so. Ich muss zugeben, dass mir der Gedanke an eine Hinrichtung durch den Strang nicht gerade zusagt.«

»Und mir sagt der Gedanke an Reporter nicht zu«, sagte Jonathan. »Es wird hier in den nächsten Tagen nur so von ihnen wimmeln, sobald sie von der Emming-Geschichte Wind bekommen. Tiny hat wieder einmal Glück gehabt. Man wird Emming die Schuld an allem geben und ihn mit Dreck bewerfen.«

Mrs Bradley nickte langsam. Dann zitierte sie feierlich auf Griechisch: »Sorgt euch nicht um den, dessen Leib getötet wird, denn nach dem Tod kann ihm nichts mehr geschehen.«

Sie standen vor Will Norths Cottage. In Bauer Daventrys Feld rief ein Lamm nach seiner Mutter. Eine Mönchsgrasmücke flog aus den Fliederbüschen auf und pickte an dem

Deckel einer Milchflasche. Das saftige Grün des Feldes stieg zur Weißdornhecke, dem Stallturm und den Bäumen hinauf. Hinter dem Haus, auf der Böschung zum Wald, erblühten leise die wilden Erdbeeren.

www.klett-cotta.de

Gladys Mitchell
**Geheimnis am Weih-
nachtsabend**
Eine weihnachtliche Krimi-
nalgeschichte
Aus dem Englischen von Dorothee
Merkel
432 Seiten, broschiert
ISBN 978-3-608-98818-5

Weihnachten steht vor der Tür, und Amateurdetektivin Mrs. Bradley folgt der Einladung ihres Neffen ins beschauliche Oxfordshire. Doch die lockere Stimmung der Gäste kippt, als an Heiligabend der Anwalt des Dorfes tot aufgefunden wird. Zunächst vermutet niemand einen Mord, doch eine alte Spuklegende entfacht den Spürsinn der patenten Ermittlerin ...